El guardián de la flor de loto

Andrés Pascual (Logroño, 1969) es licenciado en Derecho por la Universidad de Navarra y ejerce desde hace quince años como abogado en La Rioja. Es amante de la música, y el piano se encuentra entre sus grandes pasiones. También es un viajero incansable: fruto precisamente de sus vivencias en el continente asiático es esta novela y brillante ópera prima.

Para más información puede visitar la web del autor: www.andrespascual.com

ANDRÉS PASCUAL

El guardián de la flor de loto

DEBOLSILLO

Diseño de la portada: Sylvia Sans

Primera edición: mayo, 2008

Printed in Spain – Impreso en España

ISBN: 978-84-8346-810-4
Depósito legal: B-17.435-2008

Compuesto en Fotocomposición 2000, S. A.

Impreso en Litografia Rosés, S. A.
Progrés, 54-60. Gavà (Barcelona)

P 8 6 8 1 0 4

A la memoria de mi abuelo Andrés,
que pinceló de letras mi infancia,
y a la de mi abuelo Gonzalo,
que la llenó de fantasía e ilusiones

Tal vez en alguna noche tranquila el temblor de tambores lejanos, apagándose, subiendo, un temblor dilatado, desmayado; un sonido sobrenatural, atractivo, sugerente y salvaje; y tal vez con un significado tan profundo como el tañido de las campanas en un país cristiano.

JOSEPH CONRAD,
El corazón de las tinieblas

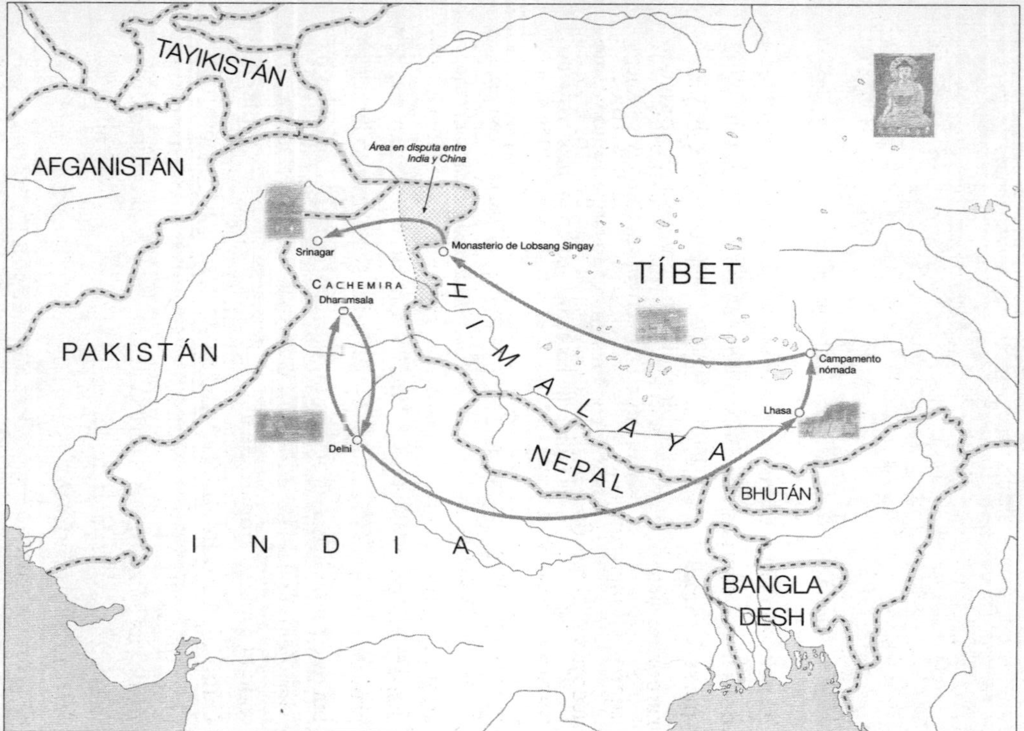

TAYIKISTÁN
AFGANISTÁN
Área en disputa entre India y China
Srinagar
Monasterio de Lobsang Singay
TÍBET
CACHEMIRA
Dharamsala
PAKISTÁN
HIMALAYA
Campamento nómada
Lhasa
Delhi
NEPAL
BHUTÁN
INDIA
BANGLA DESH

Tíbet occidental, septiembre de 1967

El pequeño lama corría a tientas entre los cascotes. Apretaba unos libros contra su pecho y no podía retirar el agua de lluvia que se le metía en los ojos. La tormenta rugía feroz. Comenzó rumorosa siete días antes, la misma mañana en la que los mensajeros anunciaron que un regimiento de guardias rojos se acercaba a la región destruyendo cuantos monasterios encontraba a su paso. Y después llegó a diluviar, hasta venirse el cielo abajo el día del ataque, como si algún demonio arrepentido quisiera apagar el fuego cuando ya era tarde. El pánico le arrancaba jadeos entrecortados. Los carros de combate chinos disparaban contra los pocos muros que aún se tenían en pie produciendo un estruendo ensordecedor. El pequeño lama sabía que podía llegar aquel día fatídico. Sabía que las hordas de Mao Zedong habían reducido a cenizas miles de lamaserías por todo el Tíbet al amparo de lo que denominaban la Revolución Cultural. Pero ni ahora que el humo lo invadía todo podía creer que fuera verdad. Ni cuando se convenció de que ninguno de sus compañeros había salido a tiempo del edificio de los dormitorios que yacía desplomado entre los grandes pilares de madera hechos astillas.

«Mi monasterio —pensó—, mi hogar en llamas.»

Decidió ocultarse en las despensas. Echó a correr por una de las cuestas que surcaban la lamasería, estructurada como una aldea amurallada. A mitad de camino resbaló e hincó las rodillas en el empedrado. Levantó la mirada y le sobrecogió la imagen de los cuerpos tendidos, arropados en sus túnicas rojas confundidas con el manto de sangre que se deslizaba calle abajo hasta sus piernas. Aflojó la tensión de los brazos y dejó caer los libros. La tinta comenzó a disolverse mientras las hojas se elevaban llevadas por el viento que traía las voces de los soldados. Sintió próxima su estridencia y el terror se apoderó de él.

Se volvió hacia el patio. Ya estaban allí. El pequeño lama clavó sus ojos en la estrella roja que resaltaba en la hombrera empapada de un soldado que, sobre un jeep, hacía girar una ametralladora. Todos gritaban y se movían de forma desordenada. Disparando ráfagas al aire, ordenaron salir a los monjes que se habían resguardado en el pabellón donde se fabricaban las velas. Los lamas aparecieron con las manos en alto, entre ellos uno de los tutores del niño. Al verle se lanzó emocionado hacia él, justo cuando el soldado del jeep encañonó al grupo y les acribilló sin darles tiempo a reaccionar.

El que hacía las veces de oficial se fijó en el pequeño lama que se había quedado inmóvil, mudo bajo la lluvia con su metro veinte de estatura y la túnica que arrastraba por el suelo. Entrecerró aún más sus ojos rasgados para divisarlo entre la cortina de agua, disparó un arma corta y le alcanzó en una mano. El niño dejó escapar un grito de dolor y echó a correr de nuevo entre estertores, esquivando los cuerpos de los lamas, resbalando sobre las piedras pulidas, apoyándose en un murete con una mano mientras su respiración agitada se fundía con el silbar de las balas y las arengas chinas que salían de algún megáfono.

Pasó sin detenerse junto al edificio donde vivía el abad. Subió la larga escalera que partía de la galería de columnas y casi fue arrollado por un caballo que bajaba desbocado desde los establos. El camino que llevaba a las cocinas estaba cortado.

Pensó que podría atajar por la parte trasera de la sala de estudio, pero aquella zona estaba infestada de guardias rojos. Se detuvo junto a la esquina pegando la espalda al muro y se asomó con cuidado. Los soldados salían cargados de libros que arrojaban al suelo formando una pila. Uno de ellos se afanaba en encender una antorcha bajo la lluvia. Otro llegó con un bidón y lo vació sobre los pergaminos; luego arrojó un mechero prendido y produjo una hoguera que al instante sobrepasó la altura de los tejados. La mano del pequeño lama no dejaba de sangrar. Mientras la patrulla contemplaba cómo ascendían las llamas, corrió en dirección al patio que había junto a la muralla, temiendo que también hubieran llegado hasta allí. Así era. Casi se dio de bruces contra otro camión que escupía más y más reclutas desaforados que se esparcían por la lamasería como una gran mancha de petróleo. Pronto descubrieron a un grupo de monjes que se habían agazapado detrás de un muro tratando de ocultarse y les dispararon con saña antes de que pudieran levantarse.

La resistencia del pequeño lama llegó a su fin. Cerró los ojos y tragó como pudo el dolor que bombeaba la herida de la mano. Escuchó más ráfagas de disparos y sintió que se desmayaba. Se dejó caer sobre la puerta de un torreón de la muralla exterior. En ese momento alguien la abrió, le palpó la cabeza rasurada y tiró de él hacia el interior.

Era su maestro, un lama ciego a quien todos en el monasterio conocían como el pintor de mandalas.

—¡Maestro!

—¡Lobsang Singay, hijo! ¡Eres tú! ¡Corre hacia abajo! —le gritó mientras encajaba una barra de hierro para mantener bloqueado el portón.

—Está muy oscuro —sollozó el niño.

El maestro, un viejo lama de edad indeterminada, encendió de forma apresurada una mecha gruesa que sacó de su bolsillo.

La llama iluminó sus ojos sin color. A pesar de su ceguera controlaba todos sus movimientos como si pudiera ver. Acercó la mecha hacia el fondo del pasadizo, iluminando una angosta escalera sobre la que goteaban las filtraciones de la tormenta.

—¿Adónde vamos?

—A un lugar que no conocen los militares chinos. ¡Baja ya! ¡No te detengas!

Al llegar al final del pasadizo se abrió ante ellos una sala rodeada de columnas.

—Nunca me habías traído aquí.

—Quizá no lo recuerdes, pero te hicimos bajar a este sótano hace años, pocos días después de tu llegada al monasterio. Aquí es donde comprobamos el acierto de nuestras designaciones, donde realizamos las pruebas para estar seguros de que algunos niños como tú sois las afortunadas reencarnaciones de nuestros grandes lamas del pasado. Hoy nos servirá de cobijo. Túmbate donde puedas.

El suelo estaba cubierto de alfombras.

—Me duele mucho la mano… —se quejó el niño.

El maestro recorrió la herida con la yema de sus dedos índice y corazón.

—Trataré de detener esa hemorragia.

Abrió el cajón de un mueble en el que guardaba cuencos tibetanos, collares y figuras de divinidades. Sacó un frasco y preparó un improvisado vendaje con jirones arrancados de su propia túnica. Mientras limpiaba la herida con el ungüento, el pequeño lama se quedó dormido, acurrucado como si fuera un recién nacido. El maestro acercó una alfombra pequeña y le arropó para protegerle de la humedad y del frío.

A pesar de que el bombardeo hacía retumbar las paredes de la sala una y otra vez, el niño durmió durante varias horas. Se despertó tranquilo junto a unas velas que el maestro había encendido para él y que, poco antes de derretirse totalmente, iluminaban con languidez el oscuro recinto. Tan sólo se escuchaba el golpeteo de las gotas contra el charco formado en un escalón. El pintor de mandalas estaba tendido en el suelo, con los párpados apenas cerrados y una particular laxitud en sus miembros. El pequeño lama sintió su brazo paralizado desde el codo hasta la mano. Al menos había dejado de sangrar. Cruzó la sala sin hacer ruido y se encaminó hacia el nivel superior. Cuando llegó arriba soltó el pasador y abrió la puerta, poco más que una rendija para asomarse.

Ya no llovía y el sol, tamizado por la neblina del amanecer, se filtró apresurado y le cegó durante unos instantes.

No se percibía movimiento alguno. Vio, apoyada en la pared, una escalera de madera que ascendía hasta la terraza del torreón. Se remangó la túnica y subió por ella. Empujó la trampilla y salió al exterior. Desde allí se divisaba casi todo el monasterio, con su particular planta circular similar a un enorme mandala. En cada rincón había cuerpos tendidos, túnicas arrugadas y pisadas sobre el barro, restos de papel quemado en los charcos y maderas calcinadas. Primero contó docenas y luego cientos de monjes de todas las edades, algunos amontonados junto a los muros. Pensó en los que habían quedado sepultados bajo los edificios derruidos y sus ojos se llenaron de lágrimas. La biblioteca, la sala de rezos y también la cocina en la que pensó esconderse habían quedado reducidas a un montón de piedras negras todavía humeantes.

Un ruido le sobresaltó. Era el maestro ciego, que subía con dificultad.

—No debiste salir sin decírmelo —le increpó entre jadeos.

El niño se volvió hacia él.

—Traté de salvar mis libros, pero se me cayeron cuando huía de los soldados.

El maestro tanteó hasta que sus manos encontraron los hombros del niño. Se agachó y se dirigió a él mirándole frente a frente, como se mira a un igual, como si pudiera verle desde el fondo de sus ojos blancos.

—Los guardias rojos pueden incendiar todas nuestras bibliotecas, todas y cada una, pero ni aun así van a lograr que nos demos por vencidos. —Tomó aire para continuar—. Han destruido nuestros libros, y es cierto que los antiguos lamas vertieron toda su paciencia en la caligrafía de sus páginas, y yo mismo en sus dibujos, pero la verdadera naturaleza del budismo tibetano, pequeño, el verdadero legado del Tíbet, está en nosotros mismos. Eso no lo podrán quemar nunca, recuérdalo. Mientras quede un solo maestro vivo capaz de transmitir las enseñanzas y un solo novicio dispuesto a recibirlas, seguirá forjándose nuestra tradición milenaria.

—¿Seguirás enseñándome como hasta ahora? —le preguntó con los ojos abiertos de par en par.

Esbozó una sonrisa.

—Ya has aprendido todo lo que yo podía transmitirte. Muchos grandes lamas querrían tener los conocimientos que tú, a pesar de tu edad, ya tienes. Además —añadió con la voz cargada de pena—, en pocos días tendrás que irte de aquí.

—¿Adónde?

—A Dharamsala, en la India. Ha llegado el momento de que sigas los pasos de Su Santidad el Dalai Lama.

—¿Y qué haremos con el cartucho?

—No te preocupes. Llevas en tu interior toda la sabiduría que encierra. Ahora sólo tienes que pensar en llegar sano y salvo al otro lado de la cordillera.

—Pero tú vendrás conmigo, ¿verdad?

—Yo soy demasiado viejo para hacer ese viaje. He pasado en esta lamasería toda mi vida y...

El maestro ciego apretó contra su pecho la cabeza del pequeño lama Lobsang Singay. Nunca había escuchado un silencio como aquél, tan distinto al que envolvía sus ratos de meditación. Ya estaban lejos los megáfonos que, sujetos a los carros de combate, arrojaban los discursos de Mao durante el asalto. Se dirigían al siguiente monasterio. Puede que ya hubiesen llegado.

Boston, septiembre de 2007

Los estallidos de luz de la mañana de Boston saludaron al recién llegado. El lama se detuvo un instante al salir del hotel y escuchó, palpó, observó. Quería impregnarse de las texturas de la ciudad americana. El chófer que habían enviado para recogerle se fijó con descaro en su cráneo rasurado, la piel quemada del Himalaya. El lama sonrió y fue hacia él. La túnica oscilaba entre el vapor que destilaba el asfalto. Las sandalias cacheteaban las losetas mojadas.

—Buenos días, doctor Singay.

—Buenos días —respondió el lama con un perfecto acento inglés.

—Tardaremos muy poco en llegar al campus —le informó mientras le abría la puerta del coche.

El lama agradecía el frío que entraba por la ventanilla. Recordó que el rector, cuando fue a recibirle al aeropuerto el día anterior, le sugirió que, aunque todavía no se hubiera extinguido el verano, llevase una chaqueta para arropar sus hombros desnudos. El rector no conocía el gélido silbido de la meseta del Tíbet; las mañanas, tardes y noches en las que el lama, que entonces era un niño, no disponía de otro abrigo que la tela enrollada, mientras respiraba la nieve en la terraza del monasterio.

Tal como le había anunciado el chófer, en tan sólo unos minutos llegaron a Harvard. Observaba los patios de la facultad bostoniana en la que iba a impartir sus conferencias y pensaba en cuánto se diferenciaban sus montañas de lo que allí veía. A pesar de tratarse de un sobrio enclave tradicional, en Harvard se respiraba modernidad. El lama médico Lobsang Singay pensó que había acertado al escoger aquel lugar para revelar al mundo sus secretos.

El coche le dejó frente a la escuela de medicina. Subió la escalera acompañado del tañido solemne de las campanadas de las nueve y se presentó a la recepcionista. Al momento, el rector de la universidad y el decano de la facultad salieron apresurados de un despacho.

—¡Bienvenido a Harvard, doctor Singay! —exclamó el rector—. ¿Le ha gustado el hotel?

—Es perfecto —contestó el lama, dejando con cuidado su maletín en el suelo y brindándoles la mano.

—Todos están ansiosos por conocerle pero, si no le importa, primero nos haremos unas fotografías fuera.

El lama asintió.

El rector hizo un gesto y un hombrecillo con un enorme objetivo que esperaba sentado en una silla se levantó y salió tras ellos.

—¿Había estado alguna vez en Estados Unidos? —intervino cordial el decano mientras el fotógrafo les daba instrucciones sobre cómo colocarse.

—Éste es mi primer viaje fuera de Asia —contestó el lama.

—Sin duda hubiera preferido volar hacia el Tíbet —añadió el decano con complicidad—. Es indignante, ¡casi medio siglo sin que ustedes puedan regresar a su tierra!

«¡Casi medio siglo! —pensó el lama, repitiendo para sí las palabras del decano—. Ya han pasado cuarenta años desde que me despedí del pintor de mandalas sobre las ruinas de mi lamasería.»

Mientras se sucedían los estallidos del flash, el lama médico

Lobsang Singay cerró los ojos y echó la vista atrás, recordando lo que sin duda era el período más difícil de la historia de su pueblo.

Cuando el Dalai Lama sólo era un adolescente, el gobierno tibetano —temeroso ante la imparable incursión de las tropas chinas en sus territorios— le cedió el poder absoluto en lo político y en lo religioso. Mao Zedong estaba empeñado en liberar al Tíbet de lo que él denominaba un régimen feudal teocrático, pretendiendo incorporarlo a la *Madre Patria* como si se tratase de una provincia más de China. A partir de entonces aquel joven Dalai Lama trató durante años de negociar con Mao una salida pacífica al conflicto. Pero la pretensión política del líder chino se tornó finalmente en una obsesión demente que estalló a la par que el primer obús que cayó sobre Lhasa, la capital del Tíbet, iniciando la campaña militar que aniquiló la débil sublevación del pueblo tibetano. El 17 de marzo de 1959, horas antes de que llegasen las tropas, el Dalai Lama fue sacado de su palacio a hurtadillas por un grupo de incondicionales que le acompañó al exilio. Cruzó a pie el Himalaya llevándose siglos de tradición en los baúles y llegó a un pequeño enclave montañoso del norte de la India llamado Dharamsala, donde se le permitió instalarse hasta que pudiera regresar a su tierra. Llegó congelado por la injusticia y calado hasta los huesos por la lluvia caída durante el viaje, pero con la suficiente fuerza y autoridad para instaurar un gobierno exiliado que después de medio siglo aún continuaba su lucha no violenta.

El lama médico Lobsang Singay había sido uno de los miles de tibetanos que, viendo cómo sus hogares y monasterios eran destruidos, le siguieron al exilio. Nunca había regresado al Tíbet. Pasó su vida en Dharamsala, donde profundizó en el estudio de las tradiciones ancestrales y recuperó olvidadas vías de curación.

Ahora había viajado a Boston y sabía que se encontraba en el lugar adecuado para lograr sus objetivos.

Sus anfitriones le guiaron a través de un pasillo de puertas translúcidas.

—No tema —dijo el decano sin dejar de andar—. Hoy no le atosigaremos con nuestras preguntas. Esperaremos pacientes a la primera clase magistral de mañana.

—¡Aquí le tienen! —exclamó el rector a la vez que desplegaba las puertas de la sala de recepciones.

Sobre una larga mesa de caoba vestida con mantel de hilo habían colocado unos coloridos aperitivos que contrastaban con la solemnidad de la estancia. Las paredes estaban cubiertas de cuadros que mostraban imponentes retratos de los prohombres de la universidad. Todos los invitados a la recepción, que hasta entonces charlaban en corros dispersos por la sala, se acercaron para saludarle. Allí estaban los decanos de las otras facultades, investigadores y representantes de todas las empresas del sector médico ubicadas en el estado de Massachusetts, los responsables de los equipos directivos del Hospital General y el propio alcalde de la ciudad, acompañado del jefe de su gabinete de prensa.

—¡Nos alegramos de tenerle aquí! —exclamaba uno de ellos mientras los reporteros que habían conseguido acreditación trataban de captar un primer plano para los rotativos del día siguiente—. Es un honor para toda la comunidad médica.

—¡Y para la académica! —apuntó el rector.

—¿Es monje o lama? —preguntó el alcalde en tono más coloquial.

—Los lamas somos los monjes que nos dedicamos al estudio y a la enseñanza de la doctrina budista tibetana —le aclaró con amabilidad—. Pero puede dirigirse a mí simplemente como Lobsang Singay.

—«Curación en la vida y en la muerte: los secretos del Tratado de la Magia del Antiguo Tíbet» —recitó uno de los mecenas de la universidad, leyendo en voz alta el folleto que tenía en la mano—. ¿Por qué ha llamado así a las conferencias?

—¡No sean impacientes! —rió el rector—. Al doctor Singay se le considera una reencarnación del Buda Bhaisajyaguru, el gran maestro tibetano de la curación, por lo que a buen seguro nos desvelará ésa y otras muchas cosas durante los próximos días.

El rector tiró de él hacia un extremo de la sala. Allí esperaba, discretamente apartado, el empresario que había patrocinado el curso.

—Doctor Singay, le presento al señor Burk, propietario de la corporación Byosane.

—La farmacéutica que nos ha provisto de fondos… —susurró el lama—. Le estoy muy agradecido por su colaboración.

—Espero que sólo sea el principio de una fructífera alianza. Estamos ansiosos por conocer de una vez por todas esas técnicas curativas que van a revolucionar la medicina mundial.

—Intento aportar lo que está en mi mano —contestó.

—No sea tan humilde —intervino el rector—. Hoy en día —les informó al resto—, hasta el propio Dalai Lama solicita su opinión no sólo en cuestiones médicas, sino en cualquier otro asunto de estado.

—Para suscitar la respuesta de otras naciones y recabar su apoyo hemos de dejar fluir hacia el exterior nuestra doctrina —aclaró el lama—. Es la única arma que podemos esgrimir, compartir nuestra esencia.

—¿Y qué piensa el Dalai Lama acerca de que usted haya venido aquí para revelar sus secretos médicos? —se interesó el empresario.

—Su Santidad me animó a hacerlo. Ambos sabíamos que había llegado el día. Pero he de aclarar que no sólo son mis secretos, sino los de tantos otros lamas anteriores a mí. Es la obra de toda mi vida, pero también la de muchas otras vidas anteriores.

—Ninguno de nosotros podía imaginar que la medicina tibetana hubiera evolucionado de tal forma —confesó el decano—. Se dice que ustedes son capaces de curar enfermedades que la medicina occidental ni siquiera sabe diagnosticar.

—Primero hemos de convencernos de que el origen de la enfermedad no siempre está en el cuerpo. Se trata de sanar el espíritu para que todo lo demás se repare por sí solo.

—Espero que no sea ésa su única recomendación —comentó Burk, el empresario farmacéutico, con una sonrisa ladeada.

El lama se volvió hacia él.

—¿Aún cree que el cáncer o el sida puede curarse únicamente a través de fármacos?

—Lo siento, no pretendía ofenderle.

—Ni mucho menos lo pretendo yo. Como usted ha dicho, nuestro anhelo es poder trabajar conjuntamente. Sólo deseo poner mi medicina al alcance de quien mejor pueda servirse de ella. Y ¿por qué no había de comenzar por Harvard? Quizá, en esta ocasión, alguien decida que merecemos la pena.

—Nosotros ya lo pensamos —le confirmó el rector con seriedad.

Tras un instante de silencio, una joven que hasta entonces había permanecido callada se añadió al grupo. Era una ejemplar estudiante de medicina que cubría los artículos científicos de la gaceta universitaria.

—Dígame, para nuestra revista —le mostró la última publicación—, ¿hay también curación en la muerte?

El lama cogió una copa con agua y bebió un sorbo.

—¿Cómo te llamas? —le preguntó.

—Anne —contestó ella.

—Recuerdo que estuve tratando durante varios meses a una enferma llamada así. Ahora vive en Londres y me escribe cada año por estas fechas. —Permaneció pensativo unos segundos antes de contestar—. Digamos que los próximos días me tomaré la libertad de explicar una medicina distinta siguiendo los dictados de los primeros maestros del Tíbet, quienes trazaron por el mismo cauce las vías de la espiritualidad y de la sanación.

—¿Se refiere a los secretos que esconde el *Tratado de la Magia del Antiguo Tíbet*? —inquirió ella, insistiendo con el enigmático título del curso—. Nadie conoce ese libro mágico.

El lama de nuevo se tomó su tiempo.

—En el Tíbet crece una fruta capaz de sanar las más extrañas dolencias —le explicó por fin con suma dulzura—. Se cultiva en terrenos puros regados por el agua del deshielo de las montañas sagradas. Es tan delicada que si la toca una mano humana pierde al instante su color carmesí y se esfuman sus propiedades, y por ello se cosecha sacudiendo las ramas y recogiendo las bayas en redes de bambú. Pero de nada sirve si, al mismo tiempo que se administra, el médico no propicia en el paciente el estado óptimo para sanar su espíritu. Y no me refiero sólo a la psicología. En mi laboratorio de la escuela de medicina de Dharamsala hemos fundido esa sabiduría ancestral del viejo Tíbet con los descubrimientos más modernos realizados en campos como la neurofisiología y, tras varios años de estudio, hemos aprendido a estimular el cerebro de nuestros pacientes hasta convertirlo en nuestro mejor aliado. Tú misma decidirás, cuando terminen las conferencias, si se trata o no de magia.

Apuró el agua que le quedaba.

—Parece increíble... —murmuró el decano de forma inconsciente—. Siempre habíamos pensado que serían necesarios siglos de investigación antes de llegar a eso.

—Y ¿va a mostrarnos cómo hacerlo? —preguntó cautivada la estudiante.

—Me abriré a vosotros como una flor de loto, pero antes de nada habréis de comprender una verdad básica de nuestra doctrina. Debéis saber que vuestra principal función ha de ser enseñar a vuestros pacientes a morir.

El decano se inclinó buscando los ojos del lama.

—Pero...

El lama sonrió y mostró las palmas de las manos, dándole a entender a su anfitrión que estaba hablando de algo natural, bello desde sus ojos de médico del Himalaya.

—Me refiero a que los futuros médicos habrán de saber llevar de la mano a sus pacientes hasta que éstos se convenzan de que sólo se alejarán del sufrimiento que nos ha tocado padecer cuando descubran que nada les encadena ni a este mundo ni a las cosas materiales que nos tienen sometidos. Ese día se imbuirán de las fuerzas de la naturaleza y sanarán para siempre de todas sus enfermedades. Disfrutarán de la vida o, en todo caso, se enfrentarán a la muerte como a un estado más de esa vida. A partir de la comprensión plena de estos principios —concluyó mirando a la estudiante—, os será mucho más sencillo asimilar mis técnicas curativas. —El lama médico Lobsang Singay dejó suspendidas sus palabras unos segundos, con la mirada perdida en otra dimensión—. En ese último momento —siguió de pronto—, deberéis convencer a cada uno de vuestros pacientes de que los dos sois uno, como lo somos todos los seres, y darles el último abrazo que les permita ir en paz a esperar, en nuestra compañía, lo que tenga que llegar.

Los asistentes se vieron de súbito desprovistos de todas sus tensiones. Era como si dentro de aquella sala de vieja madera barnizada corriese una extraña brisa liberadora.

A la mañana siguiente, Singay se levantó con la sensación de haber dormido plácidamente. Tras completar sus rituales de meditación se asomó a la ventana y comprobó que el día había despertado encapotado. Se enfundó la túnica. No sabía hacer nada sin ella, aunque sólo fuera dar unos pasos por la acogedora habitación del Copley Plaza.

La jornada anterior había disfrutado del paseo y quería repetir el mismo recorrido. Aún era temprano y disponía de un buen rato para asearse. Bebió tranquilo el té que había pedido al servicio de habitaciones y corrió la cortina dejando una sola rendija para que entrase luz natural. Después se dirigió al baño para tomar una ducha.

Apoyó la mano sobre el marco de la puerta. Cualquier otro huésped del hotel no habría percibido ningún sonido, pero Singay escuchaba con claridad los motores de los taxis que hacían cola frente a la entrada, el zumbido del pequeño frigorífico o el goteo a través de la rejilla del conducto de la ventilación. Nada de aquello podía escucharse en su monasterio de Dharamsala. Allí se oían los sonidos del bosque, a veces sólo el viento, llevando de un lado a otro los cánticos de la mañana.

En ese mismo instante, cuando esbozaba una sonrisa creyendo percibir el eco de los rezos que algún monje lanzaba al cielo desde el Himalaya, algo interrumpió de improviso la imaginaria conexión que había establecido con su hogar.

Un dolor insoportable le recorrió el pecho, como si le hubiese alcanzado una flecha de fuego lanzada por el peor de los demonios. Se sentó en el suelo sin intentar llegar a la cama. Al ver que el dolor no cesaba trató de analizar el origen de aquel tallo de espinas que seguía creciendo y se ramificaba hacia los pulmones y la tráquea. A pesar de todos sus conocimientos no era capaz de descifrar qué iba mal, tales eran las convulsiones que comenzaron a atenazarle. Apenas podía enderezar las piernas, pero se hizo con la postura necesaria para ejercitar el *tonglen*, una práctica elevada de meditación que cultivó en su adolescencia y cuyo protocolo afloraba ahora. *Tonglen*, *tonglen*, repitió, mientras intentaba una incompleta posición del loto. El lama controló su respiración y aspiró el sufrimiento de la humanidad entera. Se cargó aún más de dolor, más del que le invadía y le quemaba el pecho. Trató de compartir y trascender el sufrimiento de todos los seres, como en su día había aprendido, comprendiéndolo y aceptando el suyo propio en aquel trago difícil. Intentó asimilar cuanto le ocurría y superarlo a través de la concentración. Repitió varias veces el ritual sin éxito. No había nada de angustia en aquel ataque, ningún miedo ilusorio que controlar con el cerebro. Algo real le estaba fundiendo por dentro.

Utilizó todas sus fuerzas, antes de que fuera demasiado tarde, para ponerse en pie y cruzar la habitación hasta donde se encontraba el teléfono. Consiguió levantarse pero, al hacerlo, el fuego que seguía apoderándose de su corazón despidió una ráfaga hacia la boca y le abrasó el paladar. Volvió a desplomarse. Esta vez lo hizo sobre la mesita auxiliar de cristal, la cual frenó su caída sin llegar a romperse. Apoyó una mano sobre el mando de la televisión y sin querer pulsó varios de los botones y conectó el aparato. Una mujer miraba a la cámara ofreciendo un yogur de soja. Los rostros que se sucedían en la pantalla comenzaron a deformarse a sus ojos, volviéndose demoníacos. Miró hacia el techo, tragó la poca saliva que le quedaba en la boca y dejó la mente en blanco durante unos segundos, recobrando la calma.

A partir de entonces, a pesar del atronador volumen con que el aparato arrojaba más anuncios publicitarios y del retumbar que producía en su cerebro cada latido de su corazón agónico, todo fue quedándose, lentamente, en silencio. No era capaz de moverse. Se extinguió el hilillo de voz que poco antes había emergido de sus pulmones pidiendo ayuda.

En ese momento, sin saber por qué, recordó el aroma que desprendía la olla de té caliente que se preparaba cada mañana en el monasterio. De forma misteriosa, palpó la bocanada de vapor que se liberaba cuando retiraba la tapa para rellenar los termos de los monjes. Lo recordó y sintió el olor como si estuviera allí, en aquellos años de su niñez en los que una de sus tareas consistía en mantener llenos los tazones de los lamas durante las sesiones de cánticos y rezos. Esos mismos cánticos que unos minutos antes había evocado con tanto placer. El primer año, cuando él contaba seis, no podía sostener la olla y tenía que hacer varios viajes portando dos pequeños termos que vaciaba de inmediato a lo largo de las filas de lamas en trance. Ahora la olía como si la tuviera delante, abierta su tapa de negro hierro fundido.

Nada podía haber más humano que aquel recuerdo incontrolado, pensó, y entonces supo que la vida que en esta ocasión le había tocado vivir llegaba a su fin. Recobró el ritmo de su respiración y se emocionó al saber lo cerca que estaba de comprobar las verdades que siempre había ansiado conocer. Le apenó no tener cerca a ninguno de sus familiares, ni a sus amigos o maestros médicos que hubieran podido ayudarle en ese trance. Él, que había ayudado a cientos de pacientes a transferir su conciencia hacia la Luminosidad Madre, hacia Buda a los budistas, hacia el Dios de los cristianos o hacia aquellas otras santidades a las que estaban ligados espiritualmente sus pacientes de los lugares más remotos; él, maestro en el arte de curar y de morir, parado frente a la inmensidad no tenía a nadie que le guiase.

No había nadie que le diese un último abrazo, como el tibio primer abrazo de la vida, tierno y arropador de la madre, el que todo hombre desea recibir en la muerte para volver a renacer.

Apenas podía mantener los párpados abiertos; sabía que cuando los cerrara sería la última vez. Entonces vio bajo la mesita de cristal lo que parecía una tela negra, con el brillo de la seda, casi desplegada, con un pequeño buda dibujado en el centro. No recordaba haberla traído. Sus brazos ya no le respondían, era vano tratar de alcanzarla. Ya no importaba. Nada de este mundo importaba cuando cerró los ojos y se fue, abandonando su cuerpo tendido sobre el suelo de la habitación, aferradas sus manos a la túnica que le cubría, amarilla y roja. Amarilla como el sol de la mañana, recién salido, y roja como el de la tarde, ya fatigado en el ocaso, como su cuerpo de carne y sangre, lanzando sus últimos rayos antes de perderse en la noche profunda de los picos del Himalaya.

PRIMERA PARTE

Si puedes formular las preguntas,
puedes encontrar las respuestas.

1

Desde el momento en que llegué a Nueva York, tres días atrás, no había dejado de percibir cierta tristeza en todo lo que me rodeaba. Quizá sólo yo, de entre los doscientos cooperantes que nos habíamos congregado en aquel retiro de Manhattan, lo sentía así. «Estoy mal acostumbrado, he pasado demasiado tiempo viviendo en el paraíso», me decía mientras observaba desde la ventana de la habitación del hotel el ritmo desenfrenado de la urbe.

Esa misma tarde se habían clausurado las jornadas sobre modelos educativos que me habían llevado a la gran manzana. Siempre era lo mismo. Escuchar algunas ponencias especializadas exigía soportar otros tantos discursos propagandísticos que no hacían sino intentar justificar la presencia de las grandes organizaciones de ayuda humanitaria. Al menos se celebraron en un aula cedida en la sede de Naciones Unidas. Me pregunté si alguna vez volvería a pisar sus pasillos de mármol blanco. Estaba atravesando una temporada difícil y los pilares que yo creía indestructibles y que habían soportado mi vida en los últimos años se estaban viniendo abajo. Quizá por ello, en señal de duelo, Manhattan se había teñido de gris.

Miré el reloj con ansiedad y volví a marcar el número de casa. Por la mañana había olvidado el móvil en la habitación y al recogerlo estaba saturado de llamadas perdidas de Martha, mi pareja. De nuevo sonó la señal de comunicando. No quería ponerme nervioso.

Traté de entretenerme durante unos minutos. Saqué de la cartera las tarjetas que me habían dado algunos compañeros. Quería abrir nuevas posibilidades laborales para el futuro, aunque ni siquiera tenía claro si mi vida seguiría discurriendo en el mundo de la cooperación. Dejé sobre el montón la del Presidente de Care Internacional.

—Eres muy rubio y muy alto para ser español —me decía cada vez que coincidíamos en algún congreso.

Estalló un trueno y el cristal de la ventana quedó salpicado de lluvia. La tarde se oscureció más aún, pero mantenía un extraño reflejo dorado. En nada se parecía a la luz de la selva, la que cada mañana me despertaba en Puerto Maldonado, una pequeña ciudad amazónica levantada en la ribera del río Madre de Dios donde se encontraba la escuela que Martha y yo gestionábamos. En el verano austral peruano llovía cada día como si las nubes librasen su propia batalla, pero luego amanecía un cielo limpio y fresco que invitaba a vivir.

Seis años atrás, cuando yo tenía veinticinco, llegué a Katmandú al frente de un humilde programa educativo impulsado por una ONG española llamada Cultura Global. Fue allí donde encontré a Martha, radiante como las mañanas de Nepal. Siempre recordaría su pelo rubio el primer día que la vi en el templete de Bodhnath, el barrio tibetano, sentada en el suelo mientras copiaba en un cuaderno las pinturas que se descascarillaban en los muros. Nunca olvidaría la fuerza de sus ojos, cuando se volvieron para mirarme desde el otro lado de la verja. Aquel día me regaló una pulsera de cuentas de sándalo que siempre llevo conmigo. A las pocas semanas ya sabíamos que ninguna dificultad, por grande que fuese, podría separarnos, y con esa convicción iniciamos nuestra andadura como cooperantes en la selva peruana. Pusimos en marcha la escuela y juntos contemplamos cómo todo crecía a nuestro alrededor. Martha se quedó embarazada y dio a luz a nuestra hija, Louise.

Pero aquella armonía no podía durar eternamente. Se turbó cuando Louise, siendo todavía un bebé, sufrió una grave crisis de asma, la primera de una interminable lista de espasmos bronquiales que nos hacían saltar el corazón hasta arrancárnoslo con cada ataque. Seguíamos varados en mitad de la selva confiando en que el clima húmedo favoreciese su recuperación, pero al mismo tiempo temíamos que aquel paraíso perdido nos la arrebatase para siempre.

Las cosas se complicaron aún más cuando comencé a hacer trabajos como monitor independiente, por encargo de las grandes agencias, para evaluar proyectos de cooperación en zonas de difícil acceso. Me veía obligado a viajar a otras provincias de la selva amazónica peruana o, muchas veces, a otros países del continente para fiscalizar si los fondos que provenían de la ayuda internacional se estaban gastando como era debido. Ello suponía un paso adelante en mi carrera, pero Martha, bajo presión debido a la enfermedad de Louise, no lo interpretó así. Incluso comenzó a dudar acerca de si estábamos haciendo bien aferrándonos a la vida de los voluntarios de campo. Quizá ya no éramos los mismos que nos habíamos conocido en Katmandú, quizá ya habíamos quemado esa etapa. Tal vez, aunque decidiésemos seguir trabajando para el programa de cooperación, nos convenía trasladarnos a Europa para colaborar desde los despachos.

Esas preguntas me torturaban día y noche. Sabía que nos encontrábamos en una encrucijada conocida entre los colegas como el «punto de no retorno». Si continuábamos en la selva podíamos estancarnos en un mundo que cada día iba a producirnos menos emociones y, si no lo hacíamos, nos veríamos abocados a regresar a una vida de la que yo ya había huido una vez. Por eso, aprovechando que siempre tenía pendiente alguna inspección, me dedicaba a dilatar de forma engañosa el momento de tomar la decisión sin darme cuenta de que Martha acusaba cada vez más mis ausencias. Le angustiaba quedarse sola al cuidado de la escuela y de Louise, aunque no lo admitiese. Cuando me echó en cara por primera vez que yo aceptaba los trabajos fuera de Puerto Maldonado sólo para huir de nuestros problemas, ya albergaba en su interior más resentimiento del que podía expulsar con una sola conversación.

Lo cierto era que, a pesar de que Martha y yo seguíamos queriéndonos como el primer día, los ataques de nuestra hija y mis viajes constantes colmaron de culpas nuestra relación; tanto que ya no sabíamos cómo acercarnos el uno al otro por miedo a pisar alguna de esas minas cargadas de gritos y de silencios. Nuestra complicidad se había desvanecido, nuestros desencuentros se habían convertido en algo habitual o, lo que era peor, en algo trivial. Las últimas discusiones, más fuertes de lo que nunca hubiésemos imaginado, nos revelaron que necesitábamos separarnos una temporada para poner en orden nuestros sentimientos antes de que el daño que nos estábamos causando el uno al otro fuese irreparable.

Acordamos que al terminar la convención de Nueva York viajaría a Delhi, donde Martha nació y donde seguía viviendo su padre, un británico llamado Malcolm Farewell con quien yo había forjado una relación muy estrecha desde el primer día. Delhi era un buen sitio para pensar. Allí estaría lejos de todo, disfrutaría de la suficiente perspectiva, y al mismo tiempo sería como volver a nuestros orígenes como pareja, regresar a la región de Asia en la cual pasamos nuestros primeros meses juntos. Además, Malcolm y yo teníamos un nuevo proyecto entre manos: una escuela de inglés para los exiliados tibetanos que queríamos abrir en la ciudad india de Dharamsala. Era una buena excusa para pasar unas semanas con él sin tener que darle explicaciones.

Volví a marcar el número de Puerto Maldonado. Esta vez sonó un pitido diferente y, por fin, escuché la voz de Martha al otro lado.

—Diga.

—Hola, soy yo.

—¡Jacobo! —exclamó Martha—. Llevo todo el día llamando.

—Olvidé el móvil en el hotel. Pero ¿qué ocurre? La niña está...

—Está bien, no te preocupes.

—Menos mal. —Al fin pude respirar—. Al ver tantas llamadas no sabía qué pensar...

—Ni siquiera está tomando la medicación estos días; no le hace falta. ¿Qué tal las jornadas?

—Ya sabes, he tenido que dar veinte apretones de mano más de los que me pedía el cuerpo, pero al final he conseguido algunas cosas. En cuanto vuelva... —Me detuve y, una vez más me sentí violento con ella, como si fuésemos dos desconocidos—. Ya te contaré. Pero dime, ¿ha pasado algo?

—He hablado con mi padre.

—¿Va todo bien por Delhi?

—Él está bien. Le han concedido los permisos para la ampliación de la fábrica.

—¡Vaya! —exclamé—. Me alegro de verdad por él.

—Sí, sí. Llevaba tiempo esperándolo.

—Si me jura que iba a prosperar ese proyecto suyo de no contaminantes... Parece mentira que hayan pasado por el aro en el ministerio, a pesar de la presión de las demás factorías.

—Sí, pero no es por eso por lo que me ha llamado.

—Ya me imagino. Estaré con él dentro de nada.

—Ya —contestó, tomando el relevo de los silencios embarazosos—. Esta mañana han encontrado muerto en Boston a un gran amigo suyo, un lama de Dharamsala.

—¡Qué dices! ¿A quién?

—Singay, el lama médico. Le conociste en Delhi la última vez.

—Lobsang Singay. Me acuerdo de él perfectamente. No sabía que estuviera en Boston.

—Ha sufrido un ataque al corazón. El gerente del hotel en el que se alojaba lo ha encontrado tirado en el suelo. Acababa de llegar a Harvard para comenzar un ciclo de conferencias.

—Lo siento de veras...

—Mi padre quiere que retrases tu vuelo de mañana y viajes primero a Boston para hacerte cargo de las gestiones para repatriar el cadáver.

Me cogió por sorpresa. No esperaba un cambio de planes tan repentino.

—Espera...

—No te preocupes si pierdes el importe del billete. Él lo cubrirá todo.

—De acuerdo. Cogeré el primer vuelo.

—También quiere que viajes a Delhi con el cuerpo.

—¿Que vaya yo con el cuerpo?

—Jacobo... —me cortó—. Mi padre tenía una profunda amistad con Lobsang Singay y se ha ofrecido a los ministros de Dharamsala para encargarse de todo. Ha contratado una funeraria de Boston que ya se está ocupando de los trámites consulares y de preparar el embalsamamiento y la caja de zinc, pero siempre es preferible que alguna persona cercana supervise el transporte del féretro para que no surjan problemas en los servicios de carga de los aeropuertos de salida y de destino.

—Está bien...

—Además —siguió diciendo—, para los tibetanos, y más para un maestro como él, es muy importante que alguien querido acompañe al cuerpo antes de que hayan pasado tres días desde el momento de la muerte. Han de sentir un último abrazo que les ayude a encontrar su camino por el mundo intermedio, ya sabes.

Martha hizo otra pausa que yo aproveché para calibrar la cuestión durante unos instantes, en los que traté de separar el problema logístico de la cubierta espiritual y así acometerlo con más cabeza.

—Necesitaré que me otorguen poderes desde Dharamsala…

—Mi padre está en el consulado de Delhi preparándolo todo.

—Vale, vale. Ya me dirás qué tengo que hacer exactamente cuando llegue a Boston.

—Gracias.

—No me las des, Martha, por favor… ¿Qué tal está la niña? ¿Me echa de menos?

—Se puso el collar de semillas cuando te fuiste y no se lo ha quitado ni para dormir.

Una sonrisa se dibujó en mis labios nada más pensar en ella.

—Si me dijo que no le gustaba…

—Hasta que te has ido, ya sabes.

Dejé suspendida su imagen junto al teléfono.

—Mándame un mail con todos los datos de Singay, del hotel donde estaba alojado y cualquier otra cosa que pueda necesitar. Mientras tanto buscaré un billete.

—Usa la American Express de Industrias Farewell. ¿La llevas encima?

—Seguro que sí, las traje todas por si acaso. Y la de tu padre antes que ninguna; ésa no tiembla con las emergencias.

Ambos reímos durante un segundo que disipó toda la tensión acumulada. Después callamos de nuevo.

—Ya nos veremos a la vuelta.

—Llámame cuando llegues y me cuentas. No te olvides de hablar con mi padre, que estará esperando noticias.

—Dale un beso a Louise.

—Buen viaje.

Nada más colgar me pregunté qué derroteros habría tomado mi vida si no hubiese aparecido Martha en ella, si no hubiese decidido dejar Salamanca para ir a Katmandú y hubiese comenzado a trabajar en la empresa de mi padre. Ahora estaba más unido al padre de Martha y a sus recuerdos que a los míos propios, y me sentía más próximo a su gente que a todos aquellos con los que había convivido en Salamanca durante años. Cuando charlaba con Malcolm y sus amigos de Delhi, o con los pocos europeos que llegaban a la zona del río Madre de Dios abanderando algún proyecto y se dejaban caer por Puerto Maldonado, no tenía que justificarme. Nos entendíamos antes de decir la primera palabra.

Cada vez llovía con más fuerza. Abrí la ventana para colmarme del olor de la tormenta. Fue entonces, a través de luces desfiguradas y vapor entre la lluvia, cuando sentí que algunas cosas estaban a punto de cambiar para siempre.

2

Dos días después descendía hacia tierra india sobrevolando un manto de cemento inabarcable incluso desde el aire; miles de casas apelotonadas que no dejaban ni un hueco por el cual pudiese respirar el suelo. Una vez aterrizamos, pasamos a una gran sala con asientos de plástico llenos de quemaduras de cigarrillo. Las losas mugrientas estaban salpicadas del rosa de los saris y del brillo de la bisutería de las viajeras que se acicalaban antes de reencontrarse con los suyos. Ya entonces adiviné la sofocante bienvenida que me aguardaba al otro lado del cristal opaco: cuarenta grados centígrados envueltos en una humedad difícil de soportar sin enloquecer. Estaba en Asia, de pie sobre un enérgico coletazo del monzón.

El padre de Martha me esperaba tras la valla sobre la que se abalanzaban los taxistas tratando de asir alguna maleta que les proporcionara una carrera hasta el centro. Malcolm alzó el brazo y señaló el camino para llegar hasta donde él se encontraba, estirándose entre los tour operadores que sostenían con letreros nombres de hoteles. Siempre parecía estar por encima de todo lo que le rodeaba, y esta vez tampoco se inmutaba entre el desconcierto y el griterío. Ni siquiera el sudor que le cubría el rostro, bajo el flequillo rubio y las gafas de sol de cristal verde, descomponía su gesto seguro.

Él era la razón fundamental por la que Martha y yo seguíamos unidos al Oriente en el que nos conocimos. Tras recibir la más exquisita educación de la colonia inglesa, decidió forjar su vida en aquella tierra de vacas sagradas y sucias calles repletas de bicicletas desvencijadas. Allí instaló su empresa de componentes electrónicos a mediados de los setenta y desde entonces había dedicado su vida a hacerla crecer y, simultáneamente, a luchar por preservar la cultura tibetana que tanto amaba. Ésa era su verdadera pasión, sazonada con sus incursiones de agente en la sombra para gobiernos o grupos independientes que apoyaban la causa del Dalai Lama.

Mientras me acercaba pensé que los años no habían hecho mella en su expresión, que continuaba reflejando la misma sagacidad. Más aún, el peso de la experiencia mejoraba un espíritu aventurero que afloraba con más intensidad que nunca mientras la mayoría de sus amigos comenzaban su declive. Vestía una camisa de lino blanco, unos pantalones de pinzas y los zapatos más limpios de todos los que pisaban el aeropuerto.

Nos dimos un abrazo sincero.

—¿Qué tal tratas a mi hija y a mi nieta? —dijo.

—A tu nieta mejor que nadie. A tu hija según me deja.

—Ya me imagino —rió, ajeno a la situación que Martha y yo estábamos atravesando.

—¿Qué tal ha ido el viaje?

—Muy bien, sobre todo este último tramo.

—Siento haberte cambiado los planes de forma tan apresurada.

—No pasa nada. La verdad es que ha ido todo bastante rodado.

—Me alegro. Estaba preocupado por si se complicaba algún trámite.

Nos separamos pero continuamos con un apretón de manos que transmitía verdadero cariño.

—¿Cómo estás tú? Se te ha juntado todo en la misma semana.

—Ah, ya —comprendió—. Lo de los permisos para la nueva fábrica me ha supuesto una alegría inesperada; veo que ya te lo ha contado Martha.

—Te vas a convertir en el adalid de la ecología en la India.

—Algo así —sonrió—. Pero lo de Lobsang Singay ha sido un golpe muy duro. Era mi mejor amigo en Dharamsala y, además, un verdadero genio de la medicina.

—Lo sé.

—Es difícil encontrar lamas que comprendan nuestra rígida manera occidental de ver las cosas. Se ha ido uno de los que favorecían esa apertura que tanto bien les está haciendo.

—Al menos tienen claro que te has jugado la vida por su pueblo durante décadas —le dije.

Aquélla era una rigurosa verdad. Malcolm no sólo había trabajado para la causa tibetana desde la India sino que, en muchas ocasiones, había llegado a cruzar la frontera para internarse en el Tíbet, desafiando al propio ejército chino. Incluso llegó a vivir en Lhasa con otra identidad, lo que le permitió organizar una vía precaria pero eficaz de información, una especie de servicio secreto tibetano del que aún se servían algunos departamentos del gobierno en el exilio de Dharamsala y los movimientos independentistas que trataban de sobrevivir en el territorio ocupado. A pesar de haber abandonado la lucha activa, Malcolm seguía manteniendo intensos contactos con la élite política de Dharamsala. Allí todos conocían su ímpetu y empeño, dos virtudes que traspasó intactas a Martha y que yo compartía desde que entré a formar parte de sus vidas. Con ese espíritu, desde el otro lado del planeta y a pesar del poco tiempo que ahora nos dejaban la escuela y mis inspecciones, nosotros también nos afanábamos en hacer lo único que estaba a nuestro alcance: buscar fondos para mantener a flote a los exiliados tibetanos; a ellos y a su frágil esperanza de regresar algún día a una meseta liberada de China.

—Espero que vengas con fuerzas —dijo—. Van a ser unos días muy largos. La nueva escuela nos va a dar mucho quehacer.

Habíamos conseguido el presupuesto necesario para poner en funcionamiento la escuela de inglés en Dharamsala, un proyecto que abordamos pensando en favorecer las posibilidades de integración y el futuro laboral de los exiliados, pero ahora era necesario gestionar los permisos, así como comenzar las obras y la contratación de personal para que echase a andar cuanto antes.

Lo que Malcolm no podía saber, a pesar de la gran amistad que nos unía, es que había otro motivo que me llevaba a alejarme de su hija.

—He rellenado los impresos —le corté, volviendo al asunto del cadáver que había traído conmigo—, pero quien vaya a llevarse el féretro tendrá que presentarse en la oficina del director de Aduanas dentro de un par de horas para terminar el papeleo. Y hay un problema añadido: se ha perdido la maleta de Singay en la que metí todas sus cosas.

—¿No iba junto al féretro?

—La facturaron a mi nombre como una más por el conducto ordinario.

—No te preocupes. Seguro que habrá caído en algún montón que no le corresponde. Mañana lo habrán resuelto y mandaré a alguien a por ella.

—Espero que no se pierda.

—Ha sido un detalle por tu parte desplazarte a Boston para traer el cuerpo. No esperaba menos de ti. —Dejó caer una mirada de esas que siempre me hacían estar ligeramente en guardia frente a él—. Para los compañeros de monasterio de Singay es muy importante. Luego te presentaré a los dos que han venido de Dharamsala para hacerse cargo de los restos.

—Lo que tú consideres.

—Te voy a hacer un regalo. —Sacó su tarjeta VIP de Indian Airlines y la agitó frente a mí—. Vamos a la sala Business y te das una ducha rápida mientras esperamos a que salga el féretro y lleguen los dos lamas.

A la hora convenida atravesamos la terminal y nos dirigimos a una estancia situada detrás de las consignas. No era la primera vez que Malcolm acordaba verse allí con alguien; sabía que se trataba uno de los pocos rincones del aeropuerto donde podía estar a solas y charlar con cierta intimidad.

Dos monjes esperaban sentados en el borde de las sillas de plástico, agitando los bajos de sus túnicas para que corriese un poco de aire por sus pantorrillas. Al vernos aparecer nos sonrieron y se levantaron para abrazar a Malcolm y tenderme la mano.

—Así que tú eres el chico.

—El compañero de la pequeña Martha —dijo el otro.

Asentí con gesto cordial y repetí las ligeras inclinaciones de cabeza que me dedicaban.

—Supongo que habrá sido un viaje muy duro. Sabemos que te has desplazado de un lado a otro para ocuparte de nuestro querido Singay.

—Ha sido un placer hacerlo.

—Malcolm te tiene en gran estima. Estábamos seguros de que desempeñarías bien tu papel.

—Martha me habló de ello, de los tres primeros días —dije—. Pero la verdad es que no sé tanto como ella sobre su cultura. Sólo he podido ofrecerle mi compañía.

—Todo lo que se hace en esta vida por los demás olvidando el interés personal sirve de mucho.

—Si queréis quedaros unos días puedo alojaros en casa —intervino Malcolm—. O incluso puedo dejaros alguna sala de la empresa para que realicéis vuestros rituales con tranquilidad.

Uno de los monjes percibió mi gesto de extrañeza.

—Con nuestras oraciones y ceremonias intentaremos que Singay proyecte su conciencia para fusionarse con la sabiduría de Buda —me explicó—. Aunque su cuerpo ya esté muerto debemos ayudarle a alcanzar la Iluminación a través de nuestra meditación.

—En este momento la conciencia de nuestro amigo Singay vaga por su cuerpo sin encontrar la salida —añadió el otro—. Lo que debemos hacer es abrir una grieta, una fisura por la cual pueda salir.

—Una abertura... —repuse.

—Tenemos nueve aberturas posibles; la que consigamos abrir determinará aspectos sustanciales de su nueva existencia, siempre que el moribundo no haya alcanzado antes la Iluminación por sí mismo, claro está.

Aquella escena comenzó a parecer una fantasía: los cuatro de pie en una sala del aeropuerto manejando aquellos términos con tanta naturalidad entre la luz del fluorescente que parpadeaba, la vibración producida por algún reactor en pleno despegue y dos policías indios, uno de ellos con turbante sij, que pasaban dando vueltas al fusil como si fuera un bastón de majorette. Malcolm volvió a intervenir oportunamente.

—Entonces ¿os quedáis o no?

—No se trata de nosotros. Podríamos hacer el *phowa* en cualquier parte, pero los demás...

—¿A quién te refieres? ¿Es que ha venido alguien más?

En aquel momento entraron en la sala otros cinco monjes. Venían hacia nosotros con aire solemne.

—Perdonad. Estábamos terminando de rellenar los impresos en la oficina —informó el más joven mientras se acercaba ajustándose sus gafas redondas de alambre.

El monje amigo de Malcolm intervino de inmediato.

—Os presentaré. Él es Malcolm Farewell. Y éste Jacobo, el compañero de su hija.

—Malcolm Farewell, teníamos ganas de conocerle —dijo uno de ellos, de constitución fuerte y voz grave, recolocándose la túnica de forma protocolaria sobre el hombro.

—Perdonad mi gesto de sorpresa. No esperaba a nadie más —respondió Malcolm mientras les daba la mano.

Los cinco monjes cruzaron miradas un instante.

—El gobierno de Dharamsala ha de acompañar a Lobsang Singay en su último viaje.

Según nos indicaron, el monje fuerte era el mismísimo Kalon Tripa, que era la denominación que recibía el jefe del Kashag o gabinete de la administración central tibetana. Iba acompañado de otros dos ministros, además del responsable del Departamento de Religión y Cultura y de un joven lama de confianza, llamado Gyentse, el chico de las gafas redondas, que era quien conducía la furgoneta en la que se habían desplazado y a la vez hacía las funciones de secretario.

El clima de espiritualidad que habían generado las explicaciones de los dos primeros lamas se desvaneció de inmediato con la presencia de los ministros. Sin duda eran monjes como los demás, ya que vestían las mismas túnicas rojas, pero su actitud dejaba claro que no estaban allí para abrazar el cuerpo de un amigo muerto, sino para asegurarse en persona de que quien yacía en el féretro era Lobsang Singay, una pieza fundamental de su gobierno que había viajado a Estados Unidos para revelar los arcanos de su doctrina.

—Es una lástima que le haya alcanzado la muerte justo cuando se disponía a explicar al mundo las bases de su técnicas sanadoras —se lamentó el Kalon Tripa—. Lobsang Singay tenía un particular enfoque de la medicina, pero sin duda consiguió logros excepcionales desde su laboratorio de la facultad de Dharamsala.

No volvió a referirse a él. De improviso pasó a disertar acerca de algunas cuestiones de política internacional referentes al gobierno del Dalai Lama, guardando en todo momento cierta distancia que sin duda se debía a mi presencia en la reunión. Esto lo dejó bien claro el monje más joven con esa mezcla de descaro y cordialidad que los tibetanos vierten en sus miradas. Hablaron de la pasividad del Parlamento Europeo ante el conflicto, dirigiéndose a Malcolm como si él encarnase esa institución.

—¿Tenéis noticias de esos monasterios del Tíbet que, según se ha publicado, han sido reconstruidos? —preguntó Malcolm sin ninguna suspicacia al responsable de Religión y Cultura, quizá para desviar el ataque sin perder autoridad.

—No hay que fiarse de las crónicas que llegan de Pekín —contestó el lama de modo escueto—. Lo que sí es cierto es que nuestro Departamento ha establecido ya doscientos monasterios y conventos para albergar a más de veinte mil monjes y monjas exiliados.

—Es un gran trabajo —dije.

—No son muchos si tenemos en cuenta que la Revolución Cultural destruyó seis mil monasterios en el Tíbet —se lamentó el lama dirigiéndose a mí con resignación—, pero todos sabemos que cada nuevo monje, aunque medite más allá de las fronteras de nuestro país, es una piedra recuperada del muro derruido de nuestra tradición.

Poco a poco todos fueron quedándose callados.

—Ya sabéis que se ha perdido la maleta de Singay, en la que Jacobo había guardado todas sus cosas —intervino Malcolm.

—Sí —repuse, al ser algo que se suponía de mi responsabilidad—. Sólo ha llegado mi bolsa; pero me han asegurado que salieron juntas de Estados Unidos y que sin duda mañana estará aquí.

—Yo me ocuparé de solucionarlo, no os preocupéis —afirmó Malcolm—. Os la enviaré a Dharamsala tan pronto la tenga en mi poder.

El Kalon Tripa se volvió hacia él.

—Muchas gracias una vez más. Ahora debemos irnos.

—Decidle adiós a Singay por mí.

—Él te escucha.

—Repetídselo el último día del *phowa*, por favor, cuando estéis en casa transfiriendo su conciencia.

—Así se hará.

—Y gracias a ti también por haberte ocupado del cuerpo —me dijo el monje joven de las gafas de alambre—. Ha sido un placer conocerte.

—Lo mismo digo.

Me dio un cariñoso abrazo que rompió el protocolo que había presidido el encuentro.

Los monjes se dirigieron de nuevo a la oficina de aduanas. Les esperaba el encargado con los permisos necesarios para atravesar con un cadáver los controles que llevaban al norte por carretera. Dharamsala se encuentra en suelo indio, pero demasiado cerca de la región en disputa de Cachemira, por lo que no se puede circular sin autorización por algunos pasos de montaña. Además, los desprendimientos que producen las lluvias del verano restringen las vías de acceso a la región; y las más seguras son las que, al mismo tiempo, atraviesan la zona políticamente más inestable.

Malcolm se echó mi mochila al hombro e hizo un gesto para que le siguiese. Ya en su coche, mientras el conductor de la empresa lo ponía en marcha y buscaba una salida del abarrotado aparcamiento, entre los gritos de los operarios y los constantes pitidos de los vehículos, habló mirando al frente.

—Es difícil trazar una línea entre los aspectos más poéticos de la tradición tibetana y las prácticas heredadas del viejo budismo tántrico.

—Sí, pero lo integran en sus vidas con total naturalidad. Eso es lo que más me sorprende.

—No debería. Tú ya no eres un novato.

—Según con quién me compares.

—Ni siquiera se trata de dogmas de fe, como las creencias cristianas —continuó, recostándose en el asiento—. Ellos aseguran la realidad física de todas esas experiencias a partir de la práctica.

El funcionario que cobraba los tíquets de aparcamiento se plantó en mitad del paso impidiéndonos avanzar. Malcolm se asomó por la ventanilla y le gritó algo que no entendí. Una mujer aprovechó el momento en el que bajó el cristal para introducir sus dedos huesudos en los que llevaba un paquete de trapos de algodón. Se empeñaba en convencernos de que servían tanto para lustrar el salpicadero como para enjugar el sudor de la cara. La mía ya estaba cubierta por completo. Malcolm le rogó que se fuera, procurando no mostrar desprecio.

—No sabía que Singay fuese un hombre tan bien considerado en los círculos políticos —comenté mientras abandonábamos el recinto del aeropuerto.

—A mí también me ha extrañado ver aquí a los ministros.

—¿Qué crees que…?

—Ya te hablaré algún día de esas nueve aberturas de salida —me cortó, cambiando de tema. Sin duda Malcolm prefería reflexionar primero acerca de por qué habían venido hasta Delhi aquellos lamas del ejecutivo tibetano—. Si la conciencia sale por la coronilla renaces en un lugar más proclive para alcanzar la Iluminación en la siguiente oportunidad…

Extendió sus manos en señal de que no podíamos sino asumir sin más aquella cultura salpicada de siglos de aislamiento y de una simbología nacida y desarrollada en el techo del mundo, tan lejos de nuestra realidad.

—Dudo que en el fondo alguien como Singay creyera en

todo eso —sugerí, volviendo al tema inicial para no importunarle.

—Te sorprendería saber que el mismo Singay aseguraba que sin grandes conocimientos, sólo con la devoción del paciente y la guía de un maestro como él, la práctica del *phowa* hace que surjan en los moribundos señales físicas. Hablaba incluso de un ablandamiento en la frente que termina dando lugar a un orificio por el que llegan a introducir la punta de un tallo de hierba para evitar que se cierre.

—Llévame a tu casa, Malcolm —le interrumpí, sonriendo y haciéndole comprender que ya era suficiente para mi primer día en Oriente.

—De acuerdo, dejaré las clases para mi hija. Bastante tendrás que soportar en casa.

Rió sin percatarse de que yo no lo hacía y volvió a dirigirse al conductor, para darle más instrucciones para salir del atasco. El resto del camino charlamos sobre la pequeña Louise. Era reconfortante ver cómo el Malcolm inconmovible que yo conocía se doblegaba ante mí sin rubor, destapando sus emociones de abuelo primerizo. Yo, mientras tanto, tomé conciencia de que me hallaba de nuevo en Asia, en mitad de su narcótico caos, y me dejé llevar por la Delhi que susurraba sugerente al otro lado de la ventanilla.

3

Para llegar a la casa de Malcolm no era necesario internarse en el enjambre de bicicletas, *rickshaws* y autobuses envueltos en humo que pululan a oleadas por las calles del centro. Nuestro conductor tomó la avenida Sardar Patel Marg y enfiló hacia el sur a una velocidad nada prudente a través del bulevar de casas señoriales en el que se encuentra la antigua mansión de Indira Gandhi.

Diez minutos después llegábamos a Ramakrishna Puram Road, al olor a hierbabuena y a menta que se respiraba en el jardín de los Farewell, de repente ajeno al bullicio como por arte de magia. Aquel oasis, que tenía por vecinas algunas embajadas y varias viviendas particulares de diplomáticos, disfrutaba de una ubicación privilegiada en el único barrio verde al sur de la capital. Malcolm lo escogió bien cuando aterrizó en Delhi, en unos años en los que la ciudad estaba de saldo. Desde entonces no se había mudado. Nunca había buscado vivir rodeado de lujo, pero necesitaba algunas muestras de fastuosidad para tratar de tú a tú a los grandes hombres de negocios y a los políticos de la ciudad. Todos ellos, tarde o temprano, terminaban cayendo en sus redes y apoyaban de un modo u otro sus proyectos humanitarios relacionados con los exiliados tibetanos.

La verja ya se estaba abriendo cuando el conductor giró el volante para salir de la calzada. Al fondo, de un solo piso y tras el porche de columnas sin capitel, se levantaba la casa encalada, cubierta de hiedra exuberante. Una mujer con el sari anudado a la altura de las rodillas barría hojas de palma. Malcolm dio algunas instrucciones al conductor, quien también se dedicaba a otros quehaceres en la casa.

—Llevarán tus cosas a la habitación de atrás.

—Muy bien.

—La otra, en la que Martha y tú habéis dormido otras veces, las pocas que habéis venido a verme —remarcó—, está recién pintada. He cambiado algunas cosas.

Aquella última frase parecía contener cierto tono de culpa. Malcolm sabía que su hija continuaba considerando aquel lugar el palacio de Louise, su madre, fallecida cuando era niña. Era su intocable museo de recuerdos.

La casa tenía aliento propio, tan limpio que parecía estar herméticamente cerrada a la humedad de fuera, al calor, al polvo y al humo que tiznaba cualquier rostro que se asomara a la calle. De amplios espacios, techos altos y grandes ventanas hasta el suelo, cada habitación salpicaba su estructura sobria con toques medidos de nostalgia colonial y algunos muebles de Le Corbusier: sillones y *chaises longues* de cuero desgastado para tumbarse a descansar en medio de aquel universo tan plural como la decoración de las paredes. En ellas, sobre el fondo blanco, destacaba una pintura tibetana con cien budas diminutos sentados sobre la rueda de la vida, un tapiz hilado como los que recubrían los tabiques del monasterio tibetano de Sera y a cada momento las fotografías que Louise arrancó a los instantes más puros de su familia. Risas de Martha en todas las habitaciones, su pelo rubio sobresaliendo entre las melenas indias de sus amigas del colegio, tan morenas que parecían azules; otras veces con su padre en la piscina, en los jardines de la fábrica y muchas más con su madre, abrazadas las dos en las ciudades del Rajastán, sentadas frente a las fuentes de Pushkar, apoyadas contra las rosadas murallas de Jaipur.

Martha tenía mucho de su padre. A medida que les conocía descubría cuánto, pero más aún llevaban ambos consigo el alma de su madre y esposa. Louise, reportera de varias publicaciones europeas, perdió la vida en uno de sus más comprometidos trabajos en China, en plena revuelta de Tiananmen. Desde entonces, pasados los llantos más desgarrados que conociera la ciudad nueva de Delhi, Malcolm y Martha decidieron ser felices en compañía, al menos, de lo que ella les había dejado antes de irse: sus vinilos de ópera, los grabados de la India colonial, las *pashminas* de Cachemira y sus álbumes de fotografías. Se esforzaban en vivir como ella vivió, con el intenso romanticismo que persistía en todos sus recuerdos, y sabían que la forma de corresponderle era siguiendo adelante con todos sus proyectos sin pensar en las consecuencias. Malcolm sentía una verdadera necesidad física de ayudar a los tibetanos de la meseta obligados a partir, a los novicios sin maestros que malvivían en monasterios derruidos. Y Martha, ahora con su propia hija y aunque dedicada a ella, nunca dejaría de acudir a la llamada de su padre.

Malcolm pidió a la mujer del sari que preparase algo ligero para comer. Ella propuso un poco de arroz con yogur frío, previamente sazonado con mostaza y guindillas, siguiendo una receta del sur.

Entré en la habitación y puse en marcha el plato del tocadiscos. Emergió una confusa melodía de free-jazz que servía de banda sonora para aquella amalgama delirante que era la India, unos juegos malabares imposibles entre la herencia inglesa, los dioses del hinduismo y la falsa modernidad recién lograda. Me tumbé en la cama y miré a mi alrededor. Me estiré para coger un pequeño marco y limpié con la manga el cristal que cubría la fotografía. Martha y sus padres se abrazaban formando una piña frente a una de las torres del Taj Majal, con el río al fondo reflejando la cúpula central.

Ni siquiera me di cuenta del momento en el que cerré los ojos, dejando caer la fotografía sobre mi pecho, ni de las dos horas que transcurrieron hasta que Malcolm golpeó la puerta.

—¡Vaya siesta! Está visto que no pierdes las buenas costumbres latinas.

Tardé unos segundos en darme cuenta de dónde estaba.

—Costumbres españolas, permíteme que te corrija —le contesté desperezándome—. La siesta es una costumbre española.

—Ya le salió la vena patriótica al emigrado.

—No te lo tengo en cuenta porque sé que tú eres uno de los nuestros.

—¡No has comido nada! —se quejó—. Te han dejado un plato preparado en la cocina.

Malcolm entró en la habitación y abrió la cortina para que entrase la luz tenue de la tarde. Después se sentó en un sillón de piel. Dejó la copa que traía sobre la mesita del mirador y se entretuvo con unos pequeños anteojos y otros artilugios de medición de mapas sacados de algún anticuario del Kan Bazar, mientras yo me espabilaba en el baño. Cuando salí me senté frente a él en otro sillón gemelo.

—Están limpiando el salón. Perdona que invada tu cuarto —dijo.

—Ya he visto que tienes media casa patas arriba.

—No es para tanto. Sólo he hecho algunos cambios en los cuartos de delante, pero está todo lleno de polvo. Si Martha se enterase...

—No creo que le importe que cambies algunas cosas. El tiempo pasa.

—Me refería al desorden, no lo lleva nada bien —dijo él desviando la conversación.

—Vives muy bien aquí —afirmé, ayudándole a salir de aquellos derroteros—. Martha ha tenido que ser muy feliz en este lugar.

—Mi hija nació destinada a la felicidad. Los astros trazaron una alianza inquebrantable para protegerla. Eres muy afortunado al tenerla.

—Espero que pienses que ella también lo es.

—Desde luego que sí. No estaría aquí contigo apurando este malta de doce años si no fuera así. —Bebió un sorbo antes de continuar—. Han traído la maleta.

—¿Ya? —exclamé.

—Llamaron poco después de que te quedaras dormido. Mi chófer volvió al aeropuerto a por ella. Me he permitido abrirla mientras dormías.

—No hay problema. Sólo metí las cosas de Singay que encontré por la habitación del hotel en el que... La policía no puso ninguna objeción a que revolviera los cajones y me llevara cuanto quisiera. Tan sólo tuve que escribir un inventario y dejárselo al inspector antes de salir de Boston.

—Hay un objeto que no me cuadra.

—¿A qué te refieres?

—Un pedazo de tela de seda negra, con cuatro cruces esvásticas en las esquinas y un peculiar mandala en el centro, tan sólo una circunferencia blanca con un pequeño buda delineado con tinta roja en su interior, sobre el mismo fondo oscuro. No soy capaz de recordar ningún mandala similar. Tampoco acierto a imaginar por qué Singay llevaría consigo algo así.

—Te aseguro que yo mismo lo recogí del suelo. Estaba tirado junto a la cama.

—No lo dudo, pero me intriga. Ni siquiera las esvásticas, tan comunes en la simbología budista, son normales.

—¿A qué te refieres?

—Están invertidas, dibujadas en sentido anti horario. Ya lo estudiaré.

La india del sari recogido que antes limpiaba el porche se asomó a la puerta, haciéndose notar con un gesto cortés pero no menos familiar. Portaba mi teléfono pero le habló a Malcolm.

—Señor Farewell, llevaba un rato sonando. Preguntan por Jacobo.

Lo dejó sobre la mesa.

Contesté de inmediato y me dediqué a escuchar lo que decía mi interlocutor sin apenas intervenir. Levanté la mirada hacia Malcolm. Su rostro traslucía una preocupación creciente. Me despedí después de anotar un número y una dirección de correo electrónico en una libreta que Malcolm sacó de un cajón.

—¿No tendrá nada que ver con la pequeña? —preguntó con angustia en el momento en que colgué.

—No te preocupes. Louise está bien. Se trata de Lobsang Singay.

Apuré lo que quedaba de su malta antes de continuar. Malcolm llamó a la mujer y le pidió que nos trajera la botella y otra copa.

—¿Te llamaban de Dharamsala? —preguntó extrañado.

—No, de Boston. Era el inspector Sephard. Le conocí mientras preparaba los papeles para repatriar el cuerpo.

—¿Qué quería?

Respiré hondo antes de contestar. Malcolm, por lo que reflejaban sus labios apretados, debió de adivinar que se trataba de algo importante.

—Singay no murió de un paro cardíaco.

—¿Qué?

—Bueno, quizá sí, pero alguien se lo provocó.

—¿Cómo? —gritó.

—Lo siento, Malcolm. Es lo que me han dicho.

Me miraba con los ojos completamente abiertos y, sin embargo, parecía no verme.

—¡Singay asesinado! ¡Dios! ¿Quién ha podido...?

—De momento no lo saben.

—No puede ser cierto, tiene que haber un error... ¡Repíteme palabra por palabra lo que te ha dicho ese inspector!

—Según me ha contado, a pesar de que el servicio médico certificó inicialmente que Singay había muerto por causas naturales, dado que no había indicios de que otra persona hubiera estado en la habitación, ni huellas significativas, ni marcas en los muebles o en las cerraduras, la policía científica se llevó la taza que encontraron en su mesilla para una comprobación rutinaria. Al parecer remitieron los restos al laboratorio central, desde donde han devuelto un análisis que certifica la presencia de un veneno en el té.

—Un veneno...

—Dice que tuvo que producir lesiones internas de fácil apreciación en el cuerpo de Singay, pero no pudieron verlas ya que no llegaron a hacerle la autopsia.

Malcolm tenía la mirada perdida en otra dimensión. No dejaba de agitar los hielos en el fondo de la copa produciendo un tintineo desquiciante.

—Lobsang Singay envenenado —repetía entre balbuceos—. Era un maestro insustituible. ¿Quién habrá querido hacer algo así? Si no fueras tú quien me lo dice no lo creería...

—Al parecer se ha formado un gran revuelo porque me dejasen sacar tan apresuradamente el cuerpo del país.

—Pero cumpliste con toda la normativa... —supuso, preocupándose ahora por mí.

Al fin y al cabo era él quien me había metido en aquello.

—Sí, sí. Sin duda no esperaban que el análisis arrojase ese resultado, ni podían saber cuánto tardaría en realizarlo el laboratorio, así que no pusieron impedimentos para que me llevase el cuerpo cuanto antes. Ya te he dicho que ni siquiera se plantearon hacerle la autopsia. Es ahora cuando van a solicitarla a través de la INTERPOL, para que sean los forenses indios los que la practiquen.

—¿Para qué la quieren ahora?

—Si la autopsia revela en el cuerpo de Singay lesiones compatibles con las que causa ese veneno pasaremos a estar oficialmente ante un caso de asesinato y la policía de Boston podrá iniciar una investigación.

—Claro. Si no se practicase, o si una vez realizada no arrojase el resultado que esperan, se limitarían a archivar el expediente.

—Así es.

Malcolm rellenó su copa y preparó otra para mí. Esta vez no le recordé las quejas de Martha al respecto de la falaz alianza entre el alcohol y los expatriados.

—Pero ¿por qué te han llamado a ti? —preguntó con extrañeza.

—Ten en cuenta que para ellos soy la persona responsable del cuerpo. Aparezco en los poderes tramitados a través del consulado y mi firma está estampada en todos los informes.

—Entonces no van a avisar a Dharamsala…

—De momento no. Me han trasladado la información con carácter oficial a través de esta conversación que, según me han dicho, ha quedado grabada, y la INTERPOL se ocupará del resto. La Central de Policía de Delhi derivará el caso a la comandancia de la región donde está Dharamsala.

—¿Cuánto tardará eso?

—No me lo ha dicho, pero supongo que unos cuantos días, entre una cosa y otra.

Malcolm se perdió en sus cavilaciones.

—Entonces… —murmuró al poco.

—Entonces tendremos que llamar a Dharamsala cuanto antes.

—No, espera —dijo él, suave pero rotundamente.

—¿En qué piensas?

—Aún no lo sé.

—Malcolm, no hay tiempo que perder.

—La tela…

—¿A qué te refieres?

—La tela negra que encontraste en su habitación. Antes de que hagamos nada prefiero enseñársela a alguien.

Se levantó de la silla y se dispuso a abandonar la habitación con la copa.

—Pero…

—Prepárate, nos vamos.

—Al menos podrás decirme adónde —espeté, haciendo que se detuviera.

Malcolm se volvió desde la puerta, aparcando el tono imperativo.

—Al barrio tibetano, a ver a un amigo.

Poco después abandonamos la casa a pie.

—¡Vamos! —me urgió mientras cruzaba la verja—. El chófer está haciendo unos recados en el centro y no quiero esperar. ¡Corre, que no se escape ese taxi!

—Otra vez Delhi —susurré sin pretender que me oyese, una vez nos montamos y después de que Malcolm le diera una serie de precisas instrucciones al taxista.

—Ya no me enfado cuando se me echan encima por la noche coches sin luces, ni cuando los guardas de las gasolineras apagan los cigarros en el suelo con la culata del fusil. Será la edad —dijo él, como si quisiera aparentar estar más calmado.

Quizá Malcolm se hubiese suavizado, pero Delhi conservaba su ritmo enloquecido. Todo en la capital era apresurado y desordenado. Rodeamos la plaza de la Puerta de la India y enfilamos el parque donde tocaban los músicos callejeros, con tambores de cuero y flautas mágicas, situados cada cincuenta metros hasta la residencia presidencial formando una ondulante serpiente de melodías entremezcladas. Me incorporé hacia delante para azuzar al taxista. Malcolm hacía verdaderos esfuerzos para controlar la ansiedad. Era lógico que, tras recibir aquella horrible noticia, estuviera confuso y encolerizado. Respiré hondo y evité mirarle. La ciudad entera estaba levantada por las obras del metro. La gente se encaramaba a los monolitos construidos para soportar los puentes, pincelando el hormigón con barbas blancas, ojos verdes y ojos negros, saris de flores y pies descalzos.

De repente nos vimos en mitad de un atasco. Un policía subido en un podio hacía movimientos enérgicos y gritaba instrucciones detrás de su mascarilla. Comenzaba a ponerme de nuevo nervioso cuando Malcolm señaló al final de la hilera de coches detenidos. Al fondo se vislumbraba la tapia del barrio tibetano.

Desde que el Dalai Lama se refugiara en la India tras huir de Lhasa, más de cien mil tibetanos le habían seguido al exilio. La mayoría vivía al amparo de su líder en el asentamiento de Dharamsala, situado en el estado indio de Himachal Pradesh, a dos días de viaje desde Delhi. Por ello no era extraño que, pasados los años, las nuevas generaciones tibetanas nacidas en el exilio y algunos mayores cansados de esperar sintieran la llamada de la gran ciudad, cargada de ilusorias promesas y también de destructivas decepciones. Poco a poco los más decididos fueron recogiéndose en unas cuantas casas apelotonadas entre cuatro muros perdidos en los arrabales de Delhi, la que para ellos era la capital del mundo, la gran urbe de su patria de acogida.

Nos detuvimos frente al portón de aquel particular gueto

de túnicas y rosarios tibetanos. Antes de salir del taxi imaginé lo que sentiría si fuese uno de ellos, recién llegado de Dharamsala, con el fardo a la espalda y la mirada en alto al pasar bajo el dintel.

4

El barrio tibetano de Delhi sobrevivía entre sus tapias de ladrillo. No tendría más de diez calles paralelas que terminaban en un riachuelo salido de quién sabe dónde. El sol atravesaba el cielo encapotado y se tamizaba de gris plateado antes de dejarse caer entre las construcciones inacabadas que confiaban en la venida de años de prosperidad para añadir más alturas. Las cuerdas de banderas ceremoniales y algunos puestos de venta de rosarios de plástico sellaban su condición aparte. La gente del barrio no había perdido los rasgos enjutos de los antiguos nómadas de la meseta. Su inocencia innata y el optimismo natural de los lamas enmascaraba la tristeza que les suponía vivir a mil kilómetros de su casa. Nos cruzamos con un monje que llevaba de la mano a un novicio enfundado en una túnica en miniatura. Vi cómo se introducían por un callejón, donde un letrero de madera en el que podía leerse la palabra TEMPLO escrita con rotulador colgaba de unos alambres.

Seguí a Malcolm hasta la entrada de un edificio de dos plantas que, algo mejor terminado pero igual de comprimido entre las apretadas viviendas, destacaba del resto por la palidez resplandeciente de sus paredes. Se trataba de la Clínica Pública de Salud Tibetana, tal como indicaba el cartel que conmemoraba su inauguración en 1990 y revelaba su dependencia directa del

Departamento de Salud de Su Santidad el Dalai Lama en Dharamsala. Empujamos la portezuela de la valla y cruzamos el escueto jardín frontal hasta el corredor en el que una mesa hacía las veces de recepción. Malcolm hizo sonar un timbre y se asomó un enfermero. Debajo de la bata vestía la túnica roja, ajada y sempiterna de los monjes.

—Buscamos al maestro Zui-Phung.

—Está en la librería.

—¿Podría indicarme...?

El monje sanitario pasó junto a nosotros. Desde el centro de la calle señaló hacia el fondo.

—Sigan hasta aquella casa, junto a los hombres que juegan al billar.

Antes de entrar en la librería nos asomamos al escaparate. El maestro Zui-Phung, un anciano grueso y de aspecto afable, estaba sentado sobre una butaca aterciopelada junto al mostrador. Conversaba con otra persona que debía de ser el dueño del establecimiento a juzgar por cómo se afanaba en ordenar los volúmenes que poblaban la estantería. Había libros de todos los tamaños, algunos del Dalai Lama más a la vista para los escasos turistas que llegaban hasta allí y otros muchos escritos por los grandes maestros de todas las disciplinas budistas. Desde fuera olía a papel húmedo. También olía a polvo de cemento removido por la lluvia y a manteca quemada. Desde el otro lado del muro llegaba el olor a curry y a pistilos machacados, que dulcificaba el humo de los coches y el tufo de la basura.

—Pasen, pasen —nos animó el dueño mientras se volvía tras escuchar el chirrido de la puerta.

—Vaya, un occidental con pretensiones —dejó caer Zui-Phung.

—¿De qué? —rió Malcolm mientras se acercaba a darle un abrazo.

—De monitor de yoga, por ejemplo. Si quieres continúo.

—Eres mucho peor persona de lo que piensan todos tus pacientes.

Se sujetaron las manos con cariño.

—Te ocurre algo —afirmó.

—Sé que lo has adivinado desde el primer momento, pero antes de empezar quiero presentarte al padre de mi nieta.

El tibetano se volvió hacia mí. El librero me había estado observando desde que entramos. El grueso cristal derecho de sus gafas tenía una fisura amarillenta de lado a lado.

—Así que tú eres el hombre de la pequeña Martha.

—La saludaré de su parte —dije mientras le daba la mano.

Malcolm y Zui-Phung se miraron y al momento se echaron a reír con un gesto de complicidad.

—Creo que por mucho que rebusque en mi pasado —dijo el tibetano— no encontraré otra alumna más ansiosa. Era una delicia cuando venía a verme para que le contase cosas sobre el viejo Tíbet. Poco a poco sus preguntas fueron alcanzando cotas más y más profundas. Hubiera sido una buena lama.

—Dejémosla como está —intervino su padre.

—¿Sois felices? —me preguntó.

—Es fácil serlo estando con ella —contesté.

—Me alegro por ambos —dijo, lanzándome una última mirada que no supe interpretar.

—Bueno, Zui-Phung —salió al paso Malcolm—, tengo una terrible noticia que darte.

—...

Tomó aire y posó su mano sobre la del maestro.

—Han envenenado a Lobsang Singay, el médico de Dharamsala.

El maestro tibetano cerró los ojos. La tensión que albergaba era tal que hizo que me estremeciera y sintiera la muerte del lama como si se tratase de un familiar cercano. Zui-Phung recobró lentamente su expresión.

—¿Envenenado, dices? —sollozó.

—Eso creemos.

Malcolm apretó la mano del maestro aún más contra el brazo de la butaca en señal de apoyo. Después la soltó con suavidad.

—Tengo que enseñarte algo que quizá tenga que ver con el asesinato —dijo.

Sacó la tela que llevaba enrollada dentro de un cartucho de cartón que solía utilizar para llevar de un sitio a otro los planos de la ampliación de la fábrica. La desplegó mientras el librero apartaba algunos volúmenes del mostrador y presionaba el alambre de sus gafas para que no cayese el cristal roto al inclinarse a mirar.

—¿Por qué me muestras esta tela? —dijo Zui-Phung, con un hilo de voz.

Malcolm me señaló con la mirada y continuó.

—Jacobo la encontró en la habitación del hotel en el que se alojaba Lobsang Singay. Se había desplazado a Boston para impartir un ciclo de conferencias.

—Hacía tiempo que no veía una así —murmuró, pasando con delicadeza su mano sobre el dibujo.

—Parece un mandala, pero pintado sobre seda, no sobre lienzo ni pergamino. Y negro; y con ese buda dibujado en el centro con tinta roja —dijo Malcolm.

—Con sangre —le corrigió Zui-Phung sin retirar los ojos de la tela.

De inmediato sentí un nuevo estremecimiento.

—¿Humana? —intervine.

Se volvió hacia mí.

—De yak, o de cualquier animal parecido. Los seguidores de la Fe Roja son radicales, pero no asesinos.

—Es posible que eso haya cambiado —se lamentó Malcolm.

El silencio invadió la estancia.

El librero salió de su rincón y desplegó dos sillas de madera que tenía apoyadas en una esquina. Las acercó al mostrador y nos invitó a tomar asiento. Se asomó a la calle e hizo venir al mozo que atendía a los jugadores del billar para pedirle que nos trajera té. Al momento, mientras Zui-Phung confirmaba pacientemente su dictamen acercando la tela a sus ojos y palpaba la textura del dibujo, el chico llegó con una bandeja y cuatro tazas. La dejó en el extremo del mostrador y se marchó corriendo para regresar al poco con un termo.

—¿Quiénes son esos seguidores de la Fe Roja a los que ha nombrado? —pregunté con impaciencia—. Estoy seguro de que he oído antes ese nombre.

—No te extrañe. Se trata de una importante secta budista surgida en Dharamsala hace unos quince años que ha llegado a implantarse en todo el mundo y, más que en ningún otro sitio, en Estados Unidos. Hoy en día tiene, según dicen, más de un millón de adeptos.

—Un millón...

—Hay quien los ha catalogado como los integristas del budismo tibetano. Tienen una marcada vocación política y abogan por el separatismo absoluto de China.

—Los conozco bien —dijo Malcolm—. Esa postura separatista radical les ha llevado a enfrentarse al Dalai Lama.

—Así es —confirmó Zui-Phung—. El Dalai Lama propugna una vía más moderada para negociar la vuelta al Tíbet.

Malcolm asintió y se acarició el mentón.

—Y dices que la tela pertenece a la secta...

—Es muy probable. La tendencia independentista de la Fe Roja se ha tornado en un nacionalismo enfermizo. Ello les ha llevado a rescatar tradiciones místicas que consideran oriundas del viejo Tíbet, como son los rituales de los antiguos chamanes de la meseta. Mira. —Pasó la mano sobre la tela—. Después de llevar a cabo sus prácticas, los chamanes tibetanos desplegaban una tela negra y arrojaban sobre ella unos dados de doce caras, también negros, para evaluar el éxito del rito efectuado. Es una de las prácticas heredadas por la secta. Además, fíjate en las esvásticas.

—Ya me he percatado, están invertidas.

—En sentido antihorario, al igual que aparecen en todas las ilustraciones confeccionadas por los lamas que, una vez implantado el budismo, seguían siendo fieles a las viejas tradiciones.

—No lo había pensado. ¿Y el dibujo?

—El dibujo no es sino una reproducción del más simple de los mandalas de meditación, un buda desnudo, sin sexo, representación de la naturaleza primordial no dual y carente de conceptos terrenales que nos acerca a la vacuidad y, en consecuencia, a la Iluminación.

—Lamento interrumpiros. —Todos se volvieron hacia mí—. Estáis diciendo que la tela que encontré en Boston se corresponde con las que utiliza la Fe Roja. Pero ¿por qué una secta independentista podría tener interés en asesinar a un doctor en medicina? Lobsang Singay no formaba parte del gobierno de Dharamsala…

—Es posible que quien les molestase no fuera el gobierno de Dharamsala. Quizá era el propio Singay quien les resultaba indeseable —afirmó Zui-Phung.

—Explícate, por favor —le pidió Malcolm.

Zui-Phung pensó durante unos segundos lo que iba a decir.

—Ya sabréis que los extraordinarios progresos de la medicina de Singay estaban basados, en parte, en haber recuperado una sabiduría ancestral a la que nadie antes había tenido acceso. Profundizó en el estudio de las técnicas tibetanas de sanación más evolucionadas y multiplicó exponencialmente su efectividad al fundirlas con algunos viejos protocolos chamanísticos.

—¿Quieres decir que quizá Singay estaba invadiendo el terreno de la secta? —insinuó Malcolm.

—Quizá su líder temía ser desautorizado por Singay. Ten en cuenta que la Fe Roja practica con fervor aquellos viejos rituales chamanísticos, pero lo hace por puro propagandismo separatista, sin llevar a cabo el riguroso estudio previo que requerirían para surtir algún efecto. Por ello sus prácticas se reducen a una mera muestra de folclore vacía de contenido, y su líder es consciente de ello. Por el contrario, Singay estaba en posesión de los verdaderos secretos de los chamanes tras haber profundizado durante años en el estudio de su vertiente más elaborada y espiritual. Los había integrado con los últimos avances de la neurofisiología y otros campos de la medicina moderna logrando unos resultados que, hasta hoy, eran inimaginables. Y siempre se caracterizó por defender con energía la pureza de las enseñanzas frente a cualquier agresor.

—¿Estás insinuando que quizá el líder de la Fe Roja decidió eliminar a Singay antes de que arremetiese contra él? —sugirió Malcolm.

—Si Lobsang Singay se lo hubiera propuesto habría dejado al descubierto sin dificultad las carencias doctrinales de la Fe Roja, lo cual habría supuesto el desmoronamiento de la estructura política y económica de la secta —ratificó Zui-Phung.

—Pero ¿en qué consisten exactamente esos antiguos rituales chamanísticos? —pregunté ansioso.

El maestro permaneció con la mirada clavada en mí sin decir nada.

—Perdóneme si parezco brusco —me excusé—, sólo quiero ayudar.

—Me gusta este chico —dijo Zui-Phung dirigiéndose a Malcolm—. Tiene ese ímpetu tuyo. Te lo explicaré. —Agitó su mano hacia atrás, refiriéndose a tiempos pasados—. Los chamanes que se repartían por la gran meseta del Tíbet ya practicaban sus rituales cuando todavía no existían ni los años ni los siglos. Se dice que tenían el poder de predecir todas las desgracias, desde las dolencias más pequeñas del cuerpo humano hasta las mayores calamidades, como las olas de frío que entraban en la meseta e impedían que creciese una mísera rama de arbusto. Averiguaban cuál era el demonio o espíritu maléfico que las ocasionaba y lograban neutralizarlas. Invocaban a las divinidades benévolas y recababan su ayuda para destruir el mal. Conseguían absorber la fuerza de los cinco elementos, espacio, aire, fuego, agua y tierra, y relanzarla para limpiar la contaminación de la persona.

—¿Me estáis diciendo que Singay creía en todo eso?

—Consideraba, al igual que los chamanes de la antigüedad, que la enfermedad psíquica o física surge del desequilibrio existente entre el ser humano y el resto del universo. Y aseguraba que ese desequilibrio viene provocado por los espíritus de la naturaleza, irritados al ver cuánta energía negativa emana de los hombres. Por ello trataba de controlar el orden natural, al más puro estilo chamanístico, como paso previo y necesario para restablecer la situación armónica del cuerpo y de la mente. Era un genio. Como ya te he indicado, su máximo empeño era integrar esos ritos del antiguo Tíbet en la medicina moderna. Se había propuesto convencer al mundo de que, por muy avanzada que esté la medicina occidental, no se puede llegar a la sanación obviando la verdadera naturaleza del ser humano y su integración en el cosmos, que es lo que primordialmente restablecían los chamanes.

—Pero ¿son compatibles esas prácticas de los chamanes que recuperó Singay con la actual doctrina budista del Dalai Lama?

—Naturalmente. Nuestro budismo tántrico, que es el budismo que practica el Dalai Lama, tiene una marcada base esotérica. Aunque es cierto que ha sufrido una profunda depuración durante siglos para convertirse en la gran doctrina espiritual que es hoy.

Zui-Phung bebió de su taza con parsimonia. Me fijé cómo sostenía el asa azulada que asemejaba la cola del dragón esmaltado en la porcelana.

—Los rituales chamanísticos reinaron en toda la meseta hasta el siglo VII —siguió explicando—. Después llegaron al Tíbet los grandes maestros de la India e incorporaron los tantras.

—Y a partir de entonces comenzó a gestarse el budismo tántrico propiamente tibetano —dije.

—Así es. Los tantras son unas vías avanzadas de meditación, extremadamente complejas, que sólo están al alcance de aquellos lamas que dedican toda su vida a su estudio. Se trata de un modo de vida más que de una mera doctrina. Eso, sumado a las influencias budistas que llegaban de otros países limítrofes, hizo que los protocolos chamanísticos terminaran relegándose al olvido entre la clase monástica que surgió para asumir esas nuevas enseñanzas superiores.

—Pero nunca llegaron a desaparecer completamente…

—Ahí está el quid de la cuestión. El budismo tántrico se convirtió en la religión mayoritaria del Tíbet allá por el siglo XI, pero los rituales de los chamanes han seguido vivos entre el pueblo de las montañas, que aún conjura a espíritus protectores para que les liberen de los demonios. Y es cierto que esos rituales también se siguen practicando en algunos monasterios.

—¿Hoy en día? —pregunté.

—Sí, hoy en día. Y gracias a eso Singay tuvo la oportunidad de acceder a esas prácticas. Lo hizo mientras vivió en la meseta, antes de que su monasterio fuese destruido y partiese hacia el exilio. Piensa que los monasterios del Tíbet, por las extremas condiciones ambientales y geográficas del país, han sufrido desde siempre un profundo aislamiento. Las comunicaciones por tierra son difíciles y, en ocasiones, imposibles. Siendo así, es lógico que las prácticas que se desarrollan en cada monasterio no sean idénticas. Cada uno ha bebido de la fuente que tenía más próxima.

—Por ello a lo largo de la historia han surgido distintas órdenes monásticas —intervino Malcolm.

—Sí, pero todas ellas son consideradas auténticas escuelas budistas tibetanas —subrayó Zui-Phung—. Todas han terminado conviviendo de forma pacífica y han aceptado al Dalai Lama, representante de la escuela Geluk, como único líder espiritual y político.

—Pero la Fe Roja no es una de esas escuelas… —supuse.

—Desde luego que no. La Fe Roja surgió por intereses políticos más que doctrinales. Como os he dicho antes, el que hayan rescatado unas cuantas prácticas chamanísticas del viejo Tíbet no es más que un acto forzado.

—Para diferenciarse aún más del budismo que se practica en China y remarcar las diferencias —apunté.

—Para eso mismo.

—Entonces, y recapitulando, sólo queda pensar que Singay había iniciado una particular cruzada para desautorizar a la Fe Roja, y que éste es el motivo por el que pudo ser asesinado por la secta.

—Es probable. Como os he dicho, eran bien conocidos sus esfuerzos por preservar las enseñanzas tántricas de cualquier agresión que pudiera adulterarlas. Y siempre se mostró muy crítico con la Fe Roja. Yo mismo he llegado a escuchar cómo, en público, tildaba de farsante al líder de la secta.

—Como dice el Dalai Lama —anotó Malcolm—, el budismo tibetano es para el alma lo mismo que la selva amazónica para el planeta: su último pulmón. Y cualquier intromisión en su doctrina, que está al borde de la extinción, puede ser fatal.

—Está claro que a los tibetanos nos quedan pocas cosas en

este mundo. En realidad nunca hemos tenido muchas —rió Zui-Phung más relajado—, aparte de nuestra elaborada doctrina espiritual.

Zui-Phung se quitó una chancla y se rascó el pie.

—Al margen de que la secta haya tenido o no algo que ver con el asesinato de Singay, me sorprende que el Dalai Lama no haga algo para pararles —indicó Malcolm.

El maestro contestó con gravedad.

—Dharamsala, por el momento, ha optado por no condenar de forma oficial las prácticas de la Fe Roja. El Dalai Lama sabe que varios miembros de su gobierno avalarían un endurecimiento de la postura moderada que sostiene frente a China, que es precisamente lo que pretende la secta. Y además, por las aportaciones de sus numerosos adeptos en el extranjero, la Fe Roja proporciona una nada despreciable fuente de financiación. Eso no podemos olvidarlo.

—¿La Fe Roja nutre de fondos al gobierno de Dharamsala?

—Lo que el gobierno exiliado necesita con más urgencia es dinero para cumplir sus objetivos y salvar al pueblo tibetano. Eso es una realidad.

—¿Estás sugiriendo que algunos ministros del Dalai serían capaces de mirar hacia otro lado, aun sabiendo que la secta podría haber asesinado a Singay, con tal de no perder esa vía de ingresos? —preguntó Malcolm, perplejo.

—Por esa razón, o por no suscitar crisis internas en el Kashag. Ya sabes que hay ministros de talante moderado, y por lo tanto fieles al Dalai Lama, y otros más radicales que ven con buenos ojos el separatismo que propugna la Fe Roja.

—Y lo que menos necesita ahora el gobierno exiliado es una crisis semejante… —murmuré.

—En cualquier caso —continuó diciendo Zui-Phung—, el asesinato de Singay me ha sorprendido tanto como a ti. Estoy haciendo elucubraciones con las pocas pistas que tenemos, pero sin duda habrá que investigar a fondo antes de aventurarse a afirmar cosas como ésa, que verdaderamente no tienen nada que ver con el espíritu de nuestro pueblo.

Me sorprendió la amplitud de miras de aquel hombre, quien, a pesar de su condición de ortodoxo lama Geluk, no tenía reparos en mencionar con todas sus letras algunas de las pocas vergüenzas de su orden, obligada a vivir en el mundo real.

—Envenenado —murmuró Zui-Phung de repente—. Aún no puedo creerlo...

Permanecimos callados durante al menos un minuto.

—Pero —insistí de repente—, si la secta quería silenciar a Singay como apuntáis, ¿por qué decidieron asesinarle en Boston? ¿Por qué no lo hicieron mientras Lobsang Singay estaba aún en la India, allí donde su muerte sólo habría sido una muerte más?

—Si puedes formular las preguntas puedes encontrar las respuestas, querido Jacobo —concluyó el maestro.

Malcolm agarró la tela con cierta violencia y la sostuvo pensativo en su mano durante unos segundos. Después la dobló con cuidado, como si se disculpara por su brusquedad anterior, y la introdujo en el cartucho de cartón.

—Vamos a casa. Tenemos que pensar en todo esto. Te llamaré mañana, amigo, por si se te ocurre algo más.

Zui-Phung asintió y se reclinó sobre el terciopelo deslucido del respaldo de su sillón.

5

Apenas cruzamos la puerta del barrio tibetano sentí cómo se desvanecía el aroma de la manteca y volvía a sumergirme en el caudal de estímulos que estallaba al otro lado de la tapia. Alcé la mano para llamar la atención de un taxi y al momento se detuvo junto al bordillo de la acera un Buick de los años cincuenta, balanceándose como si fuera un bote junto al embarcadero. Malcolm y yo nos acomodamos en el camarote trasero; nos miramos a los ojos pero ninguno decía la primera palabra. No era su estilo perderse en divagaciones, pero tenía que darse prisa y decidir qué camino iba a seguir para reconducir la crisis. Lo cierto era que a mí también me estaba afectando aquel problema.

—Entonces ¿qué hacemos? ¿Llamamos a los monjes de Dharamsala o no? —le pregunté al entrar en casa, mientras él dejaba las gafas sobre un secreter.

—Ya has oído lo que ha dicho Zui-Phung acerca de la lucha interna del gobierno en el exilio. No podemos confiar en nadie hasta que no estemos seguros de lo que está ocurriendo. ¿Y si algún ministro del Kashag sabía de este asesinato y es cómplice de la Fe Roja? ¿Qué hacían esos lamas del gabinete en el aeropuerto? No quiero dar un paso en falso. Antes de hacer nada necesitamos saber si nuestros interlocutores son fieles al Dalai Lama.

—Pero en todo caso habrá que actuar antes de que la petición de autopsia a través de la INTERPOL llegue a Dharamsala —insistí—. Si esa autopsia se falsea, todo habrá terminado.

—Ahora sólo necesito que me dejes un rato para pensar —me pidió con aire malhumorado—. Quiero discutir esto con Luc Renoir, el delegado de la Unión Europea en Delhi.

—Sé que sois amigos desde hace años, pero ¿por qué él?

—Es el único en quien puedo confiar.

Se encerró en su habitación y yo me dirigí a la mía. Repasé algunas contraportadas de los libros de la estantería y escogí uno que hacía referencia a la fundación del imperio tibetano por el emperador Songtsan Gampo. Contaba, con la poesía y el inevitable aire docente de los monjes, todo aquello que me había explicado Zui-Phung. Apenas tuve tiempo de leer unas cuantas páginas. Pronto caí rendido ante los demonios que escaparon del control de los antiguos chamanes y que ahora merodeaban entre sus párrafos. Se adentraron en mi mente y dieron vueltas en círculo hasta el amanecer. El demonio de la ignorancia y su séquito; el blanco con cabeza de tigre que nos obliga a sufrir el dolor del nacimiento; el amarillo con cabeza de cocodrilo, que simboliza las cadenas que nos amarran a las cosas materiales y causa los padecimientos de la enfermedad, y el pequeño demonio negro del odio, con el cráneo al descubierto, que nos somete al dolor de la muerte. Viví con ellos la noche entera, vagando por los laberintos de Delhi, hablando con un Singay muerto, escuchando la voz de Zui-Phung mientras recorría una y otra vez con su dedo los trazos de tinta del pañuelo, sangre seca de yak, humana en mis fantasías.

Hubiera dado todo por dormir en compañía de mi pequeña Louise, alargando el brazo a través del mundo, siquiera el de los sueños, para tocarla un instante. Pero aquella noche no tuve esa suerte.

Cuando desperté eran poco más de las diez, casi media mañana en aquel país regido por los dictados del sol de verano. Salí de mi habitación después de tomar una ducha salpicada de sales de Kerala que encontré sobre la repisa del baño. En la cocina me esperaba un desayuno continental cuidadosamente dispuesto sobre una bandeja, con el huevo sin romper y el beicon preparado para saltar a la sartén.

Escuché una voz que llegaba del salón. Crucé el recibidor, pisando la mullida alfombra de motivos musulmanes que Malcolm trajo de Islamabad, al volver de una misión en la que se hizo pasar por tratante de arte. Me asomé cerrando los ojos a los rayos de sol que estallaban en la cristalera de la galería que se abría al jardín. Entonces pude reconocer la silueta de una mujer que hablaba por teléfono apoyada con gracilidad sobre el brazo del sofá de cuero.

—Malcolm, no te preocupes. Sólo pensaba que a esta hora ya habrías regresado... Tú ve tranquilo. Intenta salir de ese atasco y sube por la avenida del parque Nehru. Yo he venido por allí... Seguro. Te espero.

Colgó el móvil al mismo tiempo que se volvía hacia mí, dejándome ver unos ojos negros que resaltaban sobre la piel morena. Su gesto de sorpresa precedió a una bellísima sonrisa que le iluminó el rostro. Vestía su figura estilizada con un pantalón vaquero, sandalias y una blusa de ojales trenzados. Tenía un lunar naranja en la frente.

—Siento haberte asustado —me excusé.

—No pasa nada, creía que estabas dormido.

Esas palabras me sorprendieron aún más que su presencia en mitad del salón. No tenía ni idea de quién era.

—¿Sabías que estaba aquí? —le pregunté.

—Malcolm me llamó para contármelo.

—¿Dónde está Malcolm?

—Está viniendo —se limitó a contestar.

Me acerqué para darle la mano, tratando de no parecer demasiado desconcertado.

—Siento parecer tan maleducado. Será por culpa del cambio horario —dije sonriendo—. Soy Jacobo. Ahora ya me conoces oficialmente.

—Yo, Asha. Es un placer.

Pasaron unos segundos sin que ninguno de los dos dijésemos nada. Ella sonrió de nuevo y permaneció inmóvil sobre el brazo del sofá.

—Tengo el desayuno a medio preparar en la cocina —dije, cortando las presentaciones con lo que intentaba ser un gesto de familiaridad—. ¿Quieres tomar una taza de té? Pensaba salir al jardín, si aún se puede estar fuera.

—Todavía no hace demasiado calor.

—Voy por ella entonces.

Me encaminé de vuelta a la cocina, preguntándome quién sería aquella mujer que se desenvolvía por la casa con tanta naturalidad. Era joven, no mayor que yo, y guapa como las indias que aparecían en las revistas y en los murales de los cines de Delhi, con la cara angulosa y llena de calidez. La mujer del sari ya estaba dando vueltas al beicon. Me pidió que regresase al jardín. Al parecer, allí todos la conocían de sobra.

Asha se había sentado y repasaba una agenda. Apoyé la mano sobre la puerta sin llegar a empujarla y me detuve un instante para observarla con cierto descaro. El pelo negro, liso y brillante, caía hacia delante y le estorbaba para leer. Levantó la vista y volvió a mostrar sus dientes perfectos.

—La verdad es que no sé quién eres —le confesé mientras me acercaba a ella.

—Suponía que Malcolm no te habría hablado de mí todavía.

Pensé en preguntarle si debería haberlo hecho, pero ella bajó la vista delicadamente.

—¿Hace mucho que le conoces?

—Tres meses. Antes le había visto por la embajada, pero apenas habíamos hablado.

—La embajada... ¿inglesa?

Asintió.

—Trabajo allí. Me encargo de todo lo relacionado con la zona de los exiliados tibetanos. Cualquier acto institucional, papeleos de los cooperantes y de los colaboradores nacionales... Ya sé que Martha y tú estáis en el programa.

—Me dejas poco que contarte entonces.

—También sé que vais a montar una escuela de inglés en Dharamsala. Es una gran idea.

—La verdad es que sí, hemos conseguido muchos apoyos. A los nuevos exiliados y a los más pequeños les vendrá muy bien afianzar el idioma para abrirse camino. Si todo funciona introduciremos además unas clases de español. —Sonreí mirando al techo a modo de plegaria—. Tengo medio convencido a alguien del Instituto Cervantes para que también colabore.

—Seguro que lo hará. ¿Qué tal en Sudamérica?

—Seguimos con nuestra otra escuelita en la Amazonia. Desde hace unos meses algunas agencias están empeñadas en que me haga cargo de las evaluaciones de medio continente, pero ello me supone pasar demasiado tiempo lejos de casa —dije, con aire de culpa.

—Y ¿qué les has dicho?

—Pactamos que me ocuparía de las que han de realizarse en Perú, o como mucho en las selvas vecinas de Bolivia o Ecuador.

—Y después volverás a tu escuela.

—Hasta la siguiente vez que no pueda negarme.

Me acordé de Martha y me sentí más hipócrita que nunca.

Asha se reclinó haciendo chasquear el respaldo del sillón de mimbre trenzado mientras cambiaba con elegancia sus piernas de posición.

Al poco rato se abrió la puerta de la verja y el coche de Malcolm se adentró en el jardín haciendo crujir la gravilla del camino. Nos vio acomodados bajo las palmeras. Evitó mirarnos. Asha ocultó sus pensamientos tras una sonrisa y descruzó las piernas. Se atusó el pelo, apartándolo de la frente y recogiéndolo a un lado con una horquilla de plata que imitaba una flor, con un brillante en cada pétalo. De forma fugaz comparé a Asha con Martha. Había algo en su manera de hablar, en cómo empujaba su pasión hacia fuera y la ponía a tu disposición con desenvoltura, que me recordaba a ella. No pude evitar imaginarla en Perú, cuando no teníamos problemas, con la camisa remangada y los brazos llenos de tiza, y también la imaginé delicada como una figura de porcelana sobre la cama. Martha y Asha tenían físicos muy diferentes, casi opuestos, si es que cabe utilizar ese adjetivo al hablar de la belleza, pero ambas desprendían esa luz hacia la que no puedes mirar si no compartes su esencia.

Malcolm salió del coche y su presencia me devolvió a la realidad. El sol del mediodía apaleaba el jardín. Él se secó la frente con un pañuelo y se inclinó sobre el maletero para recoger unas carpetas. Aproveché para excusarme ante Asha, para dejarles hablar a solas antes de entrar de nuevo en su escena, a todas luces privada.

Cuando aparecí en el salón ambos conversaban pausadamente. Él apoyaba el codo en una repisa de la estantería. Ella se movía por la habitación al son de una conocida melodía india, entre desgarros de sitar y algazara de percusiones.

—Hola.

—Me ha dicho que ya os conocéis —dijo Malcolm.

—Sí —me limité a contestar—. ¿Has estado haciendo algo de...? —le pregunté sin querer terminar la frase.

—Asha está al corriente de todo —me aclaró—. Puedes hablar sin tapujos, es una buena amiga. —Al escuchar esas palabras, ella dejó entrever un gesto de decepción que no me pasó inadvertido—. Ahora os pongo al corriente, aunque la verdad es que me han liado con los preparativos de la presentación. El director del hotel Imperial quería verme antes de esta noche.

—¿Qué presentación? —me extrañé.

—No puedo creer que no se lo hayas dicho aún —dijo Asha.

—Han sido dos días muy complicados —se excusó.

—De cualquier modo... —contestó ella.

—Se trata de la presentación de la nueva fábrica —me informó Malcolm.

—No sabía que hubieras organizado un acto oficial —dije.

—Es poco más que un cóctel de protocolo. Después de lo que me ha costado convencer a los políticos para que me dieran los permisos, ahora lo quieren todo deprisa. Esta noche es muy importante para mí, pero no sólo por la presentación —confesó—. Tengo que contarte algo.

Asha, tan delicada como siempre, apagó la música. La persiana del mirador no frenaba el sol directo que se filtraba por cualquier rendija, poblando la habitación de líneas encendidas.

Hice un gesto invitándole a continuar y descansé la espalda en la pared. Se dirigió a mí sin rodeos.

—Asha y yo estamos comenzando una relación. Creía que nunca volvería a decir esto, pero... —Se miraron fijamente.

Sin duda Malcolm agradecía que fuera yo y no su hija quien se encontraba frente a él. Podía estudiar en mí el impacto de su revelación como si se tratase de un campo de pruebas. Sacó una caja de cigarros. Rompió el lacre que sellaba el cierre y pareció relajarse al respirar hondo el aroma cubano. Ahora Asha le miraba con serenidad, sin ningún sonrojo.

—Además de las autoridades acudirán al ágape todos nuestros amigos —aclaró Malcolm—, y será la primera vez que nos vean juntos.

—Con relación a Singay… —retomé.

—He madurado despacio las suposiciones del maestro Zui-Phung y ya sé lo que tengo que hacer —dijo Malcolm—. He de acudir personalmente a Dharamsala en cuanto termine la fiesta.

—Y ¿qué piensas hacer allí?

—En primer lugar, estar presente en la autopsia.

—¿Cómo? —saltó Asha sorprendida.

—Jacobo lo sugirió anoche. No podemos permitir que algún político afín a la secta la falsee para ocultar el asesinato. Por eso tengo que asegurarme de que se practica con todas las garantías.

—¿Acaso dudas del propio gobierno en el exilio? —siguió preguntándole, cada vez más desconcertada.

—El maestro Zui-Phung —le expliqué saliendo al paso— afirmó que los miembros más exaltados del Kashag podrían llegar a cerrar los ojos con tal de que, con motivo de la crisis que desataría la noticia del asesinato de Singay, no se interrumpiesen los flujos de financiación de los donantes y de la propia Fe Roja.

—¿Y tú qué crees? —me preguntó Malcolm de repente, clavándome la mirada.

—Yo creo que deberían afrontar el problema. El fin no siempre justifica los medios.

—Me tranquiliza que pienses así. Si esa secta ha asesinado a Singay, el Dalai Lama no debe permanecer impasible. La policía de Boston ha de abrir una investigación, encontrar a los verdaderos culpables y encerrarlos, sean quienes sean.

—Y pase lo que pase después —añadí.

—Muchos países apoyan al Dalai Lama —siguió diciendo Malcolm—. Quieren ayudarle a volver al Tíbet porque ello supondría la victoria de la espiritualidad sobre el rodillo comercial que mueve el mundo. Si justo ahora se cuestionase su autoridad, China habría vencido, porque ningún país le presionaría al no quedar ya nada auténtico que preservar.

—A esto queda reducida la espiritualidad —me lamenté.

—A esto queda reducido el mundo —corrigió él.

Secó la base del vaso tallado y lo dejó sobre un mapa que tenía desplegado en la mesa.

—¿Y no puedes enviar a alguien de confianza para que asista a la autopsia en tu lugar? —se me ocurrió preguntar.

—Aún hay otra cosa que tengo que hacer allí. Estoy preparándolo todo para reunirme con el líder de la Fe Roja.

—¡Pero eso es muy peligroso! —gritó Asha—. ¿Por qué has de ser tú quien…?

—¡Llevo toda la vida mediando en conflictos referentes al gobierno tibetano! —la cortó Malcolm—. El Dalai Lama necesita una tercera persona que dialogue con la secta antes de que el asunto trascienda y la crisis se le vaya de las manos.

—Y te has ofrecido a hacerlo…

—Asha, por favor. Sabes que nadie mejor que yo…

—¿Estás buscando que te maten? —le dijo ella con gravedad—. Si acudes a esa reunión pasarás a estar en el punto de mira.

—No va a pasarme nada.

—Déjalo. Prefiero no seguir hablando de esto.

—¿Quieres que te acompañe a Dharamsala? —le propuse, tratando de apaciguarles.

—No puedes —declaró Malcolm.

—¿Por qué?

—Ya has oído a Asha. Tiene razón al decir que es un asunto muy delicado. Algunos grupos separatistas de jóvenes radicales que se refugian bajo la bandera de la secta han empezado a realizar acciones violentas que rayan en el terrorismo. Quieren aprovechar que el mundo tiene la mirada puesta en China para llamar la atención sobre la causa independentista tibetana. Además, me preocupa no saber a ciencia cierta qué hay detrás de todo esto, no saber qué es lo que quieren ni hasta dónde estarían dispuestos a llegar para conseguirlo.

—Si es tan peligroso para mí, también lo será para ti.

—A mí no me queda otro remedio —resolvió—. ¡Hablamos de meter la cabeza en una trama política cuyas dimensiones desconocemos y en la que, en cualquier caso, hay millones de dólares en juego! —gritó exasperado—. ¡Nadie sabe lo que ocurrirá en esa reunión!

—No me refería a acompañarte al encuentro con el líder de la secta —le dije tratando de calmarle—. Sólo te propongo que, mientras tú te ocupas de eso, yo puedo ir buscando un edificio para la escuela.

—Para eso no hay prisa —objetó—. Además, mejor harías regresando a Perú cuanto antes para resolver lo que tienes allí.

Sus palabras me hirieron profundamente. A buen seguro que Martha había llamado y le había puesto al corriente de los problemas que estábamos atravesando.

—Espero que no insinúes que pongo otras cosas por delante de Martha y de Louise.

—Eso acabas de decirlo tú.

Se levantó del sillón y se dirigió a su despacho. Asha se recogió el pelo con un pañuelo de seda bordado con hilo de oro, metió sus cosas en un bolso y, haciendo gala una vez más de su prudencia, se despidió de mí hasta la fiesta.

6

Para llegar a la recepción del hotel Imperial había que cruzar una senda de palmeras gigantes que recordaba los antiguos palacios de Delhi, cuando el pueblo se aglomeraba en sus puertas al paso de los elefantes adornados. El taxi se detuvo entre los coches de lujo que esperaban ser retirados por dos conserjes de casaca oscura y plumas en el turbante. Parecía que el tiempo no tenía cabida en aquella burbuja de estética victoriana y colonial. El león de piedra de la entrada me dio la bienvenida a un pasado que muchos de los invitados de Malcolm añoraban como si lo hubieran vivido. Por eso había organizado allí la presentación, brindando a sus aliados en el gobierno la posibilidad de que se sintieran, al menos por una noche, en el edén particular de los maharajás.

Pregunté a un empleado con bigote sij por el Atrium, el patio cerrado en el que se servía el ágape. Una hilera de columnas rodeaba una fuente. El mármol blanco se extendía desde el suelo hasta la cúpula, tan sólo salpicado por algunas fotografías de cacerías en Bengala y de Rolls-Royces.

Los invitados bebían y charlaban en pequeños grupos. Una melodía operística se introducía sinuosa entre ellos y separaba las conversaciones. Rebusqué entre las cabezas. Vi a Malcolm de pie en un extremo y miré hacia otro lado para no saludarle, aun cuando sabía que tarde o temprano tendría que acercarme. Al momento localicé a Asha. Estaba radiante, acompañada de unos indios de mediana edad junto al stand que exhibía los planos y una maqueta de la nueva fábrica. Cuando por fin me vio, el resto de los invitados parecieron sumirse en la sombra por un instante. Levantó la mano para que me aproximase.

—¡Pensaba que ya no vendrías!

—Cómo podría perdérmelo…

Me presentó a las personas con las que estaba hablando. Después de escuchar sus opiniones sobre la política internacional del gobierno indio, Asha y yo nos retiramos discretamente.

Las arias de un contratenor ponían música al vaivén de las copas. Uno de los camareros se acercó con una botella de Rioja del 94 que sin duda el propio Malcolm había seleccionado para la ocasión.

—Alguien tiene que ocuparse de estos políticos —se excusó Asha una vez nos recogimos en un rincón—. ¿Qué tal estás tú?

—Bien, de verdad.

—Malcolm me ha dicho…

—Siento haberme entrometido —la corté—. Comprendo que son unos días complicados. Por si no tenía bastante con el anuncio de vuestra relación y con la presentación de la fábrica, se le ha venido encima todo el asunto de la muerte de Singay.

—Te agradezco que seas tan comprensivo con él, pero lo que quería decirte es que finalmente habrás de ser tú quien vaya a Dharamsala.

—¿Cómo?

—Me lo ha dicho hace un rato. Al parecer, el ministro de Finanzas le ha anunciado que dentro de dos días se firmará un convenio de colaboración referente a la nueva fábrica con la administración local de Delhi.

—Justamente ahora… ¿No le puede sustituir alguno de sus ejecutivos?

—El ministro le ha pedido de forma expresa que sea él quien acuda al acto público. Y ya se lo han debido de comunicar a los medios, para que preparen la rueda de prensa.

—¿Y no puede aplazar la reunión con la Fe Roja?

—Es imposible. Hay que partir cuanto antes. Parece que su líder está receptivo, pero en cualquier momento puede cambiar de opinión. Además, los forenses del Kashag no nos van a esperar para practicar la autopsia de Singay.

—Vaya… En ningún momento había pensado que sería yo quien tuviera que ocuparse de…

—Le pesa tener que comprometerte, tal como están las cosas, pero ha dicho que sólo puede confiar en ti para esto.

Aquellas palabras me llenaron de orgullo.

—Ha venido mucha gente —dije cambiando de tema para no robarle su protagonismo en la fiesta.

—Hay de todo. Mira, aquel de allá es Luc Renoir.

—¿El jefe de la delegación de la Unión Europea?

—El mismo. Es el mejor amigo de Malcolm.

—Lo sé. Habla a menudo de él como si se tratase de un hermano.

Bruselas se valía de delegaciones abiertas en los países receptores de ayuda humanitaria para administrar con suficiente cercanía los fondos de cada proyecto y negociar futuras aportaciones. Luc Renoir era el jefe de la de Delhi y, como tal, asumía las relaciones con el gobierno indio.

—¿Quieres que te lo presente?

—Me interesaría pedirle unas cartas de recomendación para moverme con soltura por Dharamsala. No sé si Malcolm le habrá dicho ya algo al respecto.

—La verdad es que Luc es una de las personas que mejor conocen la región de los exiliados tibetanos. Ha pasado media vida en esta parte de Asia, y en buena medida dedica su tiempo a los proyectos localizados en la zona. Además, es cierto que algunas puertas se abren mucho antes si vas avalado por el delegado.

—¿Has estado últimamente por allí? —le pregunté.

—En la embajada tengo muchas carpetas con asuntos de los exiliados pendientes de resolver, pero no he encontrado el momento oportuno en los últimos meses para organizar un viaje. Me encantaría acompañarte, pero no me apetece dejar solo a Malcolm estos días...

—No te preocupes.

—Ven. Te lo presentaré.

Me cogió de la mano y me dejé conducir entre la gente.

Luc Renoir, francés de nacimiento, debía de tener la misma edad que Malcolm, una planta inmejorable y un saludable aspecto de deportista. Si no fuera por la calva hubiese aparentado ser aún más joven. Según me contó Asha, se mantenía en forma jugando al golf, una afición que le permitía mantener favorables negociaciones de tú a tú con algunos mandatarios de la zona. Al igual que los jefes de otras delegaciones, Luc Renoir fue nombrado sin aprobar un solo examen, pero disfrutaba de un rango equiparable al de embajador, lo que suscitaba el recelo de aquellos que sí pertenecían a la carrera diplomática y que, sin embargo, tenían menos poder por manejar menos presupuesto. Era natural que los países de acogida prefiriesen agasajar a quien gestionaba las divisas de los programas de ayuda humanitaria que a los cónsules que, en muchas ocasiones, desempeñaban una labor estrictamente protocolaria.

—Luc... —le reclamó Ahsa.

El delegado se excusó con una anciana ataviada con traje largo y habano fino y besó a Asha en la mejilla.

—Estás guapísima —dijo—, aunque eso no es una novedad.

—Si por ti fuera abandonaría mi trabajo y me marcharía a Bollywood.

—No, por favor, te necesitan en la embajada.

—Mira, te presento a Jacobo, la pareja de Martha.

—¡Ya era hora! Hace años que oigo a Malcolm hablar de ti y todavía no habíamos tenido ocasión de conocernos.

Me dio un fuerte apretón de manos.

—Para mí también es un placer.

—Si no os importa voy a buscar a Malcolm —dijo Asha—. Todavía quedan muchos invitados a los que no hemos saludado.

Se perdió entre la luz ocre, los reflejos del cristal y los manteles de hilo.

—Míralo —dijo Luc mientras contemplaba cómo su amigo cogía la mano de Asha—. Parece que saltan chispas cuando la toca.

—Sé que sois grandes amigos.

—Más que eso —puntualizó—. Son mi familia. Martha es como una hija para mí.

—Por eso quiero pedirte un favor.

Antes de referirme a las cartas de recomendación cambiamos impresiones sobre la crisis que se estaba fraguando a raíz del asesinato de Singay.

—Estoy de acuerdo con vosotros en que la Fe Roja ha tenido algo que ver en todo esto. Pero no creo que valga la pena profundizar en este asunto.

—¿Por qué dices eso? —me sorprendí.

—Jamás sabremos las razones por las que terminaron con su vida, y no creo que cambien las cosas por el hecho de que acudáis o no a esa reunión. No me haría ninguna gracia que fuera Malcolm quien asistiera, pero menos aún que seas tú quien se entrometa en un asunto de tanta trascendencia.

—Parece que no queda otro remedio.

—No quiero ofenderte, hijo, pero no creo que tengas suficiente experiencia. Y no me refiero a que no estés capacitado. Es que no quiero que esta crisis estalle contigo en medio del campo de batalla.

—Y ¿qué propones?

—Informaré a Dharamsala y, si lo creen oportuno, que sea el ejecutivo del Kashag quien se reúna con la secta.

—Lo siento, Luc, pero a nuestro entender ésa no es la solución.

El delegado meditó unos segundos con la mirada perdida en su copa y me habló con condescendencia.

—Dime si realmente merece la pena que asumas tantos riesgos por un puñado de humo.

—Me resisto a creer que todo es fruto de la casualidad.

—Está bien —concedió—. Elabora un informe y deja en mi despacho la tela que encontrasteis. Te prometo que, ya que Malcolm no puede ocuparse, yo mismo me encargaré de esto. Te aseguro que no tengo ningún afán de protagonismo, pero sí treinta años de experiencia a mis espaldas. Olvida lo de ir allí, por favor.

—...

El aria alcanzó un punto álgido, orquestando la tensión entre nosotros.

—¿Qué te pasa por la cabeza? —me preguntó—. No te guardes nada conmigo.

—Has de entender que me lo ha pedido Malcolm. Para mí significa mucho. Y además debemos de actuar de inmediato.

Luc sonrió y dejó la copa en la bandeja de un camarero que pasaba.

—Ya me ha dicho Malcolm que no se te pone nada por delante.

—Sólo me queda pedirte que me des unas cartas de recomendación por si me encuentro con imprevistos una vez esté allí.

Me fijé cómo se arqueaban sus cejas pobladas y negras.

—La juventud es osada, y en ocasiones un tanto paranoica —dijo, apretándome el brazo con afecto—. Deberías saber que en el mundo no hay tantos complots fantasiosos que destapar, pero bueno… Sólo trato de hacer lo mejor para todos vosotros. Hace años que conozco a Malcolm. Y Louise fue para mí una gran amiga. Ambos éramos parisinos. Mantuvimos una constante correspondencia durante el tiempo que pasé en otros destinos.

—Entonces ¿vas a ayudarme?

—No me dejas alternativa. Me reconozco en ti cuando tenía treinta años y sé que irás de cualquier forma. Pasa por la delegación a recoger las cartas mañana por la mañana.

Le di las gracias. Luc se volvió y, cambiando de inmediato de registro, se dirigió entre exclamaciones teatrales hacia un grupo mixto de indios y occidentales.

Decidí abandonar la fiesta. Ya hablaría con Malcolm cuando regresase a casa. Me acerqué hasta el rincón donde él seguía conversando, ahora con una pareja de amigos, para saludarle y salir de allí sin perder tiempo. Permanecí unos segundos detrás de ellos. Hablaban de las razones políticas que habían llevado a Malcolm a construir la nueva fábrica en Delhi, el suelo más caro del país.

—Malcolm… —dije para llamar su atención.

—¡Ah, Jacobo…!

—Veo que ha salido todo perfecto, enhorabuena, pero prefiero volver a casa para preparar el viaje. Asha me ha puesto al corriente de todo.

—Antes tendrás que acompañarme a la terraza, y soportarme un rato. Luego estaré con vosotros —se excusó ante sus amigos.

Salimos al exterior. Acababa de caer una tromba de agua y el calor se pegaba al mármol de la balaustrada, a la camisa, a la cara.

—Siento haberte hablado así esta mañana en casa —dijo por fin.

—No pasa nada.

—¿Cuánto tiempo llevas ya junto a mi hija?

—Seis años.

—No puedo creerlo.

—Imagínate nosotros. Para Martha y para mí aún supone mucho más tiempo.

—No te comprendo.

—Con relación a lo vivido.

—Me estás llamando viejo.

—Es una cuestión matemática.

Malcolm esbozó una sonrisa.

—La vida no es una ciencia exacta. Con el paso del tiempo los días vuelan, casi los ves pasar, pero también se llenan de instantes únicos…

—Significa mucho para mí que me hayas confiado el asunto de Lobsang Singay —reconocí—. No te defraudaré.

—De eso estoy seguro, pero… Me cuesta empujarte. Algo me dice que quizá sea más peligroso de lo que creemos.

—Dudo que tú te arrepientas de haber llevado a cabo todas aquellas misiones para la causa tibetana.

—Con los años he llegado a pensar que sólo había una causa. La más egoísta.

—No sé si te entiendo.

—Me entiendes perfectamente. Esta mañana he hablado con Martha. Deberías haberme contado los problemas que estáis atravesando.

Sentí que me quedaba al descubierto.

—Lo siento Malcolm, tienes razón pero… Pero sé franco tú también.

—Tengo miedo —confesó.

Otra vez me cogió desprevenido.

—¿Cómo?

—Tengo miedo, Jacobo.

—¿De qué?

Respiró hondo y se recompuso al instante.

—De que no vuelvas a ser el mismo, de que ya siempre necesites de esta adrenalina para vivir.

—Y ¿por qué eso habría de ser malo?

—Porque entonces ellas nunca te tendrán. Martha y la pequeña.

—Eso no va a ocurrir…

—Eso ocurre sin quererlo, hijo. Pertenecerás a otros. Aunque no dejes de quererlas, vivirás una fantasía insaciable. He estado tan cerca, tantas veces, de dejarla sola… completamente sola. Creía que todo aquello se habría acabado cuando llegaste a su vida. Y con más razón al nacer la pequeña. Sólo es eso. Lo siento.

—No sé por qué razón, pero algo me dice que este viaje me ayudará a solucionar las cosas con Martha. Debes confiar en mí.

Me miró fijamente a los ojos.

—Si crees de corazón que debes dar un paso, en cualquier dirección, ¿qué puedo decirte yo?

Ahora sé lo que Malcolm deseaba decirme en ese momento y no me dijo. Algo que él tantas veces había hablado con Lobsang Singay. Quizá el lama médico también estaba observándome desde el mundo intermedio. Deseaba decirme que no hay ninguna vida que sea nuestra por entero, ningún camino cierto. Que al final casi nada importa. Que cuando nos sentamos frente al abismo y miramos hacia atrás sólo se percibe entre las sombras el amor recibido de quien nos quiso de verdad. Que cualquier camino es bueno si sirve para preservar ese sentimiento absoluto, el único por el que merece la pena vivir y morir. Me habría ayudado escuchar sus palabras en la terraza del hotel Imperial, pero él sabía que esas verdades han de salir de uno mismo para que surtan algún efecto. Ni Malcolm, ni Singay desde el cuarto cielo, dijeron nada. No aquella noche.

7

Al llegar a casa me dediqué a preparar todo lo necesario para el viaje. Teniendo en cuenta el cambio horario era un buen momento para llamar a Martha, preguntar por la niña y explicarle mi cambio de planes. Temía su reacción y prefería hacerlo cuanto antes. Fui al dormitorio a buscar el móvil y marqué el número. Martha descolgó al instante.

—Diga.

—Hola…

—¡Jacobo! —se sorprendió—. No esperaba tu llamada. ¿Qué hora es allí?

—Tarde, pero ya sabes. ¿Recibiste el mensaje que te envié al llegar a Delhi?

—Sí.

—¿Qué tal está Louise?

—Muy bien. Y de sus cosas, sin problemas.

—¿Cómo se lleva con la nueva profesora?

—De maravilla, aunque ayer debió de dar tanta guerra en clase que la tuvo que echar junto con otras tres. Cuando regresé de dar las clases de la tarde, la encontré haciendo los deberes sola, de puro arrepentimiento.

—No estará por ahí…

—No. Han salido de excursión al lago.

—Bueno, dile que he llamado y le das muchos besos.

—Claro. He hablado con mi padre.

—Me lo ha dicho.

—He visto que no le habías comentado nada de… nosotros.

—En eso quedamos.

—Tú quedaste —corrigió.

—Es igual, déjalo ahora.

Una interferencia interrumpió la comunicación durante un segundo. Resultó perfecta para cambiar de tema.

—¿Qué tal es esa chica?

—¿Asha?

—Sí. Ya la conoces, ¿no?

Por un momento dudé qué debía contestar.

—Es fantástica. Nunca había visto a tu padre así de…

—Todavía no puedo creer que no me lo haya contado hasta hoy.

—Le preocupaba cómo te lo pudieras tomar.

—No me vengas con ésas, por favor. Estoy harta de que todo el mundo se preocupe tanto por mí que no me diga nada de lo que pasa.

—No es eso, ya lo sabes. —Tenía que decírselo cuanto antes—. Hay un cambio de planes. Mañana salgo hacia Dharamsala.

—¿Por qué?

—Se trata de Singay. Voy a sustituir a tu padre en la autopsia y en la reunión.

—No comprendo.

—Tampoco te ha dicho tu padre nada de esto…

—Creo que voy a colgar —se limitó a decir más seca que nunca.

—No, no, no cuelgues. Están siendo unos días muy difíciles. Todo está ocurriendo muy deprisa.

Esperé unos segundos antes de continuar.

—Al parecer una secta radical llamada la Fe Roja envenenó a Singay.

—¿Qué dices? ¡Eso es imposible!

—Aquí estamos todos igual de sorprendidos. Tu padre se había ofrecido al Kashag para mantener una reunión extraoficial con el líder de la secta a fin de intentar aclarar el asunto antes de que la crisis trascienda y ya no se la pueda controlar. Pero a él le resulta imposible acudir.

—¿Vas a reunirte tú con los asesinos? ¿No hay nadie en toda la India que pueda hacerlo?

—Aceptaron precisamente porque se trataba de tu padre, y yo voy a ir en su nombre. Entiende que si ahora cancelamos el encuentro no querrán concertar otro. —Martha guardó silencio—. ¿Qué te pasa? —pregunté con dulzura.

Me sentía peor a cada momento.

—Supongo que creía que volverías incluso antes de lo previsto, eso me pasa. No esperaba esto.

—Pero...

—Ya hablaremos. Además estoy muy nerviosa, yo también he pasado unos días muy malos con la niña.

—Pero si has dicho que estaba bien...

—No te preocupes, ya sabes que yo siempre puedo ocuparme de todo. Te aseguro que en otras ocasiones lo hemos pasado las dos mucho peor que ahora. Haz lo que tengas que hacer y ya me irás diciendo dónde estás.

No alcanzaba a reconocernos en aquella conversación. Sentía a Martha tan lejos que hubiese podido afirmar que no éramos nosotros los que hablábamos. No era capaz de imaginar que pretendiese hacerme daño con aquello.

—Martha... —susurré.

Entonces oí que ya había colgado.

Me quedé mirando la pequeña pantalla del móvil, que aún

permanecía iluminada. Cuando se apagó me di cuenta de que nuestra separación era real. Hasta entonces no había barajado la posibilidad de que no hubiese vuelta atrás.

En ese momento oí la puerta de la calle.

—¿Malcolm? —pregunté extrañado.

—¿Jacobo? —contestó alguien.

Era la voz de Asha.

Salí y me encontré con ella en mitad del salón.

—No te esperaba tan pronto.

—Es que tengo muchas cosas que preparar. Mañana voy contigo a Dharamsala.

—¿En serio?

—Al final me he decidido. A Malcolm no le hacía mucha gracia que fuera, pero en cualquier caso prefiere que vaya contigo.

—Es una buenísima noticia.

—Eso sí, me ha dicho que ni se me ocurra participar en nada relacionado con la reunión. He tenido que prometerle que me mantendré alejada del Kashag en todo momento y que no hablaré con nadie sobre Lobsang Singay. En realidad le he prometido que no te veré hasta que hayas terminado. Me limitaré a ocuparme de los asuntos de la embajada y después regresaremos juntos a Delhi.

Un gesto de gravedad cubrió mi rostro.

—¿Qué te pasa? —me preguntó.

—No es nada. Acabo de hablar con Martha.

—¿Es por tu hija?

—No, somos nosotros. Estamos atravesando un mal momento… En realidad ya se ha convertido en una mala temporada.

—Vaya, lo siento.

—No te preocupes.

—Malcolm no me había dicho nada…

—Hemos tratado de mantenerle al margen. Son demasiadas cosas: el trabajo en la selva, la niña... Es como si hubiésemos dejado de ser los dueños de nuestra propia vida.

Asha me miró sin saber qué decir.

—Últimamente, cuando estoy en Puerto Maldonado no paramos de discutir —seguí confesándome con ella—. Después me voy a las inspecciones sin haber solucionado nada, paso semanas fuera de casa y cada vez que vuelvo es más difícil tratar de arreglar las cosas. Lo peor es que a Martha tampoco le quedan muchas fuerzas para intentarlo.

—No podéis rendiros...

—Querría saber cómo salir de esta encrucijada. Quizá estemos pagando un precio demasiado alto por nuestros sueños. Llegamos a Perú convencidos de que era lo único que queríamos hacer, pero el tiempo corre, mi nuevo trabajo nos ha separado, es muy complicado para Martha mantener en funcionamiento ella sola la escuela, y mucho más con la enfermedad de Louise... Todo se nos ha ido un poco de las manos, y a veces pienso que soy el único responsable. Si supiera que renunciando a las inspecciones las cosas volverían a ser como antes...

Se me hizo un nudo en la garganta.

Nos dimos un abrazo.

Asha apoyó en unos libros una fotografía polaroid que algún invitado le había tomado en la presentación; retrataba el momento en el que Malcolm la cogía de la mano para dar la noticia. Se dirigió al dormitorio para meter en una bolsa la ropa que había venido a buscar. Tras despedirnos hasta el día siguiente, cerró la puerta de la calle sin hacer ruido.

Me tumbé en la cama. El círculo que describían las aspas del ventilador me recordó a la corona mortuoria que los buitres dibujan en el cielo. Respiré hondo y dejé caer la cabeza hacia un lado. Todas mis dudas aprovecharon ese despiste para abalanzarse sobre mí.

8

Malcolm nos había provisto de un todoterreno con conductor para viajar a Dharamsala. La única forma segura, según él, de atravesar las primeras cumbres en la época de lluvias.

Antes de partir, Asha y yo pasamos por la embajada para recoger su maletín con toda la documentación que necesitaba llevar. Estaba situada cerca de la casa de Malcolm. Había gente por todos los rincones y cada uno parecía saber lo que tenía que hacer en cada momento. Se despidió de algunos compañeros sin perder tiempo.

Después nos detuvimos en la delegación de la Unión Europea. Ocupaba un edificio con cristales tintados de marrón que reflejaban el jardín y devolvían una imagen cobriza de las palmeras. La secretaria de Luc Renoir nos entregó las cartas de recomendación que éste había dejado preparadas en el interior de un sobre con timbre oficial. Las guardé junto a otra carta que Malcolm había escrito al regresar a casa una vez terminó la presentación. «Es una especie de informe en el que explico con detalle el resultado de nuestras indagaciones, por si crees oportuno mostrárselo a alguien», había dicho, sabiendo que su buena reputación en la capital exiliada también me serviría de aval.

Sin más demoras enfilamos la carretera hacia la región de Himachal Pradesh. Al principio disfrutamos la falsa ilusión de que la doble vía quizá se alargase durante unos kilómetros, pero al momento llegaron los atascos de tuc-tucs, un camello portando sacos de cereal, calor, sudor, ciclomotores que cargaban una familia de cinco miembros, atascos de bicicletas, puestos de comida dudosa, atascos de autobuses, otra vez calor, sudor y una parada para pagar las tasas, con un mono, un oso y una cobra que ayudaban a unos mendigos a pedir limosna. Y de repente, como por un encantamiento en el que también cabían el mono, el oso y la cobra, sólo carretera. Sólo silencio y carretera.

Así transcurrió toda la jornada.

—Al menos no ha sido necesario utilizar la tracción total. ¡Eso en esta época es una suerte! —exclamó el conductor antes de irse a dormir.

Pasamos la noche en un hostal situado a medio camino, en mitad de ninguna parte. Apenas fui capaz de cerrar los ojos un par de horas. Cuando me acosté ya estaba pensando en el momento de levantarme para continuar el viaje; no dejé de dar vueltas en aquel camastro del que se me salían los pies. Antes de amanecer me asomé por la ventana y vi cómo el conductor ponía el vehículo en marcha y manipulaba unas correas.

El segundo día fue más duro. Tuvimos que sortear varios desprendimientos. Mirando el mapa parecía increíble que bien avanzada la tarde aún estuviésemos traqueteando por las faldas de la cordillera. Ni siquiera habíamos parado para comer. Sólo las largas conversaciones con Asha lo hacían más llevadero. Llegué a pensar que el viaje habría merecido la pena por el mero hecho de ir con ella, tal era el grado de intimidad que habíamos logrado a pesar de que acabábamos de conocernos. El conductor no decía nada. Cuando le preguntábamos cuánto faltaba para llegar contestaba con una sonrisa forzada y de nuevo fijaba la vista al frente. Era preciso concentrarse para evitar que las ruedas patinasen con la gravilla de los socavones.

La carretera era estrecha y el borde del terraplén corría junto a nosotros.

Asha abrazaba sus piernas encogidas, subidas en el asiento trasero. Vestía un pantalón de seda naranja con unos abalorios cosidos en los bajos que tintineaban cada vez que cambiaba de postura. De vez en cuando me volvía para hablarle entre los reposacabezas. Al menos, a medida que se acercaba la noche resultaba más fácil olvidarse de la humedad sofocante.

—Algunos lamas entrarán en trance para provocar el despertar de Lobsang Singay en el estado intermedio —me explicaba mientras las horas seguían estirándose sin remedio—. Hasta entonces su conciencia se encuentra más perdida que nunca. No sabe adónde irá a parar.

—Le pasa igual que a mí.

Hice como si se tratase de una broma, apenas esbozando una sonrisa.

—No me vengas con ésas otra vez —se quejó.

Consiguió que me sintiera a disgusto con mi actitud. Me prometí que no volvería a lamentarme.

—Ha sido una suerte conocerte —dije.

—Yo también me alegro de haberte conocido. Lo más valiente que puede hacer un hombre es enfrentarse a sí mismo.

Me recliné en el asiento, echando la cabeza hacia atrás.

—Quizá en otra vida —dije, ahora sí bromeando.

—No aspires a encontrarte en otra vida —replicó ella con dulzura—. Ya no serás tú. Has de actuar hoy, porque ni siquiera mañana serás tú.

Sentí un nudo en el estómago al imaginar mi encuentro con los miembros de la Fe Roja.

—Estamos llegando. Las estupas de aquella colina llevan al primer monasterio de Dharamsala —dijo por fin el conductor señalando a lo lejos.

Sacó el todoterreno de la carretera y se dirigió hacia un descampado. Desde el camino sólo se veía una caseta que a duras penas aguantaba en pie y un cartel metálico que se balanceaba movido por el viento. Cuando se dispersó el polvo comprobamos que se trataba de una gasolinera. Nos acercamos a un grifo oxidado que parecía esconderse detrás del cartel en el que podía leerse «Indian Oil».

—Siempre reposto aquí antes de entrar en la ciudad. Es el único expendedor. El otro cerró hace meses —nos informó.

Bajamos del vehículo y nos estiramos hasta que casi se nos desencajaron las articulaciones.

—Dicen que las lluvias de verano apagan cada noche las mil velas de sus monasterios —dijo Asha sin dejar de contemplar el nuevo paisaje de pinos que, al fondo del valle, rodeaba Dharamsala.

Cuando nos disponíamos a seguir, después de beber agua y rociarme la nuca con lo que quedaba en la botella, el encargado salió correteando de la caseta. Llevaba en las manos un paquete algo mayor que una caja de zapatos. Tras intercambiar unas palabras con el conductor, le preguntaron algo a Asha.

—Nos pide que llevemos este paquete a la oficina de correos que hay en la ciudad —me informó ella.

—Por mí no hay problema —dije.

Lo introduje en la parte trasera y reanudamos la marcha. La tenue luz del ocaso iluminaba los tejados que comenzaban a divisarse. Arrancaba reflejos violáceos entre las banderas ceremoniales que se agitaban como si se hubieran percatado de nuestra llegada.

Al virar en una de las curvas que bajaban a la ciudad, un autoestopista se adentró en la carretera. Estaba claro que era extranjero. En lugar de mostrarnos la palma de su mano vuelta hacia abajo, como era habitual en los caminos de la India, agitaba ambos brazos como si le ocurriera algo grave. Vestía una camisa de cuadros desabotonada y unos vaqueros caídos. Sin dejar de sonreír, poco antes de que pasásemos junto a él nos mostró el bulto que llevaba atado a la espalda, una gran bolsa anudada por ambos lados con la bandera tibetana cosida en el centro. Sin duda había acudido allí en busca de las delicias espirituales de los monasterios de la zona exiliada. Asha me miró un instante y mandó parar al conductor.

Salí del coche para dejar que el chico, que resultó ser un occidental pelirrojo de unos veinticinco años, ocupase el asiento delantero. Prefería ser yo quien se sentase atrás con Asha. Arrojó su bolsa sobre la alfombrilla, entró de un salto y, ante la mirada escudriñadora del conductor, nos dio las gracias varias veces. Asha echó su mochila atrás, junto al paquete que nos habían entregado en la gasolinera.

—No olvide parar en la oficina de correos para dejar esto —le recordó al conductor.

Antes de abrir la puerta trasera y subir al coche aproveché para estirar las piernas unos segundos. Me fui hasta el centro de la carretera y levanté la vista hacia los muros del monasterio al que poco antes se había referido el conductor. Ahora lo teníamos delante, sobre la colina.

Entonces llegó la hora de mi primera muerte, la más violenta e injusta.

Escuché un estallido atronador y al momento el silencio más absoluto. Sentí cómo se sacudía cada célula de mi cuerpo, cómo volaba por los aires y caía hacia el barranco. Apenas noté el impacto contra el suelo, a pesar de que descargué todo mi peso sobre el hombro, con la cabeza desplomada hacia atrás como si se tratase de la de un muñeco desvencijado. Luego rodé cuesta abajo, casi inconsciente. No percibía el dolor, pero sí la tierra en los ojos y en la boca, el bosque alejándose, dando vueltas, mis brazos extendidos, incapaces de protegerme de los golpes. Desplomado en un saliente del barranco, con la cara cubierta de sangre, ansiaba mirar hacia arriba. Pero cuando podía despegar los párpados sólo veía fuego en la carretera y el vehículo agitándose. Lentamente cerré los ojos y me abandoné a la sombra del fuego, bajo un eco de chirridos, lentamente, lentamente, lentamente, entre humo y silencio.

SEGUNDA PARTE

Coloca tu pieza del puzle.

9

Nunca he sabido cuánto tiempo estuve muerto. No sé si me llevaron directamente a la oscura sala del monasterio donde reviví, ni durante cuántos días me sometieron a los ritos. Sólo sé que recorrí los parajes más maravillosos de la mente, y también los más angostos y sobrecogedores.

Según me contaron, tres monjes ascendían por la escalera esculpida en la roca sobre la que se asentaba su lamasería, la misma que yo había visto justo antes de producirse la explosión. Escucharon el estallido, y la onda expansiva, aunque mitigada tras desparramarse por el valle, les empujó con violencia y les tiró al suelo. Todavía con el vacío en los oídos y sin percatarse de los cortes que les cruzaban las piernas, se levantaron y bajaron corriendo hasta la carretera. Uno de ellos acertó a asomarse al borde del barranco. Me vio tendido un poco más abajo, sobre un saliente en el que crecían unos arbustos. Avisó a los otros y se lanzó sin miedo confiando en llegar a tiempo para sentir mi pulso en sus dedos.

El lama volvió con cuidado mi cabeza tras palpar la parte posterior del cuello. Apartó unas hojas que se habían pegado a la sangre que todavía fluía entre débiles borbotones de la herida abierta junto a la oreja. En ese momento se volvió espantado hacia sus compañeros, que ya se deslizaban torpemente arrastrando piedras por la ladera.

—¡No puede ser cierto! —gritó.

Era el mismo lama joven de las gafas de alambre que días atrás se había desplazado al aeropuerto de Delhi con la comitiva de ministros para recoger el cuerpo de Singay. Volvió a mirarme y cerró los ojos. Recordó mi pelo rubio y ya no le cupo ninguna duda. A partir de entonces sé que hizo todo lo posible para mantenerme con vida, aunque desconozco cómo me trasladaron al monasterio. No sé si acudieron otros monjes con algún vehículo o si utilizaron alguna técnica tan prodigiosa como las que, una vez arriba, me arrancaron de la muerte.

Desde el primer momento, aun en mi inconsciencia, me daba cuenta de todo lo que ocurría. Lo hacía desde un plano distinto, desde el que veía mi cuerpo tendido en coma. Recuerdo cómo me separaron la ropa de la piel y limpiaron la sangre seca. Ya no fluía de las heridas, el mal estaba dentro. Lo más extraño es que no sentía dolor, no padecía ningún malestar ni angustia. También soy capaz de describir con todo detalle los instrumentos que utilizaron para curarme: unos bisturís con mango de madera y punta curvada, un escalpelo con una cucharilla en el extremo romo, unas pinzas de hierro con enganche de cuero y agujas de acupuntura de todos los grosores y longitudes. Pero, por encima de todo, recuerdo los cánticos constantes, la dulce melodía de los lamas, grave y rotunda, armónica, que penetraba en mi interior y llegaba a cada uno de mis órganos y a los confines de mi alma.

Durante días no me moví de la manta que colocaron en el centro de la habitación sombría, sobre las tablas que cada tarde se iluminaban con el último fulgor del crepúsculo. Siempre a la misma hora, los rayos atravesaban un ventanuco y traían a mi mente el horror repetido de la explosión. Pero también a esa misma hora varios monjes entraban en la habitación y se sentaban en círculo a mi alrededor para llevar a cabo el ritual mágico y envolverme con sus voces sanadoras.

Comprobaban la resonancia de las paredes exhalando graves sonidos que no parecían humanos. Mientras tanto yo sentía que toda la humedad del suelo penetraba por mi espalda hasta calarme la columna. Cuando ya consideraban que estaba todo preparado comenzaban a emitir aquellas notas exactas, logrando la perfecta armonía entre sus gargantas, la habitación y mi cuerpo y alcanzando con su vibración cada uno de los males. Yo sabía que los bisturís y los ungüentos no hacían sino prepararme, que lo que reponía mi ser era aquella música, y me abría a ella. Me sentía levitar, y quiero suponer que levitaba, mientras las voces de los lamas abrazaban mis moléculas para reparar huesos y tejidos. Cada tarde su música me encaramaba a un soplo de viento y con él fluía por el cosmos. Giraba a lo largo de una espiral, punzante en ocasiones, suave como el algodón en otras.

Aquellos cánticos trazaron una vía desde el alma de la Tierra, canalizaron toda la magia del Tíbet y la clavaron con fuerza en mi corazón, haciéndole recuperar el ritmo de sus latidos.

La primera vez que abrí los ojos, aún recostado en el centro de la sala, sentí algo parecido a lo que debe de sentir un recién nacido al salir del vientre de su madre. No recordaba lo que suponía estar vivo. Demasiados estímulos simultáneos: el resplandor trémulo de las velas, los tapices de mil colores con imágenes que no podía descifrar, mi cuerpo tendido, incapaz de ponerse en pie. Destellos que me agredían y me hacían retroceder hasta quedarme, de nuevo, dormido.

Apenas percibí el momento en el que, a media tarde, el lama de gafas de alambre entró en la sala y vino hacia mí. Acercó un frasco aceitoso y extrajo un poco del ungüento que contenía. Después enroscó la tapa y lo dejó en el suelo junto a la alfombra. El leve contacto del cristal con la piedra retumbó por toda la sala, como si las paredes jugueteasen con cada sonido mientras esperaban impacientes absorber una vez más el canto mágico de los lamas. Apoyó dos dedos entre mis cejas y dibujó unos círculos para extender aquel ungüento que olía a barro. Poco a poco fui siendo consciente de dónde estaba. Incluso me resultó familiar el rostro del lama, si bien no sabía por qué, lo cual me llenó de desconcierto.

—Bienvenido —dijo.

—¿Adónde?

—A nuestro monasterio, a la vida, a la tarde.

Me inundó una avalancha de imágenes.

—La bomba, el coche…

—Tú estás aquí.

—¿Y Asha? ¡Dígame dónde está!

—Asha no.

—¿No?

—Ni el conductor, ni la otra persona.

«La otra persona…» Recordé la sonrisa del turista, su bolsón anudado con una bandera cosida.

—No puede ser, Asha…

Por un momento creí no tener fuerzas para seguir, sentí la necesidad de dejarme arrastrar de nuevo a la oscuridad para no afrontar tanto dolor.

—Tú has luchado para volver con la fuerza de un tigre.

—Para volver…

—Del bardo intermedio, del estado post muerte que tiraba de ti.

—Y qué he conseguido… Asha…

No estaba tan despierto como para llorar. Pensé en Martha y en Louise y se disipó gran parte de la nebulosa. Fue entonces cuando reconocí al lama y, extrañamente, me pareció normal tenerlo a mi lado.

—Malcolm, ¿dónde está?

—Pronto lo verás. Nadie más que él sabe que estás aquí.

—¿Y Martha? ¿Y mis padres? ¿Saben que yo...?

—Ya hablarás con Malcolm.

—¿Por qué tanto secreto?

Dudó antes de contestar.

—Encontramos la carta.

—¿Qué carta?

—La que llevabas en un bolsillo, firmada por él. Pero déjalo ahora. Ya hablaremos de eso cuando te recuperes.

—No, por favor. Sigue ahora —le rogué.

El lama debió de percibir mi expresión de angustia.

—Leímos lo que decía. Malcolm afirmaba que Lobsang Singay fue asesinado en Boston por algún miembro de la Fe Roja. E insinuaba cosas relacionadas con nuestro gobierno que...

Se detuvo de nuevo.

—Continúa, por favor —insistí, sin ser capaz todavía de asimilar del todo lo que había ocurrido.

Él suspiró.

—Malcolm tiene derecho a decir lo que piensa en cualquier foro tibetano; se lo ha ganado con los años. Pero no habría sido bueno que su carta hubiese trascendido sin más. Se trata de un asunto muy delicado.

—Por eso decidimos que lo mejor era ir personalmente —susurré de forma entrecortada.

Me consumía la necesidad de sentirme lúcido. El lama se volvió hacia la puerta antes de sentarse en el suelo y cruzar las piernas de forma instintiva. Respiró hondo sin dejar de mirarme con un ligero aire de condescendencia.

—Estamos convencidos de que todo fue un lamentable error fruto de una desafortunada cadena de casualidades.

—¿Qué error? ¡La policía descubrió el veneno en el vaso de Singay! ¡Y ahora Asha está muerta! ¡Muerta!

Intenté incorporarme pero apenas pude levantar el tronco unos centímetros. Estaba claro que se habían confirmado nuestros temores. Algunos miembros del gobierno de Dharamsala habían preferido ocultar el asesinato para no enfrentarse a la Fe Roja. Ya nunca habría crimen, ni reuniones con la secta. Pero lo que más me dolió fue darme cuenta de que, con esa actuación, despreciaban la muerte de Asha y el sufrimiento de Malcolm, quien tanto había hecho por ellos.

Me dejé caer desplomado mirando al techo.

—¿Cuándo se practicó la autopsia? —pregunté derrotado.

El lama me contempló vacilante antes de contestar.

—Aún no se ha practicado. Se complicaron los requerimientos de la INTERPOL y hasta hoy no ha llegado la autorización de la central, así que se hará pasado mañana.

Comencé a temblar de súbito. ¡Todavía no le habían hecho la autopsia! ¡Aún estaba a tiempo de actuar!

—¿Y el encuentro con el líder de la secta? —exclamé.

—Eso ya lo hablarás directamente con el Kalon Tripa. Se está llevando todo con la máxima discreción.

Mi primer impulso fue confiar en que aquello me reconciliaría con Malcolm y con Asha, allí donde estuviera, que de aquel modo dotaría de algún sentido al final tan terrible al que yo la había arrastrado.

Me palpé el pecho, las piernas, la cara.

—Me habéis curado... Recuerdo los cánticos, aquellas voces.

El monje examinó la expresión que se había estampado en mi rostro sudoroso y me secó la frente con un paño.

—Es bueno que lo recuerdes. Desde hace siglos los tibetanos hemos perseguido el conocimiento de los elementos y de las vías que nos conectan con la naturaleza. Ahí radicaba el éxito de la medicina de Singay. Lograba curar con la ayuda del mundo. Todo lo conocía y de todo se servía. Por ello su medicina adquiría diferentes formas, y una de ellas es la música que ahora vive en tu memoria.

—Te creo, pero no te comprendo —conseguí articular entre los vahídos que se sucedían cuando cerraba los ojos.

—Verás —se dispuso a explicarme—, todo el cuerpo vibra, vibra constantemente, al igual que el resto del universo, cada cosa con su frecuencia específica. Siendo así, cualquier enfermedad puede traducirse como una alteración de esa frecuencia. Y por eso, para sanarla, basta con restablecer la armonía vibratoria, devolver al órgano afectado su resonancia correcta. Es eso lo que conseguimos hacer con nuestras voces, asociándonos con el cerebro del paciente como si todos fuésemos uno, convirtiéndolo en un médico más al servicio del cuerpo dañado.

—¿Fue Singay quien os enseñó a cantar así?

—Así es. La garganta de un hombre normal sólo puede emitir un sonido cada vez. Sin embargo Singay lograba emitir sonidos armónicos, pronunciaba acordes formados por varias notas musicales simultáneas. Eso es algo que cualquier logopeda consideraría imposible sin la ayuda de un instrumento, pero él lo dominaba hasta la perfección. Con esa técnica componía y ejecutaba sus particulares melodías reparadoras, las mismas que nosotros hemos cantado para sanarte a ti.

—Me parece ciencia ficción —dije sin ninguna malicia.

—Si eres capaz de sentirte más vivo con la mera contemplación de un paisaje, o sentir cómo te ahoga la presión invisible de una habitación lúgubre, simplemente dejándote influir por la energía que emana de cada lugar concreto, ¿cómo podrías negar la ciencia de Lobsang Singay? Como te he dicho, él se servía de esa energía universal que radica en las cosas.

Quise comprender por qué me había sido otorgado el privilegio de renacer en aquel lugar tras el atentado. Una vez más pensé que nada en mi vida era casual.

—Os estoy muy agradecido... No comprendo cómo podéis hacer algo tan... Es como un milagro...

El lama percibió que estaba a punto de sufrir un desvanecimiento y comenzó a hablar de forma rítmica y suave, como quien lee un poema.

—Dicen que fueron los antiguos chamanes los que primero aprendieron a cantar armónicos, imitando el sonido de una cascada. Se sentaban a escuchar y se concentraban durante días, o incluso años, hasta lograr que su voz fuese capaz de confundirse con la cascada en un solo flujo tonal, como si el agua saliese por sus bocas, o como si fuera su voz la que se proyectase barranco abajo hasta el río. Recibían el don de la naturaleza, del mundo espiritual. Y entonces comenzaron a sanar, con ese sonido, los males de sus pacientes. Siglos después, algunos lamas tibetanos aprendieron a cantar esos armónicos. Dicen que un lama soñó con una voz que era a la vez la de un yak y la de un niño, pronunciada de forma sorprendente y simultánea por la misma garganta. Tan terrorífica y angelical al mismo tiempo, juntas en un flujo único, como la cascada del chamán. Al despertar fue capaz de reproducirla con sus propias cuerdas vocales, y después fue copiada por otros lamas. Era el sonido tántrico que trasladaba a los primeros maestros a otra dimensión, que les hacía palpar la deidad misma. Era el sonido más grave, tanto como para matar a la muerte, y tan agudo que sin esfuerzo abría puertas desconocidas. Y entonces comenzaron a sanar, con aquella voz dual, los males de sus pacientes.

Poco a poco fui recuperando la conciencia.

—Me habéis sanado con vuestras voces gracias a lo que Singay os enseñó... —susurré con lágrimas en los ojos—. Me curarás completamente para que pueda acudir a su autopsia, ¿verdad que lo harás?

El monje se levantó y fue a buscar una toalla y una palangana que tenía colocadas sobre una cómoda. Se acercó de nuevo, me lavó la cara y el cuello y volvió a taparme después con una especie de edredón rugoso. Entonces hizo un gesto como si fuera a marcharse.

—¿Has hablado personalmente con Malcolm? —le pregunté antes de que saliera—. ¿Sabes cómo se encuentra?

—Sólo hablé con él unos minutos, cuando tú ya estabas fuera de peligro.

—Pero ¿cómo lo viste?

—Sinceramente, lo encontré bastante obsesionado con… todo esto. Está convencido de que el atentado de la carretera está relacionado con la muerte de Lobsang Singay.

Me retorcí de dolor por la tensión que me produjo de nuevo pensar otra vez en Asha y sentirme cada vez más responsable de lo ocurrido. Un remolino de bilis subió desde el estómago hasta la boca mientras me estallaban las sienes.

—Ya lo hablarás con él.

Traté de cambiar de postura. Ahora al menos conseguí inclinarme hacia un lado.

—¿Cuánto tiempo estuvo Martha pensando que yo…?

El lama negó con la cabeza, volvió a darse la vuelta para salir de la sala y ya no se lo impedí.

Fuera de aquel monasterio todos pensaron que era mi cuerpo y no el del desgraciado autoestopista pelirrojo sin nombre el que se había carbonizado en el interior del vehículo. Supuse que Malcolm se habría ocupado de averiguar su identidad para comunicarlo al consulado de su país y a sus familiares una vez que el cadáver hubiera llegado a Delhi. Quizá sería bueno, me decía, que aquellos que hicieron estallar la bomba siguiesen pensando que era yo quien había perecido con los otros. Entonces se abalanzaban sobre mí de nuevo los rostros de Asha y del extranjero. Las lágrimas estallaban y me faltaba el aire. Y de nuevo necesitaba levantarme de aquella manta y hacer algo. Estaba claro que habían tratado de eliminarme antes de que metiese más aún la cabeza en aquella trama.

El monje había dejado junto a mi lecho unos cuantos periódicos. Calificaban el atentado como una nueva acción aleatoria de los terroristas que, desde Pakistán, azotaban la región vecina de Cachemira. Quizá no había complots que destapar, como dijo Luc Renoir en la fiesta del hotel Imperial. Quizá el asesinato de Singay también respondía a un hecho trágicamente aleatorio. «El hierro de las armas en el área en disputa está de nuevo candente», rezaba un diario, y me hizo estremecer. No podía imaginarme siendo abono de titulares para vender prensa. Y mucho menos Asha. Asha... «Ningún grupo terrorista había penetrado antes hasta el enclave budista de Dharamsala, y en esta primera vez la mala fortuna sorprendió a un consultor de proyectos humanitarios de visita en la región y a una de las asistentes del embajador de Inglaterra en Delhi», decía otro diario.

10

Un rato después de que el lama se marchase noté cómo alguien abría la puerta. Esperaba ver aparecer a Malcolm, pero no fue él quien se adentró en la sala. Entorné los ojos para no cegarme con la luz naranja que entraba y volví a mirar, pero ni siquiera entonces me convencí de que fuera cierto.

Era Martha, a quien creía tan lejos, hasta sentirme agónicamente solo en aquel cuarto de cera y basta seda bordada.

No podía hablar. No le pedí que se acercase, ni me permití llorar aunque se me rompían los ojos, para que no desapareciera. Cerré los puños apresando el borde de la manta. Quería prolongar aquel instante. Ella permanecía de pie. Ni siquiera la emoción que sentía alteraba sus movimientos suaves. Trataba de hacer algún gesto rutinario y llevaba la mano hacia el pelo rubio para recoger los bucles que se escapaban de la coleta. La tenía allí, envuelta en un aura vaporosa; la luz del exterior realzaba su contorno. Apenas acerté a pronunciar las primeras palabras.

—No puedo creer que estés aquí. No sabía...

—Pensé que nunca más te vería, que no volvería a hablar contigo.

—Ven —le pedí.

Martha corrió y se dejó caer sobre la manta, abrazándome con fuerza.

—Morí contigo.

Hacía tiempo que no sentía sus lágrimas derramándose por mi cara, su sabor salado. No la había visto llorar así desde que Louise tuvo su primer ataque de asma.

—¿Qué tal está la niña?

—Lleva unos días un poco enferma, pero el doctor está seguro de que esta vez no es grave. La he dejado con él. Su mujer y su hija Paulita estaban encantadas.

—¿No estará gestando otro brote? No querría estar lejos de ella si…

—No te preocupes.

—Necesito tocarla.

—Has estado mucho tiempo inconsciente. Pensé que tendría que regresar sin que hubieras despertado, y no lo soportaba.

Me separé unos centímetros de ella, lo justo para poder mirarla a los ojos.

—No puedo marcharme ahora. Han pasado tantas cosas…

—Lo sé.

—¿Qué tal está tu padre? Ha sido horrible.

Martha apenas pudo contestar. Se secó las lágrimas con la manga de la blusa, dejando dos círculos transparentes en la seda.

—Quizá he escogido una meta demasiado ambiciosa —dije.

—Yo creo que es la meta la que te ha escogido.

—Me refiero a Louise y a ti.

—Yo también.

Nos fundimos en un nuevo abrazo.

—¿Qué tal marcha la escuela?

—Ya sabes, paz por los cuatro costados.

—Es un lugar soñado, pero quizá lo sea para alguien que ya tenga forjados unos recuerdos que revivir.

Después de nuestras últimas discusiones veladas junto al fuego de Puerto Maldonado, de conversaciones inacabadas para evitar hacernos daño, sabía que Martha entendía lo que quería decirle.

—Haz lo que tengas que hacer y ya regresarás cuando sea el momento.

—Me alegro tanto de que estés aquí... —Mi cabeza se desplomaba por un cansancio repentino.

—Duerme tranquilo. Esta noche me quedaré a tu lado.

La habitación olía a enfermedad, pero también a ropa limpia y al agua de azahar que mi hermana Cristina le enviaba a Martha desde España. Cerré los ojos sintiendo su calor cuando me apretaba la mano, y cuando la soltó pensando que ya estaba dormido. Me venció su cariño y soñé con ella en un mundo paralelo de perfección que algún día nos había pertenecido.

Pensé que había sido real, y aún hoy lo sigo pensando a veces. Aunque Martha, cuando hablamos por teléfono, me asegurase que nunca había estado en Dharamsala. Yo me llevaba las manos a la cara y aún podía sentir la caricia de las suyas secándome el sudor de la fiebre; recordaba cada detalle de cuanto ocurrió entre los muros del monasterio, cada palabra, el olor a azahar en mi estancia. Ella, desde Perú, repetía una y otra vez si me encontraba bien. «Sí, cariño —le contestaba yo—, ahora es cuando empiezo a estar verdaderamente bien.»

11

La mañana siguiente despertó encapotada, el cielo blanco. El monasterio estaba inundado de un resplandor fantasmagórico. Dos monjes se adentraron en la sala.

—Los ritos curativos han culminado con éxito —afirmó uno de ellos—. Ya puedes levantarte y abandonar esta sala en la que nuestro canto te ha devuelto a la vida.

—Te hemos preparado la habitación de un novicio ausente —me informó el otro—, para que puedas descansar con tranquilidad durante el tiempo que estimes oportuno antes de regresar a casa. Baja a ver al monje de puertas y él te acompañará.

Me incorporé con dificultad. Crujieron algunos huesos y chasquearon mis aletargadas articulaciones, pero conseguí ponerme en pie. Cuando me aseguré de que las piernas eran capaces de sostener mi peso, caminé descalzo por la estancia hasta el portón. Me volví hacia ellos. Los monjes sonrieron complacidos y se dedicaron a enrollar las mantas y a recoger los frascos de ungüento. Tiré de la argolla y salí a un corredor que daba al patio. Según pude ver, me encontraba a la altura de lo que parecía ser el segundo piso del edifico central de la lamasería. Miré a ambos lados. No había nadie.

Me apoyé en la barandilla para asomarme al patio. Estaba mareado, confuso. Al fondo, el empedrado brillaba como si fuera mármol recién pulido. Apenas podía abrir los ojos tras haber permanecido en la oscuridad de forma casi permanente. Había agua de la noche anterior sobre la piedra. Entonces escuché un sonido que provenía de la planta inferior. Me incliné y vi la sala de rezos. Los novicios leían sus tablillas de mantras. Cerré los ojos. Desde arriba se escuchaba la cadencia. Los pequeños monjes repetían una y otra vez las oraciones con las que abrían su interior a las enseñanzas. Estaban creando el ambiente preciso; a ninguno de sus preceptores les preocupaba el contenido de las lecturas, sólo la cadencia, el zumbido monótono que suscitaba su predisposición al estado óptimo. No les incomodaba que todos leyesen de forma simultánea y en voz alta distintos textos, unos en tibetano, otros en lengua hindi. Sólo importaba la cadencia, aquella que provocaba el balanceo de sus cabezas, de sus cuerpos sentados en hileras, aquella que incluso hoy logra sumirme, cuando me dejo llevar por el recuerdo de aquel instante, en el extraño letargo que se siente entre la vigilia y el sueño.

Bajé por una estrecha escalera y caminé por la galería. El monasterio era pequeño. No se parecía a las grandes lamaserías del Tíbet, muchas de los cuales llegaban a ser verdaderas ciudades.

De repente creí ver, en un lateral del patio, una figura encogida apoyada en el muro. Me asomé entre dos columnas y me sobrecogió descubrir quién era la persona que se ocultaba detrás del flequillo que apuntaba al suelo. Tenía la camisa completamente arrugada y los bajos del pantalón llenos de barro. ¿Es posible que aquél fuera Malcolm, el mismo que había idealizado durante años? Sabía que su rostro descompuesto tardaría tiempo en mostrarse como aquellos días en Delhi, cuando transmitía tanta pasión aunque no te mirase directamente. Quizá había volcado demasiada en los grandes ojos negros de Asha, ahora convertidos en ceniza.

Me asomé un poco más. Parecía un mendigo que aprovechaba la sombra.

Malcolm también me vio e hizo gestos para que me acercase. Me quedé de pie frente a él. Se acarició el mentón. La angustia dejaba un silencio tan profundo que podía sentirse el crepitar de la barba sin afeitar en la palma de su mano temblorosa.

—Malcolm…

—No puedo ni levantarme para darte un abrazo…

Comenzó a llorar con amargura. Me arrodillé junto a él y nos fundimos en un profundo abrazo durante un rato.

—Te han curado… —dijo por fin, secándose las lágrimas.

—No sé cómo ha sido, pero estoy aquí.

—Menos mal —dijo, dejando caer la cabeza—. Por un momento creí que tú también…

Le apreté la mano con la mía.

—¿Cómo estás tú?

Levantó la vista de repente. Ahora sus ojos parecían los de un loco.

—¡Los asesinos no podían saber que pasaríais por allí aquella mañana! —exclamó como si estuviera enajenado—. Lo pienso una y otra vez y me parece imposible. ¿Viste algo? ¿Oíste algo? ¿Con quién hablasteis?

—Sólo puedo decirte que paramos en una gasolinera justo antes de llegar y aceptamos llevar un paquete a la oficina de correos de la ciudad. Lo siento tanto, Malcolm… —Le apreté la mano aún con más fuerza—. Al conductor debió de parecerle algo normal. Fue él quien salió de la caseta con la otra persona.

—Me parece imposible. Imposible… —repitió.

Quería consolarle, pedirle perdón, pero no acertaba a encontrar las palabras adecuadas.

—¿Crees que fuimos un blanco casual? —pregunté sin ninguna convicción.

—Me gustaría pensarlo, pero no puedo. Todo tiene que estar relacionado. Quien mató a Singay ha matado a Asha. ¡A Asha! —gritó—. ¡Ella estaba tan bien sin mí!

—¡No digas eso! —Negué con la cabeza una y otra vez—. ¡Es sólo culpa mía! ¡Luc tenía razón al pensar que era un asunto demasiado grande para mí! ¡Tienes que perdonarme, Malcolm!

—Calla —me pidió más calmado—. No tienes nada de lo que arrepentirte. Es que… —La emoción le impedía hablar—. No puedo más, Jacobo. ¿Por qué no supe ver que ya no tenía derecho a amar, que ya lo había amado todo?

De nuevo se sumió en un llanto desconsolado. Entre sollozos me dijo que sentía cómo Louise se acercaba al cristal del otro mundo para consolarle y sólo conseguía acrecentar el vacío de tantos años sin ella. Y lloraba aún más, sabiendo que el abismo por el que se precipitaba era tan profundo que nunca llegaría a estrellarse contra el fondo.

—Volvamos hoy mismo a Delhi —terminó diciendo—. ¿Estás en condiciones de viajar?

Medité unos segundos lo que iba a decir.

—Malcolm, no puedo…

—No estarás pensando en quedarte…

Se apartó ligeramente de mí.

—No podemos abandonar ahora. La autopsia se practicará mañana, y al parecer ya está todo preparado para el encuentro con la Fe Roja…

—Olvida eso ahora y regresa conmigo a Delhi —insistió con gravedad.

—¿Cómo voy a olvidarlo después de lo que ha pasado?

Se levantó con una energía inusitada.

—¡No quiero ni imaginar lo que sería si te perdiese a ti también! ¡Vayámonos ahora, no esperemos más!

Entonces recordé a Martha en la sala donde me habían curado, su presencia contorneada por los rayos anaranjados. No importaba que fuera sueño o realidad. Pensé en sus palabras mientras estaba junto a mí, echada en la manta. Yo la sentí allí conmigo, sé que estaba allí, animándome a seguir adelante.

—¿Quién se va a ocupar de esto, si no lo hacemos nosotros?

Permaneció callado unos segundos.

—De acuerdo.

Me sorprendió que claudicase tan fácilmente.

—Gracias por confiar otra vez en mí —acerté a decir.

—Pero me quedaré contigo.

Me cogió por sorpresa.

—No creo que sea buena idea.

—No me digas lo que tengo que hacer.

—No lo pretendo. Sólo creo que no estás en condiciones y que, además, deberías regresar a Delhi para...

Me detuve.

—¡Acaba la frase, maldita sea! ¡Tú puedes decirme cualquier cosa!

—Para acompañar a la familia de Asha.

Se llevó las manos a la cara.

—Ashrom, su padre. ¿Qué voy a decirle...?

—En eso no puedo ayudarte.

Por un momento parecía estar perdiendo el juicio, derramando la mirada por el muro.

—El tercer día que fui a esperar a Asha a la salida del trabajo aparqué el coche frente a la puerta de la delegación y aguardé en el interior. Ella cruzó la calle y se acercó a la ventanilla. Permaneció unos segundos mirándome, abrió la puerta y se sentó en el asiento delantero. De nuevo me contempló en silencio. Supongo que sabía que ansiaba cada uno de sus movimientos, y me hacía esperar.

Entonces comprendí que nunca llegaría siquiera a imaginar

el sufrimiento repetido de Malcolm. Sufría la muerte de Asha en todo su ser pero su dolor no terminaba ahí, porque cada pinchazo le atravesaba hasta llegar al confín de su alma donde permanecía su Louise resguardada, y volvía a hacerle sangrar.

Me levanté para darle otro abrazo pero se alejó entre las columnas.

Cuando más tarde volví a preguntar por él, me dijeron que finalmente había salido hacia Delhi.

12

Pasé toda la tarde en la habitación que me habían asignado. Era un cuarto de unos ocho metros cuadrados y techo bajo, con un camastro, un taburete y una mesa en la que habían dejado un termo y una palangana de metal. Me tumbé al llegar y apenas cambié de postura hasta que anocheció. Me dolía todo el cuerpo. Además, pensar que tanto Lobsang Singay como Asha y yo mismo habíamos sido víctimas del mismo entramado criminal ocupaba suficiente sitio en mi cerebro como para no tener que ocuparme de nada más.

No sé cuándo me quedé dormido, ni cuántas horas transcurrieron hasta que me despertó un repentino ruido de hierros. Abrí los ojos. No había luz. Creí recordar que, entre sueños, había percibido que alguien abría la puerta. Ahora, sin duda, le había oído salir.

Me enfundé las botas y me asomé al corredor. El resplandor tenue del amanecer se filtraba entre las columnas que daban al patio central. Permanecí unos segundos inmóvil. Al no escuchar nada más que el viento que golpeaba las banderolas de oración regresé a la habitación y encendí el candil de aceite; bajé la intensidad al mínimo. Moví el cierre de la puerta, que consistía en un mero pasador oxidado, para comprobar si su chirrido se parecía a lo que poco antes me había sobresaltado. Después miré hacia la mesa sobre la que había dejado mis cosas y me convencí de que alguien había estado hurgando. Parecía no faltar nada. Las cartas de recomendación de Luc seguían en el interior del sobre, doblado y guardado en el bolsillo del pantalón que llevaba puesto el día de la explosión. Me impresionó ver por primera vez los rotos que se repartían por todas partes. La caída por el barranco había dejado más secuelas en mi ropa que en mi propio cuerpo.

Salí de nuevo al corredor con el candil en la mano y caminé con sigilo. Avanzaba despacio, deteniéndome cuando creía percibir cualquier movimiento en la sombra. Subí una escalera. Sólo se oía el agudo balanceo de la lámpara cuando la apartaba para que los remolinos que se formaban en el patio y enfilaban por las galerías no apagasen la llama. Mis pies no hacían ruido al pisar sobre la piedra. Al fondo vi una luz que oscilaba al otro lado de un portón entreabierto. Me paré antes de llegar, al advertir unas voces que provenían del interior. Tapé el cristal de la lámpara y estiré el cuello para asomarme.

En el interior de la estancia había tres monjes. Estaban sentados en el suelo alrededor de unos pergaminos desplegados. Uno de ellos rebuscaba entre el montón, levantando unos y apartando otros, mientras sus compañeros le daban indicaciones. Los pergaminos estaban pintados con vivos colores, con un detalle asombroso, mezclando dibujos de budas y otros seres con cientos de diminutas inscripciones. El que consultaban mostraba una complicada ilustración llena de círculos repletos de simbología.

Justo entonces noté unos dedos que se posaban sobre mi hombro. Salté hacia delante y giré sobre mí mismo mientras mi corazón estallaba.

—Son astrólogos —dijo la sombra.

Apenas distinguía su rostro. Levanté el candil y comprobé con sorpresa que se trataba del lama de gafas de alambre. Quizá el control de mi estado de salud incluía seguirme en los paseos nocturnos por la lamasería, o puede que estuviese buscando una oportunidad para acabar conmigo. Apreté los puños con disimulo y di un paso atrás.

—No podía dormir —acerté a decir.

—No quería asustarte —se excusó.

—No te preocupes. Me salvaste la vida, te pasas el día pendiente de mi recuperación y todavía no sé tu nombre —dije, tratando de normalizar la escena para ganar tiempo.

—Creí habértelo dicho el día que nos conocimos en el aeropuerto. Me llamo Gyentse.

—Ahora lo recuerdo. Te llamas como la ciudad —se me ocurrió decir mientras tragaba un breve ahogo fruto del susto que aún tenía.

—Eso mismo, en la carretera que une el paso fronterizo de Nepal con Lhasa. Supongo que aún pasará un tiempo antes de que pueda visitarla. Pero al menos tengo trabajo de sobra para ir haciendo aquí.

—Ya… —me limité a decir.

—¿Qué tal te encuentras?

—Un poco aturdido, pero bien.

Me observó durante unos segundos sin decir nada.

—A lo largo de tu proceso de curación —me explicó— nos sorprendió que, a pesar de que percibíamos en ti unas respuestas muy especiales a nuestros armónicos vocales, había una parte de tu ser que no lográbamos traspasar. Y no estoy hablando de alguno de los órganos que resultaron afectados por la bomba. Me refiero a algo más íntimo…

—No estoy en mi mejor momento.

—Nosotros te hemos curado el cuerpo, pero sólo tú puedes sanar tu espíritu.

Aquellas palabras, pronunciadas con su voz más grave, retumbaron a lo largo del corredor.

—Quizá no tenga bastante con una sola vida para sanarlo —dije.

—Se trata de tender hacia el estado óptimo, con eso basta —me aclaró el lama—. Te recomiendo que no midas el tiempo en vidas, ni en años o días. Mídelo en acciones. Los budistas no consideramos que exista un alma inmutable como la de los cristianos, ni que nuestra sustancia vaya saltando de un cuerpo a otro como si se cambiara de traje. No salimos de una vida para entrar en otra. Son todo fases de la evolución creciente de tu sabiduría y de tu compasión unida a la del resto del mundo. Los tibetanos creemos que todos los seres estamos abocados a vagar por una rueda de sufrimiento que llamamos *samsara*. Se trata de un estado permanente de confusión que va evolucionando con nosotros y que, dependiendo de nuestras acciones buenas o malas, se proyecta en nuevas formas, o incluso en nuevos cuerpos.

—Te prometo que trataré de recordarlo. Es bueno pensar que uno mismo puede cambiar el futuro.

—Exactamente. Es como esos astrólogos —continuó, a la vez que señalaba a los tres monjes que continuaban dedicados a sus labores en el suelo de la estancia—. Cuando los tibetanos consultamos a un astrólogo no esperamos influencias enviadas de forma unilateral desde lejanos planetas, cuyos efectos deberíamos aceptar con resignación. Sólo aspiramos a leer aspectos de nuestro propio karma, de nuestras acciones pasadas y presentes y su incidencia en el futuro, ya que cuanta más información conozcamos de antemano, mejor podremos modificar actitudes y conductas que podrían resultar dañinas para nosotros mismos o para los demás.

—Me prometí a mí mismo que trataría de cambiar el destino al que últimamente creía estar abocado. —Pensé una vez más en las palabras de Martha junto a mi lecho—. La verdad es que también se lo he prometido a alguien más.

Uno de los monjes arrojó sobre el pergamino unos dados con números en sus caras y logró captar nuestra atención. Los contempló, recolocó algunos de ellos sobre los círculos del dibujo y volvió a repetir la tirada con el resto, hasta que todos encontraron su sitio definido en el colorido esquema de budas y planetas.

—Sigues pensando que estamos en tu contra —dijo Gyentse de repente, dando un vuelco a la conversación.

—¿A qué te refieres?

—Ya lo sabes. A lo que decía la carta de Malcolm que llevabas contigo. Estás convencido de que todos los del gobierno en el exilio seríamos capaces de cerrar los ojos ante el asesinato de nuestro querido Lobsang Singay con tal de no enfrentarnos a la Fe Roja.

—Aún no lo sé.

—Es probable que en nuestro gobierno haya personas capaces de actuar así. Al fin y al cabo todos nosotros, ya seamos monjes, lamas o ministros, somos humanos y tenemos debilidades humanas. Y sin duda ha sido bueno que Malcolm nos haya prevenido. Así podremos adoptar las medidas oportunas.

—Me alegro de saberlo. Pero dime, ¿qué hacías por aquí a esta hora? —le pregunté sin tapujos.

—Venía a buscarte. Querías estar presente en la autopsia, ¿no es así?

—¿Ya?

—Aquí la jornada comienza temprano. ¿Puedes andar sin dolor? Está un poco lejos.

—Estoy bien —mentí.

Todavía sentía pinchazos en las rodillas y en el cuello cuando trataba de forzar algunos movimientos.

—Vamos entonces.

—¿Es necesario que lleve las cartas de recomendación que me preparó el delegado de la Unión Europea?

—Todos saben que estás legitimado —contestó.

Salimos de la lamasería y nos internamos en las callejuelas de la ciudad en dirección a la clínica.

13

Era la primera vez que recorría las calles de Dharamsala. Siempre la había imaginado como una verdadera capital. En el exilio, pero capital. Y no lo parecía. Inspiraba la inocencia de las aldeas, a veces incluso ingenuidad. La residencia del Dalai Lama no estaba construida para impresionar al pueblo, aun cuando los fieles la calificasen de palacio. Exhalaba una austeridad impuesta que justificaba la perspectiva budista más allá del tiempo, más allá del mundo; pero que también sugería alguna mirada furtiva al pasado, cuando ese mismo Dalai niño contemplaba a sus súbditos con un telescopio desde la terraza del Potala, a doscientos metros de altura sobre las calles de Lhasa. Entonces, ese mismo Dalai niño no podía relacionarse con nadie. No como ahora, que llegaba al corazón de reyes y plebeyos tan sólo con la roja austeridad de su capital y de su túnica.

Antes de lo que había previsto llegamos a la clínica. La entrada estaba copada por un gran número de monjes que charlaban en grupos.

—Como ves, todo se está haciendo con la mayor transparencia. No tienes de qué preocuparte —afirmó Gyentse, sin duda refiriéndose una vez más al contenido de la carta escrita por Malcolm.

Atravesamos un pasillo y entramos en el laboratorio alicatado con pequeñas baldosas blancas. El forense y su ayudante también parecían saber que mi presencia allí estaba justificada. Me saludaron y continuaron preparando el instrumental sin inmutarse. El ayudante me acercó un bote con una crema para ponerme bajo la nariz. Nunca había presenciado una autopsia. Pensaba que me impresionaría más el hecho de encontrarme frente a un cadáver. Quizá el aturdimiento que todavía arrastraba debido a mi estado ayudaba a sobrellevarlo. Era extraño ver a Singay inerte sobre la mesa, cristalizado, gris, el mismo que llegó a Boston en su máximo esplendor para enseñar cómo vivir en la muerte.

—En este momento —dijo Gyentse, apoyando un hombro en la pared—, mientras la conciencia de Lobsang Singay vaga esperando un nuevo destino, toda su vida parece haber durado un segundo: su ingreso en la lamasería con tan sólo cuatro años, la huida del Tíbet, sus estudios avanzados, los años en el exilio… Y hoy, tras lo que dura un chasquido de los dedos, su cuerpo tendido en esta mesa. Podría contarte mil historias.

—¿Por qué sabes tanto de él?

—Eres tú quien sabe poco de mí —sonrió—. En realidad yo también soy médico, si puede decirse que lo sea por el mero hecho de haber cursado los estudios. Nunca he ejercido. El día que salí de la facultad se me llamó para trabajar en los despachos. Ahora ya no me permitirían ni tomar el pulso.

—¿Estudiaste con Singay?

—Él era maestro de maestros en la facultad. No tenía clases asignadas, pero siempre aparecía en el momento justo. Era maravilloso escucharle.

Alguien se adentró en la sala sin llamar y miró al cadáver.

—La vida y la muerte, siempre unidas en su cíclica melodía —dijo. Era el propio Kalon Tripa, acompañado de otro ministro—. No interrumpáis vuestro trabajo. Yo me acomodo en este rincón —siguió diciendo—. Me alegro de que estés bien, Jacobo. Me han tenido puntualmente informado.

Asentí. Gyentse inclinó la cabeza y el Kalon Tripa le respondió haciendo lo mismo. A partir de entonces sólo se escuchó la voz del forense, quien relató cada uno de sus movimientos desde que introdujo en el mango del bisturí una hoja fina y brillante.

—Como ven, utilizaremos el método Virchow —comenzó diciendo mientras hacía una incisión de arriba abajo en el cuerpo.

Apartó hacia los lados la musculatura, tras cortar los tejidos con tajos certeros.

—Ahora seccionaré las costillas con el *costotomo*…

Manipuló con fuerza la tijera que respondía a ese nombre hasta que sonó un chasquido seco.

—Y ya podemos desinsertar las clavículas para extraer la parrilla costal.

Todas las vísceras quedaron al aire. Sentí una náusea repentina y tuve que taparme la boca para no vomitar.

El forense palpó meticulosamente los pulmones, el corazón, el hígado, y removió con cuidado la masa intestinal. Después fue sacando cada uno de aquellos órganos por separado. Los pesaba en una balanza mientras el ayudante apuntaba las medidas en una pizarrita.

—Dame hilo de sutura —le pidió al ayudante—. Antes de extraer el estómago haremos dos lazos. Uno en la zona inferior del esófago y otro en la primera porción del duodeno. Así no saldrá el contenido.

Tras realizar aquella labor lo depositó en la mesa. Lo diseccionó y se dedicó a examinarlo durante unos minutos. Finalmente levantó la cabeza y se retiró la mascarilla.

—Aquí lo tienen —dijo.

El Kalon Tripa se dirigió sin vacilar hacia la mesa del forense. Yo me separé de Gyentse y también me planté frente al estómago abierto.

—Miren estas marcas oscuras que destacan sobre el color sonrosado del resto.

Casi llegó a introducir su dedo al señalar las secuelas.

—Es posible que los americanos hayan utilizado el Complucad para embalsamarle —le comentó a su ayudante.

—¿Qué quieren decir? —intervine.

—La acción de ese producto realza el color sonrosado que el cianuro deja en el organismo.

—¿Cianuro? —exclamé.

—No hay duda. Y aún está más claro tras ver esas lesiones cáusticas. —Volvió a palpar las marcas oscuras—. Es evidente que se trata del mismo veneno que, según la documentación remitida por la INTERPOL, hallaron en el vaso encontrado en la habitación de su hotel. Ahora podemos afirmar oficialmente que el envenenamiento fue la causa de la muerte de Lobsang Singay.

Al escuchar esas palabras sentí un vago impulso de alegrarme, ya que al fin y al cabo confirmaban nuestras suposiciones. Pero al instante me di cuenta de que la ratificación del asesinato era la peor noticia que podíamos haber recibido.

—¿Cómo pudo ingerirlo sin darse cuenta de que lo hacía? —se me ocurrió preguntar.

—El cianuro es amargo, pero puede enmascararse en un zumo o en cualquier otra bebida azucarada —resolvió el forense.

—Te daré una copia del informe para que puedas hacérsela llegar a Malcolm —dijo Gyentse con seriedad—. Nosotros enviaremos el original esta misma tarde a la policía para que todo siga su curso e inicien la investigación en Boston.

Lobsang Singay había sido asesinado, eso ya era un hecho cierto. Y también era cierto que la cúpula del gobierno de Dharamsala había asistido al momento en que se desveló ese hecho, poniendo en marcha todos los mecanismos para que se cumplieran las requisitorias de la INTERPOL. Quizá ello se debía a mi presencia en la sala de autopsias. O quizá las cosas habrían transcurrido de igual modo aun cuando el atentado de la carretera hubiese terminado conmigo.

El forense y su ayudante comenzaron a colocar los órganos en su sitio como si no hubiera pasado nada.

—Con relación a lo que ahora queda pendiente... —dije volviéndome hacia el Kalon Tripa, refiriéndome al encuentro con el líder de la secta.

—No te preocupes, nosotros te avisaremos. Mientras tanto dedícate a recuperarte por completo.

El Kalon Tripa y el otro ministro abandonaron la sala, limitándose a hacer una nueva inclinación de cabeza para despedirse.

—Siento haber dudado de vosotros, transmíteselo a Malcolm —se excusó Gyentse, una vez que hubo meditado el alcance de la declaración del forense, quien había envuelto el cuerpo en una sábana sin apenas terminar de coser las aberturas que había hecho el bisturí.

—Perdona que me entrometa, pero ¿no van a dejarlo mejor?

—No es necesario. ¿Te sientes con ánimo para venir al funeral celeste?

Me cogió por sorpresa.

—Sería un honor que nos acompañases.

Se refería al funeral tibetano que desde tiempos inmemoriales se celebraba en las tierras altas del Tíbet. Al parecer era un último deseo de Singay conocido por todos. Dejó dicho a sus allegados que, cuando muriese, deseaba ser pasto de los buitres. Este ritual no se percibía como algo macabro en un lugar donde la muerte no se consideraba algo trágico, donde el cuerpo se veía como el mero envoltorio que nos ofrece la rueda impura de las reencarnaciones. Y menos aún en las montañas del Tíbet donde aquella ceremonia era necesaria, dado que nunca han tenido madera para incinerar y el suelo es demasiado duro para enterrar a los muertos. De aquel modo, Singay había querido honrar una vez más a la meseta donde vivió de niño y a la que siempre quiso regresar.

Salimos al exterior de la clínica. Los monjes seguían allí. Ninguno se interesó por la autopsia. Habían venido para formar una comitiva en el funeral celeste.

—Los tibetanos no sufrimos por los cuerpos vacíos —declaró Gyentse mientras comenzábamos la ascensión por una ladera—. Los tratamos sólo como a cuerpos, tanto para olvidarlos como para aprovecharlos. Ya sabrás que los antiguos pobladores de la meseta sentaban a sus muertos en un caldero lleno de grano. Los colocaban en la posición de un buda en meditación, plegando sus miembros, dejando que el grano adsorbiese el líquido de la putrefacción para luego convertirlo en harina o cerveza.

—¿También en los monasterios? —pregunté.

—No siempre. Los grandes lamas no pasaban por el caldero. Se les embalsamaba dejándolos secar en el interior de una caja llena de sal o hirviéndolos en mantequilla hasta convertirlos en momias, para después cubrir su cuerpo con telas y su rostro con láminas de oro.

Los compañeros más cercanos de Singay conocían bien la función que les había sido encomendada. Portaron el cuerpo envuelto en la sábana, bien atado con unas cuerdas para que no se salieran los órganos y poder amarrarlo a un carro que empujaban con una energía inagotable. En los funerales celestes celebrados en el Tíbet, el familiar más próximo al fallecido debía encaminarse hasta el lugar donde vivían los despedazadores de cuerpos, hombres de la casta más baja dedicados a la sangrienta labor de separar en mil pedazos los huesos y la carne. De este modo facilitaban la tarea de los buitres, que eran los que finalmente acababan con los restos. En Dharamsala no se contaba con despedazadores profesionales y fueron los mismos compañeros de Singay quienes lo depositaron en una roca plana, volvieron a rasgar su piel con unas dagas curvas para que las vísceras fueran atrayendo a las aves y, con un hacha, lo cortaron en pequeños trozos fáciles de devorar.

Permanecimos allí, sentados a una distancia suficiente para no ahuyentar a los carroñeros, hasta que no hubieron dejado ni rastro de la carne. Entonces los compañeros de Singay se aproximaron de nuevo a la piedra, machacaron los huesos con un gran martillo y los mezclaron con harina para que los buitres terminasen de engullirlos hasta que no quedase nada.

Fue entonces, después de varias horas, cuando declararon terminado el funeral celeste, con la roca pulida y limpia, tan sólo salpicada de algunas plumas sueltas. También culminó así la tarea de los compañeros de Singay, quienes tras quemar la sábana regresaron a la ciudad sin decir una palabra, con la seguridad de que su maestro esperaba en el mundo intermedio el momento de introducirse en otro cuerpo, aunque con la esperanza de que tuviera la suerte de reaparecer en un embrión humano.

—Una vez le pregunté a Singay qué podía hacer para asegurar mi vuelta a un cuerpo humano en mi próxima reencarnación —me contó Gyentse mientras desandábamos nuestros pasos por el sendero.

—Y ¿qué te contestó?

—Que, como decía un antiguo poeta, es más difícil reaparecer en otro cuerpo similar al que hoy tienes que arrojar un anillo desde la cima del monte Kailas hacia el lago y confiar que se engarce en la cola del único pez mariposa que surca sus aguas.

—No es muy reconfortante —comenté.

—Pero nos enseña que debemos aprovechar nuestro tiempo —concluyó—. ¿Qué vas a hacer ahora?

—Supongo que regresaré a Delhi.

—Quédate unos días más, hasta que te recuperes por completo.

—Quizá lo haga.

Vimos que un monje corría ladera arriba, en dirección a nosotros. Cuando nos alcanzó estaba tan agitado que apenas podía hablar.

—¡Gyentse, es terrible!

—¿Qué ocurre? —exclamó.

—Dos lamas, dos lamas —sollozaba entre jadeos.

—¿Qué quieres decir?

—¡Están muertos!

—¿Quienes están muertos?

—Dos de los lamas médicos del equipo de Lobsang Singay.

—¿Cómo? ¡No es posible!

—Acabamos de encontrarlos degollados. Uno en su habitación de la lamasería y el otro en el laboratorio. Está todo destrozado, Gyentse. Han revuelto los armarios, y hay sangre por todas partes...

—¿Había algo junto a los cuerpos? —intervine.

El monje se volvió hacia mí con expresión de asombro.

—Puedes contestar —le instó Gyentse.

—Un paño negro con un mandala —dijo con prudencia—. ¿Cómo sabéis...?

Gyentse me lanzó una mirada de angustia.

—Voy a ver al Kalon Tripa —dijo, y se alejó corriendo ladera abajo seguido por el monje.

Regresé a la lamasería y fui directamente a mi habitación.

Vacié en una taza el té que aún quedaba en el termo. No cabía la menor duda. La Fe Roja había vuelto a actuar, esta vez en el mismo corazón de Dharamsala. No obstante, sabía que algo no encajaba. Hasta entonces habíamos pensado que su objetivo era silenciar al propio Lobsang Singay, pero aquellos dos asesinatos denotaban la existencia de otro propósito. Aquello lo cambiaba todo. Por primera vez sentí realmente el peligro que encerraba el encuentro con la secta.

Me tumbé en el camastro. Todo a mi alrededor olía a muerte. Entre tanto desconcierto sólo me quedaba pensar que al menos Singay había visto cumplido su deseo. Por fin había recibido su último abrazo de manos de sus compañeros, montaña arriba, en el hogar de los buitres.

14

Pasé el día atenazado por los dolores que marcaban mi convalecencia y apenas dormí en toda la noche. Pero a la mañana siguiente, mientras el sol incipiente todavía buscaba un hueco entre la neblina, ya estaba cruzando la puerta del monasterio. Me encaminé hacia el centro de la ciudad sin seguir una ruta establecida. Uno de los monjes había dibujado para mí un pequeño plano en una cuartilla. Contrariamente a lo que hubiera sido deseable, sólo trataba de no estar parado.

Llegué a la calle del bazar y recorrí los puestos de comida. No me resistí a probar unas bolas fritas atravesadas con un palo. Tras dar una vuelta de reconocimiento, me senté en la terraza de un tenderete en el que vendían refrescos, artículos de droguería y algún juguete. El dueño, un tibetano de cara afable, señaló con orgullo una desvencijada mesa de plástico. Pedí una naranjada y de nuevo saqué el plano.

—Veo que te estás situando —dijo alguien a mi espalda.

Me volví. Era Gyentse. Ya no me sorprendía verlo a cada instante. Tenía la sensación de acarrear una sombra roja allá donde fuera, pero interpretaba su actitud como un reflejo del descaro natural de los tibetanos sumado a una generosidad inusual ante la que no debía mostrarme desconfiado. Incluso había comenzado a considerarle un amigo.

—Es fácil situarse en Dharamsala —contesté, levantándome para darle la mano.

—Por favor, no te muevas.

Le ofrecí la otra silla.

—¿Cómo están las cosas por el Kashag?

—El Kalon Tripa y todos los ministros se han puesto a trabajar de inmediato.

—¿Siguen queriendo que se celebre la reunión? —le pregunté—. Ahora nadie dudará de que todo esto es cosa de la secta. Las telas rituales…

—El gobierno sigue aprobando el encuentro, como último recurso conciliador antes de tomar medidas más drásticas, pero desde que sufriste el atentado en la carretera no hemos recibido ningún comunicado de la Fe Roja, ni siquiera extraoficial. Sólo nos queda esperar.

En ese momento la calle se pobló de gente que levantaba los brazos. «¡Es el Karmapa!», chillaban todos, y aplaudían emocionados al paso de un joven lama de tez morena que caminaba en compañía de un séquito de monjes.

—Es el decimoséptimo Karmapa Lama —me informó Gyentse, aprovechando para desviar la conversación anterior—. Huyó de Lhasa hace cinco años, caminando a través de las montañas hasta cruzar la frontera de Nepal. Nadie sabe cómo lo hizo. Dicen que iba disfrazado de nómada. Algunos aseguran que se transmutó en un yak.

—No sabía que levantase tanta pasión…

La gente seguía apareciendo y abarrotando la calle. El Karmapa Lama era el máximo dirigente de la orden Kaguiü, una escuela budista tibetana que en la antigüedad se caracterizó por los particulares tantras en los que cimentó su doctrina, muy diferentes a los de la escuela Geluk de los Dalai Lamas. No era extraño que el Karmapa Lama fuera reverenciado por el pueblo ya que, según las enseñanzas de la orden Kaguiü, por mucha impureza que hubiera acumulado un hombre con sus actos de juventud, con una aplicación acertada de sus tantras podía liberarse de los efectos negativos de esos actos alcanzando la Iluminación en una sola vida. Sin duda se trataba de una alternativa rápida para limpiar el karma.

—De cualquier forma —aclaró Gyentse—, los dirigentes espirituales del Tíbet continúan siendo de forma indiscutible el Dalai Lama, como cabeza de la escuela Geluk, que es la orden mayoritaria, y el Panchen Lama como segunda figura. Eso siempre ha sido así y siempre será así —concluyó.

La afirmación de Gyentse no carecía de intención. Desde hacía siglos persistía una lucha de poder entre los seguidores de ambos líderes, basada en motivos religiosos. El conflicto surgió cuando el V Dalai Lama otorgó el título de Panchen Lama a su tutor, abad del enorme monasterio de Tashilumpo situado cerca de Lhasa. Este gesto, que surgió del gran respeto que el Dalai Lama sentía hacia su maestro, se volvió contra él al suscitar interpretaciones interesadas por parte de sus enemigos, quienes trataron de subordinar su figura a la del Panchen Lama en virtud del orden jerárquico de las divinidades de las que ambos emanaban.

—El Dalai Lama es una encarnación del Buda de la Compasión —me aclaraba—, y el Panchen Lama es una encarnación del Buda Amitabha, que es el jefe del Clan del Loto, la familia búdica a la que también pertenece el primero. Por ello nuestros enemigos trataron en su día de invertir la importancia de ambos y relegar a Su Santidad el Dalai Lama a un segundo plano. Pero el Buda de la Compasión consiguió mantenerse en el lugar que le correspondía como divinidad celestial primordial del budismo tibetano. Y por tanto el Dalai Lama, su actual encarnación, siempre será nuestro líder espiritual y el líder de todas las escuelas.

Ciertamente, y a pesar de aquellas luchas históricas, las tres figuras se habían reencarnado de forma sucesiva, conviviendo en paz durante siglos. De hecho, hoy en día existe un Dalai Lama en el exilio, un Panchen Lama que habita como sus antecesores en el monasterio de Tashilumpo, asumiendo desde el Tíbet su papel de segunda figura del budismo, y un Karmapa Lama reencarnado en el joven que en ese momento pasaba frente a nosotros, tras haber huido a Dharamsala para luchar desde el exilio por la independencia de su país.

—Fue un duro golpe para los dirigentes chinos —continuó diciendo Gyentse mientras contemplábamos cómo se alejaba el séquito—. Se habían afanado en reeducar al Karmapa Lama para que apoyase al régimen de Pekín y legitimar así la ocupación del Tíbet.

—Aparentaban favorecer la libertad de culto, pero lo único que pretendían era obtener un provecho político —añadí.

—Así es. China dio por válida la designación del niño Karmapa Lama que se hizo desde el exilio, pero no lo hizo impulsado por la tolerancia. Lo que subyacía tras esa concesión era un intento de hacer suyo a ese nuevo Karmapa Lama a través de una educación dirigida. Afortunadamente algo le hizo huir de allí a tiempo.

—Y eso trajo como consecuencia la interrupción de las conversaciones que se habían iniciado para tratar de solucionar el conflicto tibetano...

Gyentse asintió apesadumbrado.

—Pekín tuvo la excusa perfecta. A buen seguro que el Dalai Lama no sabía nada de la huida, pero se le acusó de ser el artífice de la misma.

—Y por eso ahora han comenzado a afanarse en la reeducación del Panchen Lama, la otra figura importante del budismo tibetano.

—Exactamente. Ése es su nuevo frente. Hoy en día la popularidad del Panchen Lama en el Tíbet ocupado está subiendo como la espuma. Los chinos tratan por todos los medios de agasajarlo para que se ponga de su parte. Tratan de convencer al pueblo de que los enemigos del régimen no son todos los budistas tibetanos, sino sólo el Dalai Lama y aquellos que le siguieron al exilio.

Vi cómo el dueño del establecimiento se acercaba frotándose las manos con un trapo. Después se limpió la cara con él y, acto seguido, lo pasó por nuestra mesa. Nos había estado escuchando y no se resistió a participar.

—Los que peor lo pasan son los guías que viven de acompañar a los exiliados de un lado a otro de la cordillera —dijo con aire resabido—. Yo he sido guía ¿saben?, aunque ahora me dedico a este negocio. Es más seguro. ¿Quieren tomar algo?

—Tomaré un zumo —pidió Gyentse.

Se retiró para atender a un grupo que recolocaba sillas en la otra mesa y comentar el encuentro con el Karmapa Lama.

—Así están las cosas —se limitó a decir Gyentse.

—¿Frecuentaba Singay algún lugar en especial? —le pregunté.

—Los grandes lamas apenas salen de sus monasterios, salvo cuando se les reclama de la sede del gobierno. Pero tal como se han puesto las cosas, sería más conveniente que por el momento te mantuvieses alejado de todo esto.

—No trato de ponerme en la piel de la policía. Es que, según me dijo Malcolm, Singay compaginaba su rutina monástica con otras actividades.

—Además de su estancia y su despacho de la lamasería, tenía un laboratorio privado provisto de todo cuanto pudiera necesitar, sufragado por el Departamento de Finanzas —remarcó—. Si quieres puedo llevarte a que lo conozcas. Pero estoy convencido de que la policía ya lo habrá registrado a fondo.

—Malcolm también me dijo que Singay acostumbraba a salir al pueblo para curar las dolencias de los exiliados.

Percibí la mirada más tensa del lama.

—Visitaba las casas, sí.

—Las más pobres, según creo.

—Los tibetanos llegados a Dharamsala en los últimos años tienen más difícil encontrar un trabajo —repuso, como si se sintiera responsable de ello por su cargo en la Administración Central.

—Por eso muchos deciden continuar hacia el sur, hasta el barrio tibetano de Delhi —dije casi para mí mismo.

—No es la mejor opción —se apresuró a protestar.

—Lo sé. ¿Dónde están esas casas?

—¿Para qué quieres ir allí?

—Aún no lo sé. Se supone que podría aprovechar estos días para buscar un edificio para la nueva escuela de inglés y hablar con los oficios pero después de lo que ha pasado te aseguro que ni yo, ni mucho menos Malcolm, estamos para eso.

—Y ¿por qué no descansas, por una vez?

—Gyentse…

El lama jugueteó con su rosario de madera.

—La mayoría de esas casas están en el barrio de las uralitas, junto al puente de madera —me contestó por fin—, aunque también puedes encontrar casetas habitadas en cualquier rincón de la ladera. El Departamento de Interior está tratando de colocarlos a todos, pero no es fácil —se justificó.

—Sé que estáis haciendo muchos progresos —concedí, para que no se sintiese censurado.

—Acabamos de culminar la constitución de otras dos cooperativas agrarias y una más de fabricación de alfombras —explicó más relajado.

Sonrió abiertamente.

—Eso es fantástico.

—No es sólo el empleo, es la confianza del pueblo la que hemos de fomentar —insistió.

—Dime qué camino he de tomar para ir al barrio de las uralitas y confía tú en mí.

—No puedes estarte quieto, ¿verdad?

Pasé todo el día andando por las afueras de Dharamsala. Apenas quedaba algún resto de la estación inglesa que fue. En las calles se respiraba a Tíbet. Me crucé en la subida con mujeres que portaban tremendos sacos de grano, encorvadas sobre sus faldas de colores, con narices chatas y gorros de lana, y en la bajada con carros arrastrados por vacas escuálidas y hombres con coleta. Por todas partes había monjes y novicios, de diferentes edades, con cien gamas de rojo en sus túnicas según el número de lavados en las piedras del río a que hubiesen sido sometidas. Todos ellos me abrían las puertas de sus hogares y, con la generosidad de la meseta, me ofrecían *tsampa*, la bebida típica del Tíbet. Los que alguna vez fueron sus moradores sabían que cualquier cosa, por pequeña que fuera, ayudaba a no fallecer de hambre o de frío en las tierras altas. Dharamsala era el principio austero de una nueva vida, un pequeño Tíbet paralelo. Lo primero que encontraba al cruzar las cortinas de lana de la única habitación de las casas era el inevitable altar. Una mesita de plástico llena de fotografías del Dalai Lama y de los demás líderes religiosos junto al recipiente que contenía la arena para sostener las varillas de incienso y las velas.

Al día siguiente, al poco de salir a la calle, hablé con unas niñas que se dedicaban a pintar mandalas en un taller. Una de ellas me aseguró que su hermano pequeño solía acompañar al lama médico cuando hacía sus visitas por las casas del pueblo.

—Le gustaba llevarle el maletín —dijo.

Por fin había encontrado algo tangible.

Le pedí que me acompañase a su casa.

Subí detrás de la niña por una escalera inacabada de cemento y cruzamos una puerta con plásticos clavados. Al momento apareció la que debía de ser su madre. Tras intercambiar unas frases con su hija y lanzarme alguna mirada desconfiada, la mujer se marchó a la terraza en busca del lazarillo de Singay. Otros dos niños vestidos con una camiseta raída jugaban entre cacharros de cocina esparcidos por el suelo. Uno de ellos golpeaba con un cazo una alfombra cubierta del hollín que desprendía el carbón apilado a un lado, junto a un hogar de hierro forjado. Un hombre mayor que resultó ser el abuelo se acercó encorvado sobre su bastón, lo alzó para saludarme y lo dejó en el suelo. Se remangó la sábana —más hindú que tibetana— que cubría su cuerpo esquelético y se sentó con sus nietos. Les acariciaba con cariño y acercaba su rostro al de ellos. Ninguno parecía ver la mugre de los cacharros, ni el barro arrastrado por mis botas, ni el hollín esparcido. Comprendí que les bastaba con haber alcanzado su meta.

No era habitual que una familia completa hubiese llegado a Dharamsala con vida. Los pasos altos de la cordillera, incluso los que cruzan de Tíbet a Nepal —el destino más accesible para después desplazarse hasta la India—, exigían su tributo a cambio de la esperanza de libertad. Y solían ser los viejos y los niños los que caían durante el viaje. Sus cuerpos señalizaban el sendero como si fuesen balizas para los siguientes que, en su fuga, pasasen por allí. Les recordaban que tras la penuria les esperaba el abrazo de bienvenida, y que aun pereciendo alcanzarían su objetivo. Preferían morir en la nieve pura del Himalaya que recluirse en una casucha de una desconocida Lhasa invadida por colonos chinos.

La niña bajó al momento con su hermano.

—Estaba jugando en la terraza, como siempre —dijo sentenciosa.

El chico tendría unos diez años, una expresión espabilada y todo el desparpajo que cabía esperar. Me contó que conocía todas las casas de la comarca, que a todas había acudido llevando el maletín de Singay y que tardaríamos varios días si quería visitarlas. Creo que aquel mozalbete estaba negociando su precio.

—Llévame a dar un paseo —dije.

Todavía no habíamos bajado a la calle cuando ya me preguntó si le podía comprar una cola.

Nos perdimos por detrás de un muro de adobe encalado. El lazarillo caminaba unos pasos detrás de mí con la botella en la mano y la pajita en la boca, apurando las gotas que se habían quedado adheridas al cristal. Caminé más despacio y él ladeó la cabeza para mirarme sin dejar de sorber el aire que contenía la botella.

—Muchos días iba a ver a su profesor —dijo.

Me detuve de repente y el chico pareció asustarse.

—¿A qué profesor?

—No sé. Un viejo.

—¿De la escuela de medicina?

—Está en el centro, un poco más allá de la campana grande.

Habíamos comenzado bien.

—Vamos a conocer a ese profesor.

Asintió, depositó la botella con cuidado sobre el escalón de entrada a un portal y comenzó a andar con pasos vigorosos.

15

El edificio que albergaba la escuela médica tibetana no tenía nada que lo hiciese distinto a los demás. Todos sus secretos aguardaban dentro.

El muchacho me guió hasta un cuartito que tenía un ventanuco de cristal que daba al corredor. En su interior, un viejo lama de pelo blanco sin rasurar estaba sentado tras una mesa deslucida iluminada con desgana por un flexo de aluminio. Parecía como si nos hubiera estado esperando desde siempre.

—El extranjero quiere ver la escuela —dijo orgulloso mi guía.

—Entonces tendré que enseñársela. ¿Qué interés tienes en conocer nuestra escuela? —me preguntó—. ¿Quizá eres médico en tu país?

—Soy de España, y la carrera que estudié sirve para remediar un tipo de dolencias bastante mundanas que no cura la medicina —sonreí.

—Será igualmente necesaria. Todas lo son, ¿no?

—He venido hasta aquí para conocer más cosas acerca de un amigo que nos ha dejado. Se llamaba Lobsang Singay.

—¡Lobsang Singay! —exclamó el lama con pena en el rostro—. Mi buen alumno... ¿Qué te unía a él?

—En realidad es Malcolm Farewell quien disfrutaba de su amistad. Si estoy en este lugar es por él.

—Malcolm siempre tan ocupado.

—¿Le conoce?

—¿Cómo no? Singay le tenía un aprecio excepcional. ¿Quién eres tú?

—El padre de su nieta.

Sonrió complacido.

—Contestaré a todas tus preguntas. La muerte de Singay ha sido un golpe muy duro para todos nosotros, y en especial para los que trabajábamos habitualmente con él.

—Siento lo de sus dos compañeros...

—Esto es una verdadera locura. No comprendemos qué es lo que está pasando. Ven conmigo.

El lazarillo arqueó las cejas.

—¿Puedo...?

—Tú sólo mira y no digas ni toques nada.

El viejo lama apagó el flexo y salió al pasillo. Hizo que le siguiéramos hasta lo que denominó «su rincón favorito» a través de dos puertas bajas y un patio. Tiró de una cuerda para encender la bombilla que colgaba del techo y la estancia se inundó de un amarillo mortecino. Allí había fotografías del Dalai Lama, pupitres desordenados, probetas, instrumentos de cirugía y láminas de anatomía, algunas desplegadas y otras muchas enrolladas. Había pasado toda su vida explicando acupuntura y otras artes en aquella habitación extraña, en parte laboratorio medieval, en parte aula, en parte templo.

Dispuso dos taburetes en el centro. El muchacho se sentó en el suelo sin que el lama tuviera que decírselo.

—Singay no llegó aquí convencido de cuál había de ser su papel en esta vida —dijo.

—Creía que la medicina había sido su única vocación desde niño.

—Sin duda las señales que arrojaba su marcado destino le hacían suponer que finalmente estaría abocado a manejar los humores de miles de pacientes. Él sabía que podía sanar. Descubría los males con sólo mirar al enfermo. Tenía un don para sentir el pulso. Y no me refiero a la técnica que todos los médicos tibetanos poseemos en mayor o menor medida. Singay posaba sus yemas en tu muñeca y toda tu vida pasaba frente a sus ojos. Pero cuando llegó aquí tras la destrucción de su monasterio tibetano se decepcionó tanto...

—Esto no era lo que había imaginado...

—Supongo que esperaba encontrar aquí un nuevo reino floreciente y lo que encontró fue una Dharamsala precaria, quizá libre, eso sí, pero muy limitada. Forzada y ficticia, como él decía. Exiliada, al fin y al cabo. Y su ímpetu adolescente le llevó a sentir la necesidad de pasar a la lucha activa. Lo hizo desatendiendo la voluntad de Su Santidad el Dalai Lama y contraviniendo el consejo directo de sus profesores, que desde el primer día vimos en él una reencarnación del Buda Bhaisajyaguru, maestro de la curación.

—¿Y qué pasó entonces?

—Se adhirió a una idea equivocada de la revolución, junto con un grupo de jóvenes radicales de mentalidad tan fogosa como ingenua.

—Supongo que no duraría mucho esa etapa.

—Así es. Poco a poco cambió el fusil por el escalpelo. Y borró de su mente todas aquellas ideas absurdas de lucha. Hubo un día, me acuerdo como si fuera hoy, que me miró y me dijo: «No voy a pelear más. No voy a rendirme a los fantasmas del pasado, a reproducir en este lugar el mismo Tíbet que cometió tantos errores: guerreando contra todos sus vecinos para salvaguardarse y acabar matándose también entre sus órdenes para imponer verdades incompletas. Como lo son todas aquellas en las que intervenimos los hombres. Voy a crear un nuevo Tíbet a partir de mi medicina».

El lama hizo una pausa y se rascó el cepillo canoso de su coronilla antes de continuar.

—A partir de entonces acudía sólo a las clases que creía oportuno escuchar, meditaba más que el resto y sin embargo tenía más tiempo que nadie para experimentar. Ninguno de sus profesores le reprendíamos por ello, tal era su dominio de todas las disciplinas. Estudió trece años. Durante los siete primeros, los cinco de estudios y dos de prácticas que son preceptivos, compaginó la carrera de medicina con la de filosofía budista. Se doctoró en los tres ámbitos médicos, el físico, el químico y el energético, y en las tres ramas, la de profesor, la de investigador y la de médico.

—Sin duda era un hombre especial.

—Sígueme —me instó—. Tú quédate aquí hasta que volvamos —le ordenó al muchacho.

Subimos por una escalerilla de madera que crujía a cada paso. Anduvimos por un corredor, agachando la cabeza para no golpearnos con las vigas del tejado. El lama empujó una puerta y me hizo pasar a una pequeña habitación poblada de estanterías. Delgados haces de luz atravesaban el techo, trazando a nuestro alrededor una telaraña de sol en la que parecía enredarse el polvo removido.

—Mira esto —me exhortó con complicidad, bajando del último anaquel un pequeño baúl de tablas rojas con un cerrojo oxidado.

Lo abrió y ambos volvimos la cara ante el flujo de aire rancio liberado tras una larga condena. Pasó la mano sobre un pergamino enrollado y retiró el polvillo marrón que lo cubría, dejándolo caer de nuevo dentro del baúl como si fuera una pieza más de aquel particular tesoro. Apartó unos vasos que servían de soporte para viejas agujas de acupuntor y desplegó el pergamino sobre una mesa. De su interior salieron varias láminas que a su vez se desenrollaron bruscamente, salpicando la mesa de los trazos básicos y desenvueltos de un niño.

—Ni siquiera Singay sabía que yo guardaba sus dibujos.

—¿Los hizo él?

—Cuando llegó del Tíbet trajo consigo estos bosquejos. ¡Fíjate bien! —exclamó—. Son representaciones de escenas cotidianas de su monasterio, ejecutadas de modo tan ingenuo como preciso, visto desde la limpia perspectiva de un pequeño lama... Da gusto contemplarlas. —Las apartó con cuidado—. También trajo sus bocetos de anatomía y los primeros cuadros de curación que realizó siguiendo las... especiales técnicas que le transmitió su primer maestro, antes de que su lamasería tibetana fuese destruida por los guardias rojos.

Percibí un tono diferente en aquellas últimas palabras del lama, pero traté de que él no se percatase.

—¿Qué técnicas? —pregunté con intención.

—¡Observa este boceto! —exclamó desviando la conversación—. Apenas levantaba un palmo del suelo y era capaz de trazar con exactitud los trescientos sesenta huesos de nuestro cuerpo. —Se rió y me miró como si yo comprendiera dónde radicaba el chiste—. ¡Vosotros los occidentales tenéis muchos menos huesos! —Volvió a reírse—. Pero claro, no contáis ni las uñas de los pies y manos ni las raíces de los dientes y las muelas. ¡Ahí está nuestra ventaja!

El viejo profesor secó con una esquina de la túnica las lágrimas de nostalgia que escapaban por la fina línea abierta entre sus párpados. Después enrolló los dibujos infantiles que habíamos visto primero y me los ofreció.

—Quizá Malcolm sepa a quién entregar el pasado de Singay. No tenía otro amigo como él. Además, tal como están las cosas por aquí, y te aseguro que lamento decir esto, ya no sé en quién más confiar.

—¿Y el resto? —dije, refiriéndome a los cuadros de curación.

—Sus bocetos médicos seguirán durmiendo en esta casa.

Los introdujo en el baúl y cerró la tapa con un golpe seco.

—Usted no compartía su idea de la medicina —le abordé antes de abandonar el habitáculo.

El viejo lama me miró fijamente.

—Yo enseño a curar según los dictados de los *Comentarios de los Cuatro Tantras*, de Sangye Gyanmtso, la base de nuestra medicina. Fue él quien fundó el Colegio de Medicina de Chagpori hace más de trescientos años, el único que existió hasta que se inauguró la escuela de Lhasa a principios del siglo pasado. Pero a Singay apenas podía enseñarle. Él andaba su propio camino, se aferraba a su instinto a través del mundo de los sentidos, sentía el pulso de las personas y el de la tierra, el del agua, incluso el del aire. O al menos eso decía él. —Dejó caer la vista al suelo—. Es posible que se le hubiera recordado junto a los grandes maestros médicos de la antigüedad. Antes de dejarnos ya era el mejor médico tibetano vivo. Quizá…

—¿Quizá…?

—Quizá eso mismo le haya matado.

No dijimos nada más. Retrocedimos sobre nuestros pasos hasta el aula templo. El muchacho se levantó de un salto y salió delante balanceando la cabeza.

Nada más regresar al monasterio me senté en mi camastro y abrí el rollo de dibujos. A través de un romo carboncillo de trazos descarados, cada pliego revelaba al mismo novicio, un niño monje feliz de estar donde estaba. Singay se dibujaba a sí mismo corriendo entre las estupas, escalando una roca con la falda de la túnica amarrada a la cuerda de la cintura para dejar las piernas al aire, o recogiendo plantas en compañía de un anciano. Dejé los demás a un lado del colchón y me detuve a contemplar el dibujo de los buscadores de plantas. Aún tenía pegadas por detrás algunas de las hojas recogidas hacía décadas en la región del monte Kailas. Y, junto a ellas, una reproducción certera del árbol o arbusto del que habían sido cuidadosamente arrancadas.

Tenía en mis manos el pasado de un niño suspendido en el tiempo.

Esa noche, como tantas otras antes de dormir, también atisbé en mi propio pasado. Desmenucé algunas escenas vividas con Martha y otra vez puse en marcha la montaña rusa que recorría mi cerebro. Cuanto más las examinaba más las moldeaba a mi conveniencia y, poco a poco, dejaban de ser reales. Quizá nada es del todo real, ni hay nada del todo imaginado. Decidí que en el futuro, cuando pensase en los momentos verdaderos, me dedicaría a contemplarlos inmutables, con sus bellas imperfecciones, como las láminas de carboncillo de Singay, suspendidos en el tiempo.

16

Entre sueños escuché cómo alguien llamaba a mi puerta. La oscuridad era total.

—¿Hay alguien? —pregunté desde el camastro.

—Soy yo. Ábreme.

Era Gyentse. Me levanté al instante. No me resultó extraño que apareciese en plena noche.

—Siento presentarme a esta hora —dijo.

—Pasa. —Se sentó en la silla—. ¿Ocurre algo? —pregunté, al ver que no decía nada. Él se limitó a mirarme con una expresión que no fui capaz de descifrar—. ¿Qué ocurre? —volví a preguntar.

—Piensas que con sacar pecho en cualquier situación es suficiente.

—Gyentse, no sé a qué te refieres…

—Estás curándote de una explosión. Te hemos recompuesto el cuerpo entero y en lugar de descansar te dedicas a caminar por Dharamsala durante horas, exponiéndote día y noche por los alrededores de la ciudad sin ninguna protección.

Acababa de despertar y estaba un tanto lento de reflejos.

—Estoy bien —me defendí.

—Eso crees, y quizá ése sea tu verdadero mal.

—¿Te ha molestado que haya ido a ver al antiguo profesor de Singay?

Gyentse permaneció en silencio.

—Si no es por eso, te ruego que me expliques por qué te has presentado aquí tan malhumorado.

—Es por...

—No tengo miedo —le corté antes de que dijera nada—. No puedo permitírmelo.

Sonó como un desafío.

—Jacobo, han asesinado al profesor de Lobsang Singay.

—¿Cómo?

—Siento decírtelo, pero así son las cosas. Han asesinado al lama al que fuiste a visitar ayer.

Confuso, me volví hacia el ventanuco de la habitación. Sólo se veía una pantalla negra sin estrellas.

—Pero ¿por qué también a él? ¿Cuándo ha ocurrido?

—Acaban de encontrar su cuerpo sin vida tirado en el suelo de su laboratorio de la escuela de medicina. Le habían tapado la cara con...

—Otra tela...

—El mismo mandala ritual de la Fe Roja, dibujado con sangre sobre fondo negro.

—¿Cómo ha sido? —susurré.

—No han escatimado en crueldad. Tenía su propio escalpelo clavado en la frente. Al igual que en los demás casos, han destruido su laboratorio.

—Dios, qué he hecho...

—No es culpa tuya.

—¿Cómo no va a serlo? —exclamé, ahogándome con cada palabra—. Ayer mismo estuve con él...

—Es el tercer colaborador de Lobsang Singay asesinado en dos días. Tu visita no guarda relación directa con esa secuencia.

—Qué he hecho… —repetí—. Sabes que no actúo pensando en mí.

—De eso estoy convencido, aunque quizá no sea suficiente.

—¿Qué quieres decir?

Se tomó su tiempo para contestar. El silencio era denso, como lo es por la noche.

—No es momento de sermonearte, pero la verdad es que crees que puedes con todo, y nadie es capaz de eso. En nuestra tradición no caben los héroes solitarios. No existe el «yo», sino el «todos». Se trata de ir recomponiendo este puzle que es la vida. Cada uno debe colocar su pieza y no otra, y hacerlo en el momento preciso. Y hay algo más —añadió Gyentse.

—No puede ser peor que lo que me has contado.

—Como te dije la última vez que hablamos, tras el atentado de la carretera perdimos el contacto con el líder de la secta. Pero después de este último asesinato…

—¿Qué?

—Hemos recibido una nueva llamada. —Un escalofrío me recorrió el cuerpo—. El Kalon Tripa me ha ordenado que te acompañe. Dos lamas del Kashag nos llevarán hasta el lugar concertado.

—Y ¿cuándo hemos de hacerlo?

—Ahora.

—Cada uno su pieza, en el momento preciso —me limité a decir, repitiendo sus palabras.

Bajé detrás de él hasta la puerta de la lamasería sin pararme a pensar lo que estaba haciendo. Al momento divisé en la distancia los faros de una furgoneta que se acercaba esquivando los socavones. Se paró frente a nosotros. Los dos lamas se asomaron desde dentro.

—Subid —se limitó a decir el más alto.

A partir de entonces todo transcurrió muy deprisa. Condujimos a través de una senda que ascendía por la montaña, aparcamos junto a una arboleda que sesgaba unos campos cultivados y, sin ver siquiera por dónde pisábamos, caminamos hasta un bosque de troncos finos y rectos como barrotes. Allí debíamos esperar a que dos miembros de la secta viniesen a buscarnos para guiarnos al lugar exacto en el que se celebraría el encuentro.

—Supongo que sabéis adónde nos van a llevar —dije mientras la hojas que arrastraba el viento nos golpeaban en la cara, confundiéndose con los murciélagos que daban vueltas sobre nosotros.

—No —respondió de forma escueta el lama alto.

—No te preocupes. Saben que vamos en representación del propio Kalon Tripa —añadió Gyentse para tranquilizarme.

—Es sólo que me extraña que se comporten como fugitivos, por muy tirantes que estén las cosas entre la Fe Roja y el gobierno del Dalai Lama. Al fin y al cabo, como tú has dicho antes, todavía no hay una investigación policial que les incrimine.

—Todos sabemos cuáles son los monasterios que albergan a más simpatizantes de la secta. No se ocultan. De hecho se manifiestan en público para captar más adeptos. Es su líder el que, desde hace tiempo, no se deja ver por Dharamsala. Supongo que teme ser controlado por los servicios de información chinos. La popularidad que ha alcanzando en el extranjero y el dinero que obtiene de sus convencidos adeptos suponen un desafío creciente para Pekín. China no quiere más líderes tibetanos en el exilio.

Al poco, otros dos faros emergieron de la oscuridad en mitad del bosque. Se acercaron a una velocidad imprudente hasta donde nos encontrábamos y se detuvieron en seco; tuvimos que apartarnos para no ser arrollados. Era un todoterreno Tata conducido por un tibetano fuerte. Un monje adolescente que nos miraba con bravuconería le acompañaba en el asiento del copiloto.

—Tú puedes subir ya —le dijo el que conducía a Gyentse, mostrando una dentadura destrozada y negra—. El extranjero sólo lo hará con la cabeza tapada.

—¿Cómo es posible...?

—No queremos espías enviados por Pekín —espetó el monje adolescente, imitando el estilo del conductor.

—¡No soy un espía chino!

Gyentse y los otros dos lamas no se pronunciaron. Decidí ceder para no discutir antes de empezar. Un instante antes de que me cubrieran la cabeza con una funda de tela negra pude ver cómo se inclinaban las copas de los árboles, como si mostrasen pleitesía a los dos enviados de la secta.

Me colocaron bruscamente en un extremo de la parte trasera del Tata. Los botes me despegaban del asiento, haciendo que me golpease una y otra vez la cadera con un saliente de la puerta. No puedo calcular cuánto tiempo pasó hasta que me bajaron y me quitaron la funda de la cabeza. Miré a ambos lados. Sólo había árboles, más barrotes elevándose hacia el cielo. El conductor se introdujo en una caseta cubierta de hojas. Parecía un refugio de pastores. Se percibían tenues destellos de la luz interior que se filtraba hacia fuera entre las tablas mal clavadas de una de las paredes.

Un pájaro nocturno emitió de forma repetida un canto oscuro. Tosí unas cuantas veces.

—¿Estás bien? —dijo Gyentse.

—Esa maldita funda. Se me han metido pelos hasta la garganta...

El conductor empujó la portezuela de madera de la caseta, asomó el cuerpo y agitó violentamente la mano.

Tuvimos que agacharnos para entrar. Parecía que la estructura de maderos cruzados que soportaba el techo podía venirse abajo en cualquier momento. Lentamente fui percibiendo los detalles de aquel cuartucho desvencijado, tan sólo iluminado por la luz de unas cuantas velas que se agotaban en un rincón. Sentados sobre el suelo de tierra, varios monjes nos atravesaron con sus ojos rasgados. Todos ellos vestían la túnica tibetana y se habían colocado birretes rojos, uno de los distintivos con los que trataban de acercarse al viejo Tíbet y diferenciarse de los lamas de la escuela Geluk del Dalai Lama, los cuales portaban birretes amarillos en las celebraciones. Era como si tratasen de dar boato a aquel encuentro, quizá para compensar el lamentable marco que nos acogía.

El conductor permaneció junto a la puerta. Introdujo la mano en el interior de la chaqueta y la dejó ahí. Que llevase un arma resultaba incongruente con la presencia de los lamas, pero quizá no se trataba del mismo tipo de lamas que yo había conocido hasta entonces.

Uno de ellos comenzó a hablar dejando clara su autoridad al imprimir un excesivo volumen a sus palabras. Los demás le observaban con idolatría. Se autodenominó el guía de la Fe Roja. Cambió unas palabras con Gyentse. Después se dirigió a mí en tono solemne.

—¿Por qué crees que estás aquí?

Gyentse, que estaba bastante nervioso, intervino antes de que yo pudiera contestar.

—No estoy hablando contigo —le frenó el líder, alzando la mano en un gesto más de asumida potestad—. Estoy hablando con él.

—Desde que Malcolm Farewell me pidió que le sustituyera mis motivos han cambiado notablemente —dije por fin, mirándole a los ojos sin parpadear—. Hace unos días estuve a punto de perder la vida. Una bomba hizo estallar mi coche a las puertas de Dharamsala.

—Y tanto Malcolm Farewell como tú tratáis de convencer al gobierno en el exilio de que yo he tenido algo que ver con ello, al igual que con los demás asesinatos.

—Yo no trato de convencer a nadie. Esperaba que fuera usted quien me lo explicase.

—Has de tener agallas para hablarme así después de lo que te ha ocurrido, teniendo en cuenta que me consideras el ejecutor de las muertes. Si he accedido a hablar, y si además he decidido hacerlo contigo ante la ausencia de Malcolm Farewell, ha sido por ese motivo. Prefiero tener de mi lado a gente con agallas, y con más razón si las utiliza en beneficio de mi pueblo, algo que Farewell lleva haciendo desde hace años. Pero esa acusación que vertéis contra mí es muy grave.

—Todos los indicios señalan a su… —prefería no denominarla secta mientras él estuviera delante—. A su organización.

Se tomó su tiempo antes de preguntar.

—¿Qué indicios?

—Podría comenzar hablándole de las telas negras que usted mismo utiliza en los rituales chamanísticos. Encontré una tirada junto al cuerpo de Lobsang Singay en Boston y, al parecer, se ha repetido ese patrón en el resto de asesinatos. Cuatro telas con un mandala básico en el centro pintado con sangre y esvásticas invertidas en cada esquina. Muy parecidas a ésa.

Señalé un paño con el que habían cubierto una mesa. Sobre él habían colocado unos platillos para sostener las velas. Los lamas que me acompañaban me miraron sorprendidos.

—¿Por qué habría de tener interés en dejar pistas tras cometer un asesinato? —contestó de inmediato con frialdad.

—Eso es lo que me gustaría averiguar. Es lo menos que puedo hacer por las personas que han perdido la vida estos últimos días. —Poco a poco me iba acalorando—. Cuando sufrí el atentado no estaba solo. Me acompañaba una mujer y dos…

—Te aseguro que si algún miembro de nuestra orden hubiese cometido la torpeza de participar en esos asesinatos no tendría inconveniente en decírtelo. Adoptaría las medidas oportunas y lo entregaría a la justicia. Pero no es el caso.

—¡Por favor! —me quejé— ¡Si algunos miembros de su orden se dedican a pegar carteles con amenazas de muerte frente a la residencia del Dalai Lama!

—¡Eso es cosa de la Dorje Shugden! —replicó, refiriéndose a la otra secta que también nombró el maestro Zui-Phung en el barrio tibetano de Delhi.

—¡No me diga que...!

—Es cierto que algunos de nuestros hermanos son un tanto exacerbados —admitió finalmente—. Pero te aseguro que entre mis planes no está terminar con la vida de nadie. Soy budista tibetano, un político y un líder espiritual. Ambas cosas unidas en una sola, como ha sido siempre en el Tíbet y como volverá a serlo muy pronto. No soy un asesino, ni fomento ninguna actitud violenta entre los fieles.

—Y ¿qué me dice de las telas? —insistí.

—Tengo muchos enemigos, y el Dalai Lama también los tiene. Deberías saberlo.

—¿Está insinuando que alguien dejó las telas rituales como señuelo, para aprovecharse de esta crisis y enfrentar más aún a la Fe Roja con el gobierno en el exilio?

—Está claro que el agravamiento de nuestro conflicto no nos beneficiaría a ninguno de los dos —confirmó.

Me resistía a pensar que no quedaba nada más que hablar con aquella persona. Hasta entonces no me había cabido la menor duda de que sus hombres habían asesinado a Lobsang Singay, a sus colaboradores y a Asha. En todo momento había contado con que asistiría a una confesión privada y, por lo tanto, despreocupada, aun cuando también sabía que aquel hombre nunca admitiría en público la autoría de esos crímenes. Por ello no me resultaba fácil aparcar de repente esa idea y abrir un nuevo frente aún más incierto.

—¿Por qué he de creerle? —dije.

Gyentse hizo un nuevo amago de intervenir, sin duda considerando que me estaba excediendo. Finalmente dejó que contestase.

El líder de la secta meditó su respuesta. La estancia parecía cada vez más pequeña, sin apenas aire para que pudiésemos respirar todos los que allí nos apretábamos. Un animal parecido a una rata olisqueaba el plato sobre el que habían colocado las velas.

Por fin habló, acrecentando su tono dogmático.

—Si yo te dijese que conozco tus verdaderas intenciones, que no estás aquí para ayudar al pueblo tibetano sino por interés propio, como todos los políticos occidentales que prometen, prometen y al final no hacen nada por nosotros, ¿qué me contestarías?

—Yo no soy un político. Soy un cooperante.

—Todo forma parte de ese nuevo orden mundial. Tus organizaciones y los gobiernos de Occidente tienen las mismas debilidades. Nosotros luchamos por nuestra tierra, por nacer y morir acunados por nuestra tradición milenaria. Vosotros lucháis lejos de casa y los escrúpulos se pierden por el camino. Termináis traficando con vuestros propios recursos, con la miseria, con nuestro exilio.

—Puede que algunas organizaciones humanitarias dependan demasiado de los gobiernos, pero los que trabajamos para ellas lo hacemos por las personas que esperan algo de nosotros.

—En ocasiones la caridad no sirve para solucionar los problemas.

—Me comportaría de igual manera aunque supiera que ya nada tiene solución.

—Sentía curiosidad por conocerte. Y no olvides saludar a Farewell de mi parte. Nunca he tenido la oportunidad de hablar personalmente con él, pero sé todo lo que ha hecho por mi pueblo. —Se quedó pensativo unos instantes—. Pregúntale si en sus misiones en China tuvo inconveniente en apretar el gatillo. Las cosas no siempre son impecablemente limpias o asquerosamente sucias. Las hay necesariamente turbias.

—Con ello no estará admitiendo…

—De ningún modo. Busca por otro lado a tu asesino, querido occidental —sentenció, y se volvió como si la conversación hubiese terminado.

—Pero…

—Te aseguro que Lobsang Singay me resultaba molesto, por qué no habría de reconocerlo —añadió con cierta desgana—, y me hubiese encantado estudiar la fuente de su sabiduría, leer su tratado. Pero ni siquiera por ese motivo le hubiese matado. Ni a él ni a nadie. A lo único que tengo que dedicarme ahora es a aunar posturas con el Dalai Lama para sacar a nuestro pueblo de esta situación. Pero eso es algo que no te incumbe a ti, ni debe ser discutido en este momento. Hemos terminado.

—¿Y los muertos? —grité—. ¿A ellos tampoco les incumbe?

Un gesto de desconcierto apareció en los rostros de los monjes. De soslayo vi cómo el conductor se acercaba y tensaba el brazo que aún tenía bajo la chaqueta. El líder levantó la mano pidiendo calma.

—¿A qué viene eso ahora? Te he dicho que yo no…

—¿Se ha molestado en informarse acerca de quién era Asha, la india fallecida? —dije elevando el tono aún más—. ¡Llevaba años trabajando desde la embajada para el desarrollo de este pueblo al que usted quiere salvar! ¡Ha muerto por todos los tibetanos, y yo viajaba con ella en el asiento contiguo! —añadí encolerizado—. ¡Así que yo decidiré cuándo hemos terminado!

—Jacobo… —trató de pararme Gyentse.

Las arrugas que se formaron en la frente del líder de la secta dejaron traslucir su incredulidad. Seguí hablando antes de que reaccionase.

—Sólo dígame una vez más que usted no tuvo nada que ver con el atentado de la carretera.

—¿Por qué he de repetírtelo?

—Porque si me convence de ello podré mirar a Malcolm a los ojos sin acordarme del rostro de Asha cada vez que lo haga.

—Si es por eso te lo diré de nuevo: busca por otro lado a tu asesino.

Tanto él como los demás monjes del birrete rojo permanecieron quietos, como si esperasen mi siguiente reacción. De súbito sentí una sacudida en la boca del estómago. Era algo que aquel hombre había dicho un poco antes, unas palabras que ahora se repetían en mi mente una y otra vez... Abandoné la caseta sin volverme a mirar. Gyentse salió detrás, seguido del conductor del Tata.

De nuevo trataron de ponerme la funda en la cabeza. Me negué, pero Gyentse me pidió que les dejase hacer. Me negué de nuevo. Me arranqué la funda y la arrojé al suelo. El monje adolescente no sabía cómo actuar. Sin duda había escuchado los gritos desde fuera. El conductor acercó la mano a una barra de hierro que llevaba sobre la alfombrilla del copiloto. Gyentse le miró con estupor y se puso delante de mí.

—Es hora de mostrar humildad. Cada uno su pieza —me susurró al oído.

Cerré los ojos con rabia. Recordé lo que habíamos hablado en mi estancia del monasterio y accedí. El cielo se estaba tiñendo de azul marino cuando me taparon los ojos. Sólo sentía el azote del viento que no había cesado en toda la noche y de nuevo los golpes contra la puerta del jeep, una y otra vez sobre el mismo hueso dolorido. Cuando me quitaron la funda de la cabeza estábamos en la misma arboleda más allá de los campos arados. Como si no nos hubiésemos movido de allí.

Un rato después, tras desandar el camino, el lama alto detuvo la furgoneta frente a la puerta de la lamasería. Me incliné hacia Gyentse para hablarle al oído.

—Acompáñame a mi habitación. Quiero enseñarte algo que no puede esperar.

Salió sin decir nada. Los otros dos lamas tampoco hablaron, ni siquiera para despedirse. La furgoneta se alejó calle abajo.

17

Me aseguré de que la puerta estaba cerrada. Gyentse balanceó su rosario de madera. Ya estaba amaneciendo, pero los pasillos de la lamasería seguían desiertos.

—¿Qué opinas acerca de lo que hemos oído en la reunión? —me apresuré a preguntar.

—¿Qué esperabas? Nadie confiesa un crimen sin más.

—No me entiendes.

—Explícate.

—Yo le creo.

—¿Qué dices?

—Sé que él no es el responsable de los asesinatos.

—¿Cómo puedes decir eso ahora?

—Podría haber dicho cualquier cosa antes que negar la autoría de forma tan rotunda. No es un monje, a pesar de lo que pretenda aparentar. Es sólo un político. Nunca habría renunciado a atribuirse la muerte de Singay como un logro personal. Sé que, de haber sido idea suya, al menos habría dejado alguna puerta abierta para que lo dedujésemos.

—¿Qué me dices de la referencia que ha hecho sobre Malcolm?

—Eso era personal. Estoy seguro de que iba por mí.

—En cualquier caso, si eso es lo que piensas, y hablando en

términos políticos, el asunto está cerrado y no se reabrirá a no ser que nuestra policía o la de Boston descubra algo que incrimine a la secta.

—Disculpa que te interrumpa —le corté—, pero no voy en esa dirección. Aquí tienes lo que quería mostrarte.

Comencé a extender sobre el camastro las láminas de carboncillo que el día anterior me había confiado el profesor de la facultad de medicina. Gyentse se arrodilló para examinarlos de cerca.

—¿De dónde has sacado estos dibujos?

—El viejo profesor de Singay me los dio para que se los entregase a Malcolm.

—¿Y?

—Pasé toda la noche pensando en ellos. Sabía que me dejaba algo importante que no había sabido ver.

—¿Y lo has encontrado?

—Sí, mira. —Los esparcí para que pudiese contemplarlos todos juntos—. En todos aparece ese cilindro.

—Es un cartucho de cuero de los que se utilizan en el Tíbet para guardar rollos de pergamino.

—Eso pensaba.

El pequeño Singay se había dibujado a sí mismo en dos de las láminas abrazado a aquel gran cartucho decorado con imágenes de demonios. En otra estaba sentado sobre él. En las demás, aunque de forma más discreta, también podía adivinarse su presencia, apoyado en un árbol, sobre la base de una estupa o en el interior de un edificio, detrás de una ventana.

—¿Qué crees que estás buscando?

Me senté en una esquina del camastro.

—Al principio me resultó extraña su insistencia al representarlo una y otra vez. Tiene un tamaño desproporcionado y es lógico pensar que si lo dibujaba tan grande era por lo mucho que significaba para él. No podía tratarse de una mera fijación infantil por un objeto cualquiera ya que, según dijo el profesor, para cuando Singay llegó al exilio tenía la mentalidad de un adulto y la técnica de un profesional, ya que incluso diseñaba las láminas de anatomía con toda exactitud. Pero no terminaba de dar con la solución. Sin embargo, cuando el líder de la Fe Roja ha hecho referencia a un supuesto tratado...

—No hace falta que indagues más —me cortó.

Me recliné.

—Te escucho.

Gyentse esperó unos segundos, como si quisiera dotar de importancia a sus próximas palabras.

—Se trata del *Tratado de la Magia del Antiguo Tíbet*.

—¡Exactamente!

—¿Lo conocías?

—¡Tenía que serlo! Mientras estábamos en el refugio de la Fe Roja me ha venido a la mente el título del curso que Singay se disponía a impartir en Boston: «Curación en la vida y en la muerte: los secretos del Tratado de la Magia del Antiguo Tíbet».

—No sabía que había titulado así las conferencias.

—Cuéntame algo sobre ese tratado —le pedí emocionado—. ¿Está en Dharamsala?

—Nunca lo ha estado. Es un *terma*.

—¿Un *terma*? ¿Qué es eso?

—Uno de los tesoros escondidos de nuestro Tíbet antiguo. De ahí procede su nombre.

—Y ¿dónde se encuentra?

—Nadie lo sabe. De hecho, nadie vivo lo ha visto jamás.

—Vaya —me desilusioné de súbito.

—Así son las cosas —concluyó.

No estaba dispuesto a conformarme con tan poco. Me llevé las manos a la cara. Al bajarlas y abrir los ojos me encontré frente a los dibujos de Singay repartidos por la cama.

—¿Cuál se supone que era el contenido de ese tratado?

—Compilaba los protocolos mágicos de los chamanes tibetanos. Se dice que un grupo selecto de lamas, de entre los primeros que surgieron en las escuelas originarias, lo confeccionó ayudado por los propios chamanes que por aquel entonces aún sobrevivían en las tierras altas de la meseta. Todos ellos se juntaron durante siete años en la cima de una montaña y recopilaron en pergaminos las vías para controlar las fuerzas de la naturaleza y someter a los demonios.

—¿Chamanes y lamas juntos?

—Lo hicieron con el fin de que esos primeros lamas utilizasen esas vías para el desarrollo espiritual. Aquella magia no debía ser utilizada para ningún otro fin. La búsqueda de la iluminación era su único propósito. El Tíbet estaba cambiando, el budismo invadía la meseta y la transición, como ves, no siempre fue traumática. Por eso nuestro budismo es tan rico, porque se nutre de la magia de los chamanes, de los tantras venidos de la India y de las influencias budistas de otros países vecinos; las tres fuentes conviven en perfecta armonía.

Recordé la explicación similar que recibí del maestro Zui-Phung en el barrio tibetano. Me estremecí al darme cuenta de todo lo que había ocurrido desde aquel día.

—Cuéntame algo más sobre los *terma*. ¿Hay muchos más, aparte del *Tratado de la Magia del Antiguo Tíbet*?

—Se denomina *terma*, o tesoro, a todos los textos religiosos budistas que un gran maestro tántrico llamado Padmasambhava escondió en el siglo VIII en diferentes lugares de la meseta.

—¿Por qué motivo no quería que fueran descubiertos?

—Consideró que las enseñanzas tántricas que contenían esos textos eran demasiado avanzadas para ser asumidas por los primeros budistas tibetanos. Y confió en que, cuando pasase el tiempo y ya pudieran ser comprendidas en todo su alcance, su localización exacta se revelaría de forma espontánea en la mente de los *tertön*.

—¿Los *tertön*?

—Los descubridores de tesoros.

—¿Y ocurrió así?

—Cuando la meseta se libró en el siglo XIV de la influencia del imperio mongol, surgió un movimiento de recuperación de la identidad nacional que impulsó el fenómeno de los *tertön*. Entonces se recuperaron varios de los tesoros que habían sido escondidos por Padmasambhava. Pero, hoy en día, algunos *terma* permanecen en el mismo lugar donde los depositó.

—Entonces podría ser que el propio Singay fuera un descubridor mental de tesoros, y que hubiera recuperado el *Tratado de la Magia del Antiguo Tíbet*.

—Me extrañaría que, de haber sido así, ninguno de los que convivíamos con él lo supiéramos...

—Pues si no fue él, debió de ser algún miembro de su orden. Es evidente que Singay tuvo acceso a ese tesoro y que se sirvió de él para perfeccionar sus particulares técnicas curativas. ¡Piénsalo! ¡Sería perfectamente acorde con vuestras enseñanzas! La medicina es un pilar fundamental de vuestra doctrina, por lo que nada podría objetarse a que la magia de los chamanes se utilizase para ese fin.

—No puedo rebatir tu tesis pero, como te digo, hasta que no se demuestre lo contrario estaremos hablando de un *terma* en su sentido estricto. Esto es, de un tesoro sin recuperar.

Gyentse se quedó abstraído un instante.

—¿En qué piensas?

—No importa...

—Por favor, Gyentse, dímelo.

—Es verdad que Singay hacía múltiples referencias al *Tra-*

tado de la Magia. Yo mismo se lo he escuchado en alguna de las clases que me impartió hace años. Pero nunca se me ocurrió pensar que...

—¡Sigue, no te detengas! —le rogué.

—Singay se crió en un monasterio de la región cercana al monte Kailas en el que se practicaban con especial fervor aquellos rituales mágicos de la antigüedad. Él siempre defendió la vertiente más tántrica de la doctrina e incluso sabemos que recuperó algunos de los ritos chamanísticos más extremos. Pero no por ello...

—¿Cómo puedes decir que no existe una conexión? —exclamé sin dejarle terminar.

—Pero no por ello —continuó sin inmutarse— hemos de pensar que en su monasterio se haya tenido nunca acceso a los pergaminos originales de los chamanes.

Me recliné de nuevo.

—Singay llegó a afirmar que se sentía capaz de curar todos los males que puede padecer el hombre a través de su conjunción con los elementos de la naturaleza —recordé—. ¡Era considerado una reencarnación del Buda de la curación! ¿Por qué no podemos pensar que sus maestros tenían los pergaminos originales, que le dieron a Singay desde niño la oportunidad de estudiarlos y que el cartucho que los protege sea el mismo que aparece en estos dibujos?

—No sé...

—¿Te dicen algo las figuras de demonios que decoran el cartucho?

—Son los que llamamos guardianes protectores. Deidades que destruyen todo aquello que nos impide alcanzar la Iluminación.

—¿Ves? Todo tiene sentido. Están ahí para proteger los pergaminos sagrados. —Yo me emocionaba cada vez más—. Pero eso no es todo, ¿dónde podría haberse resguardado durante siglos ese tesoro mejor que en un monasterio como el suyo, con esa tendencia tántrica tan marcada?

—No sé, Jacobo... —repitió, mostrándose algo abrumado.

—Aún hay algo más.

Gyentse volvió la mirada hacia el ventanuco. Dos cuervos se habían posado en el alféizar. Suspiró esperando a que yo continuase.

—Estoy seguro de que quien terminó con la vida de Singay conocía la existencia de ese tratado desde el principio. Es más, ¡estaba buscando ese tesoro del antiguo Tíbet, quería hacerse con él!

—¿Qué dices?

—Muchas personas harían lo que fuese para poseer los secretos médicos de Lobsang Singay. Sin duda trataron de robarlos antes de que los desvelase al mundo a través de las conferencias de Boston.

—Eso es demasiado suponer —dijo Gyentse, negando con la cabeza y con las manos sin dejar de mirar al exterior—. Hace dos días defendías con vehemencia que la Fe Roja había asesinado a Singay para quitarlo de en medio, y ahora sostienes que todo tiene que ver con el *Tratado*...

—Defendía la tesis que los asesinos me hicieron creer como cierta.

—¿Quieres decir que todo respondía a un plan preconcebido?

—Es posible, pero lo que no admite ninguna duda es lo que ahora te estoy exponiendo. ¡Piénsalo! ¡Lobsang Singay decidió sacar a relucir sus avances médicos y los relacionó directamente, a través del título de sus conferencias, con el *Tratado de la Magia del Antiguo Tíbet*! Sin duda, Singay pensó que el mundo ya estaba preparado para conocer esos secretos escondidos, pero con ello, sin quererlo, dio la clave a aquellos que perseguían el *terma*. Por eso le envenenaron en Boston, a pesar de las dificultades añadidas que conllevaba, en lugar de hacerlo en la India, donde su muerte no hubiese sido sino una muerte más. Quien le mató sin duda pensaba que Singay llevaría consigo el *terma* durante el ciclo de conferencias.

—Eso es una locura.

—No me negarás que todo ha sido una locura desde el día que viajé a Boston para hacerme cargo de su cuerpo.

—No lo sé... hay algún fleco suelto...

—No te guardes nada.

—¿Por qué estás tan seguro de que Singay no llevaba consigo el tratado cuando fue asesinado?

—Si así hubiera sido y se lo hubieran robado, ¿qué sentido tendría que después asesinaran uno tras otro a sus colaboradores y revolvieran sus laboratorios? Además...

—Sigue hablando —me pidió ahora el lama.

—¿No es cierto que, en tiempos de la Revolución Cultural de Mao Zedong, los monjes del Tíbet escondieron en lugares seguros muchos libros y otros objetos rituales para salvarlos de la quema de los guardias rojos?

—Así es.

—Entonces tratarían de preservar ese conjunto de pergaminos sagrados mucho antes que cualquier otro libro común. ¡Ahora sí que estoy convencido de que Singay no llevó el *Tratado de la Magia* a Boston! ¡De hecho estoy seguro de que ni siquiera lo llevaba consigo cuando llegó a Dharamsala huyendo del Tíbet! ¡Por eso ninguno de sus compañeros sabíais de su existencia!

—Tal vez tengas razón. Pudo pensar que, si era apresado durante su huida, los guardias rojos destruirían el *terma*... Pero ¿dónde crees que pudo esconderlo?

—¿Os contó alguna vez qué es lo que hizo exactamente antes de venir a la India?

—Tanto él como el resto de monjes de otras lamaserías de

su orden que habían conseguido sobrevivir a los ataques se agruparon en su monasterio principal, el único de la zona que, milagrosamente, no fue destruido.

—¿Conocéis ese monasterio?

—Sabemos que tiene una nutrida biblioteca de textos rescatados de la Revolución Cultural —dijo Gyentse mientras se le iluminaba el rostro.

—¡Entonces ya sabemos dónde está el tratado! —sentencié—. ¡Y estoy seguro de que los asesinos de Singay aún no han conseguido hacerse con él!

—¡Vayamos sin perder tiempo a hablar con el Kalon Tripa! —exclamó Gyentse con entusiasmo—. ¡Hemos de ponerle al corriente de todo esto!

—¿Te acompaño?

—Claro que sí.

Recogí las láminas a toda prisa y abandonamos mi habitación, cerrando la puerta con un golpe seco que retumbó a lo largo del corredor.

18

Fuimos directos al despacho del Kalon Tripa. Antes de hablar de otra cosa nos pidió que le explicásemos con detalle cuanto había ocurrido en la caseta del bosque. Me hizo repetir palabra por palabra la conversación que había mantenido con el líder de la secta. Desde el principio estuvo de acuerdo conmigo en que podíamos creerle cuando afirmaba no haber tenido nada que ver con los asesinatos.

—Yo también suponía que esta crisis respondía a un plan de desestabilización pergeñado por un tercero —declaró.

A partir de entonces traté de reproducir para él, del modo más ordenado que pude, la argumentación que había hilvanado con Gyentse acerca de la existencia del *terma* sagrado de Padmasambhava, y traté de explicarle por qué pensábamos que el verdadero interés de los criminales no era otro que conseguir aquel tesoro de la antigüedad.

—Es cierto cuanto decís —afirmó el Kalon Tripa cuando consideró que ya había oído suficiente.

—¿A qué se refiere? —le preguntó Gyentse extrañado.

—A la existencia del *terma*.

—¿Ya sabía que…?

—Algunos miembros de la élite del Kashag sabemos de su existencia desde hace años.

El corazón me dio un vuelco.

—¿Cómo? —exclamó Gyentse.

—Hace tiempo que Lobsang Singay nos lo reveló. Es cierto que de niño tuvo la oportunidad de tener en sus propias manos el *Tratado de la Magia del Antiguo Tíbet*, y tampoco estáis equivocados al afirmar que ese tesoro fue la fuente de inspiración de su vastísima sabiduría.

—Y ¿por qué no dijeron nada? —balbuceó Gyentse anonadado.

—No considerábamos prudente hacerlo público.

—Entonces, ¿lo trajo a Dharamsala? —pregunté.

—No. Como bien habéis deducido, no se arriesgó a llevarlo consigo cuando huyó al exilio. El *terma* nunca salió del Tíbet.

—¿Por qué el Dalai Lama no ha tratado de recuperarlo?

—Desde un principio pensamos que lo mejor sería no hacer nada que pudiese llamar la atención de buscadores furtivos de tesoros. No podíamos arriesgarnos a que alguien se enterara y se nos adelantase, por lo que decidimos dejar que siguiera a buen recaudo en las cimas del Himalaya y esperar el momento propicio para enviar a la persona idónea. Al fin y al cabo se trataba de una misión prácticamente imposible. A las dificultades que entrañaba cruzar la meseta y sortear los controles se unían las prohibiciones de acceso a la zona donde vivía Lobsang Singay, un área militarizada por su proximidad con Cachemira. Confiábamos en que nuestra relación con China mejoraría tarde o temprano…

—Pero cuarenta años después seguimos igual —completó Gyentse.

—Así es, desgraciadamente. Pero ahora que vosotros dos habéis descubierto la existencia del *terma* carece de sentido pensar que no haya alguien más que haya podido hacerlo. Ha llegado el día en el que, sin más tardar, hemos de tomar cartas en el asunto.

—¿Dónde están el resto de colaboradores de Lobsang Singay? —se me ocurrió preguntar.

—Les hemos escondido en un lugar seguro. No queremos que les ocurra lo mismo que al viejo profesor y a los demás.

—¿Están fuera de Dharamsala?

—Digamos que les hemos llevado a donde nadie pueda encontrarlos hasta que termine esta locura. No imaginábamos que las conferencias de Boston pudieran desencadenar un problema semejante. Lobsang Singay nos propuso desvelar sus secretos para que la medicina occidental pudiera beber de su ciencia y aprovecharse de ella, y al gobierno en el exilio nos pareció un forma inmejorable de atraer la atención del mundo hacia nuestra causa. Pero, al parecer, había alguien que prefería poseer esos secretos médicos para sí antes que compartirlos con el resto de la humanidad.

—Y seguirá matando hasta que consiga el *terma*, que al fin y al cabo es la fuente de toda esa sabiduría.

—Por eso debemos recuperarlo antes de que caiga en manos de los criminales —declaró el Kalon Tripa—. Si lo lográsemos sería un triunfo de enorme magnitud tanto para el pueblo tibetano como para el mundo occidental. Ahora que nos han robado la vida de nuestro querido Lobsang Singay necesitamos disponer del *terma* que le sirvió de inspiración para que su medicina siga viva. Sería fantástico que otros lamas médicos pudieran instruirse y llegar hasta donde él llegó.

—Entonces no se hable más —le apremió Gyentse nervioso—. Tiene que enviar a algún representante del Kashag al Tíbet para recuperar el *Tratado de la Magia*.

—Eso es imposible —sentenció el Kalon Tripa.

—¿Por qué?

—Ya os he dicho que, hoy por hoy, si alguno de nuestros hermanos pusiera un pie en el Tíbet ocupado sería apresado al instante.

—En ese caso poneos en contacto con los responsables del monasterio y que se ocupen ellos mismos de preservarlo debidamente.

—Bien sabes que no se puede telefonear a un monasterio tibetano perdido en mitad del Himalaya. Y aunque dispusiéramos de línea para hacerlo, tampoco podríamos hablar del *terma* por ese conducto. No imagináis el control que existe actualmente en lo que los chinos denominan la región autónoma del Tíbet. Están viviendo un verdadero estado de guerra. Los teléfonos están intervenidos, no existe libre acceso por correo electrónico y…

—¿Y si consiguierais hablar con alguno de vuestros contactos de la capital? —siguió proponiendo—. Ellos podrían desplazarse hasta la región del oeste.

—Hemos estado a punto de hacerlo muchas veces, pero siempre nos hemos echado atrás en el último momento ante el temor de que la policía china detectase el plan. Además, si un tibetano relacionado con grupos activistas de Lhasa fuera descubierto… Piensa que casi todos ellos están fichados y que hay controles cada pocos kilómetros en todas las carreteras. Saltarse uno de esos controles para no ser retenido puede dar lugar a un juicio sumario por espionaje con penas de cárcel o, incluso, con pena de muerte si el fugitivo es declarado culpable de ser un activista contra los intereses del régimen.

—Es cierto —se lamentó Gyentse—. Y la zona en la que se encontraba la vieja lamasería de Singay y el monasterio principal de la orden en el que debió de esconder el *terma* está muy alejada de Lhasa.

—A cientos de kilómetros. Y lo peor, os repito, es que se trata de una zona militarizada de acceso prohibido. Está situada al oeste de la meseta, justo en la franja que colinda con el área en disputa de Cachemira. Hace décadas que la India, Pakistán y China mantienen una pugna abierta en esa región.

—Y ¿qué piensan hacer? —intervine.

—La única vía para conseguir el *terma* sin levantar sospechas es que alguien que no tenga ninguna vinculación aparente con nosotros según el gobierno chino se desplace a Lhasa. Una vez allí tendría que internarse de forma ilegal en la meseta y pasaría a ser tan prófugo como cualquier activista tibetano pero, caso de ser apresado, quizá lograse evadir la acusación por actividades separatistas. Podría ir enmascarado como un peregrino imprudente que se ha salido de la ruta, que también los hay.

Entonces me di cuenta.

—Me está pidiendo que vaya... —dije sin convicción.

Gyentse me miró conmocionado. Permaneció con la boca abierta a la espera de las siguientes palabras del Kalon Tripa.

—Sólo tú puedes hacerlo —sentenció—. Estás al tanto de todo lo que pasa, conoces nuestra cultura y no estás fichado por las autoridades chinas.

—¿De qué pena mínima estamos hablando si soy apresado? —le pregunté.

—Para serte sincero, la respuesta de los tribunales militares chinos o de los propios oficiales de zona ante las acciones subversivas es imprevisible, dado que no existen sistemas de control desde la administración central. No se trata de un estado de derecho como el que vivís en Europa.

—De acuerdo —confirmé a pesar de todo—. Iré.

Al momento me sorprendí de haber pronunciado aquellas palabras, pero no me arrepentí de ello.

—¿Qué dices? ¡Estás loco! —protestó Gyentse.

—Puede hacerse —le recriminó el Kalon Tripa.

—Los peregrinos que van al Tíbet lo hacen con los permisos pertinentes concedidos por Pekín —insistió mi amigo lama, confundido por el curso que estaban tomando las cosas—. ¡Tardaríamos meses en conseguir un permiso que permitiera a Jacobo salir de la capital!

—Viajará sin permisos, ése es el riesgo que hemos de correr.

—Que ha de correr él —precisó.

—Ya sabes lo importante que es recuperar el *terma*, y más aún evitar que los asesinos de Singay lo consigan antes que nosotros —concretó el Kalon Tripa.

Me volví hacia Gyentse y le hablé aparentando serenidad.

—El Kalon Tripa tiene razón.

—Pero es muy peligroso...

—Es mi pieza del puzle, Gyentse, no puedes negarlo. Todo lo ocurrido desde el primer día... Sabes que es mi pieza.

Gyentse apoyó su mano en mi hombro. Percibí cómo luchaba por contenerse.

—Quiero que sepas que con ello no resucitarás a Asha.

Por un momento me quedé sin palabras.

—Gyentse...

El Kalon Tripa permanecía callado observando nuestra discusión.

—¿Te has parado a pensar un solo instante lo que pretendes hacer? —se exaltó de nuevo—. Ya has oído al Kalon Tripa. Te verías obligado a cruzar la meseta sin visado, a sortear los controles de los militares chinos e internarte en la zona militarizada del oeste. ¡Si te atrapan te acusarán de espionaje! ¡Podrías pasar años en la cárcel, o algo aún peor! Se estima que el año pasado ejecutaron a más de dos mil personas, y a algunos por mucho menos que eso. Creo que no estás calibrando bien los riesgos.

—Son mis riesgos —concluí—. Cuando os traiga ese cartucho lleno de pergaminos sagrados ya decidiréis vosotros los que queréis asumir por vuestro pueblo.

—Todo el pueblo tibetano estará en deuda contigo —declaró el Kalon Tripa, dejando claro que la decisión estaba tomada—. No sólo eso. El mundo entero lo estará si consigues hacerte con el *terma* y al mismo tiempo evitar que caiga en manos de los asesinos.

No quise pararme a calibrar el alcance de su afirmación.

—Necesitarás un visado turístico para volar a Lhasa —indicó Gyentse resignado, incapaz de mirarme a los ojos—. Si manifiestas al consulado chino que no vas a salir de la capital te lo darán con cierta rapidez.

—Telefonearé a Luc Renoir para que acelere los trámites —propuse—. También necesitaré consultar algunos mapas para, una vez en Lhasa, saber cuál es la ruta más segura hacia el monasterio.

—Si has de llegar a Lhasa y después adentrarte en las tierras altas del Oeste sin visado no serán suficientes unos mapas —dijo el Kalon Tripa. Se volvió hacia Gyentse—. Tendremos que pedir ayuda a nuestros contactos de la capital. Me ocuparé de que alguien de confianza le espere en el aeropuerto. Habla tú con…

—Ya sé. Ahora mismo nos reuniremos con él —dijo Gyentse.

—Has de salir cuanto antes hacia Delhi para subirte al primer avión que parta hacia Lhasa —dispuso el Kalon Tripa dirigiéndose de nuevo a mí—. Mientras recoges tus cosas yo te prepararé una carta para Gyangdrak, el abad del monasterio al que te diriges.

—No hay nada más que hablar, entonces…

—Sólo desearte buena suerte —concluyó—. Sin duda la necesitarás.

19

Atravesamos la terraza del primer piso a grandes pasos. Algunos monjes que iniciaban su rutina diaria se asomaban a mirar desde los pasillos.

—¿Con quién te ha pedido el Kalon Tripa que hables? —pregunté sin dejar de andar.

—Se trata de un miembro del Congreso de la Juventud Tibetana.

—Conozco esa organización. Sé que trabajan para solventar la situación que atraviesa vuestro pueblo.

—La forman jóvenes huidos del Tíbet, otros nacidos ya en el exilio y también muchos simpatizantes de nuestra causa de todos los países y razas. Al que vamos a ver es tibetano. Llegó de la meseta hace un par de años.

—Será de total confianza…

—Puedes estar seguro de ello, y también de que te será de gran ayuda. Espero que podamos verle esta misma mañana.

Bajamos de dos en dos los peldaños de la escalera que llevaba a la planta baja.

—Pero esa organización, como tú mismo has dicho, actúa desde fuera… ¿Qué ayuda podrán prestarme una vez llegue al Tíbet?

—Su sede central está aquí, en Dharamsala, pero mantienen

estrechos contactos con diversos colaboradores que se reparten por todo el Tíbet ocupado —dijo mientras cruzábamos el patio central—. Aparte de su labor propagandística en defensa de nuestra causa, se juegan la vida para ayudar a los que huyen a través del Himalaya. Se calcula que unos tres mil tibetanos lo cruzan a pie cada año hacia el exilio. No creo que les importe echar una mano a la única persona que quiere entrar de forma ilegal.

Una vez llegamos a la lamasería donde yo estaba alojado, el monje que se hacía cargo de la recepción nos vio pasar y salió corriendo detrás de nosotros.

—¡Esperad! —gritó.

—¿Qué ocurre?

—Han llamado preguntando por Jacobo.

—¿Quién?

—Martha Farewell.

Alargó la mano para darme un trozo de papel arrancado de una libreta cuadriculada. Había escrito las palabras «llamar urgente». Supe que algo no marchaba bien.

Me acompañaron a un cuarto diminuto en el que sólo había un taburete y una mesita vieja de madera con un teléfono de disco. A medida que lo hacía girar mi corazón latía más y más deprisa. Al momento escuché su voz, y sus primeras palabras cayeron sobre mí como una losa enorme; sentí una presión insoportable que se hacía aún mayor a medida que me explicaba lo que ocurría. La niña estaba enferma. El doctor sólo había dicho que no convenía moverla. Había tenido un fuerte ataque. Martha hablaba de forma pausada, demasiado pausada para estar serena. Yo, desde la distancia, multiplicaba por mil cada síntoma y me arrepentía de todas las decisiones tomadas desde que Louise nació.

—¿Por qué no me lo cuentas todo? Martha, por favor... ¡Han tenido que decirte algo más!

—No sé, está ahí, echada en la cama…

—Pero ¿es peor que otras veces?

Volvía a llorar.

—No me ocultes nada, por favor… —le imploraba—. ¡Martha!

Sólo oía sus sollozos al otro lado.

Respiré hondo y conseguí tragar el nudo que casi me impedía hablar.

—No te preocupes. Ahora mismo cojo un todoterreno que me lleve deprisa a Delhi y saldré para allá en el primer avión. ¿Vale? Espérame, ¿entiendes? Esperadme las dos. Llegaré lo antes que pueda.

Colgué. Me paré a pensar unos segundos con las manos en la cabeza. Gyentse permanecía inmóvil, apoyado en el marco de la puerta. Me miraba a través de sus gafas de alambre, con su gesto imperturbable.

—Es mi hija, tengo que…

—Ya sé.

—No quiero abandonar. Volveré en cuanto se ponga bien y entonces…

—¿Recuerdas lo que hemos hablado esta noche en tu habitación, antes de reunirnos con el líder de la Fe Roja?

—Esto es diferente.

—No lo es.

—¿Cómo puedes decir eso? —le reproché.

—Te estás dejando llevar por la angustia de tu mujer en un momento en el que eres tú quien debe sujetar las riendas.

—Pero es mi hija… —repetí.

—Louise ha de ser lo más importante en tu vida, pero tienes que serenarte y pensar qué es lo que vas a conseguir llegando a Puerto Maldonado dentro, como pronto, de cuatro o cinco días. Martha no te está pidiendo ayuda. Te está haciendo partícipe de su desasosiego, pero ambos sabéis que Louise está en manos de los mismos médicos de vuestra confianza que siempre la han tratado. A esto me refería anoche cuando te decía que no puedes ocuparte de todo. Tienes que establecer prioridades, o pronto te hundirás para siempre en alguno de los socavones que innecesariamente te empeñas en rellenar.

—Pero ¿cómo puedes pedirme que le dé la espalda? Me cueste lo que me cueste llegar, Martha debe saber que estoy con ellas.

—Ahora tienes la oportunidad de ayudarlas a las dos, eso es cierto, pero para ello debes asumir tus propias decisiones. Hace un momento estabas convencido de que todo te llevaba hacia el *terma* enterrado de Singay. Yo te hablaba de peligros y tú sólo veías la luz al final del camino, sin importarte lo que tuvieras que pasar para alcanzarla. ¿Confías en nosotros?

—Claro que sí.

—Pues sé verdaderamente valiente y cúrate tú para que tu hija sane contigo. ¿Por qué cambias la dirección de tus pasos?

—La noche antes de venir a Dharamsala hablé con Asha acerca de esto —dije más tranquilo.

—¿Y qué opinaba ella?

—Que cuando tienes claro lo que quieres no te planteas si estás errando el camino.

—En Occidente no se os educa en el sacrificio, ni en la paciencia, ni en la satisfacción de lo bien hecho. No os enseñan que la única vía para desarrollar una vida plena es tener una meta clara; pero no para alcanzarla, sino para tender hacia ella. No os dais cuenta de que lo más satisfactorio es ser consecuentes con nuestros actos. Tú careces de esa meta, y por eso te lanzas sin pensar hacia todo lo que se te pone por delante. Y ello te lleva a caer en el desorden, en el ruido, culpando al que tienes más cerca de tus propias limitaciones. Si tuvieras ese objetivo vital claro, como te decía Asha, estarías convencido en todo momento de estar haciendo lo correcto. Y, lo más importante, te sentirías libre, que es algo imprescindible para realizarnos en todas las esferas, para ser sinceros y dejar que los que tenemos a nuestro alrededor nos ayuden a mejorar.

—Es duro lo que me dices.

—No te estoy culpando. Sólo quiero que sepas que si no llegas a comprender estas verdades básicas todo lo que has pasado no te habrá servido de nada. —Bajó la mirada un instante y continuó hablando con gravedad—. El sufrimiento de Louise se vaciará de contenido. Yo me reuniré con el activista del Congreso de la Juventud Tibetana. Tú descansa. Párate a pensar qué es lo que debes hacer y mañana hablaremos.

No quedaba nada por decir.

Gyentse se dio la vuelta y cruzó la recepción hasta la puerta exterior de la lamasería. Yo me fui a mi habitación y no me moví de allí hasta el día siguiente.

Cuando bajé a la recepción, el teléfono continuaba sobre la mesita.

Descolgué el auricular y marqué de nuevo los números que me llevaban a casa.

Martha estaba más tranquila, pero se emocionaba cada vez que sentía la terrible distancia que se interponía entre nosotros. Al principio me resultaba imposible decirle que aún pasaría tiempo antes de que pudiera regresar a casa. Ella, a través del teléfono, aprovechaba para dar rienda suelta a sus sentimientos. Recordaba las palabras de su padre, cuando perdió a su esposa siendo Martha una niña. Decía que no debíamos apartarnos del dolor, porque sería una batalla perdida que sólo nos volvería más débiles. Que teníamos que aceptarlo y descubrir qué hay más allá de tanto sufrimiento. Martha acostumbraba a comparar nuestra vida con la de sus padres, y más aún desde que nació Louise. Bebía de sus recuerdos para extraer su esencia y hacerla suya con la mayor intensidad. A mí me gustaba que lo hiciera. Me gustaba el color que había traído a mi vida, y cómo juntos lo habíamos volcado en nuestra hija. Los días de Malcolm y Louise fueron granates, como el suelo de Delhi. Su pasión azul cobalto, como el ocaso de Delhi. Y su desdicha verde esmeralda; incluso la desdicha que ellos sufrieron y que ahora atravesábamos nosotros, verde como un pequeño buda ruginoso sacado de un cajón de la biblioteca, reencontrado y esperanzador. Por eso, desde lo más profundo de mi alma impregnada por el espíritu de los Farewell, le pedía que confiase en mí.

—No va a pasarle nada a Louise —dije—. No puede diluirse tanto color.

20

Fui de inmediato a buscar a Gyentse para comunicarle que había tomado mi decisión. Según me dijeron, se encontraba meditando. Le dejé una nota y me dispuse a preparar mi bolsa con lo poco que tenía que llevar. Vi sobre la mesa las láminas al carboncillo de Singay. Decidí llevarlas conmigo, quizá por la extraña intuición que tuve al contemplarlas de nuevo o quizá porque no sabía a quién confiárselas. Antes de salir de aquel cuarto diminuto en dirección a la meseta pensé una vez más en Martha. Cerré los ojos y acaricié la pulsera de cuentas de sándalo que me regaló el día que la conocí en el barrio de Bodhnath de Katmandú.

Después me dirigí de nuevo a la habitación de mi amigo lama para ver si había regresado y despedirme de él.

Allí estaba.

—Pasa —me pidió desde el otro lado de la puerta.

Cuando entré me costó reconocerle. No vestía su túnica. La había dejado bien doblada sobre una silla y se había enfundado unos pantalones vaqueros, una camisa de cuadros y unas botas de *trekking*.

—¿Qué haces?

Gyentse tomó aire antes de contestar.

—Voy contigo. He decidido hacerlo por mi pueblo.

Le contemplé con los ojos abiertos de par en par.

—Pero...

—¿Piensas que es una decisión que me guste tomar? —exclamó con sinceridad—. Pero no pretenderás que te deje solo en esto, después de lo que me ha costado sacarte adelante desde el día que te encontré tirado en el barranco.

De repente dudé de la decisión que había tomado, ahora que implicaba arrastrarle conmigo.

—¿De verdad crees que debemos hacerlo?

—Es demasiado importante para no intentarlo —declaró.

No pude evitar fijarme de nuevo en los vaqueros.

—Pareces distinto —le dije, esbozando una sonrisa.

—Es la primera vez en mi vida que me enfundo una ropa como ésta. Los pliegues de la tela me rozan en las ingles y en las rodillas, por no hablar de los pies. Están oprimidos...

Sabía que pasaría tiempo antes de que pudiera sentir de nuevo la amplitud que le proporcionaba la estudiada colocación de su capa de lama.

—Ya te acostumbrarás —le dije, dándole un abrazo.

—Seguro que este pequeño sacrificio merece la pena.

Un rato después, Gyentse cruzó la puerta de la lamasería y se encaminó hacia la colina más próxima. Guardó las gafas de alambre en la funda y comenzó a subir buscando un lugar adecuado para depositar una ofrenda. Algunos exiliados le habían contado que en las regiones más altas del Tíbet, en los enclaves expuestos a los cuatro vientos, los nómadas acostumbraban a depositar en el suelo unas pequeñas torretas de piedras. Las colocaban las unas sobre las otras hasta formar unos monolitos que simbolizaban la expresión de sus mejores deseos para los demás y las más humildes peticiones para uno mismo. Y ya que había de dirigirse al punto de partida de sus compatriotas pensó que esta muestra de armonía con los elementos más presentes en la montaña, la tierra rocosa y el viento, le harían más llevadera su decisión. Le atraía la idea de pisar su ansiada meseta, pero al mismo tiempo temía no regresar nunca al que, aunque lejos del Tíbet, había sido su único hogar.

Escogió cuatro o cinco piedras con base plana para aguantarlas de pie y buscó un rincón recogido. Después, cerrando los ojos, pidió suerte para mí, larga vida para el Dalai Lama y aún más fe para aquellos que esperaban pacientes un brote de esperanza en las riberas de los mil lagos del Tíbet.

Mientras tanto yo trataba por todos los medios de contactar con Luc Renoir. Estaba a punto de claudicar cuando por fin conseguí línea y se sucedieron las señales de llamada. «Puedes pedirme lo que sea», me dijo en el hotel Imperial la noche antes de mi partida. Al fin y al cabo se le consideraba uno más en casa de Malcolm.

Al momento alguien descolgó al otro lado.

—Delegación de la Unión Europea. ¿En qué puedo ayudarle?

—Póngame con el señor Renoir, por favor, de parte de Jacobo.

—Lo siento, ha salido.

—Estoy seguro de que si le dice mi nombre querrá hablar conmigo —respondí un tanto arrogante.

Parecía que se había interrumpido la comunicación cuando oí el acento parisino del delegado.

—Hola, Jacobo.

—Hola, Luc.

—Estamos todos consternados. Hoy he estado con Malcolm. Acaba de llegar a la ciudad.

—Cuida de él. Está muy mal.

—Lo sé. Para mí también ha sido un golpe difícil de superar. Asha era una mujer maravillosa.

—Es terrible.

—¿Qué tal estás de tus heridas? Nos tuviste muy preocupados.

—Yo estoy bien, gracias. Pero necesito un favor urgente.

—Si puedo ayudarte...

—Se trata de unos visados para volar a Lhasa.

Luc respiró hondo. Su exhalación rascó en el pequeño altavoz del teléfono.

—¿Qué quieres hacer allí?

—Voy en busca de algo.

—Te ruego que seas más explícito.

—Digamos que es una reliquia del antiguo Tíbet. Aunque para mí es mucho más que eso —me anticipé a decir.

Luc permaneció en silencio durante unos segundos.

—¿Por qué? —dijo finalmente.

—Tengo mis razones.

—Estoy seguro de ello. ¿Tienes información detallada sobre ese objeto? ¿Lo has hablado con Malcolm?

—Trataré de llamarle en cuanto llegue. Si por lo que fuera no pudiese contactar con él, dile que voy en busca de uno de los *terma* enterrados por Padmasambhava. No hace falta que te lo diga, pero sé discreto, por favor. Nadie debe enterarse.

—Pero ¿sabes cómo puedes acceder hasta él? ¿Dónde se encuentra?

—Es suficiente con que me proveas de los visados.

—¿Por qué hablas en plural?

—Me acompaña un lama.

—¿De Dharamsala? —se sorprendió.

—Es de total confianza. Más tarde te enviaré sus datos. Los míos ya los tienes.

—Sí. Pero una vez allí...

—Sé lo que tengo que hacer, no te preocupes. Alguien ya se ha ocupado de establecer un contacto.

—No te metas en líos. Si estás hablando del Congreso de la Juventud Tibetana...

—¿Por qué piensas que se trata de ellos?

—Jacobo, el Congreso no es un partido político. Sus afiliados son los más comprometidos con la pretensión independentista y está avocado a una línea dura, incluso guerrillera.

—Quizá es lo que necesito ahora —ironicé, no queriendo discutir con él.

—Sólo te aviso de que muchos de los jóvenes activistas del Congreso están poniendo en tela de juicio la autoridad de los líderes espirituales. Cuestionan la eficiencia de los lamas a la hora de hacer política y, sin darse cuenta, se están radicalizando de forma un tanto imprudente.

—Lo tendré en cuenta.

—¿Cuándo llegas a Delhi?

—Supongo que pasado mañana.

Luc se quedó pensando un rato.

—Llámame unos kilómetros antes de llegar —dijo después—. Te estaré esperando con los visados —resolvió.

—No sé cómo podré pagarte.

—La verdad es que cualquier cosa que haga por ti la estaré haciendo por Malcolm y por Martha.

—De todas formas te lo agradezco. Puedes creerme si te digo que odio pedir favores. Hasta mañana.

—¡Un momento! —exclamó Luc.

—Sigo aquí, dime.

—¿Qué ha pasado con la Fe Roja?

—¿Te refieres a lo que hablamos en el hotel la noche de la presentación?

—Sí.

—Digamos que he decidido apuntar hacia otro objetivo.

—¿Estás insinuando que la secta no asesinó a Lobsang Singay?

—Ya te lo explicaré más despacio.

—Tú verás lo que haces. Yo no soy quién para sermonearte. Pero ten mucho cuidado. Desde el momento en el que te relaciones con la gente del Congreso de la Juventud Tibetana podrás considerarte perseguido por el régimen chino.

—Adiós, Luc. Gracias por todo.

El todoterreno no dejaba de moverse a ambos lados, a veces se deslizaba por la marca de rodadura impresa en la gravilla y otras tentaba a la suerte a unos centímetros del precipicio. Nos dirigíamos a Delhi para después coger el avión hacia Lhasa; la garra que me apretaba el corazón me angustiaba mucho más que el vacío que se abría tras la ventanilla.

Tenía dos largos días por delante. Me estremecía al pensar que iba a revivir el camino que un día recorrí con Asha, y saber que me encontraría con Malcolm al llegar, en mitad de su vida más cotidiana, ahora vacía.

Atravesábamos un campo de marihuana. Nos detuvimos en un pueblo a repostar. No pude evitar que durante dos segundos me temblasen las piernas al ver oscilar el letrero de «Indian Oil» sobre el surtidor. Un muchacho se acercó a venderme una bolsa de hierba. La rechacé tres veces. Él hacía como que se extasiaba al aspirar su supuesto aroma.

Me aproximé cuanto pude al borde del barranco. El viento golpeaba fuerte. Volví la cabeza hacia el recinto mal vallado de la gasolinera. Vi la sonrisa de Asha, la mirada perdida de Malcolm. Y más allá vi Perú y nuestra casa en Puerto Maldonado. Vi a Martha y a Louise. Mi pequeño reducto.

Quizá algún día llegase a comprender que no abarcamos más de lo que llegamos a abrazar, de cuerpo y alma.

21

Aterrizamos en Lhasa a media tarde. Por fin estábamos allí, bajo la luz plateada. El sol traspasaba las nubes y estampaba reflejos contra las paredes encaladas. Los aledaños del aeropuerto me mostraron el Tíbet que yo imaginaba, las casas blancas de dos pisos con ventanas cuadradas enmarcadas de pintura negra y coronadas por un toldo, las terrazas planas teñidas de rojo, los miradores de madera, las grandes telas con grafismos azules. Sin embargo, al tomar la avenida Chindrol hacia el centro siguiendo la ribera del río Kyi-Chu todo cambió. Nos introdujimos en la moderna Lhasa, la nueva capital del Tíbet chino, poblada de edificios que trataban de mostrar modernidad atiborrándose de cristales de espejo.

Gyentse dejó caer la cabeza, decepcionado. No era lo que esperaba encontrar.

Mientras rodeábamos una plaza inmensa con el taxi, el conductor sacó el brazo por la ventanilla y señaló hacia una colina que surgía del límite de la carretera. Entonces sí que me sobrecogí, y también mi amigo lama. Gyentse sonrió abiertamente al presenciar de improviso la grandiosidad del Potala, el antiguo palacio que el Dalai Lama tuvo que abandonar tras la ocupación. El palacio mismo era la colina, con sus muros superpuestos donde se aglomeraban cientos de ventanas y terrazas a diferentes alturas plagadas de escalinatas.

Las mil estancias del Potala estaban destinadas a oficinas del gobierno de la región autónoma del Tíbet, que era el nombre oficial que recibía la zona ocupada. Los chinos lo habían vaciado de cualquier elemento que recordase su pasado. Habían quemado el mobiliario de madera y los tapices y habían pasado el rodillo sobre las delicadas pinturas que durante siglos decoraron sus paredes, pero no habían podido borrar su estampa imponente. El Potala se elevaba en medio de la ciudad y clamaba por recuperar su historia perdida.

—No tuvieron valor suficiente para derribarlo —explicó Gyentse emocionado—. Decidieron aprovecharse de él por su robustez y ahora les recuerda a cada momento la grandiosidad de nuestro pueblo. Dicen que el Potala se ve desde cualquier punto de la ciudad. Y que a cualquier punto envía su fuerza.

Dejamos atrás la plaza y seguimos hasta el lugar donde debíamos esperar a que apareciese nuestro contacto. Se trataba de un restaurante que conservaba la estética tibetana más pura.

Bajamos del taxi y levanté la vista hacia el cielo. La tarde comenzaba a caer y daba paso a unos destellos que barnizaban de caramelo los tejados. Sobre la terraza, asidas a una torreta, colgaban varias cuerdas repletas de pequeñas banderas ceremoniales: rojas, añil, amarillas, verde esmeralda y alguna blanca, todas ellas atravesadas con rezos escritos. Durante siglos los fieles los escribían a mano, con plumilla y tinta negra sobre la tela, pero ya hacía tiempo que se vendían con la plegaria impresa. Se trataba de que cada golpe de viento las lanzase al cielo con fuerza. Una vez más quedaba claro el sentido más práctico de un pueblo tan devoto que buscaba la forma de orar hasta cuando estaba haciendo otra cosa. Pensé en colgar una bandera de la correa de mi petate por si con ello conseguía alguna ayuda extra.

El portero se apresuró a recoger nuestras bolsas y a mostrarnos la escalera que subía al comedor. Nos sentamos a una mesa redonda con mantel de tela. Un camarero nos acercó un cuenco de soja y dos juegos de palillos lacados. Pedimos una cerveza local y un agua con gas.

Apenas habíamos acercado el vaso a la boca cuando apareció nuestro contacto. El hombre resultó tener unos cincuenta años. Llevaba el pelo liso engominado hacia atrás y un traje azul marino con líneas pajizas que formaban cuadros. Había algo en él que destacaba del resto de los comensales. Se acercó a nuestra mesa y miró a ambos lados antes de sentarse.

—Han llegado puntuales. Es extraño en esa aerolínea.

—Es usted…

—Soy quien debo ser. Digamos que mis amigos del Congreso de la Juventud Tibetana no me conocen por mi nombre. La verdad es que no acostumbran a preguntar mucho. Será porque reciben todo lo que me piden.

—Todos le agradecemos cuanto hace.

—El agradecimiento es mutuo. Quede claro que no sé qué están haciendo aquí, ni me interesa saberlo. Sólo sé que esta vez llamaron de las altas esferas de Dharamsala para solicitar mi ayuda logística y yo he accedido a prestársela. Les proveeré de un vehículo y de un chófer para los próximos días, con todos los papeles en regla.

—¿Dónde nos alojaremos?

—También me he ocupado de eso. Estuve tentado de reservarles un hotel discreto. Nunca se sabe qué es lo más oportuno, y menos en estos días. Ya saben, es por el aniversario.

—La verdad es que no sabemos a qué se refiere —dije, mirando a Gyentse.

—Faltan sólo unos días para que se celebre el aniversario de la que llaman la liberación pacífica del Tíbet. Un invento de Pekín para legitimar con protocolo y diversos actos públicos los estragos cometidos durante las cinco décadas que ya han pasado desde la ocupación.

—Vaya, justo ahora…

—He decidido alojarles en una de las casas.

—¿En un piso franco?

—Es el hogar de una familia que colabora con el Congreso desde hace años. Son de total confianza. Cuando terminemos de cenar uno de mis hombres les acompañará hasta allí.

—Si prefiere que vayamos nosotros mismos…

—Es necesario que lo hagamos a mi manera. La situación que vivimos aquí es lo más parecido que hay a un estado de guerra. Cualquier taxista afín al régimen informaría de inmediato a los chinos si un occidental le pidiera ir a los arrabales. Ni siquiera al conductor le diré cuál es la casa exacta a la que ustedes se dirigen. Les dejará a un par de manzanas. Cuando llegue el momento, bajen del coche y esperen a que se les acerque otra persona que también estará avisada.

—Se trata de fraccionar la información…

—Cualquier precaución es poca —confirmó.

—No esperaba un local tan elegante en Lhasa —dijo Gyentse, quizá tratando de no incrementar la sensación de peligro que ya traía consigo.

—Ya sabrá usted que en todas las ciudades, por pobres que sean, hay uno así. Lo he escogido porque con ocasión de las celebraciones habrán repartido informadores por todas las tabernas de Lhasa. Aquí es donde menos esperarán encontrar a un miembro de nuestra humilde organización.

—No es usted como le imaginaba.

—Cada cual cumple su papel desde la posición que le toca vivir. El dinero no cambia el sufrimiento que se padece por dentro.

—No le estaba juzgando.

El camarero reaccionó ante una mueca de nuestro anfitrión

y acercó una mesita auxiliar. Al momento abrió una botella y llenó nuestras copas.

—Espero que les guste el vino francés.

Asentí acercándolo a mi nariz y simulando un brindis. El hombre tomó la suya, hizo girar su contenido y dio un sorbo antes de continuar hablando. Gyentse reproducía con cuidado nuestros movimientos.

—El tacto del Burdeos resulta adecuado para algunos platos orientales de carne con salsas picantes. Y aquí hay un cocinero que conserva algunos libros de los tiempos de Confucio que consiguieron salvarse de los guardias rojos.

De inmediato vino a mi mente el tratado de la magia de los chamanes.

—Además de terminar con todo lo tibetano —intervino Gyentse—, la Revolución Cultural también acabó con la rica cultura milenaria china que había conseguido arraigarse en la meseta.

—Pensaba que los comunistas se habían conformado con eliminar las bases políticas y religiosas.

—Para destruir la esencia del país tenían que hacer desaparecer su cocina —siguió diciendo el contacto—. Si se adentrara en la metafísica Tao comprendería que tiene un necesario reflejo en el arte culinario. Estos malditos chinos también crearon una corriente de pensamiento decente. Pero esta noche nos dedicaremos sólo a sus sabores y aromas, ¿no les parece? ¡Quién sabe lo que tendrán que pasar ustedes los próximos días!

Sentí un escalofrío, como si aquel mecenas estuviera ofreciéndome la última cena en el corredor de la muerte.

Hizo otro gesto y el camarero trajo las primeras fuentes: nidos de golondrinas, crema de medusas gigantes elaborada con sus partes mucosas y huevos de mil años, uno de los platos más cotizados según nuestro anfitrión, previamente cocidos y enterrados en excremento de yak hasta que la clara y la yema adquirían las tonalidades que ahora mostraban sobre la bandeja.

—Y díganme, ¿qué opinan en la administración central acerca de lo que hacemos aquí? —murmuró sin dejar de examinar los manjares.

—¿A qué se refiere?

—Está claro que saben que no compartimos la vía moderada del Dalai Lama. Le respetamos, como no podía ser de otra manera, pero pensamos que las cosas sólo podrán lograrse… Al fin y al cabo todos perseguimos los mismos objetivos. Sólo hay una causa verdadera, la liberación del Tíbet.

—He oído que algunos sectores del Congreso de la Juventud Tibetana están más que dispuestos a utilizar la violencia —me aventuré a decir.

Sostuvo los palillos a media altura y me atravesó con sus ojos rasgados.

—¿Lo condenaría, teniendo en cuenta el fin?

—¿Qué ganaríamos si obtuviésemos la libertad política pero perdiésemos lo que da valor a nuestras vidas y a la propia tradición tibetana? —intervino Gyentse.

Nuestro contacto continuó comiendo. Al poco avisó con el índice de que se disponía a decir algo más.

—Como dijo un activista que desplegó no hace mucho una bandera en plena plaza de Tiananmen, no creemos que la independencia sea un regalo que ellos nos ofrecerán. Sin duda habrá que pelear por ella.

Se volvió hacia mí.

—Puede pronunciarse usted también. No creo que haya escuchas bajo esta mesa. ¡Más nos vale! —rió por primera vez.

Pensé la respuesta durante unos instantes. Me planteé si aquel hombre me estaba poniendo a prueba desde que había aparecido por la puerta del restaurante.

—Creo que si la comunidad internacional abordase la cuesción desde un punto de vista legal no sería necesario utilizar violencia alguna. En los dos mil años de historia del Tíbet, ustedes sólo han tenido influencia extranjera en dos breves períodos en los siglos XIII y XVIII. Pocos países independientes pueden proclamar semejante autenticidad.

—Eso es lo que se escuchó en la sede de Naciones Unidas tras la invasión. Pero nunca se han atrevido a afirmar de forma expresa que el Tíbet se encuentra bajo ocupación ilegal china.

—Si al menos considerasen la transferencia de colonos a gran escala como una violación de la Cuarta Convención de Ginebra…

—¡Tengo un amigo —exclamó de repente— que cuando está en Europa y le preguntan de dónde viene dice que ha nacido en un problema llamado Tíbet! En serio, hoy nadie quiere enfrentarse al gigante asiático. Incluso la India se está aproximando más y más a China. Ya han pasado a la historia los días en los que nuestro Dalai Lama era considerado un líder político. Conformémonos con que se mantenga como nuestro líder espiritual.

—Su Santidad el Dalai Lama sabe lo que tiene que hacer —intervino Gyentse de forma un tanto desesperada.

—No cabe duda —contestó él con cierta arrogancia—. Yo me limitaré a ponerles en contacto con las personas indicadas y a proporcionarles el jeep. A partir de ahí, ya discutirán ustedes con Dharamsala lo que conviene o no conviene hacer. En todo caso disfrutaremos en el futuro de los beneficios mutuos de nuestras acciones.

Se introdujo en la boca una nueva exquisitez que el camarero acababa de dejar en nuestra mesa y no volvió a hablar de política en toda la cena.

A partir de entonces todo ocurrió como él había anunciado. Se dirigió al lavabo y nosotros salimos a la calle. Al momento un vehículo gris se detuvo y abrió la puerta para que entrásemos. El conductor se limitó a saludar con la cabeza y condujo durante diez minutos. Primero esquivó bicicletas en el centro, después atravesó una zona oscura en cuyas aceras se percibían cuerpos acurrucados entre mantas también oscuras, con bastones de peregrino y sacos atados con rafia, y volvió a internarse en un barrio sin farolas, apenas iluminado por las lámparas de los comercios que permanecían abiertos. Detuvo el coche en una esquina, bajamos antes de que parase el motor y se alejó sin ruido, balanceándose al superar los socavones del camino de tierra plagado de charcos.

Un minuto después, un muchacho se acercó a nosotros. Vestía una gorra de fieltro y unos pantalones cortados por encima del tobillo que dejaban ver unas botas ajadas. Nos miró de cerca durante unos segundos y pronunció mi nombre.

22

Nadie en la casa, salvo el chico que había ido a buscarnos, actuaba con naturalidad. No se mostraban hostiles, sino más bien temerosos. Me extrañó esa actitud tratándose de un piso que, según nos había dicho el contacto, acogía con cierta asiduidad a los más variopintos enemigos del régimen.

El muchacho se levantó, me cogió la mano sin pudor y tiró de mí hacia un extremo del cuarto. Abrió el cajón inferior de un mueble rojo y sacó las cintas y revistas de un anticuado método para aprender inglés. Traté de prestar atención mientras me contaba que tuvo que comprarlo de forma clandestina en un mercado.

—El gobierno chino prohibió a los tibetanos que estudiaran inglés para evitar intercambios culturales o comerciales con los visitantes —dijo, esforzándose por escoger las palabras correctas.

Volvió a guardarlo en el aparador como si se tratase de un tesoro. Yo estaba atento a todo lo que me rodeaba. Los demás no se movían de sus sillas. Gyentse permanecía sentado en un rincón. Él no lo confesaba, pero yo sabía que tenía miedo.

El ambiente era húmedo y frío. La habitación estaba iluminada por una luz que apenas traspasaba la tulipa amarilla de la lámpara. Los muebles de la casa estaban adornados con budas de rostros intrigantes y demonios con la boca poblada de colmillos. Vestían túnicas de monje o corazas de soldado y enarbolaban banderas con extraños símbolos y espadas de fuego con empuñaduras de cabeza de animal.

—Aquí sólo pasarán una noche —dijo el chico de repente—. Luego les dirán hacia dónde han de dirigirse.

En ese momento alguien llamó a la puerta con brusquedad. Todos se volvieron sobresaltados. Pasados unos segundos, el muchacho se levantó a abrir con el mismo ánimo con el que acudiría al matadero. La tensión se desplomó cuando vieron aparecer a quien llamaban el Gordo, un tibetano que hacía honor a su apodo.

Se apoyó en la pared y pasó un trapo por los zapatos para limpiar el fango del suburbio. Las calles del centro estaban asfaltadas, pero el aspecto del resto de Lhasa no se diferenciaba mucho del que mostraba un siglo atrás, cuando sólo circulaban por ella carros y peregrinos.

El Gordo se secaba el sudor de la frente y no dejaba de hablar con nerviosismo. Me lanzó varias miradas desconfiadas. Después de que Gyentse se le presentase en tibetano se acercó hasta donde yo estaba.

—¿Por qué nos ayudas? —dijo con buena pronunciación.

Me cogió por sorpresa.

—Es una larga historia. En las últimas semanas han pasado muchas cosas.

—Está bien, está bien. Sólo quiero que sepáis que esto no es un juego. De hecho no se parece nada a un juego. Desde el momento en el que habéis puesto un pie en esta casa os estáis exponiendo a una condena por espionaje y, a la vez, nos exponéis a nosotros. Espero que vuestras razones para haber venido a Lhasa merezcan los riesgos.

—Pero hasta el momento no somos más que unos simples viajeros que se hospedan aquí…

—Esto no es una casa de huéspedes, por lo que el mero hecho de hablar con vosotros sería motivo suficiente para que nos arrestasen. Cualquier movimiento que no sea comer, cuando hay algo en el cuenco, dormir y agachar la cabeza se entiende en este país como un acto de espionaje. Sólo con que vieran esas fotos de Su Santidad el Dalai Lama —señaló hacia el mueble donde guardaban el método de inglés— ya sería suficiente para que nos llevasen a todos a la prisión de Shigatse.

Se sentó resoplando en un taburete y pidió algo de beber. Una mujer que acababa de asomarse al salón salió en busca de unas tazas a la cocina, situada en el piso superior.

—He venido a avisarles —nos advirtió—. Siempre estamos en peligro, pero estos días mucho más. No se puede cometer ni un solo error.

—Por el aniversario... —dije, recordando lo que nos había contado el contacto en el restaurante.

—Veo que ya lo sabéis, pero no me importa repetíroslo. Quieren evitar a toda costa actos de protesta y controlan más a los disidentes. ¡Ayer mismo se presentó una patrulla en el monasterio de Yung-Sapa y se llevó a quince monjes acusados de activismo político!

Se inclinó hacia una mesa, cogió unos palillos y se lanzó a la boca con pericia unos trozos de tortilla que se escondían entre el arroz que quedaba en un cuenco. El ambiente comenzó a parecerme opresivo. El aire estaba impregnado de la grasa que utilizaban para cocinar. Me sentía más vulnerable de lo habitual. Sin duda era debido a la presión de la altitud y a la falta de oxígeno.

—Excúsame, amigo —conseguí articular—. Creo que debo economizar fuerzas.

—La altura...

—Supongo que sí. Lo siento. Me retiraré un rato a...

En ese momento la mujer que había ido a por las tazas se

lanzó escaleras abajo gritando como si se hubiese vuelto loca. El muchacho subió a grandes saltos al piso superior y, tras asomarse a la terraza, volvió a bajar uniendo sus gritos a los de la mujer.

Todos se volvieron hacia nosotros.

—¿Qué pasa?

Gyentse escuchaba con un gesto de pánico las explicaciones que se intercambiaban de forma desordenada.

—¡Tenemos que irnos ya! ¡Se acerca una patrulla! ¡Es una redada!

—Debe de tratarse de una filtración —dijo el Gordo—. ¡Eso nos pasa por fiarnos de cualquiera!

—Pero nosotros...

—¡Salid de esta casa, os lo ruego!

—¡Pero tenemos que esperar al coche que nos enviará el contacto! ¿Dónde podríamos...?

—¡Salid! —imploró el Gordo—. ¡Yo me encargaré de que el chófer os recoja en la puerta del monasterio del Jokhang al amanecer!

Nos empujaron hacia fuera. Uno de los hombres de la casa nos lanzó las bolsas que llevábamos. Gyentse intentó coger la suya al vuelo mientras otro de los tibetanos tiraba de él hacia la calle, con tan mala fortuna que se torció el tobillo. Soltó un alarido seco, pero al momento me indicó que podía andar. La mujer gritó una última vez desde la escalera.

—¡Ya casi están aquí! ¡Idos!

Salimos a la calle. Un poco más allá había una plazoleta. Gyentse cojeaba bastante. Mientras decidíamos hacia dónde empezar a correr vimos que la patrulla se estaba acercando. Pegamos la espalda a la pared para no ser vistos. Algunos de los soldados se introdujeron en otras dos casas para seguir inspeccionando. Los demás se plantaron en mitad de la calle.

En aquel momento bajó el muchacho de la gorra de fieltro.

—¡Podéis escapar por allí! —gritó.

Señaló un hueco que separaba dos edificios situados al otro lado de la plaza. Había que cruzar un buen trecho para llegar hasta allí, pero no lo pensé dos veces. Miré a Gyentse y me lancé a correr confiando en que él vendría detrás. Cuando llegué, el corazón se me salía por la boca. Apenas cabía en el hueco sin ponerme de perfil. Estaba inundado y lleno de moho. Me adentré en él como pude para esconderme bien y volví la vista hacia atrás.

Gyentse no estaba conmigo.

Descubrí horrorizado que ni siquiera había intentado cruzar la plaza. Estaba sentado en el suelo en la misma puerta de la casa, junto al muchacho de la gorra de fieltro. Se apretaba el tobillo. Finalmente se puso en pie, pero en ese momento vio que uno de los soldados que se había separado de la patrulla se acercaba con el arma en la mano. Ya no había tiempo. No podía llegar hasta donde yo estaba sin ser visto. Me miró fijamente. Pude leer la zozobra en sus ojos mientras me hacía gestos para que yo siguiese adelante. Yo no quería separarme de él, no quería dejarle allí, pero el soldado se acercaba cada vez más. Gyentse me miró por última vez y echó a correr calle abajo en dirección contraria. Pensé en volver atrás e ir tras él, pero sabía que no era posible. La patrulla al completo se estaba adentrando en la plaza.

Me sumergí en el corredor rozándome con ambas paredes. Tenía miedo de que llegase un momento en el que se estrechase tanto que me impidiera continuar. Cuando estaba por la mitad, uno de los soldados debió de asomarse y gritó algo. Volví la cabeza y percibí al fondo la silueta de una gorra. Mis pulsaciones se aceleraron aún más. Solté la bolsa para avanzar más rápido y seguí adelante.

Al llegar al final del corredor salí a un patio privado. Había docenas de telas recién teñidas colgadas a secar de unos alambres. Despedían un vapor acre que me producía un fuerte picor en la garganta y me impedía respirar. Me acerqué a la única puerta. Estaba cerrada. Retiré las telas como pude para llegar hasta la valla que separaba el patio de otro callejón. Me encaramé por ella y salté al otro lado. Corrí apartando a mi paso unos plásticos que cubrían más ropas tendidas hasta que vi una puerta de hierro entreabierta. A través de ella accedí a un pasillo iluminado por una bombilla rosa. Las paredes estaban descascarilladas y una moqueta húmeda cubría el suelo. Pasé junto a dos habitaciones oscuras. Era un burdel. El salón estaba flanqueado por unos butacones ocupados por mujeres chinas en ropa interior. Ninguna se sorprendió al verme. Estiraron los brazos y me lanzaron besos de forma nada sugerente. Durante unos segundos me quedé parado en medio de la sala sin encontrar la salida. Una de ellas me mostró un pecho y las demás rieron mientras hacían gestos obscenos. Por fin localicé la puerta tras una cortinilla de tiras de plástico. Salté jadeando los tres escalones de entrada al club y salí a una calle comercial azotada por las ráfagas intermitentes que despedían los rótulos de neón.

Intenté calmarme. Estaba completamente perdido. Los tenderos, la mayoría colonos, fumaban en las puertas junto a los radiocasetes que arrojaban melodías distorsionadas. Decidí buscar un lugar para esconderme y pasar desapercibido hasta que alguien me dijese hacia dónde debía dirigirme.

Me detuve frente al puesto de una familia tibetana que vendía zapatos. El mostrador dejaba el espacio justo para que los dueños se movieran por dentro. El fondo estaba lleno de pares apilados envueltos en papel de estraza. La mujer cosía en el interior junto a dos niños que bebían leche. El más pequeño, bien enseñado, levantó un extremo del mostrador en cuanto me vio. Me pareció buena idea ocultarme un minuto y que me explicasen cómo llegar al monasterio del Jokhang. Supuse que lo sabrían, ya que era el principal lugar de culto en la ciudad.

Me senté en un taburete para recuperar el ritmo de la respiración. El hombre se empeñaba en sacarme una bota para que me probase sus zapatos. Me negué amablemente e hice como que curioseaba los objetos que se exhibían bajo el cristal del mostrador: una baraja de cartas orientales, un catalejo, un retrovisor de moto, una pipa y unos cascabeles para colgar de la brida del caballo. Cogí la baraja y le dejé cinco dólares sobre el mostrador, lo que sin duda era un pago desproporcionado. Les pregunté por Jokhang y señalaron hacia todas las direcciones. Ni siquiera estaba seguro de que me hubieran entendido.

Cuando me disponía a alzar el mostrador para salir de allí, llegaron dos monjes y se apoyaron en él. Agitaron sus rosarios y me dedicaron una sonrisa inquietante, un tanto rígida. Uno de ellos rebuscó en su bolsa y extendió sobre el cristal unas cuantas fotografías del Dalai Lama. No entendía aquella forma tan descarada de actuar, sabiendo que la mera exhibición de esas fotografías estaba penada con la cárcel. El otro sacó de entre su túnica unos cuantos billetes de escaso valor y me los enseñó. Creí adivinar que buscaban un donativo a cambio de las fotografías. Quizá ellos podían guiarme hasta la puerta del monasterio. Me dispuse a sacar algo de dinero cuando me di cuenta de que los tenderos habían bajado la cabeza. Ya no me miraban a la cara. En aquel momento vi al muchacho de la casa caminando deprisa por detrás de los monjes. Sin duda había salido a buscarme. Ni siquiera sabía cuál era su nombre. Di un grito para llamar su atención y los monjes se apartaron de súbito. Yo aproveché para salir del puesto.

—¡No son monjes de verdad! ¡Son señuelos del régimen buscando fieles a Kundún! —creí entender al chico mientras nos alejábamos corriendo a través de callejuelas aisladas.

Kundún, la presencia. Así llamaban cariñosamente los tibetanos al proscrito Dalai Lama, cuyas fotos utilizaban los reeducadores para cazar rebeldes.

Todo en Lhasa estaba viciado. Como había dicho nuestro contacto, no debía dar un paso sin asegurarme antes.

—Sigue por aquella calle y no pares hasta llegar a una plaza con un monolito en el centro —dijo por fin el muchacho—. Allí encontrarás un letrero que te indicará el camino a seguir.

Antes de girar la esquina me volví por última vez hacia él, pero para entonces ya no era sino una sombra entre los reflejos de los neones.

23

Enseguida supe que me estaba acercando al Jokhang. Varias casas originales de la antigua Lhasa seguían en pie alrededor del monasterio, y sus aledaños estaban abarrotados de peregrinos a pesar de que era noche cerrada desde hacía horas.

Hubiera querido hacerme con una capa y echármela por encima para confundirme entre el gentío. Había hombres y mujeres de diferentes edades, todos con sus coletas trenzadas y mechones de pelo áspero que les caían sobre la cara. Avanzaban despacio, con el molinillo de rezos en una mano y el rosario en la otra, postrándose cada dos pasos haciendo genuflexiones.

Al doblar la esquina del monasterio y encontrarme frente a sus portones pude contemplar la devoción pura.

No sabía qué hacer. Miraba a un lado y a otro para ver si distinguía a Gyentse entre la muchedumbre que seguía aproximándose como un río de lava. Llegaban hasta la puerta y buscaban un hueco para tenderse de bruces sobre la piedra. Las columnas rojas mostraban los sellos de la orden. Unas telas enormes caían desde el primer piso. Eran de color negro, como el fondo del templo más allá de las puertas. Estiré el cuello para asomarme pero no distinguí nada salvo el tintineo de infinidad de velas.

Aún tenía los ojos entornados tratando de enfocar a través de la oscuridad del patio cuando se interpuso en mi campo de visión la figura de un monje. Se acercaba rápidamente hacia mí. El corazón me dio un vuelco. Quizá se tratase de un nuevo reeducador.

Me di la vuelta y me dirigí hacia otra de las puertas. Conseguí introducirme entre los fieles que se apiñaban allí y, una vez dentro, busqué el modo de llegar a alguna terraza desde la que pudiera divisar la plaza delantera. Necesitaba un lugar en el cual esperar a que apareciese Gyentse sin que me vieran.

Crucé el patio y caminé junto a la hilera de grandes rodillos de rezos clavados al suelo que los peregrinos hacían girar sin detener el paso. Atravesé el corredor donde las velas se consumían poco a poco, cada una en su diminuto cáliz colocado en las repisas de chapa. Al fondo encontré una escalera de caracol que subía a la terraza superior. Avancé despacio hasta el murete y me asomé entre dos banderolas. Desde allí se contemplaba toda la plaza, pero al mismo tiempo resultaba casi imposible distinguir a nadie entre tanta gente y con tan poca luz. Noté un nuevo pinchazo en la sien. Ahí estaban otra vez los envites del mareo y la presión en el cerebro.

Sentí ganas de echarme a llorar, pero al momento pensé que no podía hundirme, no tan rápido. Todo es fruto del cansancio y del mal de altura, me dije. Es sólo este maldito dolor de cabeza... Pronto aparecerá Gyentse sano y salvo. Todo está en conexión, todo pasa y condiciona el futuro, hasta esta situación demencial.

Pensé en Martha. ¡Quién iba a decirme que me asomaría a esta terraza antes que ella! Cerré los ojos y traté de relajarme recordando la primera vez que me habló sobre el monasterio del Jokhang y algún otro que sobrevivió en las afueras de Lhasa. El que verdaderamente le emocionaba era el de Sera. Le apasionaba la historia de aquella lamasería que se convirtió en el adalid de la cultura tibetana que tanto amaba. Recordé cómo me la contaba y se dejaba llevar, danzando sobre aquella difusa línea trazada entre la realidad y la leyenda.

Poco a poco recuperé la calma.

De repente noté una presencia a mi espalda.

—Es muy tarde —dijo alguien.

Me volví sobresaltado. Era un monje joven. Se acercó y se apoyó en el murete junto a mí. Confié en que no se percatase de mi nerviosismo.

—Lo sé.

No pude evitar volverme a ambos lados temiendo captar la presencia de algún soldado oculto entre las sombras.

—¿No tienes sitio para dormir?

—Pensaba que aquí podría descansar un rato —contesté.

—No, no, está bien. El Jokhang es de todos.

Dirigí la vista a la masa de peregrinos.

—¿Buscas a alguien?

Dudé antes de contestar.

—La verdad es que sí. Estoy esperando a un amigo.

—¿Occidental?

—No. Es de... Es tibetano.

—Vaya, un amigo tibetano —repuso.

—Quiero ver el monasterio de Sera —dije de repente de forma casi inconsciente.

El monje me miró con extrañeza. Yo tampoco sabía por qué había dicho eso.

—Estamos en el centro de Lhasa y hay un buen trecho hasta Sera. Apenas se ve, y menos aún de noche.

—Da igual.

El monje habló sin dejar de mirar al fondo.

—A mí también me gusta Sera. Tsongkapa, el maestro que lo fundó hace seis siglos, fue quien potenció nuestro sistema actual de estudio en grandes lamaserías —me explicó—. Ya desde que vino al mundo dejó clara su naturaleza mística. Dicen que allí donde cayeron las gotas de sangre que derramó su cordón umbilical creció un árbol de sándalo, con símbolos budistas impresos en todas sus hojas.

Apenas había terminado la frase, la plaza se llenó de chillidos y desconcierto.

Los fieles comenzaron a levantarse y a correr hacia los extremos dejando un gran espacio libre frente a las puertas del monasterio. Dos camiones del ejército chino se acercaban a toda prisa sin temer aplastar a su paso a quien no pudiera apartarse a tiempo. Pasaron por encima de algunas capas rojas tendidas en el suelo. Era como si, de repente, la plaza se hubiese llenado de charcos de sangre.

Me agaché instintivamente, al igual que hizo el monje. Ambos nos miramos. Sin duda estábamos del mismo lado.

Del primer camión saltaron algunos soldados que de inmediato se dirigieron al remolque del otro. Desplegaron el toldo que lo cubría e hicieron bajar a un grupo de monjes que se hacinaban allí con las manos atadas a la espalda. La gente no dejaba de gritar. El oficial vació un cargador al aire y todos callaron. Comenzó a soltar una perorata mientras los soldados obligaban a los monjes a arrodillarse junto a las puertas del templo.

—¡No puede ser! ¡Los han traído aquí!

—¿Quiénes son?

—¡Son algunos de los monjes que detuvieron ayer en el monasterio de Yung-Sapa! ¡Son capaces de torturarles aquí mismo!

—Pero no puede ser, delante de tanta gente...

—¡Eso buscan, ejemplarizar! ¡Que todos veamos lo que les ocurre a los rebeldes!

Los soldados les arrancaron las túnicas dejándolos desnudos. Los monjes se acurrucaban por el pánico y el frío polar que se había echado sobre la ciudad a esas horas de la noche. El oficial seguía con su discurso. Uno de los monjes se revolvió y le gritó algo. Al momento recibió un culatazo en el pecho.

El monje que estaba conmigo apartó la mirada con expresión desencajada.

—A saber lo que habrán hecho con los demás más allá de los muros de la prisión. Malditos reeducadores... —dijo para sí.

Los reeducadores eran militares chinos vestidos de paisano, o en ocasiones monjes que se habían pasado al otro bando, que recorrían todos los monasterios de cada región exigiendo pruebas de fidelidad a los lamas. Les obligaban a firmar unos manifiestos por los que renegaban de la independencia del Tíbet y expresaban su rechazo al Dalai Lama como jefe espiritual. Ello les suponía un dolor extremo y les sumía en una profunda tristeza, por lo que algunos, como los que habían detenido el día anterior, decidían rebelarse al precio que fuera.

Desde la terraza vimos cómo uno de los soldados levantaba la tapa del motor del camión.

—¿Qué va a hacer...?

El monje no me contestaba.

El soldado sacó unos cables de la cabina y los ajustó a los dos polos de la batería del camión. Después se volvió hacia los demás y todos rieron entusiasmados mientras su compañero juntaba ambas puntas arrancando grandes chispazos.

El oficial calló y le dejó hacer. El soldado desenrolló los cables y fue hacia uno de los monjes que se acurrucaba desnudo sobre las losas de piedra. Otros soldados le sujetaron y le separaron las piernas para dejar al descubierto sus genitales. El oficial reanudó su arenga, señalando al rebelde con el cañón de la pistola.

—¡No va a ser capaz! ¡La plaza está llena! —grité horrorizado.

—No sería la primera vez —se lamentó el monje con voz grave, dejándose caer al suelo con expresión de derrota—. Me han dicho que, a otros como ellos, les han llegado a obligar a mantener relaciones sexuales en público. Y también dicen que en los cuarteles les mantienen suspendidos boca abajo con una cadena y, con quemaduras de cigarro, escriben en su piel el nombre del oficial de turno.

El soldado jugueteaba con los cables a escasos centímetros de los genitales del monje, que gritaba aterrorizado. Las chispas se veían y escuchaban desde toda la plaza. Los peregrinos se habían quedado mudos.

—¡Esto es demasiado! —gritó finalmente el monje, apoyándose en mí para levantarse del suelo.

Se subió al murete y arrancó de la base una de las banderolas. Cogió impulso y la arrojó hacia el camión de los soldados como si fuese una lanza.

—¡Viva su Santidad el Dalai Lama! —comenzó a gritar—. ¡Viva su Santidad el Dalai Lama!

La muchedumbre y los soldados miraron hacia donde estábamos. Me agaché aún más para esconderme detrás del murete pero ya era tarde. Todos nos habían visto. El monje continuó gritando aquella y otras proclamas independentistas. Varios peregrinos se unieron a sus gritos aprovechando el desconcierto de los soldados. El oficial no lo dudó y disparó. Las balas impactaron contra el murete. Los peregrinos echaron a correr hacia todos los lados. Los monjes desnudos trataron de escapar. Los soldados se lanzaron a sujetarles mientras el oficial, enfurecido, daba la orden de que alguno de ellos subiera a buscarnos.

—¡Huye!

—¿Dónde voy a ir? —grité desesperado—. ¡He quedado aquí con mi amigo!

—¿Cómo se llama él?

Ya no había nada que perder. La plaza y el monasterio eran un caos de gritos y de disparos.

—¡Gyentse! ¡Es un lama de Dharamsala! ¡Treinta años, gafas redondas metálicas, vestido de occidental con vaqueros y un polar azul! ¡Supongo que todavía llevará consigo su petate!

—No te preocupes, yo le diré que te encuentre en... ¿Hacia dónde os dirigís?

—¡Al oeste! ¡Hacia un monasterio situado más allá del monte Kailas!

El monje se asomó por el muro trasero para comprobar si ya estaban subiendo los soldados.

—¡Salta a aquel tejado y déjate caer por detrás sin miedo! ¡Es una rampa, yo bajé por ahí mil veces de niño!

Se acercó a mí, me sujetó los brazos y me habló al oído, para que no perdiese ni una palabra.

—Cuando llegues a la calle sigue hasta el fondo. Tuerce dos veces a la izquierda y una a la derecha y te encontrarás frente a una explanada llena de furgonetas aparcadas. Son las que esperan a los peregrinos para devolverlos a sus hogares. ¿Llevas un visado en regla?

—No.

—Entonces móntate en una que vaya al norte...

—Pero... —le interrumpí.

—Al norte. La carretera del oeste que va hacia Shigatse está plagada de controles con ocasión de las celebraciones. Cuando pases por la aldea de Nakchu bájate y espera allí a tu amigo. Yo me encargaré de darle el recado.

—Pero ¿cómo vas a...!

—¡Confía en mí! ¡Y no te detengas! —siguió gritando mientras se introducía por una portezuela—. ¡No lo olvides, en la aldea de Nakchu!

La puerta se cerró aprisionando su voz.

Sin pensarlo dos veces crucé al otro extremo de la terraza y salté al tejado. Avancé como pude hasta el final y me dejé caer según me había indicado el monje. Resbalé demasiado rápido, no pude frenar al final y me golpeé la cadera con la barra que sujetaba los tapices que cubrían la pared; me precipité a la calle. Justo a tiempo alargué un brazo y me sujeté a la tela. Me volteé y me golpeé contra el muro, pero al menos conseguí reducir el impacto contra el suelo. Al instante me levanté y corrí en busca de las furgonetas.

Antes de adentrarme en la explanada me aseguré de que no estaba flanqueada por soldados. Sin duda todos se habían dirigido a la plaza del Jokhang para tratar de controlar el tumulto. Al fondo, un tibetano que debía de ser el encargado revisaba unos cuadernos de espiral. Cuatro chicos, que le ayudaban a colocar los sacos que los peregrinos compraban en el mercado para aprovechar el viaje, miraban con curiosidad desde atrás las notas que tomaba. Fui hacia ellos.

Traté de hacerme entender sin éxito. Cuanto más lo intentaba, más gente se acercaba. Todos negaban con la cabeza y me hablaban como si yo les comprendiera. Pronuncié el nombre de la aldea una y otra vez. Finalmente uno de los chicos lo repitió en voz alta —con un ligero cambio de entonación— y todos exclamaron al unísono. Me agarró del brazo y me arrastró hasta una furgoneta. Abrió la puerta lateral e hizo gestos para que entrase. En la furgoneta no había ningún cartel ni indicación. Ni conductor ni pasajeros. Pero él seguía insistiendo una y otra vez. Le hice caso y ocupé uno de los asientos traseros. Al menos allí estaría oculto y podría pensar.

No tuve tiempo de hacerlo. Al poco llegó el encargado con un talonario de recibos y me extendió uno en el que había garabateado unos signos sobre las rayas impresas. Ni siquiera había podido cambiar moneda. Saqué otro billete de cinco dólares como el que le había entregado al vendedor de zapatos. El encargado se lo guardó sin decir nada. Comencé a encontrarme mal de nuevo, a sentir el mareo y los pinchazos. Me recliné sobre la chapa justo cuando aparecían cinco peregrinos que ocuparon el resto de asientos. El conductor cogió impulso y cerró la puerta lateral con un golpe desproporcionado. Después la bloqueó por fuera como si sellase una celda. La furgoneta se rodeó de curiosos que pegaban su cara al cristal.

Me dejé llevar sin plantearme si me encontraba en el vehículo correcto. Ni siquiera sabía hacia dónde me dirigía, si Gyentse podría encontrarme, si tal vez lo habrían detenido antes de que llegase al Jokhang o si le habría pasado algo aún peor.

Rodeamos la explanada, cruzamos la ciudad por barrios sin rostro y poco después nos internamos en la oscuridad absoluta.

24

Pasaban las horas y no dejaba de contemplar el mismo paisaje rocoso emergiendo de la noche, y de sufrir aquella presión constante en las sienes que estaba a punto de volverme loco.

Al despuntar el alba volví a hacerme las mismas preguntas. Comenzó a angustiarme no saber a qué distancia nos encontrábamos de Kakchu, si es que íbamos en la dirección correcta. Lo único cierto era que cada vez me alejaba más de Gyentse. El conductor no hablaba una palabra de inglés. Los peregrinos se habían dormido, uno de ellos sobre mi hombro. La furgoneta se había llenado del olor de los tacos de queso de yak que la mujer que viajaba delante llevaba en una bolsa.

Lentamente, el horizonte fue iluminándose por un débil y brumoso amanecer. Traté de relajarme y concentrarme en la lucha sorda de las nubes por adentrarse entre los picos lejanos. Y en el silencio de la meseta, que permitía captar cada sonido. El viento silbaba de diferente manera cuando lidiaba contra la furgoneta, contra una piedra o cuando agitaba mi camisa en las paradas que hacíamos en mitad de aquel paisaje lunar. Escuchaba cómo mis pies aplastaban la arenilla y cómo un ave carroñera aleteaba a varios kilómetros de distancia. Percibía todo con una claridad inusitada, como si fuesen las últimas sacudidas de lucidez de mi cerebro, que poco a poco se comprimía por el mal de altura.

A lo largo del camino atravesamos pequeñas poblaciones de campesinos. El conductor bajaba de la furgoneta y les preguntaba por el estado de los glaciares o las zonas sacudidas por los desprendimientos que nos veíamos obligados a atravesar. En los habitantes de aquella región podían apreciarse las consecuencias de los cambios de temperatura: la sequedad en sus rostros y la negrura de sus manos, la rojez en sus ojos y la aspereza de sus cabellos encrespados. No era extraño que apenas unas cuantas comunidades aisladas hubiesen sobrevivido a las inclemencias de aquel clima extremo.

«Al alcanzar la máxima altitud de esas carreteras infernales, los rayos del sol atraviesan la cabeza del viajero y le producen un dolor intenso en el cerebro, haciendo que sienta en sus propias carnes, durante unos días, un padecimiento similar al que sufre el pueblo tibetano desde la ocupación.»

Así interpretaba el Gordo, que conocí en la casa de Lhasa, el mal de altura que todos los que llegábamos por primera vez al Tíbet teníamos que soportar como prueba de iniciación. Yo lo padecía desde que aterrizamos, pero las cosas aún empeoraron cuando, a media mañana, nos acercamos al paso de montaña en el que, como si no hubiese otro lugar en el mundo, se encontraba el campamento nómada.

Allí fue donde pensé, una vez más, que se me iba la vida.

Me resistía a decirle al conductor que ya no podía más. Aguantaba los envites en las sienes apretando las mandíbulas y cerrando los ojos. Finalmente me desvanecí y, al salir de un socavón, me di un terrible golpe en la cabeza contra el cristal. El conductor se detuvo en mitad de la carretera, frenando bruscamente y despertó a los demás viajeros. Me observó durante unos segundos e hizo gestos para que saliese. Me asomé por la ventanilla. Allí sólo había un campamento nómada. Me negué a bajar y le pedí que continuásemos el viaje, pero él comenzó a gritar y me amenazó violentamente, escupiendo frases ininteligibles sobre las cabezas de los peregrinos.

No tenía fuerzas para enfrentarme a él.

Bajé de la furgoneta y, de pie en mitad de la nada, les seguí con la vista mientras se alejaban por la carretera desierta. No sabía que, posiblemente, aquel conductor me estaba salvando de sufrir un ataque aún más fuerte. La aldea de Nakchu hacia la que nos dirigíamos aún estaba a mayor altitud por lo que, de no haberme apeado a tiempo, los efectos de la falta de oxígeno hubieran podido agravarse hasta causar mi muerte.

Me volví hacia el campamento nómada. No había vallas ni empalizadas. Sólo los animales demarcaban el territorio. Se alejaban de las hogueras para sentirse libres y volvían a acercarse en cuanto dejaban de oler los fardos.

Los nómadas se jactaban de ser capaces de amaestrar cualquier mamífero de la meseta, incluso a los antílopes tibetanos que incorporaban a los rebaños. Jinetes incansables, seguían la dirección del viento trazando junto a los ríos los caminos que las grullas dibujaban por el aire en sus migraciones hacia los pastizales silvestres de las regiones menos frías. La mayor parte de la extensión tibetana, árida en unas zonas y glaciar en otras, estaba desierta, vacía de flora y fauna. Por ello, también los animales nacidos en libertad se acercaban a buscar refugio entre las tiendas humeantes de los nómadas.

Caminé hacia ellos pero me detuve a una distancia prudencial. Los habitantes del campamento ya habían iniciado sus labores. Los más pequeños me vieron y con su griterío atrajeron la atención de las mujeres. Tres de ellas salieron de la tienda más grande. Llevaban en las manos prendas ajadas y agujas para remendar. Los hombres no se encontraban allí. Habían cabalgado hasta un estanque cercano, como solían hacer cada día, para dejar que los caballos se desbocaran durante un rato.

Intercambié varias inclinaciones de cabeza con la mujer de mayor edad. Al momento se percató de que estaba enfermo. Me acompañaron hasta el centro del asentamiento. Estaba tan mareado que me costaba enfocar mientras andaba. Nos sentamos junto a una fogata. Una joven de pupilas plateadas llegó con una jarra y unas tazas que limpió allí mismo. Las introdujo en un balde con agua y pasó por el canto sus dedos tatuados con las mil grietas del frío. En unos instantes ya estaban preparando té. Poco a poco los ancianos también fueron saliendo para sentarse con sus hijas y nietos, quienes se apartaban para dejarles un sitio. La joven no pudo resistirse a ofrecerme la primera taza de forma apresurada. Ello propició la reprimenda de las demás mujeres, las cuales se disculparon con los ancianos que, por su edad, merecían un trato preferencial.

Las tiendas estaban dispuestas en un desorden premeditado, a unos cuantos metros las unas de las otras. Estaban hechas de cuero y tela, sujetos sus vientos con palos coronados de banderas ceremoniales. Me encontraba en mitad de una nebulosa. Comencé a no saber qué era real y qué imaginado. Habían desplegado las pieles que hacían las veces de puertas para ventilar las tiendas y se veía el interior. Los bebés permanecían quietos en unas esteras. El escaso ajuar se acumulaba en el centro, alrededor de las brasas. El fuego no quemaba la cubierta a pesar de que permanecía encendido varias horas; las necesarias para convertir aquel cubículo robado a la meseta en un hogar. Un hogar itinerante, rudo pero caliente.

Rehusé como pude una segunda taza. Incluso tuve que hacer esfuerzos para no vomitar allí mismo. Entonces llegaron los hombres. Desmontaron y se acercaron sorprendidos de ver a un extraño junto a sus mujeres y ancianos. Al comprobar el lamentable estado en que me hallaba emergió su profundo sentido de la hospitalidad y dispusieron lo necesario para que pudiera quedarme en el campamento el tiempo que fuera necesario.

Un repentino tufo agrio hizo que volviesen las náuseas que ya había sentido en el interior de la furgoneta. Me volví y vi a una mujer robusta removiendo un gran cuenco lleno de *tsampa*. Los tibetanos esperaban ansiosos el momento de sentarse a comer aquel cereal de harina de cebada tostada mezclado con mantequilla y té. Pero a mí, en aquel momento y con todos mis órganos descompuestos por la fiebre, su olor me provocaba arcadas. Entonces llegó el momento de claudicar. Miré al cielo tratando de que se me pasase el mareo, pero no había nada que hacer. Les hice entender que necesitaba echarme. Una de las mujeres corrió a preparar una manta en la tienda más próxima. La joven de los ojos penetrantes me siguió con la mirada mientras me alejaba tratando de no tropezar ni desplomarme antes de llegar.

En el interior, una estufa de hierro quemaba las ramas de un matorral aromático que no producía humo. Como en las demás, el vértice central de la cubierta de cuero estaba agujereado. Comprendí que Gyentse no me encontraría allí. Quizá ni siquiera me estaba buscando. ¿Qué le habría ocurrido? Le había abandonado a su suerte y ahora ambos estábamos solos, a cientos de kilómetros el uno del otro, en mitad de ninguna parte. Me acurruqué bajo la manta y me desmayé al abrazo de la lana que todavía olía a animal muerto.

25

La fiebre me llevaba de un lugar a otro. Me agotaba. Todo se entremezclaba en mi cabeza haciéndome sentir, incluso en mi inconsciencia, una ansiedad asfixiante.

La primera vez que abrí los ojos no pude ver nada. Era como si me hubiese quedado ciego. Pero notaba algo extraño y quería despertar a toda costa. Poco a poco fue aclarándose la visión del interior de la tienda. Un perro con el lomo carcomido por la sarna había conseguido entrar y me lamía la cara. Me lo sacudí de encima, pero al momento me desplomé por el dolor de cabeza que me produjo aquel breve esfuerzo. A partir de entonces, cada vez que me despertaba era porque una de las mujeres nómadas acudía a la tienda para hacerme ingerir un engrudo agrio. Con una mano mantenía abierta mi boca y con la otra volcaba el cuenco para que aquella pasta se introdujese por mi garganta, una y otra vez, hasta impedirme respirar.

Llegó un momento en el que las pesadillas me dieron una tregua. Creí escuchar la voz de Martha. Fue como si me sumergiese en un mar azul, sin ruidos ni impactos; tan sólo percibía los latidos de mi corazón y los reflejos del sol a través del agua. Reviví el instante en el que Martha y yo nos conocimos. Me creí de nuevo en el barrio tibetano de Katmandú, aquel día en el que fui de visita y me quedé para siempre. Tal como ocurrió entonces, me paré frente a uno de los pequeños templos que se repartían por el barrio para dar cobijo a los fieles y percibí desde la verja una sombra que parpadeaba entre dos columnas de la galería. Era una mujer rubia de rasgos occidentales que, sentada en el suelo, copiaba en un cuaderno los dibujos del zócalo. Me acerqué hasta los escalones que terminaban en la galería. Su pelo rubio se rizaba al final de su media melena y por su cara caían los mechones que no recogía la coleta. La piel había adquirido un tono moreno pero se adivinaba su tez pálida. Vestía una camisa de algodón blanco y unos vaqueros sobre los que se sacudía el polvo de las manos mientras se incorporaba y se acercaba hacia mí, bajando la escalera con dulzura y confianza. De fondo se escuchaba la grave melodía que entonaban desde otro templo las trompetas ceremoniales.

Ayudado por la presencia de Martha en mis sueños luché para no volver a caer en el abismo de pesadillas al que me había desterrado la fiebre. Martha me preguntaba si quería seguirle por una escalera, y después hacia la cima de una montaña que se adentraba en las nubes. Yo me rezagaba en el ascenso y ella se volvía para tirar de mi mano, y juntos escapábamos de un alud. Más tarde aparecíamos montados sobre un toro que se adentraba en un río y avanzaba a contracorriente para llevarnos a un estanque. Fue entonces cuando los sueños cesaron de repente y abrí los ojos.

En el interior de la tienda reinaba la penumbra, horadada por el tenue haz de luz que se filtraba por el hueco superior y resbalaba sobre mi cara brillante por el sudor. Lentamente fui tomando conciencia de dónde me encontraba y distinguí junto a mí la figura de un hombre arrodillado.

—Hola —dijo.

Aun sin haber llegado a despertarme del todo, lo reconocí.

—Gyentse…

—Sí.

—Estás aquí...

—Así es, aquí contigo.

—Estás aquí... —repetí.

—Ahora tranquilízate y descansa. Ya sabes que no me moveré de tu lado.

La emoción hizo que un pinchazo saludase una a una a todas las neuronas de mi cerebro, lo cual llegó a parecerme incluso placentero. Aquella sensación, aunque dolorosa, me hacía saber que estaba vivo.

—Sólo recuerdo sueños que se agolpan —conseguí articular.

—Los narrabas para mí. Son fruto de tu enfermedad.

—En Perú nunca había sufrido mal de altura, no lo entiendo... —Poco a poco iba logrando pensar con más claridad. Me aparté el pelo de la cara y me froté los ojos llenos de legañas—. ¿Cómo has venido?

—Me dieron el recado.

—Creía que nunca...

—Ha sido un cúmulo de casualidades, pero aquí estoy.

—¿Y el chófer? ¿Te encontró?

—Está fuera.

—Ya es la segunda vez que me despierto y tú estás ahí. Eres una especie de ángel de la guarda.

—Nosotros lo llamaríamos guardián protector —bromeó.

—Quizá ni siquiera seas real...

Estiré el brazo y cogí con fuerza el suyo a la altura del codo.

Por primera vez me dejé llevar por el cansancio sin miedo a hundirme en aquel infierno sin fondo del que apenas acababa de regresar. Pero aún quedaba mucha enfermedad contra la que combatir. Según me contó Gyentse unas horas más tarde, a los pocos minutos de nuestro reencuentro él apoyó sus manos sobre mi pecho y yo me recogí en un ovillo, inconsciente y entre espasmos.

—No para de tiritar —le decía Chang.

Chang era nuestro chófer. Un tibetano grueso de aspecto bonachón, el pelo negro como todos los demás y los mofletes casi pegados a los ojos.

—Me preocupa tanta fiebre; y aquí no hay nada parecido a una botella de oxígeno —comentaba el lama, hurgando en un estuche de cuero lleno de frascos sin etiqueta que llevaba en su bolsa—. Sería conveniente aplicarle unas dosis para regular su respiración y evitar complicaciones.

—En las comunidades cercanas no encontraremos oxígeno —aseguraba Chang.

—¿Cómo que no?

—Todas las botellas que traen desde Lhasa terminan en los acuartelamientos. Los únicos que se benefician de ellas son los militares que llegan por primera vez al Tíbet.

—Creía que en Pekín habían puesto en marcha programas de avituallamiento para los centros médicos de las tierras altas...

—Aquí pesan más las decisiones que toman los oficiales de la zona que las de los propios dirigentes del partido.

Chang, sin dejar de murmurar, atizó con dos sacudidas el fuego que caldeaba la tienda, alarmado al ver cómo castañeteaban mis dientes. Gyentse me secó la frente con un pañuelo mientras apretaba las mantas alrededor de mi cuerpo. Después me levantó un párpado y examinó un ojo inyectado que no podía verle. Repasaba el iris como si se tratase de una radiografía de mi cuerpo.

—De algún modo tendré que controlar la fiebre y evitar que la falta de oxígeno llegue al cerebro. Quizá deberíamos bajarle unos cientos de metros. ¿A partir de qué pueblo se atenuarán los efectos de la altitud?

El conductor le miró con gravedad.

—No podemos arriesgarnos —declaró—. Si detectan desde

algún puesto la presencia de un jeep a esta hora... Entre las ocho y las diez de la mañana se realizan los abastecimientos y están en máxima alerta.

Gyentse meditó la situación durante unos segundos.

—Está bien —concedió—. Pero si a medio día no ha mejorado lo bajaremos hasta donde sea preciso. No voy a dejar que muera aquí.

Chang susurró una frase más que apenas escapó de sus labios, y salió de la tienda apartando las pieles.

Gyentse, completamente agotado por todo lo vivido desde que habíamos llegado a Lhasa, cerró los ojos y, sin quererlo, se quedó dormido.

Cuando desperté lo encontré sentado en la posición del loto, con la cabeza ladeada, apoyada en un palo de los que sostenían el techo.

—Gyentse... —le llamé.

Abrió los ojos con un ligero sobresalto.

—¡Sí...!

—Creo que antes ya te he dado las gracias. Una vez más.

—Vaya, me había quedado...

—Me has encontrado. Parece increíble.

—Estás despierto... —reaccionó.

—Gracias a ti —repetí.

Gyentse se frotó los ojos y se inclinó para tomarme el pulso.

—¿Cómo te encuentras?

—Mucho mejor.

—Sé que lo has pasado mal de veras.

—¿Y tú? ¿Cómo pudiste...?

—No sé ni cómo conseguí llegar al Jokhang, pero lo hice. —Se colocó en mejor postura para hablarme—. Para entonces ya se había disuelto el tumulto, pero todos los peregrinos comentaban sin cesar lo que había ocurrido. Me senté a esperar, resguardado tras una de las columnas de entrada al templo. Confiaba verte aparecer en cualquier momento. Fue entonces cuando se acercó el monje. Había logrado escabullirse y me dio el recado tal como te había prometido. ¡No podía creer lo que estaba oyendo! Quería salir en tu busca en ese mismo instante, pero no pude hacerlo hasta el amanecer. Debía esperar a Chang, nuestro chófer. Por suerte él también cumplió bien su cometido. Vino a buscarme al monasterio y me llevó hasta la aldea de Nakchu. Fue allí, mientras preguntaba a los dueños del colmado si habían visto a un occidental que viajaba solo, cuando uno de los nómadas de este campamento que estaba comprando grano me indicó que delirabas desde hacía horas en el interior de su tienda.

Noté un extraño sabor en la garganta.

—¿Me has hecho tomar algo?

Gyentse me miró sereno, con cierto aire de paternalismo.

—No has tenido nada, y nada te he dado. Tranquilízate. Ahora todo está bien.

Mi amigo lama me hablaba con un tono rotundo y balsámico propio de un médico que me resultaba desconocido en él. Me cogió la mano. Percibí cómo se concentraba en mi pulso. Traté de incorporarme.

—Vuelve a echarte —ordenó sin soltarme la muñeca.

Al reclinarme vi en el suelo los cuencos con el engrudo grumoso que me había dado la mujer nómada antes de que Gyentse llegara.

—Lo que me ha sanado, ¿está en esas tazas?

El lama suspiró y contestó con otra pregunta.

—¿Qué crees que has padecido?

—Ya sé que es por la altura. Estaba agotado y débil. Todavía tengo secuelas de la explosión.

Gyentse se quitó las gafas para limpiar los cristales. Mientras lo hacía me imantó con el magnetismo de sus ojos, que por una vez mostró casi por completo levantando sus párpados tibetanos.

—La fiebre ha sido la vía de escape que esta vez ha utilizado tu cuerpo para aliviar la presión que ejercen tus conflictos.

—Espero que me des alguna hierba de esas que recogen por aquí y completes el trabajo.

Gyentse sonrió. Después entonó ritmicamente unas palabras mientras recogía unos paños que colgaban de los pinchos de una rama seca, sujeta junto al hornillo.

—Para curar la esencia de la enfermedad no toméis medicamentos ni realicéis ceremonias sanadoras. No consideréis la enfermedad un obstáculo, ni tampoco una virtud. Dejad la mente libre y quieta, que se abra camino a través del flujo de imágenes y conceptos. Las viejas dolencias desaparecerán y seréis inmunes a las nuevas.

—No sé si estoy tan despierto como para seguirte...

Él continuaba doblando los trapos calientes.

—Son palabras de Padmasambhava, el mismo maestro tántrico que enterró el *terma* que hemos venido a buscar. Son la base de nuestro sistema médico. Has padecido el mal de altura como podría haberte atacado cualquier otra dolencia.

—Quieres decir que yo mismo he engendrado el mal...

—Lo ha hecho tu estado interior en pugna. Te está presentando batalla.

—Sé que hay cosas que aún me rondarán por aquí durante algún tiempo.

Me toqué el estómago y Gyentse asintió sin tomárselo a broma.

—La ira y la hostilidad trastornan la bilis, nuestro humor corporal asociado al fuego, y tú eres una de esas personas en las que predomina la bilis por encima del flujo vital o de la flema, los otros dos elementos que determinan nuestro ser.

—Eso también te lo ha dicho mi pulso...

—El primer día. Como pudiste comprobar en Dharamsala, los médicos tibetanos no nos movemos según los mismos cánones que los occidentales. Incluso nuestros mapas anatómicos son diferentes. En ellos, además de los órganos, representamos las corrientes energéticas que nos vinculan al resto de la existencia. Y son esas vías las que tratamos de restablecer para sanar las dolencias.

—¿Afirmas que podéis ver esas vías de energía?

—Desde luego. En el ombligo se acumula la energía de la que surge nuestra forma física. Y de él parten los canales principales; el ascendente, que genera el cerebro, y el descendente, que da lugar a los genitales.

—Pero antes hablabas de los elementos.

—En todos los seres, incluido el hombre, confluyen los cinco elementos: tierra, agua, fuego, aire y espacio, que son las fuerzas dinámicas de la naturaleza. Los médicos tibetanos consideramos que el elemento tierra está asociado a los huesos, piel, uñas y cabello, el agua a los fluidos corporales, el fuego al calor asociado con el metabolismo y la digestión, el aire a la energía vital y el espacio a la conciencia. Sus desequilibrios producen la enfermedad, y la disolución de unos en otros produce la muerte.

—Has dicho que a mí me están trastornando la ira y la hostilidad. Vaya… No me considero una persona particularmente irascible.

—También está la ira contra uno mismo, o los deseos contenidos. Toda agresividad contamina las células corporales, hasta la que emana del descontento con nosotros mismos. Ten en cuenta que las enfermedades surgen de las actitudes con las que limitamos nuestro cuerpo físico. Nos aferramos a él y no alcanzamos a ver que es un maravilloso e irrepetible vehículo que, bien conducido, puede ayudarnos a alcanzar el despertar definitivo.

—Entonces, ¿la fiebre que he padecido no es sino una mera consecuencia de algún mal oculto de mayor entidad?

—Así es. Podrás curarte hoy de la fiebre, pero mañana tu bilis alterada hará que tu cuerpo padezca otra dolencia igual o más dañina. Hasta que no sanes tu espíritu y restablezcas tus canales energéticos no dejarás de sufrir, de un modo u otro. Párate a pensar dónde radica verdaderamente tu mal. Párate a pensar —repitió—. Si lo desenmascaras podrás atacarlo de raíz y arrancarlo de ti para siempre.

—Eso es lo que Lobsang Singay hacía con sus pacientes.

—Así es. No se limitaba a poner un parche para curar la enfermedad por la que acudían a verle. Siempre iba más allá. Canalizaba la energía de la naturaleza y la proyectaba para que llegase a los confines del cerebro del paciente.

—¿A través de los cánticos, como los que utilizasteis para sanarme a mí en Dharamsala?

—A través de los cánticos de armónicos, mediante la exhibición de los mandalas que él mismo dibujaba o utilizando cualquier otra vía que considerase propicia para estimular el cerebro de cada paciente concreto. De un modo u otro conseguía convertir esos cerebros en sus aliados, logrando que cada mente, previamente estimulada, repartiese por el cuerpo del enfermo la información necesaria para restablecer la frecuencia de sus órganos hasta lograr la armonía total y, en consecuencia, la sanación.

Pensé durante unos segundos lo que Gyentse trataba de decirme.

—Es posible que tenga acumulada en mi interior bilis en mal estado desde hace demasiado tiempo.

—De momento tus pasos están trazando el camino más sublime para lograr ese despertar: el camino de la compasión. La entrega ha de comenzar por una sola persona para luego ampliarse al resto de los seres.

Pensé en Louise y se me encogió el alma. Quería creer que Gyentse se refería a «una sola persona» genéricamente, pero no podía olvidar la primera vez que dejé Puerto Maldonado para ejercer de inspector del programa y me alejé de mi hija. Aquel día me despedí de Louise con un beso sonoro y un abrazo rompecostillas. Quiso acompañarme hasta la furgoneta que me llevaría a la pista de despegue. Apoyé la mano en el cristal y Louise se despidió agitando la suya. Mientras echábamos a andar entre los bananos percibí un hilo intangible que se estiraba de palma a palma, desde su manita blanca a la mía. Entonces creí que estaríamos unidos por mucha que fuera la distancia que nos separase. Desde entonces me había alejado de ella muchas veces. En esta ocasión estaba más lejos que nunca, tanto que parecía haberse roto para siempre aquel hilo intangible que unía la palma de mi mano, apoyada en el cristal, a la suya saludando en la parada, alzada en mitad de la senda de tierra naranja mojada por la lluvia.

El lama recogió en una bolsa los trapos con los que me había secado el sudor y salió de la tienda.

Me revolví a un lado y a otro sobre la manta, pero al momento me enfundé las botas con los cordones sin atar y salí al exterior. Caminé unos pasos y respiré con fuerza. El campamento nómada estaba tranquilo. Las demás tiendas rompían la horizontalidad del suelo asemejándose a los picos de la cordillera que cerraba, a lo lejos, el paisaje indómito. Giré sobre mí mismo y noté cómo las nubes giraban conmigo; me sentí en sincera comunión con los elementos. Allí estaban todos: el aire, el fuego, el agua de la nieve en los picos, la tierra. Eran los mismos elementos que surcaban las páginas del *Tratado de la Magia del Antiguo Tíbet* formando combinaciones perfectas. Era como si el tesoro ya estuviera cerca, como si hubiese comenzado a irradiar su energía y a actuar sobre mí. Levanté la palma de mi mano y volví a sentir el hilo intangible. Dos cuervos posados sobre las estacas de la tienda graznaron dándome la bienvenida.

Chang se acercó.

—Nos vamos —dijo.

Me fijé en cómo se apretaba el cinturón del pantalón, como si estuviera asegurando los arreos de su caballo antes de partir.

26

Tuvimos que dar un enorme rodeo por el norte para volver a la carretera que llevaba a la región del oeste. Pasamos cerca de las ciudades de Draknak, Nyima y Dungtso, aunque evitamos atravesarlas para que no nos detuviesen en un control de visados, ya que aquellos de los que nos había provisto Luc servían únicamente para movernos por la capital y visitar los monasterios de los alrededores. Si descubrían que habíamos salido de Lhasa sin los permisos oportunos nos acusarían de espionaje y seríamos trasladados a la prisión más próxima. Con motivo de las celebraciones se habían intensificado las encarcelaciones de activistas, y estaban condenando a penas desproporcionadas a cualquiera que llevase a cabo simples insinuaciones de apoyo a la independencia del Tíbet. Recientemente habían llegado noticias a Dharamsala sobre ejecuciones sumarias y un preocupante aumento de las torturas. Eso quería decir que, como ya nos advirtió el Kalon Tripa en Dharamsala el día que partimos, la actuación de los oficiales chinos de la zona no estaba en absoluto vigilada, ni siquiera desde el alto mando de Pekín. Y esta situación se recrudecía aún más en el área militarizada lindante con la región india de Cachemira, precisamente allá donde se ubicaba el monasterio al que nos dirigíamos.

Nuestro conductor siempre hallaba alguna ruta alternativa por la montaña a través de la cual evitar los controles. Pero el lamentable estado de aquellos senderos llegaba a amedrentarnos más que la posibilidad de enfrentarnos a las patrullas chinas que se apostaban en las vías principales. Nunca llegué a acostumbrarme a aquella visión permanente del precipicio a unos pocos centímetros del surco que seguían nuestras ruedas. No dudaba de la destreza de Chang al volante, pero en más de una ocasión hizo que nos diese un vuelco el corazón al evitar in extremis que nuestro jeep cayese al vacío.

Apenas unos pocos vehículos transitaban por aquella carretera. Casi siempre se trataba de camiones que se veían obligados a llevar su mercancía hasta los destacamentos militares de las zonas apartadas, pero otras veces eran los propios soldados los que circulaban por la ruta. Por ello, cuando Chang percibía el ruido de algún motor lejano paraba el jeep y se dedicaba a otear las extensiones de roca hasta localizar de dónde procedía. Nunca nos deteníamos. Llevábamos provisiones y agua suficientes para varios días de viaje. A medida que pasaban las horas era más difícil estar alerta. Gyentse comenzaba a inquietarse en su asiento. Chang también se alteraba y murmuraba frases ininteligibles cuando el firme se volvía más inestable. Yo repasaba el mapa y descubría lo poco que habíamos avanzado desde la última vez. Entonces volvía a apoderarse de la cabina aquella sensación angustiante de urgencia y la prisa por llegar a la lamasería y hacernos con el rollo de pergaminos sagrados. Y más aún desde que definitivamente nos internamos en la región del oeste y nos aproximamos a la que llamaban el «área en disputa», en cuyos aledaños se concentraba el mayor número de controles.

—Debéis tener paciencia. Aquí el tiempo se mide de otro modo que en Europa —dijo Chang mientras pasábamos junto a un camión que yacía desplomado a un lado, como si hubiese caído desde arriba deslizándose por la ladera.

Apenas terminada la frase y de forma repentina giró el volante con violencia. Derrapó junto al barranco arrojando piedras al vacío y dio un par de bandazos. Llegué a creer que nosotros también nos despeñaríamos. Por suerte consiguió detener el jeep en el lado interior de la carretera. Nos quedamos parados en medio de una gran nube de polvo.

—¿Qué ha pasado? —pregunté.

—¡Mirad eso! Espero que no nos hayan visto.

Señaló hacia el frente. Un poco más adelante se había formado una pequeña fila de camiones. También había algún carro tirado por animales. Enseguida supimos por qué se habían aglomerado en aquel lugar. El ejército había instalado un control militar aprovechando dos antiguas casetas de piedra situadas junto a un salto de agua que se precipitaba por la montaña hasta el fondo del desfiladero.

Chang metió la marcha atrás y retrocedió para ocultar el jeep. Lo dejamos tras una curva y corrimos a cobijarnos entre dos rocas desprendidas desde las que podíamos observar a los soldados sin ser vistos.

Había que superar tres líneas para atravesar el control. En primer término dos soldados examinaban de forma exhaustiva la documentación de los viajeros. Un poco más adelante, otros dos se encargaban de revisar la mercancía de los camiones y los maleteros de los vehículos más pequeños. Más allá, la carretera se abría a una pequeña explanada en la que se encontraban las casetas que, al parecer, habían sido acondicionadas como barracones.

—Es imposible esquivarlo —murmuró Chang mientras miraba a un lado y otro tratando sin éxito de localizar una vía practicable por la montaña.

—Quizá sea mejor que volvamos sobre nuestros pasos —propuso Gyentse sin demasiado convencimiento.

—No podemos permitírnoslo. Tendríamos que dar un rodeo enorme y tarde o temprano nos encontraríamos en una situación parecida. La única forma de franquear los controles que encontremos y que no podamos eludir es que yo los cruce con el jeep mientras vosotros lo hacéis a pie por la montaña.

—¿Seguro que tú no tendrás problemas? —le preguntó Gyentse.

—Yo tengo el carnet de conductor en regla y mis jefes me prepararon unos papeles referentes a un trabajo ficticio. Se supone que estoy yendo a buscar a unos peregrinos que quieren regresar a la capital tras haber viajado a pie al monasterio del monte Kailas, un gran centro de culto que se encuentra cerca de aquí.

A Gyentse y a mí no pudieron conseguirnos permisos falsos. Chang podía simular un encargo, ya que los puestos de control chinos no estaban informatizados y no actualizaban los datos referentes a los tibetanos no fichados con la rapidez que sería deseable para el ejército. Pero sí que disponían de un listado de extranjeros con autorización gubernamental. Apenas había un puñado de europeos legalizados moviéndose por la meseta, y muchos menos por esta región del oeste, a la que sólo podían acceder los ingenieros contratados para desarrollar proyectos militares. Por eso estábamos en situación ilegal, y por lo tanto en peligro constante.

—¿Dónde nos encontraremos? —pregunté.

—Puedo recogeros pasada la segunda curva. Parece un control rutinario, por lo que quiero suponer que no habrá francotiradores ni soldados recorriendo la carretera.

—Está bien —accedí.

—Fijaos, allí, detrás de aquellos arbustos secos. —Chang señaló lo que parecía una senda sinuosa que discurría entre las rocas—. Si avanzáis agachados, la inclinación de la ladera impedirá que os vean desde abajo.

—¡Es demasiado peligroso! —señaló Gyentse.

—Todo aquí es demasiado peligroso —repuse, apoyando mi mano en su hombro.

—Cuando estéis atravesando aquella zona, justo antes de llegar a la cascada —volvió a señalar hacia arriba—, estaréis más expuestos. En ese momento haré algo que llame la atención de los soldados. El agua baja con poca fuerza, así que no os preocupéis, olvidaos del control y limitaos a cruzarlo sin rodar barranco abajo.

Aquellas palabras no consolaron en absoluto a Gyentse, cuyo rostro se había vuelto más blanco que los papeles falsificados del chófer. Sin embargo echó a correr detrás de mí hacia arriba sin pensarlo. Un rato después, cuando Chang consideró que había pasado tiempo suficiente, se montó de nuevo en el jeep y enfiló hacia el control.

Ascendimos por la montaña sin demasiado esfuerzo, pero una vez llegamos al supuesto sendero vimos que la ladera estaba más inclinada de lo que parecía desde abajo. Debíamos concentrarnos para dar cada paso sin despeñarnos. Los arbustos apenas nos servían para apoyar los pies y asegurar la pisada. Y ni siquiera podíamos erguirnos, lo que dificultaba aún más nuestro avance.

Cuando estaba llegando a la cascada me volví hacia Gyentse. Por un momento me arrepentí de haberle arrastrado sin discutir el plan de Chang, pero ya era tarde. Me convencí de que habíamos hecho bien confiando en el conductor. Gyentse se había quedado agachado junto a uno de los arbustos, como si un repentino terror a ser descubierto por los soldados le impidiese dar el siguiente paso. Tenía el rostro descompuesto. Volví hasta donde se encontraba para serenarle y llevarle de la mano. No pude evitar mirar hacia abajo. Ya habíamos superado las dos primeras líneas del control. Estábamos a la altura de las casetas. Los soldados parecían estar relajados. Uno de ellos, vestido con una camiseta amarilla de fútbol que casi tapaba sus pantalones de campaña, hacía flexiones colgado de un hierro que sobresalía de la pared. Se dejó caer al suelo cuando vio salir al oficial, un chino enjuto a quien también le sobraban algunas tallas en la gorra y en la camisa sin abrochar. Agitaba una pistola y señalaba con ella sus galones mal cosidos al hombro. Estaba claro que trataba de poner orden. Chang, que había atravesado la segunda línea del control, pasaba en ese momento junto a ellos. Parecía que todo iba bien, pero el oficial, quizá tratando de mostrar su autoridad delante del recluta o de los demás tibetanos que se disponían a cruzar, estiró el brazo y le mandó parar. Se acercó hasta la ventanilla sujetando la pistola con la mano caída y le habló en voz alta.

Gyentse y yo nos detuvimos en seco.

—Sólo querrá volver a revisar su documentación —le susurré al oído.

Como habíamos supuesto, Chang le mostró los mismos papeles que ya habían sido revisados en la primera línea del control. El oficial los miró junto con el recluta. Le dio algunas explicaciones, como si estuviese utilizando la documentación de Chang como ejemplo para advertirle de aquello que debía controlar con más atención cuando llegase su turno. Mientras tanto, Chang nos lazó una mirada rápida a través del parabrisas. En ese momento, Gyentse comenzó a sufrir un calambre en las piernas y trató de colocarse mejor para aguantar agachado en mitad de la ladera inclinada. Al moverse perdió apoyo una de sus botas y empezó a deslizarse hacia abajo. Cuanto más trataba de sujetarse más piedrecillas desplazaba. Me miró con desesperación justo antes de resbalar definitivamente. Cayó unos metros por la ladera arrastrando la espalda, quedando expuesto a cualquier soldado que mirase hacia arriba. Chang se percató y decidió hacer algo para despistarles mientras Gyentse volvía a subir hasta el conato de sendero. Abrió la puerta del jeep de par en par y salió gritando algo que no entendí. El oficial saltó hacia atrás sobresaltado y levantó el arma. Chang siguió hablándole sin pausa. El recluta les miraba atónito.

—¡Corre! ¡Sube ahora! —le urgí con voz ahogada.

El lama se encaramó como pudo, empujando más piedras que rodaron y se estamparon contra el techo de las casetas del control, hasta asirse a mi mano. Di un tirón para ayudarle y aceleramos el paso por el sendero. Cruzamos el salto de agua sin dejar de mirar hacia abajo para comprobar si algún soldado se había fijado en nosotros. Todos seguían atentos a lo que gritaba nuestro conductor, que no dejaba de llamar su atención gesticulando como un loco. Nos detuvimos, calados hasta los huesos, hasta ver cómo acababa todo. No imaginaba qué podría estar diciéndoles. La pistola desenfundada del oficial no le amedrentaba en absoluto. Chang nos lanzó otra mirada rápida y comprobó que ya habíamos cruzado la cascada. Entonces cambió su actitud y comenzó a mostrarse sumiso con el oficial. Éste vociferó varias frases increpándole y arrojó al suelo los documentos con un gesto de desprecio. Chang los recogió sin dejar de hacer inclinaciones de cabeza y se dispuso a introducirse en el jeep. Creí que todo había terminado, pero antes de echar a correr por la ladera vi que el oficial le llamaba de nuevo. Chang se detuvo. Permaneció de pie con la mano en la puerta del jeep mientras sus ojos se enfrentaban sin parpadear al cañón de la pistola que el oficial había levantado de nuevo. Gyentse y yo nos quedamos petrificados.

—¡Le va a disparar! —musitó Gyentse.

De repente uno de los soldados soltó una carcajada. El oficial se volvió hacia él y también rió; después se sumaron el resto de soldados. Todos comenzaron a imitar a su superior apuntando a Chang con sus armas y simulando con la boca el ruido de los disparos. Sin duda, haciendo gala de una enorme crueldad, le ridiculizaban para ganarse el respeto del resto de viajeros, que les contemplaban desconcertados desde sus vehículos. Cuando se cansaron de burlarse de él, el oficial le indicó con un gesto que podía continuar su viaje. En ese momento, cuando Chang ya había arrancado y todo parecía haberse solucionado, uno de los soldados miró hacia arriba y vio a Gyentse. Ya habíamos iniciado el descenso para encontrarnos con Chang tras la curva, por lo que el lama, pensando que estábamos fuera de peligro, se había incorporado dejándose ver. El soldado soltó un chillido hiriente que atravesó el paraje como una flecha y arrastró las miradas del resto. El oficial comprendió de inmediato lo que habíamos tramado. Chang detuvo el coche, metió la mano tras el salpicadero de hierro del jeep y abrió un compartimiento del cual cayeron al suelo una pistola y algunas granadas. Se agachó bajo el volante, cogió una, arrancó la anilla con la boca y la lanzó donde se encontraban aparcados los vehículos de los soldados. El oficial bramó con desesperación y comenzaron a disparar. Chang pisó a fondo el acelerador. Las balas impactaban en la puerta trasera mientras la granada rodaba bajo un camión. La explosión debió de escucharse a kilómetros de distancia. Los soldados se arrojaron al suelo, con lo que dieron tiempo a Chang para alejarse lo suficiente sin ser alcanzado. Gyentse y yo seguimos descendiendo por la ladera con el corazón en la boca. Sólo oía mi respiración entrecortada y, en un segundo plano, las detonaciones de los fusiles. Tenía la sensación de estar corriendo a una velocidad inhumana, pero al mismo tiempo cada paso duraba una eternidad. De repente me vi en el interior del jeep. Gyentse vociferaba enajenado mientras miraba hacia atrás para comprobar si nos estaban siguiendo. Chang aceleraba más y más, engullendo aquella carretera infernal.

—¡He visto un jeep! —gritó Gyentse.

—¡No puede ser! —exclamó Chang aún más fuerte—. ¡Yo mismo vi cómo estallaba con la granada!

—¡Quizá tuvieran otro!

—¿Dónde? —chilló de nuevo nuestro conductor—. ¡Allí no había ningún otro!

—¡Callad! —grité—. ¿No hay ningún camino alternativo?

Mientras hablaba, Chang desafiaba las curvas pegando las ruedas al borde del precipicio y desplazando piedras al vacío.

—No, al menos hasta que salgamos de esta quebrada. Una vez la dejemos atrás trataré de cambiar de valle para despistarlos.

Así lo hizo. Siguió conduciendo a una velocidad demencial sobre la grava hasta que nos aproximamos al fondo del despeñadero. Por allí la carretera discurría a unos pocos metros del río, al que caían diversos saltos de agua como el que habíamos atravesado en medio de la montaña.

—¡Sujetaos! —nos previno Chang de repente.

No podía sujetarme más tiempo. Desde que habíamos huido del control permanecía agarrado con una fuerza inusitada a un hierro que sobresalía de la puerta. Gyentse parecía imantado al asiento trasero.

Chang giró el volante y dejó caer el jeep por el terraplén que nos separaba del río. Apreté los dientes como si estuviese bajando el primer tramo de una montaña rusa. Tras rebotar en el fondo poniendo a prueba la suspensión y la dureza del chasis, avanzó unos metros por el cauce para después salir por el otro extremo en la primera planicie que veíamos en cien kilómetros. Aceleró sin importarle que el valle estuviera salpicado de socavones y se dirigió hacia otro macizo montañoso situado al fondo.

Una hora después, decidió que estábamos fuera de peligro.

Detuvo el jeep en lo alto de un cerro. Desde allí se divisaba una aldea que tomaba forma en la línea rosada del horizonte. Entre nosotros y la aldea, tres pequeños lagos devolvían destellos tras absorber la luz del valle. Después de lo que habíamos pasado, aquella visión parecía demasiado idílica para ser real. Era como si ocultase alguna amenaza aún mayor que su belleza.

Me di cuenta de que ninguno habíamos dicho una sola palabra desde que conseguimos salir del despeñadero.

—Parece una comunidad grande —comenté.

—Por eso mismo no quiero atravesarla —repuso Chang—. Es posible que haya presencia militar permanente. Y en ese caso habrán recibido el aviso que sin duda habrán remitido desde el control. Ahora nos estarán buscando por toda la región.

Nos miró.

—Pero no quiero asustaros más. Sólo necesito pensar unos minutos.

—Somos conscientes del peligro —le tranquilicé—. Tómate el tiempo que necesites.

Chang pasó un rato oteando el valle para localizar alguna ruta alternativa que circundase la aldea. Después metió la cabeza bajo el capó, revisó las correas del motor, comprobó que no había pérdida de líquidos y palpó la chapa por fuera, deteniéndose en los agujeros hechos por las balas. Para terminar se arrodilló en el suelo y sustituyó las matrículas por otras que sacó del mismo compartimiento interior en el que llevaba las armas.

Gyentse y yo permanecíamos de pie en el borde del precipicio.

—Siento haberte arrastrado a esta situación.

—Este paisaje no se parece al de Dharamsala —me cortó, desviando la conversación.

—Me gusta el desierto —dije.

Traté de relajarme. Por primera vez me di cuenta de que desde que nos habíamos internado en la altiplanicie del Tíbet no habíamos visto un mísero árbol. Todo era arena y piedra, aunque también había esos lagos inesperados que intermitentemente nos recordaban que atravesábamos una tierra viva.

—Las cimas desérticas son para los monjes y para los que no saben dónde buscarse a sí mismos —dijo Gyentse—. Sólo los que están perdidos se sienten bien en los lugares sin referencias.

—No es el vacío ni la soledad lo que me atrae. Es la inmensidad de los espacios. Mira la aldea…

—Al lado de esa montaña parece una mota de polvo.

—A eso me refiero.

Gyentse, ahora más tranquilo, recuperó por completo el aire doctrinario que le imprimía su doble condición de médico y de lama.

—Algún Dalai Lama anterior escribió que, por dura que sea la vida, la felicidad brota de un espíritu en paz, que si no hay envidia no hay insatisfacción, y que, por ello, la simplicidad y la indigencia de estas montañas favorecen más la serenidad de espíritu que cualquier ciudad del mundo.

Casi no había terminado la frase cuando escuchamos una queja que provenía del jeep. Chang murmuraba mirando hacia el cielo.

—¿Qué ocurre?

—¿No oís el ruido de un helicóptero?

—Dios, no…

—Yo no oigo nada —indicó Gyentse.

—Está ahí —confirmó Chang sin dejar de escrutar cada hueco entre las nubes.

—¿Qué crees que debemos hacer?

—Lo más importante es ocultar el jeep. Hemos de ir hasta la aldea de inmediato.

—Pero antes has dicho…

—Confiemos en tener suerte por una vez.

—Confiamos en ti —le animé—. Así que decídelo tú.

—Esperemos que todos los soldados estén en las celebraciones de Lhasa —sentenció.

Saltó al interior del jeep, metió una marcha al mismo tiempo que arrancaba y aceleró como si quisiera comprobarlo cuanto antes.

27

Entramos en la aldea por una calle polvorienta. Nos sobresaltaba cada movimiento, cada sombra que vibraba a nuestro paso. Hasta las cosas más ingenuas parecían estar cargadas de pólvora. Un cuervo se posaba en el tejadillo que coronaba el dintel de un colmado mientras otro arrancaba los hilos de uno de los sacos apilados en las paredes. Al otro lado, unas mujeres removían paja y estiércol con unos rastrillos.

Poco a poco nos fuimos convenciendo de que todo estaba en calma. Pero cuando doblamos la primera esquina fue como si nos trasladásemos a otra dimensión. Ante nosotros se abrió una explanada en la que había instalado un enorme mercado.

—¡Maldita sea! —exclamó Chang mientras detenía el jeep en seco.

Gyentse se ajustó las gafas con nerviosismo.

—¿Qué pasa?

—¡Es día de mercado! ¡No podíamos haber venido otro día! ¡Día de mercado! —repitió con irritación.

El mercado ocupaba todo el centro de la aldea. Desde allí partían, en dirección a la zona baja del río, hileras de casas flanqueadas por tapias que le daban un aspecto laberíntico.

—Pensaba que sería peor —dije tratando de calmarle.

—¡Es peor que cualquier otra cosa! ¡Sin duda habrá soldados, de patrulla o haciendo compras! ¡Eso es lo que habrá! ¡Soldados! ¡Cómo pude pensar que...!

Giró el volante y comenzó a rodear la explanada tratando de no llamar la atención.

Aquella aldea era el centro de comercio para todos los habitantes de la comarca. Los tenderetes, cubiertos con toldos hechos de retales, ocupaban hasta donde alcanzaba la vista. Las calles del mercado estaban pobladas de gorras, trenzas verdes y rojas, gorros de rombos y sombreros de ala que se movían como una masa compacta, sin dejar huecos. Pasamos ante puestos de especias y raíces, de telas, de todo tipo de cacharros de cocina usados, de candados y mecheros de piedra; junto a puestos en los que se remendaba ropa y se reparaba calzado, los había de carne de animales sin despellejar, de lana en madejas, uno de banderas ceremoniales y otro de hierbas medicinales atendido por un doctor que examinaba el iris de los pacientes que se acercaban y compraban los remedios que les recetaba en el momento.

—Es sólo un curandero —declaró Gyentse, por un lado justificando la medicina tibetana y por otro tratando de mostrarse indiferente al nerviosismo de Chang, que no dejaba de respirar con fuerza con la boca cerrada.

—Es mejor que aparquemos el jeep tras esa tapia y nos ocultemos en alguna de las casas en las que preparan comida —dijo al fin—. Ya proseguiremos cuando desmonten el mercado y los soldados abandonen la zona. Con un poco de suerte nadie se habrá fijado en nosotros.

Introdujo el jeep en un pajar que encontró abierto junto a una puerta coronada por un letrero. Un dogo trataba de arrancar la argolla a la que estaba atado. Nos ladró dejando escapar babas hasta que apareció la dueña. La mujer sujetaba un termo de porcelana decorado con seres de cuellos retorcidos. Frente a la siguiente puerta tres adolescentes jugaban alrededor de una mesa de billar americano que habían sacado a la calle; una de las pocas diversiones importadas que habían llegado al profundo Tíbet. El más descarado de los tres me dio un repaso de arriba abajo sin dejar de agitar el palo. Me asomé a la ventana de la casa para ver quién había en el interior. La mujer se acercó hasta situarse a mi lado y torció la cabeza como los animales del termo. Todo lo que veía me resultaba violento. Escudriñé cada rincón de la calle y del mercado que, al fondo, vibraba cada vez más.

—Sí que hay soldados, sí que hay soldados... —se lamentaba Chang mientras se acercaba tras haber reconocido rápidamente la zona.

De repente se escucharon unos gritos que provenían de uno de los puestos más próximos. La pareja de reclutas chinos a la que se había referido Chang comenzó a discutir enérgicamente con el propietario. Sin duda querían seguir su ronda sin pagar unas barras de caramelo tostado que se habían llevado a la boca con todo descaro al pasar junto a la barraca. Poco a poco se acercaron al tenderete decenas de personas. Algunos por mera curiosidad y otros para ponerse del lado del tendero; aprovechaban aquel incidente para descargar sobre los soldados su hostilidad acumulada. Me fijé en una niña de unos seis años que lloraba a pocos metros del tumulto. Estaba sola. Parecía una muñeca perdida con su falda a rayas, la camisola negra y el pañuelo en la cabeza. Todo se complicó cuando un joven tibetano con la mirada cargada de odio no se resistió y, amparado por la cantidad de gente que se había acumulado alrededor, propinó un empujón al soldado que más gritaba. Este se volvió hacia él y levantó la porra con rabia, conteniéndose para no iniciar un altercado mayor. Una mujer se retiró bruscamente hacia atrás y golpeó a la niña, que se echó a llorar con más fuerza tras caer al suelo. El dogo empezó a ladrar de nuevo.

—¡Entrad ya! —nos urgió Chang—. ¡Alquilaremos una habitación en la que escondernos hasta que…!

—¡Espera! Esa niña…

Se había echado las manos a la cara y chillaba con pánico. Nadie podía oírla entre el griterío de la multitud que, cada vez más exaltada, se enfrentaba sin miedo a los soldados. El dogo ladraba más y más fuerte.

Entonces apareció el resto de la patrulla y, antes de darles tiempo a intervenir, alguien lanzó una piedra.

—¡Olvida a la niña! ¡Vamos! —gritó Chang.

Uno de los soldados disparó al aire y todos echaron a correr. La niña se quedó paralizada. Todo el polvo del mercado se concentró en ella, mezclándose con sus lágrimas y pegándosele a la cara. Comenzaron a llover más piedras. Los soldados saltaron a un jeep que llegó derrapando. Me volví hacia Chang. Agitó la cabeza por última vez y se introdujo en la casa. Gyentse ya estaba dentro.

No lo pensé más. Corrí hacia donde se encontraba la niña esquivando a la gente que huía en dirección contraria. Otro jeep hizo un trompo junto al puesto donde se había iniciado la algarada y casi atropelló a los que estaban más cerca. Eso provocó que la multitud se echase contra el vehículo y golpease la chapa y los cristales con sus bastones o con los puños. En ese momento llegué hasta donde se encontraba la niña. Sin dejar de correr la cogí justo cuando estaba a punto de echársele encima el primer jeep, que rodeaba la explanada sin importarle quién estuviera en medio. En el último momento salté por encima del tenderete aprisionándola contra mi pecho. El jeep pasó a toda velocidad y me golpeó en el tobillo con el guardabarros cuando todavía estaba en el aire. Solté un aullido sordo y caí tratando de proteger a la niña del impacto contra el suelo. Decidí esperar bajo el mostrador, hecho un ovillo, a que todo se calmase.

Al poco, los soldados se dirigieron hacia el exterior del pueblo persiguiendo a los que continuaban arrojando piedras. En cuanto se alejaron lo suficiente corrí de nuevo con la niña en brazos hacia la casa donde se habían resguardado Chang y Gyentse. En ese momento me di cuenta de que alguien corría y gritaba detrás de mí. Me dolía el tobillo y no podía ir más deprisa. A media calle el extraño me alcanzó y me sujetó por el codo. La niña rompió de nuevo a llorar. Quise retenerla como si de ello dependieran nuestras vidas, pero ella misma lanzó sus manos hacia atrás al mismo tiempo que un hombre de gran estatura me la arrancaba de los brazos.

Era su padre.

Nos dirigimos a la casa. Mis compañeros nos observaban mientras recuperábamos el ritmo de la respiración. Chang murmuraba con su habitual soniquete. Gyentse me vendaba el tobillo. El padre de la niña, perteneciente a una etnia tibetana que no supe reconocer, me atravesaba con sus ojos achinados. Me fijé en su nariz recta, diferente a las de los demás tibetanos. Su pelo negro estaba peinado con raya en medio, recogido por detrás con un moño en uno de los lados mientras en el otro dejaba caer su trenza envuelta en hilo rojo. Sus labios también eran más finos de lo que era habitual en la meseta, pero estaban igualmente llagados por el viento incesante y el frío.

La niña no había separado la carita de su hombro ni un instante. Él no había dicho una sola palabra. Quizá no encontraba las que expresaran lo que sentía. Su hija y él eran uno, y se abrazaban como si ya nunca se fueran a soltar. Me sentí satisfecho, pero a la vez más solo que nunca.

Por fin se decidió a hablar. Gyentse tradujo sus palabras.

—Dice que está en deuda contigo.

—Fue algo instintivo. Yo también tengo una hija.

Gyentse siguió traduciendo.

—Insiste en que toda la etnia kampa está en deuda contigo.

Ya había oído hablar de aquel pueblo. Los kampa provenían de una apartada región del Tíbet oriental, pero desde tiempos remotos habían recorrido cada centímetro cuadrado de la meseta en numerosas campañas bélicas. Eran conocidos en toda Asia por su valor y fiereza. A pesar de que su territorio era el paso más directo entre China y el antiguo Tíbet, ni siquiera Marco Polo se atrevió nunca a cruzar por allí. En aquella época se contaba que todos los viajeros eran arrojados desde lo alto de sus precipicios. A pesar de su fama, los rostros de los kampa desprendían amabilidad y sus maneras eran educadas, por lo cual se les denominaba el «pueblo de los bandidos caballerosos». Hacían gala de ser una estirpe de guerreros en la que todos sus soldados tenían el porte de un oficial. Elegantes y presumidos, tanto los hombres como las mujeres acostumbraban a vestir joyas y adornos, sombreros, cinturones y telas con cintas bordadas y remaches de turquesa y ámbar como los que el padre de la niña llevaba sobre su capa.

Asentí complacido y el kampa continuó hablando.

—Quiere que sepas que se llama Solung, que es el jefe de su clan y que puedes buscarle cuando lo necesites. Sea donde sea, en cualquier momento.

—Dale las gracias.

El kampa se levantó e inclinó la cabeza para despedirse. Antes de salir se detuvo en medio de la estancia.

—Me pregunta hacia dónde vamos —tradujo Gyentse.

—¡No sé por qué podrá interesarle! —se apresuró a protestar Chang.

De inmediato decidí que no teníamos de qué preocuparnos.

—Díselo.

—Dice que llevan días viajando. Que han venido a comerciar con sus joyas y están recorriendo la zona. Que no salgamos por la carretera del oeste —tradujo.

—¿Hay otro control a la salida del pueblo? —se extrañó Chang en tono menos hostil.

—Según dice, un destacamento itinerante cubre la salida de la aldea en las festividades. Y sin duda lo habrán reforzado tras lo ocurrido en el mercado. Ellos van a caballo y no tienen problema para evitarlo. Nos recomienda que también busquemos alguna senda alternativa por la montaña y que retomemos la carretera más adelante.

—Entre todos les habéis dado a esos soldados una buena excusa para entretenerse —volvió a mascullar Chang—. ¡Ya veremos cómo salimos de aquí!

—Chang… —le corté.

De repente me di cuenta. El kampa había dado por hecho que nos interesaba evitar el control. Quise decir algo, pero para entonces el jefe Solung ya había cruzado la puerta llevándose en brazos a la muñeca de la falda a rayas.

Me volví hacia Chang.

—Entonces…

—Saldremos de madrugada. No puedo más —se quejó mientras se frotaba los ojos—. ¡Y ahora el pueblo estará infestado de soldados!

Llamó a la dueña y discutieron el precio de una habitación. Por un lado no veía el momento de tumbarme en una cama, pero tampoco era capaz de cerrar los ojos sabiendo que esa misma tarde habíamos escapado a tiros de un control militar. En cualquier caso no tuve oportunidad de decidir qué era lo más acertado. Cuando nos disponíamos a recogernos en un dormitorio comunitario del primer piso escuchamos cómo alguien golpeaba de forma enérgica la puerta de la calle. Gyentse se asomó con discreción por la ventana confiando que no tuviera que ver con nosotros.

—¡Parece otro kampa! —exclamó.

Bajamos la escalera con rapidez.

—Dice que le envía el jefe Solung para aconsejarnos que salgamos de inmediato —tradujo Gyentse—. Al parecer los soldados nos están buscando.

—¿Qué?

—Dice que están preparando a toda prisa los caballos en el establo de la calle contigua. También dice que en dos minutos todo el grupo de kampas galopará al unísono hacia el control para atraer la atención de los soldados. Así tendremos tiempo de salir hacia la ribera del río e internarnos en el macizo antes de que comiencen a cercar la aldea. Se ha levantado una intensa bruma que nos será de gran ayuda.

—Pero ¿saben los soldados que estamos aquí?

—De ser así ya los tendríamos en la puerta. Habrán recibido órdenes de revisar todas las comunidades habitadas por si hemos parado en alguna.

Lancé a Chang una mirada de auxilio.

—Hubiese querido repostar. Veré si la mujer de la casa tiene bidones en el almacén para cargar alguno. ¡Recoged vuestras cosas!

Salió sin perder un instante.

—¿No podemos hablar con Solung?

—Este hombre insiste en que si no huimos de inmediato su maniobra de distracción no servirá de nada.

—Pídele que le transmita a Solung nuestro agradecimiento. Que le diga que considero que me ha devuelto el favor con creces.

Abandonamos la aldea de forma cautelosa, a tientas entre la bruma. Una vez atravesamos el río, Chang aceleró rumbo al macizo que se levantaba al fondo, confiando como siempre que los senderos no estuviesen cortados por los desprendimientos.

Cuando nos hubimos alejado lo suficiente, Gyentse se inclinó hacia delante y nos habló, tembloroso, entre los dos asientos.

—Ha sido una suerte coincidir con el jefe kampa. No sé qué hubiera pasado si…

—¡Dejadlo ya! —se exaltó Chang.

Estaba claro que, aunque en su fuero interno le estuviese agradecido por habernos sacado de aquel atolladero, no le había sentado bien que el jefe kampa le hubiese robado el mérito, aunque fuera en parte, de conducirnos sanos y salvos hacia nuestro destino. Estaba enfurecido y se dedicó a criticar a toda la etnia.

—Mucha gente en Dharamsala admira a los kampa —le reprochó Gyentse—. Allí se les considera una especie de tribu invencible. Se dice que ellos solos frenaron en las montañas la primera invasión de Mao.

—Es cierto que conocen bien la meseta y que son aguerridos guerreros, ¡pero siempre han luchado por su cuenta! —replicó Chang—. Defienden su territorio, no el Tíbet. No quiero nada con ellos.

El siguiente trayecto a través de la oscuridad fue aún más duro que los anteriores. El cansancio y la falta de sueño hacían mella en nosotros y sobre todo en Chang, quien en ocasiones se sorprendía a sí mismo bajando la guardia y perdiendo el control del jeep.

Ya en mitad de la noche, nos detuvimos a un lado de la carretera. Chang nos pidió que le permitiésemos cerrar los ojos durante un rato. Yo estaba encantado con que lo hiciera. Ya no me quedaban fuerzas ni para pensar en los peligros que nos acechaban. También estaba agotado y simplemente quería dormir. No recuerdo el momento en el que me desplomé de lado sobre el asiento. Pero sí la sensación irracional de pánico que sentí cuando Chang me agitó al poco para despertarme, sin que hubiese tenido tiempo de olvidar siquiera un instante el borde del precipicio.

28

Durante la siguiente jornada los kilómetros y las horas se estiraron sin medida. Atravesamos un paso de montaña que se internaba en las nubes y llegué a creer que había perdido el juicio. Cuando traspasamos el escudo que mantenía oculto el sol se abrió ante nosotros el espacio azul infinito. El hielo se había apoderado de la montaña, cubriendo la piedra negra. Los destellos apenas nos dejaban ver los restos de una estupa construida en el punto más elevado del paso. De su cúspide partían docenas de cuerdas repletas de banderas ceremoniales. El viento las agitaba con violencia. No necesitaba arrancarlas para impulsarlas al cielo. Nos habíamos acercado tanto a él que ya estábamos en sus dominios. En aquella imagen no cabían soldados persiguiéndonos. Por un momento olvidé lo que estaba haciendo allí y me dejé llevar por el vacío y la inmensidad. Me concentré en el aleteo de las banderas. Pero unos minutos después iniciamos el descenso y volvieron las laderas interminables, sucediéndose sinuosas unas detrás de las otras como las olas de un océano de roca.

Ya estaba bien avanzada la tarde cuando me percaté de que hacía rato que no escuchaba el soniquete quejumbroso de Chang. Me volví y le observé sin disimulo. Él fijaba la mirada en el camino sin pestañear.

En ese mismo instante estiró el brazo para señalar al frente.

—Por fin —dijo.

—¡No es posible! —Miré con atención y al fondo vi un gran monasterio acurrucado en el valle, a las faldas de una montaña—. ¿Seguro que es aquél?

—Seguro.

—¡Sí!

Me volví hacia atrás. La mirada de Gyentse expresaba una gran emoción. No era capaz de pronunciar una sola palabra.

—Creía que nunca lo conseguiríamos —logró articular.

—Ya estamos aquí. ¡Sólo tenemos que subir y hacernos con el cartucho de Singay!

Ambos reímos. Chang detuvo el coche en lo alto de una loma. Desde allí se divisaba con toda claridad el monte nevado al fondo, con la cúspide atrapada por las nubes, el monasterio construido en sus faldas, a diferentes alturas por la ladera, y un enorme lago a sus pies donde se reflejaba todo el paisaje.

—En su mejor momento debió de albergar al menos a dos mil monjes —comentó Gyentse sin dejar de contemplarlo. Le temblaba la voz—. Ahora está casi vacío.

—Aun así no esperaba encontrar tanta vida —dije, señalando otras construcciones de diferentes tamaños que se esparcían por la orilla.

—Son pequeños templos y lugares de oración para yoguis y peregrinos. Muchos de ellos llevan meses haciendo postraciones para llegar aquí y necesitan reponer fuerzas antes de regresar a sus hogares. No nos causarán ningún problema.

—Sigamos —dispuso Chang—. No quiero estar parado en esta carretera. Además, me ha parecido volver a escuchar el ruido lejano de un helicóptero.

No llegué a saber si era cierto o si, aunque demostrando una buena dosis de sadismo, Chang quería apuntarse algún tanto después de haber perdido protagonismo ante el kampa la noche anterior.

Rodeamos el lago. Desde abajo se confundía con la línea del horizonte, de pronto recta después de cientos de kilómetros de abruptas cumbres, y sólo rota por aquella pirámide blanca de paredes verticales que se elevaba imponente hacia el cielo.

—¡No puedo creerlo! ¡Hemos llegado! —se emocionaba Gyentse sujetándose a mi hombro desde el asiento de atrás—. ¿No te alegras? —me preguntó.

—Claro que sí. Estaba pensando en todo lo que he vivido hasta llegar aquí. Yo tampoco puedo creerlo, te lo aseguro.

Iniciamos el ascenso a lo largo de una senda sinuosa apenas marcada en la tierra. Una vez alcanzamos el portón de la muralla exterior del monasterio supimos por qué sus fundadores habían escogido aquel lugar. Desde allí se controlaban todos los movimientos de quienquiera que se internase en el valle.

De repente escuchamos un chirrido a nuestra espalda. Un novicio tiraba con las dos manos de la gran aldaba de bronce del portón, abriéndolo de par en par. Después permaneció inmóvil a la espera de que hiciésemos algo.

—¿Entro? —preguntó Chang.

Me fijé en el rostro del novicio. Parecía tranquilo. Me volví hacia ambos lados. Por el sendero subía un rebaño de escuálidos yaks cargados con fardos de cuero, seguidos por el pastor enfundado en un manto de pieles. Junto al portón, dos tibetanos nos observaban mientras prendían unas ramas para calentar un puchero. Mostraban la marca del peregrino, un círculo calloso y polvoriento en plena frente. Era extraño el contraste entre todo lo que había ocurrido durante las horas anteriores y aquella repentina paz.

Cruzamos el umbral y aparcamos en un extremo del gran

patio principal. Un monje desgarbado salió del edificio más próximo.

—¡Un extranjero! ¿Cómo habéis llegado hasta aquí? —exclamó mientras se acercaba a nosotros.

—No ha sido fácil —contestó Gyentse.

—Siento ser tan descortés —se excusó con él, volviéndose de nuevo hacia mí—. Nunca había tenido la oportunidad de dar la bienvenida a un extranjero. Nadie se adentra hasta esta región. Es un honor para la comunidad recibiros en nuestro viejo monasterio.

—Buscamos al maestro Gyangdrak —dijo Gyentse.

—¿Conocéis al maestro? —se sorprendió.

—No en persona, pero traemos noticias de viejos amigos suyos que a buen seguro estará deseoso de escuchar.

—¿Tenéis amigos en el Tíbet? —preguntó dirigiéndose claramente a mí.

—Solo queremos saludarle —corrigió Gyentse.

—Seguidme.

El monje se adentró en el mismo edificio del que había salido. Recogimos algunas cosas del jeep y fuimos tras él. Chang caminaba un par de metros más atrás, siempre atento a todo lo que ocurría a nuestro alrededor. Para entonces ya nos había demostrado que, yendo más allá de su principal tarea —que no era otra que guiarnos a través de la meseta—, se sentía responsable de lo que nos ocurriese. Al entrar en la estancia atravesó con la mirada a cada uno de los monjes que se habían asomado entre las columnas a curiosear, lo que les obligó a regresar por donde habían venido. Nos detuvimos en el centro de la sala. El que nos acompañaba dio algunas instrucciones a un novicio.

—Esperaremos unos minutos a que os preparen tres habitaciones donde podréis asearos. Esta noche cenaréis con nosotros.

—¿No podemos ver ahora al abad? —le urgió Gyentse.

—En este momento se encuentra en plena meditación y nadie debe interrumpirle.

—Debemos hablar con él cuanto antes —determiné.

El monje caviló durante unos segundos.

—Está bien, pero para cuando pueda atenderos ya habrá oscurecido y no tendréis más remedio que quedaros. —Sonrió de nuevo—. Muchos visitantes utilizan el patio para pasar la noche, pero vosotros dormiréis arriba. ¡Sois amigos del abad!

Mientras hablaba, sus brazos huesudos trazaban un baile hipnotizante. No me gustaba el tono sibilino de su voz ni la extraña mueca permanente de su boca.

—No quiero ser descortés —intervino Gyentse—, pero no es necesario que los novicios preparen nada. Esperaremos aquí mismo.

—Nunca es una molestia recibir a nuestros huéspedes como es debido. Éste es un lugar sagrado —continuó pertinaz—. El yogui que fundó este monasterio trepó hasta la cima de la montaña caminando sobre un arco iris nacido de su compasión inagotable hacia todos los seres —explicó, señalando a través de un balconcillo desde el cual se divisaba el lago.

Cogí a Gyentse del brazo y nos alejamos dejándole casi con la palabra en la boca.

—No hables de nuestro viaje si no es con el propio Gyangdrak —le pedí.

—No pensaba hacerlo. ¿Crees que será un reeduca…?

—Preferiría no tener que descubrirlo.

Antes de darnos cuenta y sin que todavía nos hubiésemos reunido con el abad —tal como nos habían advertido— ya se había hecho de noche. Decidimos ir en su busca por nuestra cuenta y, entretanto, husmear el ambiente que se respiraba por el monasterio por si percibíamos la presencia de reeducadores. A pesar de que en Dharamsala nos aseguraron que esta lamasería aún no estaba infectada, la extraña sensación de desasosiego que me había producido el monje de la puerta me llevaba a querer comprobarlo por mí mismo. Prefería estar seguro de que no había nada que temer antes de lanzarme a comentar con Gyangdrak el motivo que nos había llevado hasta allí. Y de paso podíamos buscar la biblioteca.

El monasterio era enorme. Subimos y bajamos escaleras y cruzamos patios rodeados hasta por tres pisos de corredores. Caminamos despacio a través de las sombras oscilantes y del incienso, entre paredes decoradas desde el suelo hasta el techo con entes demoníacos que parecían abalanzarse sobre nosotros.

—Son los guardianes protectores —me explicó Gyentse—. Simbolizan las fuerzas que destruyen la ignorancia, la ira y el deseo, las tres lacras que frenan el camino hacia la Iluminación.

—Como los que aparecen representados en las cuartillas que dibujó Singay, alrededor del cartucho que protege los pergaminos sagrados...

—Así es.

—Espero que se pongan de nuestra parte —dije.

Pasamos junto a una habitación ocupada totalmente por un gran altar, con una estatua dorada de Buda en el centro y varias fotografías enmarcadas de grandes lamas muertos. Nada de lo que veía se parecía a los monasterios que había conocido en Dharamsala. Aquéllos, aun cuando estaban construidos por albañiles y artesanos exiliados, apenas eran una mera muestra de las lamaserías originarias del Tíbet. Aquí las estancias olían a telas antiguas, la madera mostraba llagas centenarias, podía respirarse el moho y palparse el eco de los mantras. La piedra, extraída de la propia meseta, había sido torturada mil inviernos por la nieve y mil veces vuelta a pintar de blanco, rojo y negro.

Me asomé con sigilo. Un monje esperaba a que dos peregrinos que se habían postrado en el suelo terminasen sus plegarias. A pesar de su aspecto y de sus ropajes ajados por el viaje debían de pertenecer a alguna familia adinerada, a juzgar por las bolsas repletas de ofrendas y billetes que habían depositado junto al altar. Uno de ellos vino directamente hacia mí. Ya me había puesto en guardia cuando me di cuenta de que llevaba una *khata* en las manos, un pañuelo blanco de seda que se ofrece en el Tíbet en señal de bienvenida. Dejé que me lo colocase alrededor del cuello y continué andando hasta el final del corredor.

—Estoy nervioso, no puedo evitarlo —me excusé con Gyentse.

Me llevé una mano a los ojos.

—¿De verdad no te ocurre nada más?

—Es ese maldito dolor en las sienes —admití.

—¿Aún persiste?

—Desde que abandoné el campamento nómada tras el ataque de mal de altura no se ha apartado de mí ni un segundo.

—No me habías dicho nada. ¿Te duele constantemente?

—Me tortura constantemente.

—De todo hemos de aprender —se limitó a contestar antes de seguir adelante. Me sentí un tanto abandonado, pero al momento deseché esa idea.

Al cruzar la puerta se abrió ante nosotros una terraza en la que medio centenar de monjes estaban sentados en el suelo en corros de cinco o seis. Se volvieron de súbito hacia nosotros y nos miraron con una mezcla de extrañeza y recelo.

—Se hallan en pleno debate —me explicó Gyentse, cuyos ojos reflejaban la emoción que sentía por estar allí—. Cada uno defiende sus interpretaciones de las enseñanzas.

Era una práctica diaria en los monasterios tibetanos, la preferida de los novicios, porque les alejaba de la soledad de los ratos de estudio y plegarias. Pero los monjes no dedicaban todo el día a los libros y a la oración. Todos tenían asignada alguna tarea según sus habilidades: cocinar, trabajar la albañilería y mantener en buen estado los edificios, sus canalones y ventanas, restaurar las pinturas de los murales, preparar la manteca y las velas para los oficios, dar clase de materias básicas a los más pequeños o cultivar el huerto. Se trataba de una comunidad bien estructurada que tenía que sobrevivir por sí misma. Y que, de un tiempo a esta parte, debía empeñarse aún con más fuerza para que la presión que ejercían los reeducadores no alterase su modo de vida.

—Es conmovedor verles resistir con tanta pasión a pesar de las dificultades —comentó Gyentse—. Pero al mismo tiempo es muy duro. He soñado toda mi vida con este momento, con estar en un monasterio de la meseta. Y sabía cuál era la situación que atravesaban, pero respirarlo, palparlo…

—Algunos de los monjes son unos críos —observé.

—Nunca falta algún novicio que las familias de campesinos ofrecen a los monasterios pensando que alcanzará un status superior en este Tíbet deprimido. Pero el verdadero problema es la falta de maestros. La mayoría de los grandes lamas han tenido que huir al exilio.

—Tú lo has dicho antes. Tal como están las cosas, no se les puede reprochar nada.

—Desde luego que no tienen la culpa. Pero el problema es que la figura del maestro es fundamental en nuestra tradición. Desde los tiempos de Buda, la única forma de transmitir la doctrina tántrica tibetana ha sido la enseñanza diaria, verbal y personalizada entre el maestro y el pupilo. Los tantras no se pueden leer y comprender por uno mismo a base sólo de tiempo y esfuerzo. No son textos explicativos, sino verdaderos jeroglíficos plagados de metáforas.

—Estamos en el reino de los diez mil secretos.

—Así llaman algunos al Tíbet. Cada tantra es un misterio que sólo puede ser desvelado por un lama que a su vez haya aprendido de otro lama anterior. El maestro ha de ayudar a su alumno, a través de esa conexión íntima y constante que se prolongará durante años, a interpretar el contenido de los tantras para desvelar lo que Buda pretendió realmente transmitir.

—Y si se marchan todos los maestros se habrá roto esa cadena.

—Si eso ocurre, nuestra tradición se extinguirá y no seremos más que una mera muestra de folclore.

—Ya verás como eso no llegará a pasar —dije con una sonrisa llena de afecto.

Me asomé por el murete de la terraza y vi cómo un grupo de hombres a caballo cruzaba en ese momento el portón de entrada. Traté de fijarme bien a pesar de la escasez de luz. No podían ser otros. Se trataba de los kampa que habíamos conocido en la aldea, encabezados por el jefe Solung. Cuando le comuniqué hacia dónde nos dirigíamos comentó que era posible que nuestros caminos volviesen a encontrarse, pero en aquel momento pensé que hablaba de forma simbólica. Confié en poder saludarle antes de que abandonasen el monasterio.

Un monje anciano que caminaba con la ayuda de un bastón curvado pasó junto a nosotros. Le preguntamos cómo podíamos llegar a la biblioteca. Alzó su bastón y señaló con él una pequeña puerta que se abría en un rincón. Nos introdujimos sin dudarlo y, tras subir una escalera de caracol con la piedra de los bordes tan desgastada que resultaba difícil pisar, llegamos a una estrecha galería que terminaba en una puerta.

Estábamos frente a la morada del *terma* de Singay.

Gyentse se asomó con prudencia para comprobar que dentro no había nadie. Me agaché para coger del suelo un candil de aceite que habían dejado junto a la puerta. Lo encendí y entramos sin hacer ruido, como si no quisiéramos despertar a los budas repartidos por las repisas entre los libros. Las figuras representaban a las grandes deidades del universo tántrico. Estaban barnizadas con pan de oro y vestidas con túnicas de tela real. Sentía que me observaban con sus ojos enigmáticos y que de sus bocas risueñas salía un hálito con mi nombre.

El techo de la biblioteca era de madera, de vigas vistas que se curvaban en mitad de la estancia. Las paredes estaban cubiertas de arriba abajo con estanterías policromadas de rojo con filigranas verdes. No almacenaban libros al uso, sino unos paquetes de pergaminos rectangulares envueltos con telas también rojas. Había cientos de ellos.

Tratamos de encontrar un cartucho para rollos de pergamino que pudiera parecerse al que dibujó Singay cuarenta años atrás. También había muchos, por todos los rincones, pero ninguno de los que alcanzaba a ver estaba decorado con los guardianes protectores que rodeaban el que aparecía en sus láminas de carboncillo. No tuvimos tiempo de abrir ninguno. Intuí una presencia adentrándose en la biblioteca y me volví, sobresaltado. Era un monje cuya cara se estiraba a la luz de la pequeña llama.

—Nos pide que le acompañemos al despacho del abad —dijo Gyentse.

Hubiese querido quedarme, pero Gyentse fue tras él sin dudar. Me limité a echar un último vistazo a las repisas que tenía más próximas y también salí cerrando la puerta, volviendo a dejar el candil apagado en el lugar del que lo había cogido.

29

Caminamos detrás del monje, bajo la atenta mirada de los demonios protectores que cubrían los muros de las galerías. Cruzamos un patio y nos introdujimos en un edificio cuadrado, coronado por un tejadillo pintado de amarillo. El monje que nos acompañaba se paró frente a una habitación de la que emanaba un extraño tufo a humedad y cera.

—Hemos llegado —anunció, mientras hacía un gesto para que entrásemos.

—¡Me alegro de teneros aquí! —exclamó al vernos quien debía de ser el abad—. ¡Me han dicho que traéis noticias de algunas personas que conozco!

El lama era mucho más viejo de lo que había imaginado. Sin embargo, desde el principio percibí una expresión despierta en su rostro, que además desprendía simpatía.

Le hice ver que prefería cerrar la puerta antes de comenzar a hablar. Me pidió que lo hiciese. El monje se quedó fuera.

—Nos envía… Mejor léalo usted mismo —le sugirió Gyentse, al tiempo que le hacía entrega de la carta que había escrito el jefe del Kashag para legitimarnos.

En ese momento estiré el brazo de forma instintiva y sujeté la carta. Ambos permanecimos unos segundos mirándonos a los ojos, cada uno aferrado a un extremo del sobre. Comprobé que, salvo por sus pupilas, que variaban de tamaño por la proximidad de las velas, el gesto del abad no se alteraba.

—No tienes de qué preocuparte —dijo por fin—. Yo mismo te prevendré acerca de quién no es de fiar en este monasterio.

—No se ofenda.

—No tengo por qué. Es lo que nos toca vivir y por ello agradezco tu prudencia.

Solté la carta. El abad la abrió y la leyó con parsimonia.

—¡Venís desde Dharamsala! —exclamó—. ¡Y el propio Kalon Tripa me pide que os ayude! ¡Espero no defraudaros! Pero antes habladme de vosotros.

—Él es Jacobo, un cooperante español gran amigo de nuestro pueblo. Yo, aunque no lo parezca, soy un lama de la escuela Geluk.

Señaló sus ropajes occidentales como si se disculpase por vestirlos.

—¿Cómo habéis hecho para llegar hasta aquí? ¡Podrían haberos encarcelado, o incluso…!

—El riesgo merecía la pena.

—Os escucho con atención entonces.

Me volví para comprobar que la puerta seguía cerrada.

Gyentse comenzó a hablar en voz baja.

—Hemos venido a recuperar uno de los *terma* que el maestro Padmasambhava ocultó en la meseta en el siglo VII.

El abad se echó para atrás en la silla.

—¿Estáis diciendo que conocéis el paradero de un *terma* del antiguo Tíbet?

Asentimos.

El abad trataba de mostrarse sereno, pero el brillo de sus ojos dejaba traslucir su expectación.

—¿Quién es el descubridor de tesoros? —terminó por decir.

—Quizá lo fue Lobsang Singay, el gran médico de Dharamsala. O en otro caso algún miembro de vuestra orden, quien después habría confiado a Lobsang Singay el secreto.

—No esperaba esto... Hace años que no recibimos sorpresas agradables por aquí. Y menos aún una de tal entidad.

—En algún momento tenían que empezar a llegar —intervine.

—¡Esperad! Habéis dicho que Lobsang Singay «lo fue» —destacó—. No le habrá ocurrido nada...

—Falleció recientemente.

El abad negó con la cabeza lamentándose. Todos callamos durante unos segundos que se hicieron eternos.

—Lo conocí de niño, recién llegado de Lhasa —dijo por fin tras un suspiro roto—. Los maestros de su lamasería apreciaron que se trataba de un ser especial y lo trajeron para someterlo al dictamen de nuestro oráculo sagrado. Es una pérdida irreparable.

—Pero ha seguido inspirándonos tras su muerte —apuntó Gyentse.

—¿Qué queréis decir?

—Si no fuera por él no estaríamos aquí. Desde que fue asesinado...

—¡Asesinado! —exclamó el abad.

Gyentse asintió con gravedad y continuó.

—Al igual que algunos de los lamas médicos que colaboraban con él.

—Es terrible... ¿No tendrán algo que ver esas muertes con el *terma*?

—Creemos que en ese tesoro puede estar la clave que las explique.

—Terrible... —repitió—. ¿Sabéis ya quién está detrás de todo esto?

—Aún no. Pero lo que sí sabemos es que los asesinos harán

cualquier cosa para conseguir el *terma*. Por eso hemos de darnos prisa.

—Lo que más debe preocuparos ahora es el ejército chino. Esta zona está infestada de soldados.

—Somos conscientes de ello.

—Pero decidme —siguió diciendo el abad—, ¿de qué tipo de *terma* estamos hablando?

—Del *Tratado de la Magia del Antiguo Tíbet*.

—¿Habéis encontrado los pergaminos que contienen los secretos que los chamanes confiaron a los primeros lamas? —exclamó—. ¡Se dice que en ellos se desvelan las vías para controlar las fuerzas de la naturaleza!

—Ése es el legado que nos dejó Singay.

—Sin duda es un legado que está a la altura de su compasión.

—El *terma* es la base de sus avances médicos, la fuente de su sabiduría.

—Por eso suscita tanto interés... ¿Cómo estáis tan seguros? ¿Os lo dijo él?

—Hace años reveló a la élite del Kashag que de niño fue formado con la ayuda del *Tratado*. Usted sabe que cuando Padmasambhava escondió esos tesoros prometió que llegaría un día en el que los *tertön* conocerían su paradero de forma espontánea. Eso debió de ocurrirle a Singay. Bebió aquellas enseñanzas secretas y durante años de estudio forjó las bases de su revolucionaria medicina. Cuando consideró que había llegado el momento de transmitirlas a toda la humanidad alguien terminó con su vida.

—Y ¿dónde creéis que está ahora ese tesoro?

—Estamos convencidos de que está aquí, en la biblioteca de este monasterio.

La emoción que iluminaba el rostro del abad se apagó de súbito. Su gesto se tornó grave.

—¿Por qué pensáis eso?

—¿Acaso no es este monasterio el principal de vuestra orden?

—Es cierto.

—¿Y el único que no fue atacado por los guardias rojos?

—Así es —confirmó el abad.

—Sabemos que, antes de partir hacia la India, Singay y el resto de monjes que le acompañaron al exilio se reunieron en este monasterio. Y hemos de suponer que dejaron aquí todo lo que llevaban consigo, para que no cayese en manos de los chinos si eran apresados por el camino. Por ese motivo pensamos que Singay no se arriesgó a llevar con él el *terma* a través del Himalaya. Además, ¿acaso no es ésta la biblioteca del Tíbet que más pergaminos antiguos almacena?

—Es cierto todo lo que dices, salvo que Lobsang Singay trajese nada cuando llegó aquí después de que su lamasería fuese destruida.

—No puede ser...

—Lo recuerdo como si fuera hoy. Llegó con su túnica ajada, los pies destrozados y la boca llena de llagas. Y nada en las manos.

Me volví hacia Gyentse. También había desaparecido todo atisbo de alegría de su rostro.

—Pero, según el Kalon Tripa, Singay aseguraba que el *terma* no llegó a salir del Tíbet. No puede estar en otro sitio sino aquí...

El abad se regodeó unos segundos en el silencio a fin de dar más importancia a lo que iba a decir.

—Quizá el tesoro nunca salió de su antigua lamasería.

—¡Pero eso es imposible! —le rebatí—. Según dicen, tras el ataque no quedó un solo muro en pie.

—Sería cuestión de buscarlo bien.

—¿Cómo podríamos encontrar un rollo de pergaminos que llevase cuarenta años enterrado en mitad de la montaña?

—Con la inspiración de un nuevo descubridor de tesoros —declaró Gyentse, clavando en mí su mirada.

—No se me ocurre otra cosa —concluyó el abad.

Mi amigo lama se quedó momentáneamente abstraído.

—¿En qué piensas? —le pregunté.

—En que debemos meditar sobre esto con tranquilidad. No podemos ir haciendo comentarios a la ligera.

—Me parece una decisión acertada —ratificó el abad—. Descansad bien y mañana hablaremos.

—Pero… —traté de objetar.

—Le estamos muy agradecidos, abad Gyangdrak —dijo Gyentse, no dejándome intervenir.

—Está bien —terminé por decir—. Lo único que le rogamos es…

—En el Tíbet actual la discreción es tan importante como el comer —se anticipó él.

Tras recibir su abrazo más afectuoso abandonamos su despacho y nos dirigimos a nuestras habitaciones.

Al pasar por la terraza me asomé de nuevo al patio principal. Allí seguía la expedición de los kampa que antes había visto entrar en el monasterio.

Habían extendido varias tiendas ligeras de las que utilizaban en las campañas militares, no tan pesadas como las que se usan en los asentamientos nómadas. Los caballos comían la paja esparcida en un lateral del empedrado. Una veintena de hombres y mujeres desempeñaban las más variadas labores. Ellas preparaban comida junto a una fogata que uno de los guerreros avivaba con empeño. Otros limpiaban a los animales y ordenaban las sillas, mantas, bridas y demás utillaje de montura. Los dos que parecían más jóvenes afilaban cuchillos con una piedra dejando escapar un estridente sonido. Los guerreros más viejos conversaban en un corro. Algunos limpiaban sus armas y otros se recomponían las trenzas apretando la cuerda roja que les colgaba hasta media espalda. La muñeca de la falda a rayas correteaba entre todos ellos, persiguiendo a otra niña un poco mayor que ella.

En ese momento el jefe Solung salió de una de las tiendas. Llamó a su hija para que se acercase. Mientras hablaba con ella se volvió hacia arriba y nuestras miradas se cruzaron. Le saludé levantando la mano. Él contestó asintiendo.

—¿Qué haces? —me preguntó Gyentse al ver que me había quedado atrás.

Se acercó hasta donde yo estaba.

—Sólo estaba observando a los kampa.

Lanzó una mirada rápida al patio y me habló de nuevo.

—He pensado que podrías tratar de meditar conmigo —dijo.

—¿Cómo? —me sorprendí.

—Me gustaría enseñarte. Creo que te sería muy útil.

—La verdad es que preferiría aprovechar esta noche para buscar en la biblioteca.

Me lanzó una mirada cargada de reproche.

—Ya has oído al abad —dijo—. Lobsang Singay no llevaba nada consigo cuando llegó de su lamasería tras el ataque.

—¿Cómo puede estar tan seguro? —objeté—. Quizá algún otro lama vino más tarde con el *terma* y ni siquiera saben que lo tienen aquí.

—Pero...

—Sólo quiero echar una ojeada con tiempo a todas las estanterías. Gracias a las láminas de carboncillo sabemos al detalle cómo es el *terma*, así que bastará con buscar un cartucho que tenga estampados cuatro demonios protectores.

—Te ruego que vengas conmigo —insistió.

—Nunca he practicado la meditación —dije tratando de excusarme.

—Por eso quiero que pruebes.

Durante nuestro viaje no había podido pararse a meditar ni una sola vez. Lo que no llegaba a entender es por qué me pedía que le acompañase, pero no quería discutir con él.

—Está bien —concedí.

Una vez en su habitación, me senté en el camastro y él lo hizo en el suelo, cruzando las piernas.

—Ésta es la postura del Buda Bairokana —me explicó—. Las piernas en la posición del loto, sosteniendo los brazos a la altura del ombligo, con los hombros en el nivel exacto, ni muy altos ni muy bajos, al igual que la cabeza, ni muy levantada ni muy inclinada hacia abajo, con la lengua rozando el paladar y los dientes en su posición natural, ni muy cerrados ni muy abiertos, como los ojos, concentrados en la punta de la nariz.

—¿De verdad esa postura favorece la meditación?

—Se supone que es la ideal, pero también podrías practicar sentado en una silla. Lo esencial es tener la espalda recta para evitar caer en un estado de somnolencia.

Me senté en el suelo junto a él.

—¿Por qué has insistido en que viniera? —le pregunté directamente.

—Porque hemos estado huyendo a lo largo de cientos de kilómetros durante días. No todo puede transcurrir tan rápido. Tarde o temprano terminaríamos estrellándonos.

—Tratas de recobrar un poco de perspectiva sobre las cosas, y quieres que yo también lo haga.

—Así es. A través de la meditación logramos un estado de serenidad que nos permite analizar los problemas con lucidez. Nuestra mente es como el mar: cuando está agitado se remueve el fondo y sus aguas se vuelven turbias. Así resulta imposible distinguir nada. Sin embargo, las aguas de un mar en calma siempre son cristalinas, ya que el sedimento se apelmaza en el fondo.

—¿Qué he de hacer ahora? —le pregunté.

—Para comenzar, concéntrate en tu respiración. Siente el aire entrando y saliendo de tu cuerpo y no pienses en nada más.

—Me resulta muy complicado —dije al poco—. No puedo evitar el flujo de imágenes que se abalanzan sobre mí.

—Ahora estás descubriendo cuál es el estado habitual de tu agitada mente.

Me levanté de repente.

—¿Qué ocurre?

—Me duele demasiado la cabeza para meditar. Lo siento, Gyentse, pero necesito moverme.

Me miró sin cambiar de postura.

—Creo que lo que precisamente te sobra es precipitación. Ambos necesitamos pensar.

—Lo siento —repetí—. He de irme.

—¿Aún te preguntas por qué te duele la cabeza desde que llegaste al Tíbet y sin embargo no sentías dolor en Perú, a pesar de que también tiene zonas de gran altitud?

No quise buscar una respuesta.

—Estaré en la biblioteca para lo que precises —me limité a contestar, y salí sin darle tiempo a decir nada más.

30

Aún era de noche cuando Gyentse llamó a mi puerta.

—¿Estás bien? —le pregunté, sin haber llegado a despertar del todo.

—Muy bien. ¿Encontraste algo en la biblioteca?

—Supongo que ya conoces la respuesta... —le dije con ironía.

—La verdad es que lo esperaba.

Se sentó en mi camastro.

—Dime lo que sea. Sé que te guardas algo.

—Vayamos a ver a Gyangdrak —dispuso.

Cruzamos el monasterio sin hablar. La luna se desplomaba y una incipiente luminosidad vainilla anunciaba la llegada del alba.

Un monje nos pidió que esperásemos al abad en su despacho. Apenas tardó unos minutos en llegar.

—Perdone por haberle... —se apresuró a disculparse Gyentse.

—Hace rato que había iniciado mi rutina —le cortó Gyangdrak con afecto—. ¿Qué es eso tan urgente que queríais decirme?

—Ayer habló de un oráculo... —comenzó a exponerle Gyentse sin perder tiempo.

—Así es. Este monasterio alberga un oráculo sagrado desde hace siglos. Uno de los pocos que aún siguen en funcionamiento en el Tíbet.

Recordé cuando Gyentse me explicó que del mismo modo que los tibetanos confiaban en los astrólogos para informarse acerca del futuro en asuntos mundanos, siempre habían consultado a los oráculos cualquier cuestión de verdadera trascendencia. El problema era que, como todo en el Tíbet, los oráculos estaban a punto de extinguirse. La mayoría de los lamas que los encarnaron fueron asesinados y a los pocos que sobrevivieron se les prohibió practicar los ritos de predicción. Dadas las palabras del abad, el oráculo de aquel monasterio no parecía amedrentarse ante las amenazas de Pekín.

—¿Y si escuchásemos su predicción al respecto de si debemos o no ir en busca del *terma* a la antigua lamasería de Lobsang Singay? —preguntó.

—Pero…

—¿No creéis que es demasiada casualidad que se nos haya presentado esta disyuntiva precisamente aquí, en este monasterio? —insistió.

El rostro del abad se iluminó al igual que cuando el día anterior le desvelamos la existencia del *Tratado*.

—¡Tienes toda la razón! ¡Le pediré al lama que encarna al oráculo que se prepare para entrar en trance!

—¿De verdad puede hacerlo de forma tan apresurada? —pregunté.

—No podemos dejar pasar la oportunidad de que sea una deidad encarnada la que nos guíe —dijo Gyentse—. Para mí, escucharle es tan importante como la propia misión. —El abad le hizo un gesto de asentimiento—. Si no obtenemos un claro vaticinio ya decidiremos nosotros qué camino tomar.

—¡Todo os favorece, ya lo veis! —exclamó el abad, terminando de emocionarse—. ¡Cómo iba a ser de otra manera! ¡Seguro que el oráculo tiene algo que decir al respecto de un *terma* desenterrado por Lobsang Singay!

No nos dio la oportunidad de decir nada más.

Un rato después nos acompañaron al lugar donde había de celebrarse el ritual. En otros tiempos, numerosos tibetanos llegados de los pueblos cercanos habrían llenado la sala esperando la llegada del oráculo. Hoy en día no se hacían públicas las convocatorias, por lo que sólo nosotros asistíamos a la ceremonia. Los lamas que se encargaban de hacer sonar las trompetas tibetanas, los tambores y los platillos cuya música acompañaría al médium en el trance ya tenían preparados sus instrumentos. Nos acomodamos en un extremo para no interferir en el estricto protocolo que requería la consulta. El abad se sentó con nosotros.

—Está a punto de llegar —declaró.

—Estoy nervioso —confesó Gyentse.

—No es para menos. Este oráculo ha aconsejado a nuestro pueblo en disyuntivas históricas. Espero que también os sea de ayuda en esta empresa.

—Anoche usted nos dijo que el propio Lobsang Singay fue sometido a este oráculo al poco tiempo de ingresar en su lamasería.

—En aquel entonces sólo los hijos de las familias nobles acudían aquí para conocer su destino. Pero cuando los maestros apreciaban la existencia de señales que evidenciaban una reencarnación relevante en algún novicio, por humilde que fuese su procedencia, también lo traían para que el oráculo emitiese su vaticinio. Y en Singay descubrieron desde el primer momento una reencarnación del Buda Bhaisajyaguru, el gran maestro de la curación.

—Más de una vez nos habló de ello en Dharamsala —intervino Gyentse.

—No fue un día fácil. El pequeño Singay tuvo que superar

una de sus primeras vivencias místicas. Recuerdo cómo permaneció sentado junto al médium procurando no mirar hasta que el cuello de éste se torció y se encontraron frente a frente. En el rostro del oráculo apareció la expresión de los demonios que poblaban los muros del monasterio, y no dejó de emitir sonidos guturales. Parece que lo estoy viendo... La mandíbula de Singay se desencajó por el terror que aquella visión le producía pero justo entonces, cuando estaba a punto de llorar, dejó de sentir miedo.

—Reconoció en aquel rostro demoníaco una cara más de su adorado Buda —agregó Gyentse.

—Así es. Supo que Buda se presentaba ante él con su aspecto más fiero para salvarle de los demonios de la carne. Se levantó del suelo y le acarició. Después volvió a su rincón y se recostó para contemplar cómo terminaba la predicción.

—¿Cuándo podremos saber algo de la nuestra? —pregunté con inquietud.

—Le he pedido al lama más experimentado que se ocupe de este vaticinio. Interpretará de inmediato las respuestas.

El lama que encarnaba al oráculo, entrado en carnes y de facciones redondeadas, irrumpió en la estancia acompañado de otros tres monjes ataviados con las vestiduras rituales: bandas de color azafrán claro alrededor de su túnica oscura de lama y, sobre la cabeza, un gorro del mismo color acabado en un gran cepillo.

—Ahí está —susurró Gyentse.

La sala se llenó de un extraño aroma a inquietud. De repente pasamos a formar parte de un misterioso sueño.

El monje se balanceó hasta la tarima en la cual se encontraba el sillón de madera sobre el que había de realizar su viaje. Mientras se encaramaba a ella, comenzó a sonar el grave y ensordecedor soplido de los cornos. Era fácil dejarse llevar, mecerse con aquella música densa y oscura.

Los monjes que le asistían colocaron sobre su túnica un pesado traje que más parecía una coraza bélica. Tenía un plato metálico sobre el pecho que se sujetaba con correas tiradas desde un arnés situado en la espalda. Las fueron tensando hasta que al oráculo le falló la respiración. En ese momento cerró los ojos y se concentró en la música alienante; su única ayuda para alcanzar el estado de enajenación necesario. Los platillos golpeaban sin cesar, los tambores se introducían en la piedra y su vibración recorría todo el monasterio. Me fijé en el rostro del oráculo. Comenzó a contraerse mientras los monjes le colocaban el gorro ceremonial que acabaría de transportarlo a la dimensión adivinatoria, una corona de varios kilos de peso que hacía aún más insoportable la presión de los ropajes. A partir de ese momento desapareció el lama de facciones redondeadas y surgió la voz estridente y demoníaca del verdadero oráculo, imponiéndose a los instrumentos, abriéndose paso hasta nuestras entrañas.

Me sentía desprotegido, inmóvil frente a la inmensidad del destino.

El lama intérprete se acercó y le pidió su vaticinio acerca de tres cuestiones: la conveniencia de ir en busca del *terma*, qué ruta escoger para llegar hasta la lamasería destruida de Singay y en qué lugar exacto, una vez allí, podría estar escondido el tesoro. Tres monjes siguieron sujetando las correas mientras el lama acercaba la oreja a la boca del médium, apuntando al tiempo las frases aparentemente ininteligibles que pronunciaba y que debían ser descifradas.

Entonces entendí lo que el abad nos había contado acerca de la primera experiencia de Singay con el oráculo. Allí estaban los sonidos guturales y la cara deforme. No creía que el lama fuese capaz de interpretar una sola palabra. El oráculo le escupía y se movía de un lado a otro. Parecía que en cualquier momento iba a desembarazarse de los monjes, a soltar las correas y a abalanzarse sobre nosotros.

El lama se volvió buscando los ojos del abad. No identifiqué su expresión. Los cornos seguían soplando y los platillos golpeando. Los mazos de los tambores marcaban ritmos diferentes. Era como si los músicos se hubiesen dejado arrastrar por la paranoia del médium. Por un momento me pareció que se levantaba del sillón levitando hacia el techo y que los monjes tenían que tirar de las correas hacia abajo.

—¿Qué ocurre?

—Está contestando —dijo el abad sin dejar de contemplar la escena.

—¿Cómo?

—Está contestando a vuestras preguntas.

El lama lanzó una mirada a los músicos para que dejasen de tocar y, sin dejar de hacer anotaciones, escuchó con atención el final de la predicción, que emergió del oráculo entre burbujeos de babas.

Uno de los monjes aflojó la tensión del enorme sombrero y lo dejó caer. El médium se desplomó sobre el sillón de madera con los ojos entreabiertos y la lengua saliéndosele de la boca. La conexión se había roto y la ceremonia podía darse por concluida. Ya no podían arrancar más respuestas al otro mundo.

—Esperadme fuera —nos pidió el abad.

Las paredes todavía vibraban cuando salimos a la terraza. El sol me golpeó en los ojos. Gyentse fue directo a sentarse en el murete. No éramos capaces de comentar lo que habíamos visto.

Unos minutos más tarde, el abad se reunió con nosotros.

—¿Conoce ya la interpretación? —le pregunté ansioso.

Gyangdrak se tomó su tiempo antes de contestar.

—Según lo que nos ha trasmitido, el *terma* nunca abandonó la montaña. Sin embargo, ha advertido que quien ose ir tras él tendrá que enfrentarse a demonios y barreras de fuego.

—Eso no es muy alentador —dije.

—¿Ha señalado algún día propicio para iniciar la búsqueda? —preguntó Gyentse, sabiendo que los oráculos acostumbraban a proponer una fecha concreta para cumplir las predicciones.

—Se ha referido a un miércoles, pero no para eso. No hemos podido averiguar el significado de esa parte de la consulta.

—¿No ha dicho nada más?

—También se ha referido a las primeras campañas militares de Songtsan Gampo, el emperador que en el siglo VI convirtió al Tíbet en un gran imperio.

—¿Qué campañas?

—Aquellas que le sirvieron para ampliar sus dominios a pesar de que las acometió liderando tan sólo a un pequeño grupo de jinetes. Tampoco sabemos qué habrá querido decir con ello.

Miré a Gyentse. Habíamos de escoger alguna dirección. Decidí dejar de lado por un rato los designios del destino y volver a tomar las riendas.

—Necesitaremos que usted nos indique la localización exacta de las ruinas de la lamasería.

El abad se detuvo a pensar un instante.

—Es posible que incluso tenga algún mapa en la biblioteca. El problema es que no podéis llegar allí con vuestro vehículo. No hay carreteras ni sendas alternativas.

—¿Cómo deberíamos ir entonces?

—A pie o a caballo. Sería necesario bajar al pueblo para contratar un guía.

—Un momento...

—¿Qué piensas? —me preguntó el abad.

—Da igual. Déjelo.

—Te ruego que sigas —me pidió.

—Se me había ocurrido proponer a los guerreros kampa que están acampados en el patio que nos acompañen.

—¿Por qué a ellos?

—Me inspiran más confianza que cualquiera de los guías del pueblo, que sin duda estarán acostumbrados a tratar con los militares chinos.

—¿Qué sabéis de esos kampa?

—No demasiado —intervino Gyentse—. Los conocimos por el camino, viniendo hacia aquí. La verdad es que se portaron bien con nosotros.

—Ha sido sólo una corazonada —dije.

—¡Yo creo que es más que una corazonada! —exclamó de pronto el abad—. ¡Esa solución está más que acorde con el vaticinio!

—¿Por qué dice eso?

—¡Los jinetes del emperador Songtsan Gampo equivaldrían a los guerreros kampa que hay en el patio!

Bajé la vista despacio, mirando hacia atrás en la conversación.

—Hay algo que no comprendo... —murmuré.

—No tenemos por qué comprender —sentenció el abad—, sólo debemos saber escuchar.

—¿Cómo me insta a que convenza a los kampa para que me guíen a través de la cordillera cuando vuestras propias deidades me niegan toda posibilidad de protección?

—Lo que vais a hacer está por encima de los guías y de vosotros mismos, no lo olvides.

Estaba confuso. Me resultaba difícil compartir la alegría del abad. Tanto él como Gyentse me miraban fijamente, como si esperasen que diera el siguiente paso.

—¿Y qué les diré cuando tengamos que enfrentarnos a los demonios y saltar barreras de fuego?

Ya ni siquiera sabía si estaba hablando metafóricamente o si eso ocurriría de verdad.

—Explicádselo y que sean ellos los que decidan. Yo iré a buscar esos mapas y en unos minutos os acompañaré al patio para hablar con el jefe.

El abad me dio unas palmaditas en el hombro y se alejó esperando que fuésemos tras él.

Sujeté a mi amigo lama por el brazo.

—¿Qué ocurre? —me preguntó.

Le pedí que esperase un poco mientras el abad se perdía escalera abajo.

—¿Estás seguro de que quieres seguir con esto? —pregunté.

—¿A qué te refieres?

—Quizá sea demasiado peligroso, Gyentse. ¿De veras crees que merece la pena?

—En este momento sólo creo lo que me dice el oráculo sagrado. No tenemos de qué preocuparnos.

Me sorprendía aquella actitud, en cierto modo opuesta a la admirable racionalidad que Gyentse había exhibido desde el primer día. Cierto que el encantamiento inseparable a su tradición tántrica estaba impreso en todos sus actos, pero al mismo tiempo sus enseñanzas rebosaban sensatez y regalaba consejos con un acierto extremadamente sutil.

—Hemos pasado tantas cosas que hay momentos en los que olvido por qué estoy aquí...

—Ellas estarán bien —dijo.

Sentí una fuerte congoja.

—Ni siquiera puedo llamarlas. No hay teléfonos, y cuando hemos encontrado alguno no hemos podido utilizarlo porque estaba intervenido... Quizá no pueda hablar con Martha hasta que salgamos del Tíbet.

—El abad nos espera —se limitó a decir.

Respiré hondo.

—Me concentraré en cómo podremos persuadir al kampa para que nos acompañe —repuse.

31

El olor a estiércol invadía el patio. El jefe Solung discutía con tres de sus hombres. Sostenía en la mano la pata doblada de uno de los caballos. Parecía no aprobar cómo lo habían herrado.

El abad habló con él durante un rato. Señalaban a ambos lados del patio mientras Solung parecía agradecerle su hospitalidad.

—Dice que se alegró cuando anoche te vio en la terraza —tradujo el abad.

—A mí me ocurrió lo mismo —dije—. ¿Le ha preguntado si estaría dispuesto a venir con nosotros?

—Más tarde.

Solung nos invitó a sentarnos sobre una alfombra que había desplegado frente a su tienda. Al momento una de las mujeres acercó un puchero de agua hervida que mantenía caliente entre unos troncos calcinados. Lo colocó sobre un pequeña bandeja de madera y arrojó un puñado de frutos secos que pronto destilaron su esencia llenando el agua de telarañas ocre.

El abad comenzó a exaltar las virtudes de la tribu kampa y la riqueza de su territorio, el más fértil de la meseta. Las grandes estepas que habitaba el pueblo kampa se conocían en las rutas de las caravanas como los desiertos de hierba, tan diferentes al resto del rocoso Tíbet. Solung nos habló de cómo sus antepasados guerreros, nacidos a lomos de un caballo, seguían al galope a los grandes líderes tibetanos para enfrentarse a cualquier enemigo en los momentos más duros que había atravesado el país.

—Necesitamos que guíes a Gyentse y a Jacobo hasta las ruinas de una antigua lamasería sin que sean interceptados por el ejército chino —dijo por fin el abad.

Le mostró los mapas que había encontrado. No podía desvelarle qué era lo que íbamos a buscar, pero sí que se trataba de un tesoro del antiguo Tíbet.

Solung no parecía muy convencido.

—Dile que pueden subir su precio tanto como quieran —ofrecí.

—Dice que es muy peligroso —tradujo el abad al poco—. También dice que han venido a comerciar, no a guerrear, que les acompañan las mujeres y los niños y no puede dejarles solos.

Por un momento me sentí muy decepcionado, si bien al instante consideré que no podía reprocharle nada.

El abad siguió hablando con él durante un rato.

En un momento dado se volvió hacia mí. El contorno de su rostro de anciano había recuperado aquel aura de emoción que iba y venía.

—Ha cambiado de opinión. Dice que si lo que buscamos es tan importante para nosotros, aceptará cedernos tres guerreros.

—¡Sí! —exclamé.

Cuando le pregunté por el precio, el jefe Solung me habló de gratitud y de lo que yo había hecho por su hija.

—Sabes que ya me siento más que correspondido. Y te aseguro que si no fijamos una cantidad antes de terminar esta taza de té bajaré al pueblo a contratar a otro guía.

El kampa asintió y cerramos el trato.

Durante el resto del día el abad, el jefe Solung y los tres hombres escogidos para guiarnos consultaron los mapas con atención. Discutieron las vías más apropiadas en aquella época de lluvias en la que el barro hacía intransitables, incluso para los caballos, la mayoría de los caminos del oeste. Las ruinas de la lamasería de Singay estaban cerca de la frontera que separaba el Tíbet del estado indio de Cachemira. Se trataba de una zona sumamente conflictiva porque, además de las dificultades de la orografía, colindaba con la denominada área en disputa, un hervidero de pasiones políticas y religiosas en la que se enfrentaban desde hacía décadas todas las potencias de la zona.

Dado que el oráculo no había manifestado nada acerca del lugar concreto en el que debíamos buscar el *Tratado de la Magia* una vez llegásemos a las ruinas de la lamasería, el abad también se dedicó con afán a dibujar unos croquis que nos sirviesen para reconocer su antigua estructura.

—En otro tiempo os habría sido de gran ayuda el pintor de mandalas —comentó.

—¿A quién se refiere?

—Era un lama ciego del cual nadie conocía su edad. Un viejo maestro de la lamasería. Después de que ésta fuera destruida continuó viviendo allí como los yoguis, buscando la iluminación en soledad al igual que hizo Buda durante buena parte de su vida.

—Creía que Lobsang Singay había sido el único superviviente.

—Si se salvó fue gracias al maestro ciego. Pero hace muchos años que no sabemos nada de él.

Para terminar discutimos la conveniencia de que Chang, nuestro chófer, esperase en el monasterio a que volviésemos con el *terma*.

—Pregúntale al jefe Solung cuántos días cree que podríamos tardar —le pedí a Gyentse.

—Dice que depende de muchas cosas —tradujo—. Sobre todo de las condiciones climatológicas. A esta altitud es posible que hayamos de enfrentarnos a más de una tormenta de nieve.

—¿Y más o menos?

—Dice que podría hacerse en seis días, aunque también podrían ser doce.

—No quiero permanecer aquí mucho tiempo —declaró Chang—. En cualquier momento podría presentarse una patrulla en el monasterio y ver el jeep.

—Yo también creo que no sería conveniente —corroboró el abad—. Algunos de los monjes...

—Ya sabemos. En Dharamsala pensaban que todo sería más sencillo —intervino Gyentse.

—Ya os dije que, aunque nos pese, siempre hay alguien de quien no podemos fiarnos. No es que lo justifique, pero también es cierto que la presión que los reeducadores ejercen, sobre todo en los novicios, es grande.

—Que el chófer regrese a Lhasa —sentenció Solung de repente.

Nos volvimos hacia él.

—¿Y cómo regresaremos nosotros? —preguntó Gyentse.

—Podréis hacerlo con nuestra expedición.

—¿Eso sería posible? —pregunté.

—Mientras no os importe viajar a caballo... Cuando encontréis lo que habéis venido a buscar acompañaréis a mis hombres al lugar que acordemos e iniciaremos todos juntos el regreso hacia la región central. Lo haremos por vías alternativas, no os preocupéis. Os dejaremos en la capital y los demás seguiremos nuestro camino hacia las tierras del Jam.

Chang se volvió hacia mí, esperando una respuesta.

—Me parece buena idea —dije.

Gyentse asintió.

—Así se hará, entonces —determinó el abad.

Al amanecer del día siguiente la expedición levantó el campamento. Gyentse y yo salimos en compañía del abad. Habíamos sustituido algunas de nuestras ropas por otras prendas más cómodas para montar que nos prestaron los kampa: pantalones de lana y capas de piel. Parecíamos un grupo de nómadas, un disfraz perfecto si unos prismáticos chinos llegaban a divisarnos a lo lejos.

Los tres hombres que nos debían guiar por la cordillera se despedían de los demás a la entrada del monasterio asiendo las bridas. Me acercaron mi caballo. Era negro. Bufaba y pisoteaba el barro con los cascos delanteros. El fondo de sus ojos parecía estar al rojo vivo.

Los kampa aseguraron los arreos y yo hice lo mismo. A los pocos minutos, el jefe Solung dio por finalizada la despedida. Sus hombres gritaron al unísono, espolearon los caballos y emprendimos la marcha cubriendo de polvo al abad Gyangdrak.

TERCERA PARTE

Más allá de la realidad que sufres
te espera la verdad de las cosas.

32

Cuando dejó de verse el monasterio a la espalda nos envolvió el susurro de la montaña. Penetró en nosotros y nos arrastró a través de aquel paisaje inmenso y vacío, tan lleno de luminosidad. Era como si toda la energía del planeta se concentrase bajo la bóveda azul que nos cubría, haciéndonos sentir el estallido de la meseta originaria. Atravesamos parajes bañados por lagos que destilaban reflejos verde y plata. Otros valles se sobrecogían entre cortados de la cordillera, amenazados por mil agujas de piedra. Pero había algo que no cambiaba. Siempre, al fondo, las cumbres blancas y el cielo al alcance de la mano.

Uno de los kampa hacía las veces de lugarteniente del jefe Solung y cabalgaba con nosotros. Los otros dos actuaban como ojeadores y nos precedían un par de kilómetros. Comprobaban si había imprevistos en la ruta a fin de avisarnos con tiempo suficiente y evitar que nuestra inexperiencia nos jugase alguna mala pasada.

A media tarde, las piernas apenas podían sostenerme sobre la montura. La tensión que durante las primeras horas sentí en el interior de los muslos pasó a convertirse en un dolor punzante que me impedía pensar en otra cosa. Cuando bien entrada la tarde nos detuvimos a descansar en un llano, más que bajar me arrojé al suelo. Saqué la cantimplora de la alforja y bebí unos tragos con ansia. El kampa se acercó para preguntarnos si podíamos soportar ese ritmo.

—El golpeteo arrullador de los cascos es perfecto para concentrarse —le tranquilizó Gyentse, obviando el dolor de las piernas.

A pesar de que nos habíamos visto inmersos en esta inesperada etapa del viaje y de los nuevos riesgos que entrañaba, Gyentse se mostraba más tranquilo e ilusionado. Se dedicaba a absorber por ojos, nariz y oídos el pulso de su meseta. La percibía ruda por las extremas condiciones del clima, pero también liberadora por la inmensidad de sus espacios, tan opuestos a la rigidez de su vida en Dharamsala.

A la mañana del segundo día la cordillera nos dio un respiro. Apareció una gran extensión de hierba entre los picos. El kampa nos pidió que dejásemos correr a los caballos, acostumbrados a las competiciones de velocidad que solían celebrarse todos los días de fiesta en los campamentos del Tíbet. Pero aquel instante idílico resultó ser un cruel espejismo. En cuanto aflojamos el galope, la sombra de la muerte se aproximó a nuestra columna de jinetes.

Vimos que uno de los ojeadores volvía hacia nosotros a toda prisa. Movía un brazo enérgicamente y con el otro fustigaba al animal. Cuando llegó tensó las riendas. El caballo se paró en seco, echando el cuello hacia atrás con los ojos y la boca extremadamente abiertos.

—¿Dónde está Ziang? —gritó el kampa, refiriéndose al compañero que faltaba.

—¡Ha sido apresado por una patrulla china!

—¿Qué dices?

—¡No sé cómo ha podido ocurrir! Estábamos en la cima de aquel cerro. —Señaló azorado hacia arriba—. Poco antes habíamos desmontado para vigilar los movimientos de un grupo de soldados que se habían detenido a unos quinientos metros de distancia...

—Soldados... ¿qué están haciendo por aquí?

—Nos sorprendió tanto como a ti. Decidimos esperar a que se fueran, pero uno de ellos, que al parecer se había apartado del resto y caminaba por la montaña, salió de entre unas piedras y nos apuntó con el arma.

El kampa respiraba con dificultad y articulaba las frases entre bocanadas de aire.

—¡Sigue! —le apremió el lugarteniente.

—Cuando el soldado se dio la vuelta para llamar al resto aprovechamos y nos abalanzamos sobre él.

—¿Hirió a Ziang?

—Antes de recibir el primer golpe aún le dio tiempo a disparar el fusil y le alcanzó en un pie. No llegamos a derribarle y enseguida volvió a encañonarle. Yo salté sobre el caballo y le aticé para que corriera hacia abajo. ¡Mientras cabalgaba oía cómo Ziang gritaba que no me detuviese!

—Has hecho lo que debías —sentenció—. Ahora iremos a buscarle.

El kampa se volvió hacia nosotros con brusquedad.

—No me gusta. No me gusta nada. ¿Qué sabéis de esto?

—Te aseguro que no podemos explicarlo —dijo Gyentse.

—Pregúntale qué demonios hace una patrulla en mitad de estas montañas —le pedí a Gyentse—. ¿Cómo han introducido el camión?

—Dice que habrán utilizado alguna vía desde el oeste —tradujo al poco—. Sin duda desde uno de los destacamentos que vigilan la frontera con la región india de Cachemira. Pero aun así no tiene sentido que hayan llegado hasta este lado de la montaña.

—No estarás insinuando que van detrás de nosotros...

—En cualquier caso tenemos que hacer algo antes de que

interroguen a Ziang —dijo finalmente—. Les habrá contado que iban en peregrinación al monte Kailas y que se asustaron al ver al soldado. Si no le creen le torturarán, pero se dejará matar antes que delatarnos.

—¿Cuál es el plan? —pregunté.

—¿Cuántos son? —le preguntó él al ojeador.

—Creo que cuatro. Un solo vehículo. No he visto morteros. Quizá los guarden en el interior del camión. Los soldados llevan fusiles automáticos del calibre 5.56 —informó con todo detalle.

—Apostaría a que no esperan respuesta alguna, a no ser que ya estuvieran buscando algo antes de sorprenderos. —Se volvió para clavar de nuevo sobre mí sus ojos achinados—. Cabalgaremos hasta aquel montículo —señaló con seguridad—. Dejaremos los caballos arriba y, según lo que encontremos, trazaremos un plan u otro. En cualquier caso seremos tres sin contarte a ti, Gyentse, suficientes si tenemos tiempo de apuntar.

—¿Suficientes para qué? —preguntó él.

—Dispondremos de dos disparos cada uno antes de que puedan reaccionar.

El lama se estremeció.

—¡Habrá otra manera de resolverlo! Quizá por la noche... ¡Jacobo, por favor, di algo!

Permanecí callado. Me aterraba pensar que estuviera perdiendo las referencias del bien y del mal, pero habíamos confiado en aquel hombre para que nos guiase y ya no podía permitirme cuestionar su modo de hacer las cosas. No podía cuestionar su guerra. Aquello era lo único que me venía a la cabeza, y desde luego no era lo que Gyentse esperaba que dijese.

El kampa espoleó al caballo y avanzó unos metros. Después llamó a Gyentse y señaló a lo lejos.

—Quizá en Dharamsala sea diferente, pero aquí sólo nos

tenemos los unos a los otros —gritó el kampa con tono de predicador—. Hemos pasado toda la vida combatiendo a los chinos. Esta vez no contábamos con ello, pero si no intervenimos de inmediato esos militares le pegarán un tiro a Ziang y vuestra búsqueda habrá terminado. ¡Hemos de actuar antes de que conecten la radio y comuniquen la incidencia! ¿Sabes disparar? —me preguntó.

Asentí sin dudar.

—¿También uno de éstos?

Sacó un deteriorado AK-47 de la bolsa que colgaba de su silla.

Lancé una mirada rápida a Gyentse.

—Una vez, en la selva de Colombia, me vi obligado a practicar por si acaso…

—¡Pues atiende a mis instrucciones y no improvises!

Me arrojó el fusil y tuve que cogerlo al vuelo. Después acercó su caballo y pasó unos cargadores de su alforja a la mía.

Gyentse desmontó y comenzó a andar ladera abajo. Los dos kampa descubrieron otros Kalashnikov que portaban entre las mantas enrolladas a ambos lados del lomo de sus caballos y galoparon hacia el montículo. Miré por última vez al lama y salí tras ellos. Los cascos tocaban a batalla contra la tierra de la montaña y las armas, fuera de sus fundas, golpeaban en los estribos. Aquellos sonidos hirieron el corazón del lama. Al momento no pudo más y se desplomó en el suelo tapándose la cara con las manos.

Al llegar a lo alto del cerro nos arrastramos hasta el borde del barranco. Desde allí teníamos una visión clara de los soldados. Se hallaban en mitad de un escueto valle irregular lleno de tierra arenosa y rocas que emergían del suelo en forma de pirámide, con las aristas y el vértice curvados por la intensa erosión. También vimos la senda por la que habían introducido el camión. Me preocupó pensar que eso implicaba la proximidad de un destacamento entero, ya que el único modo de llevar los vehículos a aquella zona era a través de unidades aerotransportadas. Quizá nos habíamos desviado hacia la frontera más de lo que imaginaba.

Ziang estaba apoyado en una de las ruedas traseras del camión. Tenía las manos atadas a la espalda y una cinta le cubría los ojos. A pocos metros de él, uno de los soldados daba patadas a las piedras, que rodaban por el suelo. Otros dos hablaban entre sí al pie de una de las grandes bañeras que agujereaban el valle. Llevaban los fusiles a la espalda. Tal como habíamos supuesto, no parecían esperar una respuesta hostil. No localizábamos al cuarto soldado. El ojeador hizo gestos indicando que creía haber contado bien.

Entonces me di cuenta de que Gyentse no estaba allí para traducirme las palabras de los kampa. Debía esforzarme al máximo para comprender lo que me pidieran que hiciese. No había tiempo para largas explicaciones, ni podía permitirme interpretaciones erróneas.

Los dos soldados que estaban más apartados se acercaron hacia la base del cerro desde el que les estábamos vigilando. Caminaban con una radio en la mano. «Están dando el aviso —pensé en un primer momento—, está todo perdido.» Un silencio sepulcral reinaba en el valle, así que traté de escuchar los sonidos que emergían del aparato. A pesar de mis nulos conocimientos de mandarín confiaba en ser capaz de adivinar si se trataba de una emisión civil o militar. No sabía que lo que estaban escuchando era la retransmisión en directo del mensaje de felicitación enviado desde el mando central de Pekín a las autoridades de la Región Autónoma del Tíbet con motivo de las celebraciones. Entre las pausas del discurso se distinguía el griterío distorsionado y los aplausos de la gente. Ello me confirmó que no estaban hablando con su cuartel.

Los kampa colocaron los Kalashnikov en posición y escogieron cada uno un objetivo. Yo debía ocuparme del que estaba cerca de Ziang. Fue entonces cuando le vi bien. Era poco más que un adolescente, al igual que los otros dos. Le apunté al pecho. Se había quitado el casco. En ese momento sentí una arcada y el arma comenzó a quemarme en las manos. Me entraron dudas, quizá por falta de valor o por un ataque repentino de prudencia. Si disparábamos y fallábamos se pondrían a cubierto e iniciaríamos un intercambio de disparos que se oiría a kilómetros a la redonda. Estaban demasiado tranquilos. Quizá había otras patrullas cerca, o quizá habían pedido refuerzos que estarían a punto de llegar. Y no debíamos olvidar que aún faltaba otro soldado al que no habíamos podido localizar.

Dejé el fusil en el suelo y me volví hacia el kampa. Antes de que pudiera reaccionar le arranqué el cuchillo que llevaba al cinto. Ambos me miraron con desconcierto. Hice un gesto con las manos para que entendiesen que no tenían de qué preocuparse, pero comenzaron a dirigirme gritos ahogados, indicándome con la cabeza que les devolviese el machete y recogiese el arma. Traté de explicarles que no me parecía buena idea iniciar un tiroteo. Era lógico que no quisieran exponerse más de lo debido ni desperdiciar el factor sorpresa, por lo que les propuse hacerme cargo del papel más difícil en mi estrategia alternativa. Les expliqué lo que pretendía hacer. Los dos soldados que escuchaban la radio se habían alejado intentando sintonizar la radio, por lo que no se enteraban de lo que ocurría junto al camión, y el otro estaba cada vez más despistado. Yo aprovecharía para bajar dando un rodeo hasta una de las piedras piramidales situada a escasos metros de donde se encontraba Ziang y lo liberaría sin necesidad de hacer un solo disparo. Cabía la posibilidad de que tuviese que enfrentarme cara a cara con el soldado que le custodiaba si éste se daba la vuelta en el momento equivocado, pero a eso sí que estaba dispuesto. Confiaba más en mis manos que en mi habilidad con el fusil, y sabía que en ese caso podría medir el ataque para no tener que acabar con su vida. Sólo pensaba en salir de aquel trance sin matar a nadie. Si eso ocurriese nos convertiríamos en verdaderos proscritos y, si fuéramos apresados, ya no habría excusas que nos librasen de la inyección letal o de un pelotón de fusilamiento. Evitaba pensar en eso, en cómo se nos había ido todo de las manos. Hice ver a los kampa que debían limitarse a cubrirme ya que yo haría el resto.

—No disparéis si no es necesario —les rogué por última vez en mi idioma antes de lanzarme hacia abajo.

Descendí a pequeños saltos por un lado del cerro y me escondí tras la roca. Recobré el ritmo de la respiración con la cara pegada a la superficie arenosa y me asomé. Ziang seguía apoyado en la rueda del camión; no se había movido un ápice. El soldado que lo custodiaba se dedicaba ahora a arrojar piedras a unos cuervos. Era el momento idóneo.

Corrí hasta el kampa. Pero cuando apenas había dado los primeros pasos ocurrió algo que no esperaba. De repente noté que ya no se escuchaban los ecos del discurso. El soldado que tenía la radio en las manos debía de haber perdido la señal al tratar de sintonizar mejor la débil frecuencia. El otro le golpeó el hombro increpándole para que volviese a captarla. El primero tiró el aparato y se volvió contra su compañero, propinándole un empujón que le hizo caer al suelo. No sabía si seguir hacia el camión o si volver hacia atrás. Estaba demasiado lejos de mi escondite, así que me lancé hacia el remolque y salté al interior. Me asomé entre la loneta y vi a los kampa acurrucados en lo alto del cerro.

«No disparéis —dije para mí—, por favor, dadme un minuto más antes de decidir disparar…»

Al poco supe que habría sido mejor si lo hubiesen hecho.

En ese momento se abrió la puerta de la cabina y salió el soldado que faltaba. Hasta entonces había permanecido recostado en los asientos; por eso no habíamos podido verle. Se trataba de un oficial, a juzgar por la forma en la que les exigió detener de inmediato la pelea. Se acercaron los tres al camión sin dejar de discutir, pero se colocaron en un punto desde el que no podían ser alcanzados por los fusiles de los kampa. Volví a mirar hacia la parte superior del cerro. Los guerreros ya no estaban allí. Tenía que salir cuanto antes para reunirme con ellos y buscar otro modo de rescatar a Ziang. Pero no tuve tiempo. El recluta que lo custodiaba pasó junto a la parte trasera del camión y se asomó al remolque, por lo que no me quedó otro remedio que abalanzarme sobre él antes de que reaccionase. Le golpeé tan fuerte como pude en el costado a la vez que le doblaba el cuello hacia atrás y le apretaba el filo del machete contra la nuez.

—¡Tirad las armas!

Los otros tres me miraron confusos un instante antes de saber qué ocurría. Mi rehén se agitó nervioso mientras emitía unos chillidos que parecían los de un cerdo. Al momento, cuando sintió que el metal traspasaba la fina piel de su garganta, levantó los brazos, dejó de revolverse y pidió a los otros que me obedeciesen.

Los dos reclutas hicieron el gesto de dejar las armas en el suelo, pero no llegaron a soltarlas. El oficial me encañonó con su pistola y les ordenó que hiciesen lo mismo. Sujetaba el arma con su mano temblorosa, tensaba el cuello y no dejaba de gritar. Yo trataba de gritar aún más, pero ellos permanecían estáticos con sus fusiles montados. No sabía qué hacer con el soldado que mantenía inmovilizado. El oficial no se atrevía a disparar por miedo a alcanzarle, pero no dudaba en traspasar esa responsabilidad a los reclutas.

De repente ocurrió algo insólito. Desde donde me encontraba pude ver a un grupo de hombres que se había lanzado a pecho descubierto por la ladera más próxima. Corrían hacia nosotros con las armas en la mano.

«Solung…», dije para mí.

No podía creerlo. Eran el jefe kampa y varios de sus guerreros. Cada vez estaban más cerca. Ninguno de los soldados se había fijado en ellos. Miré de nuevo a lo alto del cerro. El lugarteniente y el otro kampa habían vuelto a apostarse allí para cubrirles.

El oficial chino, cada vez más histérico, seguía apuntándome con su arma mientras exigía a sus soldados que apretasen el gatillo. Uno de ellos no soportó la presión y levantó su fusil con un movimiento burdo que ni siquiera pudo terminar. Solung, que ya estaba casi encima de nosotros, le atravesó con una ráfaga de su Kalashnikov sin dejar de correr. El otro soldado también cayó fulminado sin saber siquiera de dónde procedían las balas.

—¡Parad! —grité sin soltar a mi rehén—. ¡Parad! —repetí, confiando en que todo había terminado.

Pero el oficial, lejos de rendirse, aprovechó para revolverse y rodar bajo el camión. Disparó entre las ruedas y alcanzó a uno de los kampa. Para cuando el guerrero se dio cuenta, el proyectil le había atravesado el muslo y él se desplomaba arqueando la espalda. Solung gritó algo que se escuchó en todo el valle mientras aceleraba aún más su carrera con el arma en la mano. El oficial chino se volvió hacia mí desde los bajos del camión y disparó sin importarle que el compañero a quien yo tenía apresado estuviera en medio. Un chorro de sangre me salpicó las piernas justo antes de que corriese a refugiarme tras la roca. El jefe Solung y otros tres guerreros se arrojaron al suelo a pocos metros del camión y acribillaron a tiros al oficial, cuyo cuerpo se sacudió bajo el chasis por el impacto continuado de las balas.

El silencio volvió de súbito al valle. Sólo se oían las pisadas de los kampa sobre la tierra seca. El jefe Solung y parte del grupo se dirigieron a toda prisa hacia donde se encontraba su compañero herido para hacerle un torniquete. Otros soltaron las ataduras de Ziang y le quitaron la bota para curarle la herida. El sol hacía brillar la sangre salpicada en un lateral del toldo del camión. Se levantó un viento que agitó la tela como si quisiera borrar las huellas de lo ocurrido.

No sabía por qué, pero algo me decía que aún no había terminado todo.

Me pareció ver una sombra que se movía sigilosamente detrás de una de las rocas piramidales. Me acerqué con cuidado y vi que se trataba de un quinto soldado al que no habíamos tenido en cuenta. Había introducido la boca del cañón de su fusil entre dos aristas de la piedra y la desplazaba milímetro a milímetro para tener a tiro al grupo en el que se encontraba el jefe Solung. No lo pensé. Recogí la pistola del que antes había tomado como rehén, que yacía en el suelo tras haber sido abatido por el oficial. Di un grito. El quinto soldado se volvió hacia mí con el rostro desencajado. Trató de girar sobre sí mismo para encañonarme, pero antes de que lo hiciera le atravesé el pecho de un disparo. El percutor me pellizcó la mano produciéndome un dolor intenso, pero no solté el arma. Seguí disparando hasta que el cargador se vació por completo.

No recuerdo cuánto tiempo permanecí con el brazo levantado. Sólo sé que el jefe Solung se acercó y me quitó la pistola de la mano.

Ninguno de los dos dijo nada. Más tarde supe que Solung no esperaba palabras de agradecimiento. Sólo quería que le disculpase.

—Debí acompañarte. Estaba escrito desde que te arrojaste delante del jeep para salvar a mi hija —dijo en su lengua, sin que en aquel momento pudiera entenderle.

33

Observé durante un rato cómo los kampa iban de un lado a otro, entraban en el camión, revisaban la documentación que habían encontrado en la cabina, atendían al guerrero herido y a Ziang, que también sangraba del pie, y se daban instrucciones con energía para limpiar el lugar cuanto antes. No imaginaba dónde habían previsto esconder el camión. Tenía la mente nublada. No era más que un punto en aquel universo rocoso, en plena región militarizada tras haber terminado con una patrulla entera de soldados chinos.

En aquel momento escuché un gemido a mis pies. Bajé la mirada y vi que el soldado que había utilizado de rehén aún estaba vivo. Su vientre perforado arrojaba sangre a borbotones, formando a su alrededor un charco denso y oscuro. Mis botas habían pintado la tierra de huellas rojas. Me quité la camiseta y me arrojé sobre él para tratar de contener la hemorragia.

—¿Por qué habéis tenido que hacerlo? ¿Por qué no me hicisteis caso? ¡Nada de esto habría ocurrido! ¿Por qué? ¿Por qué? —sollocé—. ¡Traed a Gyentse! —grité de repente.

Los kampa me miraron perplejos. Solung hizo un gesto y dos de ellos salieron corriendo ladera arriba.

Pasados unos minutos regresaron en compañía del lama. De su boca salieron unas palabras temblorosas.

—Primero oí algunos disparos retumbando en el valle, al momento más ráfagas atronadoras y después nada. Creía que todos habíais muerto.

Su rostro no mostraba expresión alguna.

—Los kampa están bien —me limité a decir—. La herida del pie de Ziang sanará pronto. Incluso puede cabalgar. La del otro parece peor, pero ellos no parecen preocupados.

Se fijó en el soldado chino que yacía a mis pies, aferrándose a la vida con mi camiseta empapada de sangre apretada contra el vientre.

—Está vivo...

—Habla con él —le pedí con frialdad.

Gyentse le acercó una cantimplora de cuero a los labios pero sólo logró que se sobresaltase.

—¿Quién eres? ¡No veo nada! ¡No veo...! —gimoteó el recluta.

—¿De dónde eres?

—De una región al este de Pekín —contestó más tranquilo al sentir que el lama le acariciaba la frente.

—¿Cuántos años tienes?

—Veinte. ¿Me ha disparado el oficial...? —preguntó de repente—. Creo que me ha disparado el oficial...

—Eres muy joven para estar de servicio tan lejos de tu casa —le cortó Gyentse.

—Aquí sólo venimos los más jóvenes. —Comenzó a toser. El esfuerzo le abrasó por dentro, pero siguió hablando como si supiera que eran las últimas palabras que tendría ocasión de pronunciar—. Este destino no lo quiere nadie. En estas montañas sólo hay polvo, miseria y odio. —Volvió a toser y se agarró al jersey de Gyentse con desesperación—. ¿Vas a ayudarme? Tengo mucho miedo...

Unas cuantas lágrimas se desbordaron de sus ojos dejando surcos en la capa de polvo que se le había pegado a la cara.

—Espero que seas tú quien me ayude a mí —dijo Gyentse.

—No sé cómo... —fue capaz de contestar.

El dolor que le atenazaba estaba impreso en su rostro.

—Diciéndome la verdad.

—¿La verdad sobre qué?

—Sobre lo que estáis haciendo en esta zona. Aquí no hay puestos militares ni pasos fronterizos que cubrir.

—¿Qué voy a ganar diciéndotelo? —dijo, sacando ahora un brote de rabia.

—Guardándotelo para ti es como no ganarás nada.

—De todas formas no creo que tengáis nada que ver con el lama...

De nuevo las toses, cada vez más ásperas.

—¿Cómo?

—Vamos detrás de un lama de Dharamsala y de un occidental. Mi superior dijo que seguramente van acompañados de un guía.

Gyentse trató de ocultar su estupor. Se percató de que el soldado ni siquiera se había fijado en mi cara. Le había atacado por sorpresa y lo siguiente que vio fueron las balas del oficial impactando en su cuerpo. El lama aguantaba como podía las ganas de llorar.

—Sigue.

—Estamos peinando la zona. Los fugitivos llevaban un localizador en el vehículo, lo que los mantenía controlados, pero abandonaron su jeep al llegar a un monasterio situado en esta región. Suponemos que habrán seguido a pie...

—Y ¿qué ha hecho ese lama para que dediquéis tantos esfuerzos en su captura? —consiguió articular Gyentse.

—No lo sé, pero todos están muy nerviosos desde que llamaron del alto mando de Lhasa. Al parecer interceptaron su vehículo cuando vieron que regresaba a la capital, pero ya era tarde. En el coche sólo viajaba el chófer, y en todo momento se negó a delatarles. —Un borbotón espeso le burbujeó en la boca, pero siguió hablando como si en ello le fuera la poca vida que le quedaba—. Y ahora hemos de buscarles por toda la maldita meseta. Lo que no imaginábamos era que moriríamos a mano de un grupo de bandidos...

—¿Qué le ha ocurrido a ese chófer?

—¿A quién le importa...?

Dejó caer la cabeza hacia el otro lado y vomitó la sangre que se le acumulaba en la boca.

Gyentse se levantó y vino hacia mí. Me tradujo palabra por palabra todo lo que le había contado el soldado. No podía creerlo.

—¡No es posible! ¿Quién nos está siguiendo? —grité exasperado.

—Es todo lo que me ha dicho.

—¡Un localizador en el coche! ¡Nos han tenido controlados desde que salimos de Lhasa! ¡Y Chang torturado...! ¡No puedo imaginar cómo...!

—Ahora comprendo por qué los helicópteros no nos persiguieron tras la huida del control en la carretera.

—¿Estás diciendo que cesaron la búsqueda porque a alguien le interesaba que llegásemos sanos y salvos a nuestro destino?

—Eso no me lo ha dicho el soldado, pero resulta lógico pensar que pretendían que encontrásemos el *terma* para ellos.

—¡Vuelve y pregúntale quiénes son! ¡Pregúntale, Gyentse!

Apenas podía contenerme. Quería lanzarme sobre el moribundo y zarandearle para que me explicase hasta el último detalle.

—Estoy seguro de que me lo ha contado todo —dijo Gyentse tratando de que me serenase—. Míralo, es sólo un crío. Y sabe que se está muriendo.

Alguien nos había delatado. Detuvieron a Chang porque

creían que ya estábamos regresando a Lhasa. ¡Un localizador! ¿A quién podría interesarle que alcanzásemos nuestro destino antes de apresarnos? Me llevé las manos a la cabeza y la apreté a la altura de las sienes. Las dos bolsas de dolor que ya me había acostumbrado a soportar desde que sufrí el ataque en el campamento nómada parecían inflarse ahora en su interior hasta lo insoportable. Creí que mi cerebro iba a reventar, que se me iban a salir los ojos por la presión. Sujeté a Gyentse por los hombros enérgicamente.

—¿Qué estamos haciendo? —le pregunté—. ¿Acaso nos hemos vuelto locos?

Su expresión había cambiado. Ya no se mostraba como cuando le abandoné al otro lado del cerro, ni como cuando, hacía tan sólo unos minutos, bajó por la ladera.

—Tenías razón —dijo él.

—¿A qué te refieres?

—A lo que hablamos en el despacho del Kalon Tripa en Dharamsala, cuando justo habíamos descubierto los motivos que habían llevado a los asesinos a robarnos las vidas de Singay y de los demás lamas... y la de Asha.

—Asha...

—El día que decidí acompañarte.

—Apenas me acuerdo de ella... Es terrible...

—No puedes abandonarme ahora, Jacobo —siguió diciendo sin reparar en que apenas le escuchaba—. Ese *terma* es tan importante para mi pueblo... No nos quedan muchas esperanzas, lo sabes, ¿verdad?

—Gyentse, no puedo más...

—Tenemos que encontrar ese rollo de pergaminos antes de que caiga en manos de esos criminales. Ahora soy yo quien te lo pide.

Me abrazó más fuerte de lo que había hecho nunca.

—¡Vamos! —gritó de repente Solung—. ¡Basta de hablar!

¡No debemos permanecer aquí más tiempo! —Cargó el arma con un chasquido seco—. ¡Apartaos!

Lejos de apartarse, Gyentse se arrodilló junto al soldado y le estrechó la cabeza contra su pecho.

—¡Eso sí que no lo permitiré!

El kampa se volvió hacia mí, como si esperase un asentimiento que le autorizase a ejercer su autoridad sobre el lama.

—No podemos dejarlo así, ni tratar de llevarlo con nosotros —dijo Solung intentando parecer más calmado—. Eso sí que sería cruel. ¡Apártate! —gritó poniéndose nervioso de nuevo.

Levantó el fusil.

De repente me pareció estar en mitad de una alucinación. Pensé en todo lo que había ocurrido durante la última hora y decidí que no podía ser real. Me vi de pie en mitad de la cordillera del Himalaya, a escasa distancia de los destacamentos que controlaban la frontera de la región india de Cachemira, cuyos efectivos saldrían a buscarnos en el momento en que descubriesen lo que habíamos hecho con una de sus patrullas. Para entonces ya sabía que medio ejército chino nos perseguía desde que salimos del monasterio del oráculo, una vez que los asesinos de Singay, tras apresar a Chang, dieron la voz de alarma e informaron de nuestra presencia en la zona. Miré a mi alrededor. Sólo había charcos de sangre. Pensé en Louise y en Martha y me embargó la impotencia y el miedo. Era como si me proyectase de espaldas hacia el interior de un túnel a velocidad de vértigo mientras veía cómo la luz del mundo real se empequeñecía hasta desaparecer.

Gyentse se levantó rompiendo a llorar y el jefe Solung disparó al soldado en la frente.

34

Aquella noche aún cabalgamos unas horas más. El sendero estaba cortado cada pocos kilómetros por los desprendimientos que ocasionaban las lluvias.

—Supongo que al menos este camino endemoniado dificultará la persecución de los militares —se consolaba Gyentse mientras miraba al fondo del precipicio.

—El ejército chino ya no es como el de Mao, cuya única estrategia era enviar millares de soldados corriendo en masa para aplastar al enemigo —le desengañó Solung con frialdad—. Hace años que modernizó sus tácticas y su material, así que no dejéis de estar alerta.

Los dos días siguientes fueron aún peores, más duros a lomos del caballo. Emprendíamos la marcha cuando todavía no había amanecido y apenas descansábamos hasta la noche. Las paradas no duraban más de media hora, lo suficiente para refrescarnos y estirar las piernas. Nadie hablaba. Yo estaba agotado por el lento trote sobre las piedras y por la fuerza que teníamos que hacer hacia atrás. Era la única manera de no caer al suelo cuando el animal tensaba las patas delanteras para descender por las paredes interminables de grava gris. Pero lo peor era la enorme presión que soportábamos desde que sabíamos que nos estaban persiguiendo.

En más de una ocasión llegué a pensar que mis ojos iban a reventar de tanto mirar a través de la llovizna cuando creía divisar alguna patrulla china. A ratos trataba de mantenerlos cerrados durante unos minutos y me dejaba llevar. Aflojaba las riendas y el caballo seguía la fila sin inmutarse. Entonces dejaba fluir mis pensamientos como si estuviera dormido y se abalanzaban las imágenes de Martha y de Louise. Eran lo único que me mantenía cuerdo. Aquel paraíso de roca se había tornado en un infierno del que sólo podía salir siguiendo el hilo que unía mi mano con la de mi hija desde que nos despedimos en la parada del autocar.

Imaginaba a Martha al otro lado del planeta. Acababa de acostar a Louise y trataba de poner un poco de orden en la casa. Caminaba por el porche de madera, pasando la mano por la barandilla de troncos pulidos, apagando el candil y las velas que aún permanecían encendidas, recogiendo del suelo las libretas en las que Louise garabateaba durante horas. Después se quedaba dormida. Sólo los mil ruidos sordos de la selva atravesaban la oscuridad sin perturbar la calma. También imaginaba a Louise. Estaba en la otra habitación. Cuando se despertaba en plena noche no lloraba ni nos llamaba. Abría los ojos y miraba el techo pajizo, y al momento escondía el azul pálido de sus pupilas tras los párpados de algodón, adentrándose en un nuevo sueño poblado de peces del lago y loros de pico amarillo.

—¡Allí está! —gritó Solung de repente, despertándome de súbito.

Acercó su caballo al mío y señaló al fondo del desfiladero.

—¡Aquellas ruinas, detrás del riachuelo!

Había llegado a pensar que jamás llegaría ese instante, pero lo habíamos logrado. Nos encontrábamos frente a las ruinas de la antigua lamasería de Lobsang Singay.

—¡Hemos llegado, Jacobo! ¡Hemos llegado!

Todos callamos hasta cerciorarnos de que no había nada que temer. Aceleramos el paso. El lugar estaba desierto. No se escuchaba otro sonido salvo los relinchos de los animales a cada golpe de estribo. A pesar de ello los kampa, cumpliendo sus protocolos bélicos habituales, deshicieron la fila y se abrieron hacia los lados en dos grupos. Sujetaban las armas con una mano mientras con la otra mantenían la tensión de las bridas con suma precisión. Los caballos preveían sus movimientos como si ambos, guerrero y animal, fuesen el cerebro y el cuerpo de un centauro.

La antigua lamasería se confundía con la piedra de la montaña. No había banderas ni tapices. La pintura de los pocos edificios que aún se mantenían en pie había desaparecido. Las estupas que se construyeron formando un pasillo que llegaba a la entrada también se habían mimetizado con la roca gris.

Nos introdujimos entre las ruinas. De nuestras bocas no salía un solo comentario. Pensé que aquel monasterio sí que había sufrido, mucho más que nosotros, el ataque de los demonios y del fuego que vaticinó el oráculo.

A través de lo que en tiempos debió de ser la entrada principal se accedía a un patio rodeado de columnas. Desde ambos lados partían sendas escalinatas para llegar a las dos alturas que lo circundaban. En los corredores superiores se adivinaban unos huecos que en su día debieron de corresponder a diferentes estancias, hoy irreconocibles. Se habían hundido todos los techos. Gyentse sacó los croquis que había dibujado el abad para tratar de situarse.

—Demos una vuelta —dijo.

Caminamos hacia un edificio que conservaba las cuatro paredes. Empujé la puerta. La madera estaba podrida y ennegrecida. Chirriaron los goznes oxidados. El sol de la tarde entraba por los ventanucos y estampaba cuadrados de luz en el suelo.

—Éste tuvo que ser el templo central —indicó Gyentse acercándome el croquis—. Subamos a la terraza.

Aún se reconocía la planta de la lamasería, construida siguiendo un particular diseño arquitectónico similar al primer monasterio del Tíbet que fundó Padmasambhava, el mismo maestro que enterró los *terma*. Estaba copiada de los mandalas, las representaciones circulares del universo budista.

—Este templo simbolizaba el monte sagrado que habitan las divinidades búdicas —siguió explicándome Gyentse con emoción—. Mira allí —me pidió, señalando al frente—. Como ves, estaba rodeado por muretes de diferentes alturas que a su vez representaban los siete anillos de cordilleras y océanos concéntricos que preservan la morada de las divinidades del resto del universo.

—Si te fijas bien sí que se distinguen —dije, observando las ruinas.

—Aquélla debió de ser la sala de rezos —añadió señalando a un pabellón derruido—. Puedo imaginarlos a todos, sentados bajo el soplido de los cornos, fundiendo en un solo canto las diferentes frecuencias de sus voces. Recuerdo cuando Singay nos explicaba cómo aprendió a controlar la voz para sanar. Decía que en esta lamasería todo era música. Que lo había sido durante siglos, hasta que los bombardeos acallaron para siempre la melodía de Buda.

Gyentse cerró los ojos. Parecía estar escuchando las voces de los lamas muertos, sus diferentes armonías, las nuevas tesituras que iban incorporándose al espectro coral, a cual más grave, como llegadas de las profundidades del mar.

—Eso parecen nuestros rezos —dijo sin abrir los ojos, como si estuviese pensando en alto—. Nada se asemeja más a ellos que el sonido del mar. Las sílabas fijas en una nota, el comienzo de otras más rítmicas, creando entre todos los lamas una ondulación similar a la de las olas.

Unos minutos después regresamos al patio para terminar de recorrer los restos de la lamasería. Enfilamos por un callejón estrecho. A ambos lados se sucedían multitud de pequeñas casetas que en su día pertenecieron a los monjes que podían permitirse una vivienda privada.

—Me parece mentira estar aquí —seguía diciendo Gyentse mientras se asomaba a cada recodo.

—Singay pudo vivir en cualquiera de ellas…

—En aquel entonces sólo era un niño. Sin duda tenía una cama en el edificio de los dormitorios… ¡Fíjate allí! —exclamó de repente—. Aquellas del fondo están mejor conservadas.

Las casas construidas en la zona más elevada de la lamasería parecían haber sufrido con menos intensidad el ataque de los guardias rojos. Las fuimos recorriendo una a una. Todas estaban vacías.

Nos disponíamos a regresar al patio cuando decidí asomarme al interior de una suerte de torreón que también se había mantenido en pie, junto a un tramo de muralla aún reconocible.

—Espera —le pedí.

—Ten cuidado —me advirtió al ver hacia dónde me dirigía—. Puede venirse abajo en cualquier momento.

Aparté por completo la chapa que hacía las veces de puerta para que entrase algo de luz. Ya desde el principio sentí que no se respiraba el mismo olor. Era igualmente rancio, pero no debido a años de abandono. Se parecía al olor agrio de la manteca que impregnaba la tienda del campamento nómada. Esperé unos segundos hasta que mis ojos se adaptasen a la oscuridad. Entonces vi la escalinata que se perdía bajo el suelo.

—¡Gyentse, hay un pasadizo!

El lama se asomó de forma apresurada.

—¿Hay un sótano?

—Parece que sí. Voy a bajar.

—¡Ten cuidado! —insistió.

Apenas podía ver nada, salvo por el reflejo de la luz que entraba por la puerta superior. La escalera terminaba en una sala rodeada de columnas, una especie de catacumba circular. En un extremo había un viejo colchón, un puchero y un bidón de gasolina con restos de agua en su interior.

—Hay algunas cosas que no parecen llevar ahí cuarenta años —le dije a Gyentse una vez regresé arriba.

Apoyada en la pared, una escalera hecha de maderos irregulares clavados con poca destreza conducía a una trampilla. Me encaramé al segundo tablón y tras ver que soportaba mi peso empujé la madera hacia fuera y salí a la terraza. Desde allí se contemplaban íntegramente los restos del viejo monasterio. Gyentse subió al momento.

—Ahora imagino lo que sintió el pequeño Singay cuando despertó a la mañana siguiente al ataque y vio lo que le habían hecho a su lamasería —se lamentó.

Solung se había acercado y estaba dando una vuelta alrededor del torreón. Bajamos para reunirnos con él.

—Alguien ha estado aquí no hace mucho —le informó Gyentse.

—¿No será alguno de nuestros perseguidores? —alertó.

—Eso es imposible.

—¡En esta zona hay soldados por todas partes, ya lo habéis visto!

—Si hubiese parado aquí una patrulla habría dejado más huellas. Estoy seguro de que se trata de una sola persona.

Decidimos explorar los aledaños de la lamasería por si encontrábamos al morador del torreón. Organizamos dos turnos de búsqueda. Éramos conscientes de que no convenía dispersarnos por si aparecía una patrulla china, pero también sabíamos que si dábamos con alguien que hubiera vivido allí quizá podría facilitarnos la búsqueda del *Tratado*.

A Gyentse y a mí nos dejaron para el segundo turno. Solung se quedó con nosotros, y también los dos kampa heridos.

Mientras esperábamos a que los demás regresasen preparamos una fogata en medio del patio para calentarnos y cocinar algo. Teníamos que recuperar fuerzas.

Solung me observaba con detenimiento. Yo le aguantaba la mirada sin parpadear. En un momento dado se dirigió a Gyentse en voz baja. Mi amigo lama tradujo de inmediato sus palabras.

—Solung me pregunta si tienes mujer.

Asentí para que pudiera entenderme el kampa.

—Me pregunta si la compartes con algún hermano.

Ambos rieron al ver mi reacción. Eran las primeras risas que escuchaba desde que habíamos llegado al Tíbet. Solung hizo un gesto de burla que hasta entonces no había visto en él.

—No te ofendas —continuó Gyentse—. En algunas zonas de la meseta es habitual encontrar familias compuestas por dos hombres y una mujer. Y aún es más común que eso ocurra entre hermanos, ya que el mayor y el menor de cada estirpe suelen casarse con la misma.

—Y ¿qué hacen los hermanos medianos? —pregunté siguiéndoles la broma.

—Los medianos suelen hacerse monjes.

El jefe Solung estalló en una carcajada. Creo que fue el único instante de tranquilidad en muchos días. En todos los anteriores y en muchos posteriores a ese momento.

Uno de los kampa del primer turno se presentó de súbito y habló con Solung mientras se agachaba para calentarse las manos en la fogata. No tenía cara de traer muy buenas noticias.

—No han encontrado a nadie —tradujo Gyentse—. Pero el problema es que no hay muchos sitios más donde buscar. El espacio que deja el desfiladero es estrecho. Y más allá están las primeras montañas. En el caso de que alguien se haya adentrado en ese macizo será vano tratar de encontrarlo hoy. Necesitaremos mucho más tiempo.

—Maldita sea... —mascullé.

Todos me miraron, como si esperasen instrucciones.

—Seguiremos buscando de cualquier modo —dispuse.

Me levanté. Gyentse me miró con gravedad. Quizá nos habíamos hecho demasiadas ilusiones.

En ese momento tuve una revelación. Fui a buscar la bolsa del lama y saqué los dibujos de carboncillo de Singay que me entregó el profesor de Dharamsala. Entonces supe para qué los había traído.

Corrí hacia el torreón y de nuevo me encaramé a la terraza a través de la trampilla. Notaba la respiración entrecortada y aquella dolorosa sequedad en la garganta. A pesar del tiempo transcurrido desde nuestra llegada al Tíbet, todavía sufría los efectos de la falta de oxígeno cuando hacía esfuerzos repentinos. Una vez arriba, miré los dibujos y me concentré en el Singay niño.

Poco a poco su imagen fue tomando forma en mi mente. Lo imaginé sentado en el murete que circundaba la terraza del edificio central. El Singay niño observaba las mismas montañas que yo tenía delante mientras los últimos rayos de la tarde proyectaban sombras alargadas sobre el desfiladero.

Entonces, mirando a través de sus ojos, lo vi todo claro.

El primer dibujo parecía representar la cara de un buda sobre una montaña, pero no era así. Era el rostro de la propia montaña lo que Singay había dibujado. Eran los rasgos ocultos de uno de los cortados del desfiladero, descubiertos por los rayos horizontales que ahora se deslizaban sobre la superficie rocosa. Aquella cara enigmática se parecía a la de los budas porque surgía, como la de ellos, para transmitirme algo tan sencillo como determinante. Tenía en mis manos el primer dibujo de Singay, y también veía al fondo el modelo original, tan vivo como entonces, llamándome, atrayéndome. Estaba seguro de que tras aquella montaña hallaría el resto. Miré emocionado hacia donde estaban Gyentse y los kampa.

—¡Debemos encontrar lo que representa cada uno de ellos! —grité, alzando los dibujos—. ¡Ellos nos marcarán el camino hacia el *terma*!

Bajé del torreón y corrí de vuelta al patio. Traté de no aturdir a Gyentse mientras le explicaba agitadamente lo que había descubierto.

—Una vez más —confirmó Gyentse—, Lobsang Singay se funde con los elementos como si fueran un solo ser. Los utiliza para hablarnos desde otros cielos, y sus palabras se entienden a la perfección.

Sin tardanza, y seguidos por todos los kampa, iniciamos el ascenso por la montaña de la cara de Buda. A medio camino alcé la mirada y vi en la cima dos rocas afiladas cuyas puntas se atraían formando una suerte de puerta ojival. Se elevaban bajo un anillo de nubes tintado de un tono rosa que, ya en el ocaso, irradiaba el horizonte. Rebusqué entre los dibujos hasta que encontré uno en el que aparecían dos dagas cuyas puntas se juntaban produciendo un estallido de luz. No había duda. Las dagas de carboncillo representaban aquellas dos rocas afiladas que nos esperaban en la cima, mostrándonos la puerta hacia nuestro nuevo destino. Estaba convencido de que era así. La excitación me hacía subir más deprisa. Al apoyarme en el suelo, que cada vez era más inclinado, me cortaba las manos con las aristas de las piedras. Extendía la tierra por mi frente al secarme el sudor frío. Una vez arriba me situé bajo las dagas de roca. Avancé con una extraña cautela y pronto comprendí cuántos dibujos más no había sabido interpretar el día que los examiné en Dharamsala.

Estábamos rodeados por las montañas que Singay se llevó consigo al exilio. Desde allí reconocía claramente las laderas que, en carboncillo, parecían túnicas desplegadas que permitían cruzar una pendiente peligrosa evitando un glaciar. También veía los árboles secos movidos por el viento que el Singay niño dibujó como un grupo de monjes representando una danza, dirigiendo sus brazos hacia una senda que, sobre el papel, serpenteaba como un áspid.

La naturaleza reproducía cada dibujo para nosotros, haciéndonos ver que nos hallábamos en el camino correcto.

Era tarde. El cielo estaba salpicado ya de nubes negras, desmenuzadas sobre un firmamento violeta que se cerraba poco a poco. Pero aun así pude verlo con claridad. En el monte que se elevaba al otro lado del barranco reconocí la gruta que el Singay niño había dibujado en la última lámina. Era la misma gruta de carboncillo en cuya entrada Singay representó al pintor de mandalas con el cartucho bajo el brazo. Me volví hacia Gyentse con tanta emoción que se me saltaban las lágrimas. Sabía que en el interior de la gruta nos esperaba el *Tratado de la Magia del Antiguo Tíbet*.

Nos recostamos en un rincón resguardado para tratar de dormir al raso. Intentar cruzar en la oscuridad habría sido un acto suicida. Caí rendido mientras la gruta se ocultaba, al otro lado del precipicio, tras la negrura de la noche.

Cuando reanudamos la marcha al alba todo se había teñido de un fantasmagórico gris claro.

—Vamos a tener problemas —declaró el jefe Solung mirando al cielo.

Las nubes avanzaban a gran velocidad. Como había predicho el kampa, de improviso nos vimos en mitad de una tempestad de viento y nieve.

Nuestro avance se hizo extremadamente difícil. Tardamos varias horas en descender por el barranco que indicaba el dibujo, y que nos evitaba internarnos en el glaciar, y en volver a subir hasta el nivel donde se ubicaba la gruta. La única forma de llegar hasta ella era siguiendo la senda que señalaban los monjes de carboncillo. Era extremadamente estrecha. Estaba pegada a la montaña y el borde se deshacía ante nuestros ojos por el azote de la tormenta, desapareciendo en el vacío.

Pegábamos la espalda a la montaña para separarnos todo lo posible del precipicio, pero ni aun así lográbamos evitar el riesgo de despeñarnos empujados por el viento o por resbalar al pisar la tierra mal asentada. A pesar de todo, no sentía miedo. Sólo escuchaba la llamada del *Tratado* al final del camino. La sensación de verdadero pavor me asaltó cuando por fin llegamos a la boca de la gruta y, volviendo la vista atrás, pudimos divisar con detalle el camino que habíamos recorrido. Tuve que sujetarme el muslo con las dos manos para que no me temblase la pierna, como si estuviese sufriendo un ataque de epilepsia. Ni siquiera quise plantearme que, en breve, tendría que pasar de nuevo por allí para regresar a la lamasería.

Me dejé caer al suelo. Al relajarme sentí con más intensidad aquel dolor en mi cabeza; parecía haberse instalado en mis sienes para el resto de mi vida. Apreté los ojos, como si así pudiera alejarlo de mí. Ahora no, pensé, ahora no, necesito estar despejado... Gyentse también yacía de espaldas, bajo las estalactitas que poblaban el techo de la gruta. Tragué saliva y no le dije nada. Nos incorporamos y desde allí vimos las dos dagas de piedra bajo las que habíamos dormido. Se alzaban sobre la montaña al otro lado del barranco, veladas por la nieve que ahora se precipitaba zigzagueando.

La gruta parecía muy profunda. Gyentse y yo penetramos en la galería seguidos del jefe Solung, que había prendido una antorcha. Los demás permanecieron en la entrada. Nos acompañaba el silbido del viento, lo que indicaba que quizá había otra salida al fondo. Confié en que así fuera, ya que de ese modo evitaríamos tener que desandar nuestros pasos por el sendero infernal que habíamos seguido para llegar a la gruta. Pasado un rato, en plenas entrañas de la montaña, la galería se abrió a una gran sala horadada en la piedra. El techo era un par de metros más alto y las paredes estaban abombadas. Era una burbuja tan perfecta que, más que tratarse de una formación natural, parecía haber sido excavada en la montaña a golpe de cincel.

Era como si hubiésemos entrado en un templete budista, recogido bajo una cúpula opaca de roca y con repisas que asemejaban dos altares levantados uno a cada lado. Estaban repletos de objetos traídos por sus antiguos moradores, tan antiguos que las imágenes y fetiches habían adquirido el mismo color que la piedra. Estaba convencido de que entre ellos se encontraría el *terma* sagrado. La estatua erosionada de un buda nos contemplaba desde uno de lo altares. Parecía esperar que repitiésemos las genuflexiones de los peregrinos. Primero de pie, llevando las palmas pegadas a la frente, a la boca, al pecho, luego arrodillándose para tocar el suelo con la frente. Una de las paredes estaba recubierta de máscaras rituales. Eran máscaras de llanto y de alegría, unas risueñas y otras erizadas de colmillos como las que utilizaban los monjes en las festividades, abandonadas en aquella gruta para darnos a entender que todavía no habíamos visto todas las caras de nuestra aventura.

Comencé a examinar las reliquias. Al momento Gyentse se acercó a mí y me cogió del brazo.

—Jacobo...

—¿Qué ocurre?

—Mira en aquel rincón.

Me estremecí al descubrir a un viejo y escuálido yogui sentado en el suelo en la posición del loto, enfrentado a la pared del fondo. Solung también se sobresaltó al verle. Tampoco había reparado en él al entrar, tal era su inmovilidad y el color de su piel y de su túnica que, como el Buda del altar, se confundían con la propia gruta.

—Tiene que ser el maestro ciego —dijo Gyentse.

—El viejo pintor de mandalas.

—No puedo creer que esté vivo.

—Sin duda es él.

Mi vida se detuvo por completo. Permanecí allí, aguantando la respiración, a la espera de que el yogui moviese un solo músculo de su espalda arcillosa.

35

—Ni siquiera respira... —susurré pasados unos minutos.

—Sí que lo hace.

—Es como si no se hubiese movido en estos cuarenta años.

—Será capaz de no moverse ni comer durante semanas —afirmó Gyentse, intuyendo el control que la mente del yogui habría logrado ejercer sobre sus órganos vitales.

—Unas semanas no es lo mismo que cuarenta años. Aquí no tiene de nada...

—Los ascetas como él lo consiguen todo a través de la meditación —me susurró Gyentse—, incluso vencer el frío del Himalaya. Pasan los inviernos a la intemperie tan sólo arropados por sus túnicas gracias a una técnica milenaria que llamamos *tum-mo*.

Pensé en los tratamientos curativos que recibí en Dharamsala. Desde entonces no me permitía dudar acerca de la realidad de las leyendas que surcaban la meseta. Consideraba ciertas cada una de aquellas historias sobre levitaciones, telepatía y adivinación que, fundiendo las enseñanzas de Buda con los códigos de la magia, habían forjado el carácter de aquel Tíbet hechizante.

En ese momento, la cabeza del anciano latigueó hacia un lado. Pasados unos segundos lo hizo de nuevo, con si estuviera sufriendo descargas eléctricas. El templete de roca se llenó entonces con la voz gutural del lama.

—¿Quiénes sois?

—Maestro, somos amigos de Lobsang Singay —se le ocurrió decir a Gyentse.

El lama asintió. Era como si pudiera vernos a través de la extraña abertura que exhibía en la nuca. Finalmente se volvió y nos habló estirando el cuello, atrayéndonos con el movimiento de sus ojos blancos.

—Han pasado muchos años desde la última vez que alguien vino por aquí.

—Pensábamos que ya no…

—No he muerto aún.

—Nos alegramos de que así sea.

Comenzó a deshacer el lazo de sus piernas y a estirar los brazos para desentumecerse.

—No puedo ofreceros nada, salvo mi conversación.

—No se preocupe —mentí.

—Todos necesitamos algo.

No sabíamos qué decir. Desconocíamos cuánto tiempo habría transcurrido en aquella posición y, aunque estábamos ansiosos por interrogarle, nos contuvimos en espera de que fuese él quien comenzase a hablar.

—¿Habéis visto la lamasería? —preguntó.

—Sí —respondió Gyentse—. Tuvo que ser un lugar fantástico. Aún se reconoce su planta en forma de mandala.

El yogui se dio la vuelta y apoyó la espalda contra la pared. Nosotros también nos sentamos en el suelo. Después de acariciar su túnica en un gesto repetido se perdió en el recuerdo.

—Nunca faltaban novicios dispuestos a ayudarme a restaurar los muros exteriores o a elaborar los mandalas —nos explicó mientras dibujaba círculos en el aire—. Algunos los hacíamos de arena; otros sobre pergamino y, en ocasiones, los pintábamos en las paredes del patio. Los peregrinos quedaban impresionados cuando les abríamos las puertas y los colores del monasterio les transmitían sentimientos y emociones que nunca habían experimentado. Paseaban entre las columnas y veían cómo se desangraba el rojo, cómo el azul flotaba en los ríos del Nirvana, veían florecer el verde y oscurecerse el negro sobrecogedor del miedo en la rueda del *samsara*.

—Volverán esos días, sin duda —aseveró Gyentse, rompiendo el silencio que de repente había dejado el maestro.

—Este monasterio vivía para la doctrina, pero también para preservar cualquier manifestación cultural de nuestro pueblo.

—Como la medicina —afirmé.

El pintor de mandalas pareció palpar durante unos segundos el eco de mis palabras.

—Sobre todo para eso —repuso—. Y de entre nosotros Lobsang Singay fue su más alto embajador. Pero no creáis que hablamos de diversos saberes, ni que pueden ser tenidas en cuenta unas artes sin las otras. —Cambió de nuevo sus esqueléticas piernas de posición—. Nuestra medicina es pintura, y filosofía, y psicología, y naturismo y ecología. Equilibra el cuerpo, la mente y el espíritu, y los sana armonizándolos con el cosmos que nos acoge y del que formamos parte.

—Es parte de la herencia chamanística del antiguo Tíbet —susurré, recordando las palabras del maestro Zui-Phung.

El pintor de mandalas calló durante unos segundos.

—Cuando Ythog Yontan Gompo el Joven, una de las reencarnaciones del Buda de la Curación, compiló la sabiduría médica tibetana en el siglo XII partió de esas mismas raíces chamanísticas. Y cuando quinientos años después Sangye Gyamtso escribió sus *Comentarios sobre los Cuatro Tantras*, cuyas láminas y consejos aún son utilizados hoy por los médicos tibetanos, también recogió muchos ritos de las montañas.

—Hace ya tiempo que escuché esas palabras de boca del propio Singay —añadió Gyentse.

—Es como si una parte de mí se hubiera ido con él. Nunca pensé que le sobreviviría —se lamentó el maestro.

Un estremecimiento recorrió mi columna vertebral, como si toda la humedad de la gruta hubiese calado en mis huesos. Gyentse también se percató de que todavía no le habíamos dicho que Lobsang Singay había muerto.

—Maestro, ¿cómo sabe que Singay…?

—Lo supe al momento.

De repente sólo se escuchaba el goteo que destilaba una estalactita.

—Cuando alguien cercano muere ya no vuelves a ser la misma persona —dije de forma casi inconsciente.

Una vez más pensé en Asha. Y en Martha y en Louise, y como siempre me concentré para no desfallecer.

—¿Visteis anoche las estrellas que poblaban el cielo?

—Sí.

—La muerte está mucho más próxima que las estrellas, pero nos resistimos a verla. Y sin embargo creemos comprender la lejanía de esos puntos de luz, aun sabiendo que cuando los divisamos ya han dejado de existir. Tú has visto la muerte hace poco, Jacobo.

—Así es —me lamenté.

De nuevo el goteo.

—La pérdida de un ser querido es la que causa una modificación más severa en nuestro ser, que muta segundo a segundo con el resto del cosmos. Pero no hemos de olvidar que quien fallece renace en otro lugar y en otra cosa, convirtiéndose en el fruto de los actos que él mismo y el resto de la humanidad hemos ido consumando a lo largo de su vida. Por eso has de superar tus aflicciones y hacer con determinación lo que las personas que aún están en este mundo esperan de ti.

Entonces lo supe. El pintor de mandalas me pedía que se lo preguntase.

—Maestro, ¿tiene usted el cartucho que guarda el *Tratado…*?

—*… de la Magia del Antiguo Tíbet* —completó.

Asentí sin pronunciar palabra, de nuevo sintiendo que podía verme.

—Lo he guardado en esta gruta durante décadas, esperando el momento en que Lobsang Singay decidiera volver por él.

Percibía cómo la circulación de la sangre se aceleraba en mi interior.

—¿Y dónde está ahora? —pregunté.

—Sabes bien que sigue aquí. Sé que percibes su proximidad con fuerza. Al fin y al cabo, a ti te fue encomendado continuar la labor del *tertön* cuando Lobsang Singay murió.

—Yo no soy un buscador de tesoros…

—El tesoro ya estaba desenterrado. Lo que hacía falta era un nuevo guardián para la flor de loto.

—No sé a qué se refiere…

—Cuando el maestro Padmasambhava enterró este y otros *terma* hace trece siglos lo hizo porque la humanidad aún no estaba preparada para comprender en todo su alcance la esencia del budismo tibetano que aquellos resguardaban. Pero también anunció que, cuando llegase el momento, unos descubridores de tesoros serían iluminados espontáneamente con la claridad necesaria para desenterrar los *terma*. Lobsang Singay supo que ese día había llegado y desenterró el *Tratado*. Pero su tarea no terminó ahí. A partir de entonces asumió una labor añadida a la que había sido asignada a los demás *tertön*. Lobsang Singay comprendió que, tal como discurrían las cosas para nuestro pueblo, el legado del Tíbet estaba a punto de perderse para siempre, por lo que decidió actuar en consecuencia. En ese momento se convirtió en el último guardián de la flor de loto.

—En cualquier caso no tuvo tiempo de culminar su trabajo... —apuntó Gyentse.

—Cuando falleció —continuó explicando el pintor de mandalas—, alguien debía hacerlo por él. Entonces apareciste tú —me señaló—. Eras la persona designada para recibir la inspiración que Lobsang Singay envió desde el cuarto cielo.

Recordé la conversación telefónica que mantuve con Martha desde Nueva York cuando me pidió que me encargase de repatriar el cuerpo de Singay, y de todos los eslabones engarzados desde entonces.

—¿El guardián de la flor de loto? —pregunté con asombro.

—Ya lo entenderás a su debido tiempo.

Miles de imágenes se abalanzaban para conseguir un hueco en mi cabeza.

—Maestro, ¿dónde está el *Tratado de*...?

—Está ahí —me cortó, señalando uno de los altares de piedra.

Me acerqué despacio. Había un cartucho exactamente igual al que Singay había dibujado en sus láminas de carboncillo, parecido a un carcaj para flechas cerrado por ambos lados. Nadie hubiera dicho que contenía un tesoro. Mediría poco más de medio metro y un palmo de diámetro, y tenía una cinta atada en los extremos para llevarlo a la espalda.

Traté de hacer girar la tapa. Estaba sellada.

Me volví hacia Gyentse. Permanecía callado, sin apartar los ojos del *terma*.

—¿Puedo...? —dijo por fin, alargando un brazo.

Cogió el cilindro y lo hizo girar sobre sí mismo. Retiró con delicadeza la tierra que lo cubría, dejando a la vista el cuero rojo decorado con cuatro guardianes protectores. También ellos aparecían en la réplica de carboncillo de Singay. Aquellas deidades con espadas de fuego y bocas pobladas de colmillos rodeaban el cartucho como si quisieran defenderlo de manos indeseables y lo iluminaban con los vivos colores de sus corazas de guerrero.

—No pude resistirme a restaurar los dibujos que lo cubrían —dijo el maestro ciego—. Pero de eso hace mucho tiempo. ¡Una cosa más! —añadió.

—Le escuchamos.

—No lo abráis. Eso habrá de hacerse en el momento preciso.

—Se lo entregaremos al Dalai Lama —resolvió Gyentse—. Nadie mejor que él podrá comprender su contenido.

Gyentse volvió a entregarme el cartucho y sentí la necesidad de echar a correr de vuelta a Dharamsala.

—Puede venir con nosotros si lo desea —dije, conociendo la respuesta.

—Éste es mi hogar. No puedo acompañarte, pero a cambio te regalaré una historia para que la lleves contigo. Pronto sabrás por qué he decidido contártela. Esa pulsera que rodea tu muñeca es de sándalo, ¿verdad?

Le miré sorprendido. Estiré la goma e hice rodar de forma instintiva alguna de las cuentas.

—Sí, de sándalo.

Comenzó a hablar, cautivándome con sus palabras.

—Un hombre que vivía en un país donde no existían árboles de sándalo llevaba tiempo obsesionado por saber cómo olía aquella madera, ya que mucha gente le había contado maravillas acerca de su exótico aroma. Para ello consultó con su maestro, el cual se limitó a regalarle un lápiz. Un poco decepcionado, el hombre usó el lápiz para escribir a sus amigos de otros países pidiéndoles que le mandasen un pedazo de la anhelada madera. Escribió una carta tras otra, pero nunca obtenía contestación. Sin embargo un día, mientras mordisqueaba el lapicero pensando en quién le quedaba por escribir, percibió un dulce perfume. Fue entonces cuando se dio cuenta de que siempre lo había tenido en sus manos. El perfume que le embriagaba surgía del corazón de su propio lápiz de sándalo.

—Todo está en nosotros... —susurré.

—No te subestimes —me dijo el pintor de mandalas—. Y ahora haz lo que tengas que hacer. Como te he dicho antes, en su momento sabrás cómo aplicar esta historia.

—Pero...

—Tienes la fuerza de los guardianes de la flor de loto. Recuérdalo.

—¿Volveremos a vernos?

No sabía por qué había formulado aquella pregunta.

—Ven aquí. Te ahorraré tener que regresar a esta gruta el día que estés definitivamente preparado para solucionar lo que te perturba.

Me acerqué un poco más al viejo lama; estaba tan cerca que escuchaba el eco cavernoso de su respiración. Él cogió mi mano y le dio la vuelta, dejando la palma hacia arriba. Colocó seis dedos sobre mi muñeca, el índice, el corazón y el anular de cada mano y comenzó un baile de ligeras pulsaciones, captando mi pulso, acompasándose con él, llegando hasta las profundidades de todos mis órganos, asiendo las riendas de mis cauces energéticos. Cerré los ojos y me concentré en mi propio ritmo cardíaco. Después de unos minutos tiró de mi mano y acercó su cara a la mía. Así permanecimos unos segundos. Su aliento olía a roca.

—Dadme algo para escribir —dijo.

Hice un gesto a Gyentse para que le acercase una de las láminas de carboncillo. El pintor de mandalas tanteó el suelo a su alrededor en busca de un pedazo de piedra. Apoyó el papel sobre la rodilla y comenzó a llenarlo de caracteres tibetanos. Sus trazos, a pesar de la ceguera, eran sorprendentemente certeros.

—Entrega esto a tus médicos de Dharamsala.

Me devolvió la lámina.

—Gracias por todo.

—Soy yo quien debe dártelas a ti por todo lo que estás haciendo. Pero no tengas prisa y ábrete al aprendizaje, porque es la única forma de llegar al conocimiento absoluto. No olvides nunca que todos necesitamos un maestro, y considérate afortunado por haber encontrado el tuyo. Hay quien no lo consigue en toda su vida.

—Gyentse…

Nos miramos mutuamente.

—Así es —dijo el pintor de mandalas—. Gyentse es tu maestro. Lo ha sido hasta ahora y ya lo será para siempre, allá donde estéis.

El yogui volvió a colocarse en idéntica posición a la que tenía cuando llegamos y supimos que la conversación había terminado.

Me encaminé hacia la boca del pasadizo, pero antes de salir aún me volví un instante.

—Pregúntamelo. No me ofenderás con tu curiosidad —añadió el viejo lama antes de sumirse en su estado de meditación profunda, anticipándose de nuevo no sólo a mis palabras, sino incluso a mis pensamientos.

—Cuando usted pintaba mandalas o restauraba dibujos como los del cartucho… ¿ya estaba ciego?

—Nunca lo he sabido —contestó, esbozando una sonrisa.

En ese momento escuchamos un estruendo que provenía de la entrada de la gruta. Eran los kampa, que gritaban y corrían por la galería hacia nosotros.

«Nos han encontrado», pensé, mirando a Gyentse con espanto.

El tiempo se detuvo, al igual que el flujo de la sangre por mis venas. Me faltaba el aire para respirar. Mi cabeza estaba cerca del límite de su resistencia. Era como si un zumbido atronador se hubiese apoderado de la cueva solapando el retumbar de las pisadas que cada vez se oían más cerca.

—¡Están ahí! ¡Nos han seguido! —gritó uno de los kampa mientras se asomaba a la sala.

—¡Es un pelotón entero! —gritó otro guerrero—. ¡No sé cuántos podrán ser!

—¿Cómo que no lo sabes? —se quejó Solung.

—¡La tormenta arrecia y no se ve bien! ¡Serán unos treinta soldados!

—¡Les hemos traído de la mano hasta la lamasería! —gritó Gyentse desconsolado.

—Y después yo mismo les he mostrado la entrada a la gruta… —me lamenté en un susurro.

Solung negaba con la cabeza, desconcertado.

—Nadie tiene la culpa —le consolé, tratando de volver a pensar con lucidez.

—¿Qué podemos hacer?

—¡No hay nada que hacer! —gritó Gyentse.

—¿Dónde están exactamente? —gritó Solung, sujetando por los brazos al kampa.

—¡Están cerca! ¡Han iniciado la subida desde el glaciar!

El maestro ciego había girado el cuello.

—Tiene que venir con nosotros… Por favor —le rogué.

—No es posible, ya lo sabes —contestó el yogui.

—Si se queda aquí le van a…

—Ya he pasado por esto antes. Ve tranquilo y termina aquello para lo que has sido designado.

Permanecí unos segundos mirando sus ojos blancos y me sentí extrañamente en paz.

—Vamos, Solung —dije—. Veamos cómo están las cosas y ya pensaremos algo.

Nos adentramos en la galería y corrimos hacia la entrada.

36

La situación era crítica. Los soldados ya habían rodeado el glaciar y no tardarían más de dos horas en alcanzar la entrada de la gruta. Una patrulla se había apostado al otro lado del barranco, junto a las dagas de piedra bajo las que habíamos dormido la noche anterior. Nuestra única baza era que la tormenta, que seguía arrojando nieve en todas las direcciones, hacía aún más dificultoso su avance.

—¡Apartaos de la entrada y pegaos a la pared de la gruta! —ordenaba Solung a sus hombres—. ¡Nos tienen a tiro desde el otro lado del precipicio, y quizá logren apuntar a pesar de la ventisca!

Los kampa se mostraban tensos, aunque no amedrentados, conscientes de la situación y del papel que les tocaba desempeñar. No era la primera vez que pasaban por una situación como aquella. El lugarteniente de Solung se tumbó en el suelo empuñando su fusil para controlar el avance de los soldados. Los demás limpiaban el arma con aparente parsimonia y canturreaban melodías de guerra. El jefe Solung ordenó a dos de ellos que se internasen por la galería hasta localizar la salida por el lado opuesto, siguiendo el pasadizo que partía de la sala donde se encontraba el maestro ciego. Sin duda debía de haber otra salida. La corriente de aire lo indicaba así.

—Espero que mis hombres regresen con buenas noticias. Por aquí no podemos volver —determinó, diciendo en voz alta lo que era obvio mientras miraba el barranco por el que ascendían los soldados.

Me quedé pensativo.

—¿A qué distancia debemos de estar de la frontera? —pregunté.

—¿Con la India?

—Sí. Estamos cerca de Cachemira, ¿no?

Su rostro se iluminó un instante.

—Si estás pensando en cruzar...

—Si hubiera otra salida por el fondo, y si ésta diese al valle contiguo situado al otro lado de la montaña...

—Sería muy costoso, pero se podría llegar a pie. Muchos exiliados consiguen atravesar la frontera cada año.

—Pero Jacobo, no podemos... —murmuró Gyentse después de traducir las palabras del kampa.

—Ya has oído a Solung —le repliqué—. Tan sólo disponemos de dos horas. Además, ¿qué sentido tendría tratar de regresar al monasterio del oráculo? Han detenido a Chang y, con el giro que han tomado las cosas, nadie vendrá para llevarnos de vuelta a Lhasa. Ahora sólo nos tenemos a nosotros mismos. —Apoyé una mano en su hombro—. Y no nos hace falta nadie más, ya has oído al pintor de mandalas. Confiemos en encontrar esa otra salida por el fondo.

—Lo que tú digas —concedió, dejando caer la vista al suelo.

Me volví hacia el jefe Solung.

—Siento tanto haberte metido en esto...

—Yo acepté el encargo. Y jamás me arrepentiré de haberlo hecho después de lo que tú hiciste por mi hija.

En ese momento apareció uno de los kampa que habían salido a inspeccionar el pasadizo.

—¡La salida está a unos quinientos metros! —gritó—. Por

algunas zonas el paso es muy estrecho, pero siempre queda hueco suficiente para atravesarlo. Yo soy el más grueso del grupo y lo he hecho, así que los demás...

—¿Dónde termina el pasadizo?

—Sale al lado opuesto de la montaña.

—¡Bien!

El gesto del kampa no acompañaba nuestra alegría.

—¿Qué más tienes que decirnos?

—Da a una pendiente lisa de hielo.

—No puede ser... —me desilusioné.

—¿Se puede bajar? —preguntó Solung.

—Es muy inclinada y habría que deslizarse por ella al menos cien metros. Es muy arriesgado, pero al final se llega a otra pendiente casi horizontal desde la que podríamos ascender de nuevo para cruzar al otro lado del macizo. Merece la pena intentarlo.

—¡Nos seguirán! —objetó Gyentse.

—¿Pueden seguirnos sin atravesar esta gruta?

—Es imposible.

—¿Cómo estás tan seguro? —preguntó Solung al guerrero.

—Desde la salida trasera se ve bien todo el paraje, y el pico de esta montaña es absolutamente infranqueable. Los soldados tendrían que dar un rodeo enorme.

—Así que éste es el único acceso para pasar con rapidez al otro lado... —murmuró Solung.

—¡Aunque así sea no tendremos tiempo suficiente para huir! —exclamó de nuevo Gyentse—. ¡Hemos perdido los caballos y ellos disponen de helicópteros y...!

—Esperemos que esta tormenta dure varios días —le cortó Solung—. Mientras continúe nevando con esta intensidad no podrán volar. Y una vez crucemos el primer pico ya no sabrán hacia dónde seguiros.

—De acuerdo. Dile a Solung que dé la orden a sus hombres —le pedí a Gyentse.

—No —contestó al momento el jefe kampa.

—¿No?

Solung me miró fijamente.

—Nosotros hemos de quedarnos.

—¿Qué estás diciendo? —exclamé, tratando de hacerme oír a través del viento que se introducía en la gruta cada vez con más fuerza.

—Dos de mis hombres seguirán el camino con vosotros, pero el resto permaneceremos aquí para retener a los soldados.

—¡De ningún modo!

—No es como la vez anterior, cuando os dejé iniciar solos vuestra travesía.

—¡Ya lo sé, por Dios! ¡Lo digo por vosotros! Huiremos todos juntos. Si os quedáis…

—Es lo único que podemos hacer —resolvió Solung con un tono cargado de afecto—. Gyentse tiene razón al decir que, si ahora partiésemos todos, terminarían dándonos alcance aun cuando se vieran obligados a seguirnos por tierra. Necesitamos que ganéis más tiempo, al menos hasta que crucéis la primera cima. Ya me reuniré yo más adelante con mis hombres donde acordemos. Para entonces, vosotros dos y ese tesoro estaréis a salvo en territorio de la India.

No sabía qué decir. Todo transcurría demasiado rápido.

—Me parece un suicidio por vuestra parte, Solung —declaró Gyentse más sereno. Se volvió hacia mí—. Decide tú, yo no me siento capaz.

Me paré a pensar unos segundos. Oculté la cara entre las manos y las aparté al momento para mirar al jefe kampa directamente a los ojos.

—Todo saldrá bien, ¿verdad Solung?

—Fue el propio oráculo quien vaticinó que debíamos acompañaros hasta aquí, y está claro que esos que se acercan por la montaña son los demonios que aparecían en la predicción. Pero no te preocupes. No seré yo quien les deje avanzar por ese sendero. Si la naturaleza se pone de nuestra parte la tierra se derrumbará bajo sus pies antes de que se nos terminen las balas.

Temía que cualquier cosa que pudiera decirle no demostrase con la suficiente intensidad lo que sentía.

—Esto que haces por mí es digno de un dios.

—No es tan grande como eso. Es como tiene que ser. Lo hago por ti, pero sobre todo lo hago por mi hija. Si no ayudase a quien le salvó la vida, ¿qué clase de padre sería?

Aquél fue uno de los momentos más emocionantes de mi vida. Era sorprendente que un guerrero enfundado en pieles embarradas y con el arma en la mano pudiera transmitir aquellos sentimientos con tanta sutileza y al mismo tiempo con aquella pasión arrolladora. Sus convicciones empujaban con la fuerza de un huracán. Comprendí que su vida nómada no tenía nada que ver con la existencia errante que yo había ansiado. El jefe Solung sabía de antemano qué iba a encontrar en cada nuevo campamento. Lo sabía porque buscaba a su hija en todas sus acciones para brindarle su abrazo, aun desde la muerte. Yo me había refugiado en una vida nómada de sentimientos para no afrontar compromiso alguno conmigo mismo. Ello me impedía comprometerme con los demás y me condenaba inevitablemente a la prisión de la soledad.

—Gracias, Solung.

—Espero que lo que llevas en ese cilindro de cuero merezca la pena —dijo, sonriendo sin ninguna malicia mientras Gyentse traducía sus palabras.

—Supongo que el maestro Padmasambhava o el propio Singay hubiesen preferido que su tesoro se hundiese de nuevo en la nieve del Himalaya antes de que cayese en manos de la soldadesca de Pekín. Así que, en el peor de los casos...

Nos abrazamos con fuerza. Los kampa nos miraban mientras esperaban pacientes los requerimientos del destino.

—¡Vamos! —grité—. ¡No hay tiempo que perder!

—Espera —exclamó Solung.

—El jefe quiere ofrecerte algo —indicó Gyentse.

Solung extrajo un collar del forro de su pechera, un hilo de cuero con una esfera de plata sin pulir.

Gyentse tradujo con solemnidad.

—Solung dice que espera verte llegar a su aldea de la región del Jam con este collar en el pecho y recibir a cambio la ofrenda que le hayas traído de tu tierra.

—Dile que me comprometo a sobrevivir hasta ese día.

—Dice que si fuera él quien hubiese muerto para entonces, uno de sus hijos recibirá tu regalo, lo subirá a la cima que protege el pueblo y lo machacará con un martillo de roca hasta que no quede más que arena y polvo. De ese modo el viento fundirá tu ofrenda con la montaña donde reposarán sus propias cenizas. Así es como recordará la fuerza de vuestra amistad, más allá de la distancia y del tiempo.

—Te lo entregaré personalmente —concluí, y me interné en la gruta seguido de Gyentse y de los dos kampa.

Atravesamos instantes de verdadero pánico. No comprendía cómo el kampa que había inspeccionado la salida, que como él mismo había dicho era bastante más grueso que nosotros, había conseguido pasar por los conductos más estrechos. Cuando llegamos al final y nos asomamos por la salida de la gruta fue como si se abriera ante nosotros una puerta al paraíso. No nos fijábamos en la nieve que caía a ráfagas en todas las direcciones, ni escuchábamos el soplido atronador del viento, ni nos intimidaba la pendiente casi vertical de hielo que teníamos debajo. Habíamos llegado al final de la gruta y sólo veíamos un espacio abierto sin soldados, una nueva montaña al fondo y, más allá, la frontera de la India.

Uno de los kampa se colocó delante de la salida y se volvió hacia nosotros. La nieve le azotaba la espalda.

—¡Recordad siempre que este mundo no es el vuestro! —declaró, tratando de hacerse oír por encima del bramido de la tormenta—. ¡Estamos en el techo del mundo y aquí mandan los caprichos de esta tierra salvaje!

Asentimos con movimientos enérgicos. Apenas podíamos abrir los ojos.

—¡Saltad! —gritó mientras se arrojaba sobre la pendiente de hielo.

Me volví hacia Gyentse. Él hizo un gesto para indicarme que estaba bien y saltó a la vez que el otro kampa. Yo apreté el cartucho contra mi pecho con ambos brazos y también me lancé bajo la ventisca.

37

El avance por la nieve fue tremendamente duro. Desde los primeros pasos acusamos la falta de oxígeno. Pensábamos que nuestro cuerpo ya se habría aclimatado a aquella nueva altura después de los largos recorridos a caballo, pero no era así. Las piernas flaqueaban y era difícil restablecer el ritmo de la respiración si perdíamos la concentración y acelerábamos las inspiraciones más de lo debido. También estaban las bajísimas temperaturas. No habíamos previsto tener que ascender a pie por la cordillera y carecíamos de las prendas adecuadas. Y por añadidura nos pesaba la incertidumbre acerca de lo que estaría ocurriendo en la entrada de la gruta al otro lado de la montaña. El fragor de la tormenta hacía que todos los truenos nos pareciesen disparos. Llegó un momento en el que dejamos de pensar en ello. Habían transcurrido varias horas desde que iniciamos la caminata y sólo nos preocupábamos de avanzar sin caer rodando por las laderas que se resquebrajaban produciendo chasquidos secos.

Así transcurrieron dos días eternos. Dos días de laderas infinitas de lava blanca, congelada y abrasadora al mismo tiempo. Y dos noches en las que apenas fuimos capaces de dormir un minuto. Teníamos que mantenernos despiertos para combatir con todas nuestras fuerzas el frío atroz que nos atenazaba. En realidad temía que si cerraba los ojos jamás volvería a abrirlos. Gyentse comenzó a sufrir síntomas claros de congelación en los dedos de las manos y de los pies. Habían adquirido un extraño color pálido, se le estaban endureciendo progresivamente y el dolor cada vez se hacía más insoportable.

Ya bien avanzada la tarde del día siguiente, el kampa que iba primero señaló hacia una fila de rocas que sobresalían en la parte superior de la montaña, trazando una suerte de sendero. Aseguró que nos conducirían al otro lado, donde era probable que por fin encontrásemos un valle por el cual caminar más aprisa hasta hallar un acceso menos abrupto hacia nuestro destino.

La tormenta pareció darnos un respiro cuando llegamos a la altura de las primeras rocas. Miré al cielo y cerré los ojos temiendo escuchar el eco lejano de algún helicóptero, pero al momento la ventisca se recrudeció y el paraje se vio azotado de nuevo por la furia desbocada de los elementos. Sabía que el mal tiempo era nuestra mejor baza, pero comenzaba a resultar insoportable que todo a nuestro alrededor estuviese cubierto de nieve. Resultaba imposible percibir distancias en la ladera y era difícil de creer que los kampa pudieran orientarse entre la niebla. Ya no se veían ni las marcas de nuestras propias pisadas cuando volvíamos la mirada.

—¡Cada vez está peor! —gritó Gyentse. El viento incesante nos golpeaba la cara hasta parecer que nos iba a arrancar las orejas congeladas—. ¡Y a partir de aquí el camino se hace más empinado!

—¡No podemos detenernos! ¡Sobre todo no te separes de mí!

Le cogí de la mano y sentí que mi amigo ya no podía mover los dedos.

Los kampa avanzaban deprisa. No quería dejar atrás a Gyentse y poco a poco nos íbamos rezagando. Apenas podía distinguir por dónde iban. Respiré hondo y haciendo acopio de las escasas fuerzas que me quedaban me lancé hacia arriba para pedirles que buscasen algún sitio resguardado en el cual esperar a que la tormenta se apaciguase. Corrí metiendo y sacando los pies con rapidez para hundirme lo menos posible en el manto de nieve que ya nos cubría media pierna. Cuando les alcancé, ambos se volvieron sobresaltados.

—¡Tenemos que parar! —trataba de hacerme entender gesticulando—. ¡El lama no puede más!

Ellos negaron con la cabeza y tiraron de mi brazo para que siguiese avanzando. Era como si ya no se planteasen otra cosa que abandonarle.

—¿Qué hacéis? —grité—. ¡Esperad!

La ventisca arreciaba sin freno. La nieve nos golpeaba el rostro. Los kampa no dejaban de gritar y de arrastrarme hacia la cima. Por un momento dudé cómo debía obrar. Quizá tuvieran razón. Quizá seguir adelante sin Gyentse era el único modo de llegar a salvo a la India con el *terma*, la única vía para regresar con mi hija, con Martha. De pronto supe lo que tenía que hacer. Me revolví violentamente y me desembaracé de ellos dando un grito que, por un momento, se escuchó por encima del viento incesante. Ambos me miraron perplejos. Cerré los ojos y respiré hondo. Me inundé del espíritu de la montaña, de la grandeza de la propia tormenta que estaba a punto de arrebatarnos la vida. No podía dejar morir a mi amigo. Seguir juntos era la única forma de conseguir nuestra meta, salvarle era la única meta, la única solución si quería abrazar de nuevo a mi hija, de poder hacerlo siempre.

—¡No os mováis de aquí! —les ordené de pronto.

En ese momento escuchamos otro chasquido, esta vez más cercano, como el latigazo de un rayo. Provenía de la parte superior de la montaña. Los kampa se lanzaron una mirada de espanto a la vez que dejaron escapar un grito agudo y desesperado.

Volví la vista hacia arriba. Me resistía a admitir lo que mis ojos estaban presenciando. La ladera se había partido y una tonelada de nieve caía sin freno hacia donde nos encontrábamos.

—¡Es un alud! ¡Gyentse! ¡Un alud!

Le llamé varias veces con desesperación, sin saber siquiera si podía oírme.

Los dos kampa corrieron hacia el lado derecho del camino, balanceándose para avanzar más deprisa hasta refugiarse detrás de una de las piedras que más sobresalían. Sin duda esperaban que fuera lo suficientemente grande para aguantar el envite de la nieve. Yo no quería dejar solo a Gyentse, pero ni siquiera podía verle. Me quedé inmóvil en mitad del sendero que trazaban las piedras, escuchando a lo lejos los gritos de los kampa, sintiendo la vibración en mis pies, aquel trueno que superaba el aullido del viento y que cada vez se hacía más denso. Miré hacia arriba y comprobé aterrorizado que la ola de nieve se aproximaba implacable y que me engulliría en pocos segundos. Pensé en dirigirme hacia la piedra bajo la que se guarecían los kampa, pero tenía más cerca otra situada en el lado opuesto. Arranqué como pude las piernas de la nieve y corrí hacia ella, pero no llegué a alcanzarla. El suelo se hundió bajo mis pies y caí durante unos segundos hasta dar contra el fondo de lo que resultó ser una especie de fosa. Solté un alarido y me llevé las manos a la rodilla derecha. Sentía punzadas de dolor a través de la tela rota de la pernera. Me aseguré de que seguía llevando el *terma* a la espalda y miré hacia arriba. En un primer momento vi el hueco por el que me había precipitado, y a través de él los copos removidos por la ventisca. Pero al instante sentí encima la vibración del corrimiento y la entrada de la fosa se cubrió de nieve, llenándolo todo de negrura y de silencio.

No puedo saber cuánto tiempo permanecí en aquella cueva sorda, en la misma postura, con los ojos completamente abiertos y ciegos a la vez. Ni un ruido, ni una luz.

Cuando me percaté de que la nieve acumulada podía desplomarse sobre mí en cualquier momento y enterrarme vivo me apresuré a palpar a mi alrededor. Quería comprobar si había espacio suficiente para apartarme unos metros. Estiré el brazo y noté la presencia fría y suave del hielo en unas zonas y áspera de la roca en otras. El hueco se abría hacia la derecha. Avancé cuanto pude arrastrando la pierna hasta que decidí que ya me había separado lo suficiente. Era improbable que nadie acudiera a sacarme de allí. Quizá todos estaban muertos. Intenté dominar mis nervios y me convencí de que era preferible seguir adentrándome en las profundidades del agujero. También pensé que las paredes parecían los laterales de un ataúd de roca. No quería morir solo. Avancé lentamente, tratando de no apoyar la rodilla. Acariciaba la superficie de los charcos y escuchaba el goteo del agua que se filtraba por el techo, produciendo un tintineo que se perdía por el fondo. «Tiene que haber otra salida —me repetía a mí mismo—, también la había en la gruta del pintor de mandalas.» No podía desfallecer. Sólo pensaba en seguir avanzando. Me había alejado tanto del hueco por el que había caído que ya no podía volver atrás. Pero pasaba el tiempo y me flaqueaban las fuerzas. Llegó un momento en el que no pude más, aflojé la tensión de los brazos y me di de bruces contra el suelo. Mojé los labios llagados en un charco y sorbí un poco de agua.

Fue maravilloso perder la conciencia y recobrar la luminosidad, aun cuando fuera en el mundo paralelo de los sueños.

No sé cuándo ocurrió, pero recuerdo el primer destello que, de manera fugaz, atravesó el techo de mi cámara mortuoria. Después vino otro, y otro más. Pensé que serían las señales de bienvenida del túnel del tránsito hacia la muerte, o de la quemazón de mis propias retinas, en todo caso advirtiéndome del final de mi resistencia.

Abrí y cerré los ojos varias veces pero los destellos seguían sucediéndose. No tenían tanta fuerza como para iluminar a su alrededor, pero indicaban una salida. Me incorporé y alcé la mano hacia ellos. Comprobé que incluso podía ponerme de pie. Palpé la pared y descubrí al tacto una escalera de cuerda y tablas. Ascendí hasta dar con un portón oblicuo hecho de maderos mal clavados a través de cuyas juntas se filtraba la luz. Lo empujé hacia fuera. Allí estaba la fuente de aquellos destellos cambiantes. Eran llamas que restallaban. La tormenta había pasado y un grupo de personas se agolpaban alrededor de un bidón en el que habían hecho un fuego. Estuve tentado de arrojarme de nuevo al agujero. Apenas podía verles. Tenía los ojos abrasados por el reflejo de la nieve, y aún más ciegos tras las horas pasadas en una oscuridad total. Pero conseguí enfocar lo suficiente para comprobar que las sombras no venían hacia mí. Ni siquiera se movían. Podían ser campesinos o los miembros de una caravana de nómadas. En cualquier caso no eran soldados.

Saqué el cuerpo y dejé caer el portón, volviendo a encerrar el infierno en su agujero. Me encontraba en medio de una rudimentaria carretera de montaña. No podía creer que hubiese una carretera allí. Entonces me di cuenta. Debía de tratarse de uno de los accesos que llegaban hasta los destacamentos militares que se esparcían en los aledaños de la línea de control. Habíamos avanzado más de lo que imaginaba, y a buen seguro tenía delante uno de los grupos de camineros que reparaban constantemente el firme de aquella carretera que discurría desde Cachemira hasta confluir con las áreas en discusión con China.

Oteé el valle a través de la oscuridad y lo comprendí todo. Sin duda me había arrastrado por un entramado de trincheras excavadas por los soldados. Era posible que allí hubiera habido en algún momento un nido de ametralladoras o una estación de vigilancia, dado el enorme campo de visión que se controlaba sobre el paraje. Si así era, me encontraba en plena zona fronteriza. Confié en que los puestos militares más cercanos fuesen indios o paquistaníes y no chinos. Pero antes debía regresar a buscar a Gyentse y a los dos guerreros kampa. Al pensar en ellos apreté las manos de forma inconsciente rogando que aún estuvieran vivos.

Estaba congelado. Me acerqué hasta el grupo de camineros. Había oído que los traían desde las regiones más míseras y que se dedicaban, a cambio de un poco de arroz, a robar la piedra a la montaña a golpe de martillo allí donde hacía falta y a remover el alquitrán en bidones como el que habían utilizado para la fogata. Me acerqué y abrieron el círculo. Les hice gestos claros de que mi intención era sólo calentarme. Vestían harapos que asemejaban tiras desprendidas de lepra. Tenían la piel y los labios quemados, de un color negruzco, como todo lo demás salvo los ojos inyectados de venas. Sus rasgos inertes parecían tallados en la misma oscuridad.

Me pegué al bidón y, poco a poco, fui dejando de tiritar. No sé qué habría pasado si no hubiese encontrado aquel fuego. Sin duda habría muerto de frío. Volví a pensar en Gyentse y en los kampa. Tenía que seguir adelante y encontrarlos cuanto antes.

Repasé por última vez los rostros de aquellos hombres de la carretera. Cada uno de ellos, durante unos segundos, sin ningún rubor. Eran como una familia de espectros, todos muertos al mismo tiempo. No dijeron nada. Ni cuando llegué, ni cuando eché a andar cojeando. Se limitaron a contemplarme atentos desde su dimensión paralela y a estirar el brazo sin llegar a tocarme.

38

Aquella carretera parecía no terminar en ninguna parte. Ya estaba amaneciendo cuando, por fin, divisé algo que no era nieve y grava.

Era el contorno de una estupa. Un poco más allá, una aldea se esparcía por la ladera.

Corrí hasta la primera casa. Esperaba encontrar a alguien que pudiera ayudarme a buscar a mis compañeros. Me asomé sin ninguna cautela. Era un establo. Dos hombres se afanaban en poner una suerte de yugo a una pareja de yaks. Una expresión de incredulidad apareció en sus rostros. Traté de hacerles entender que necesitaba llegar hasta la otra cara de la montaña. Estaba seguro de que ellos sabrían hacerlo por el acceso más seguro. Durante un rato hablaron entre ellos como si yo no estuviera delante. Saqué algo del dinero que todavía llevaba en un bolsillo y se lo ofrecí. Me lo arrancaron de la mano sin negociar y desde ese momento se mostraron mucho más abiertos a mis explicaciones. Repetían los mismos gestos que yo hacía y asentían sin cesar. Pasamos por su casa a recoger algunos aparejos, comí a toda prisa un cuenco de *tsampa* para no desfallecer y partimos sin más demora hacia el lugar por el que había roto el alud.

La montaña mostraba una faz muy distinta. Los colores, el

olor de la nieve, el silencio. Me parecía increíble haber sido capaz de ascender por aquellas laderas que ahora iluminaba el sol, descubriendo su brillo algodonado, sugerente y mortal, y el tenue azul de las pendientes heladas ocultas a los rayos. Aquella belleza repentina se correspondía en intensidad con el sufrimiento que, a cambio, la cordillera infligía a los que la retaban. El avance por la nieve seguía siendo lento y fatigoso, aun cuando la ausencia de ventisca le restase dureza. Pero lo peor de aquella aparente tranquilidad era que tenía más posibilidades de pararme a pensar, y la imagen del alud engullendo a Gyentse y a los dos kampa me torturaba hasta convencerme de que tarde o temprano, y sólo si la nieve me lo permitía, encontraría sus cadáveres congelados.

Por fin alcanzamos la cima e iniciamos el descenso por la otra cara de la montaña. Poco después divisamos el sendero que trazaban las puntas de las rocas más altas que no habían llegado a cubrirse. Miré hacia todos los lados sin ver otra cosa que aquel manto sorprendentemente liso. Se me aceleró el ritmo cardíaco. Pronto localicé la roca que habían utilizado los kampa para resguardarse, pero tampoco estaban allí. Me volví hacia los tibetanos. Uno de ellos también se esforzaba en escudriñar cada metro cuadrado de la pendiente. El otro negaba con la cabeza, dándose por vencido casi antes de empezar. Seguí oteando aquella pantalla blanca desesperadamente hasta que yo también decidí que no había nada que hacer. Fue entonces, justo antes de que me girase para regresar a la aldea, cuando divisé una sombra que se asomaba detrás de otra de las rocas que sobresalían, mucho más abajo.

—Son ellos…

Los tibetanos se volvieron hacia mí.

—¡Son ellos! —repetí, y un eco colosal me lo confirmó seis veces.

Quise echar a correr hacia abajo pero los tibetanos se arrojaron sobre mí para impedírmelo. No podía lanzarme al rescate sin un amarre, ya que dada la cantidad de nieve acumulada no habría podido subir de nuevo. Eso era lo que les había ocurrido a mis compañeros. Permanecían atrapados en mitad de la pendiente sin poder hacer otra cosa que esperar la muerte.

Por suerte los guías habían previsto aquella situación. Cuando me di cuenta ya estaban manos a la obra. Sacaron unos grandes rollos de cuerda que portaban en su mochila y la ataron por un lado a un saliente de la roca y por el otro a mi cintura. Ni siquiera se plantearon que no fuese yo quien tuviera que bajar.

Conseguí llegar hasta la roca tras rodar varios metros por la pendiente y abrir entre la nieve, con mi propio cuerpo, un canal que me hiciera más fácil la subida. Salté como pude al rincón en el que estaban resguardados. Los kampa, que habían seguido el descenso sin perder detalle, me miraban como si se encontrasen ante un espíritu. Pensé que había llegado demasiado tarde. Mi amigo Gyentse yacía hecho un ovillo. Me arrodillé a su lado y le tomé el pulso. Tenía el rostro completamente quemado y las puntas de los dedos de las manos estaban ennegrecidas por la congelación. No quise quitarle las botas, suponiendo que sus pies no tendrían mejor aspecto. Pero aún no era tarde. Aún no estaba muerto.

Me incorporé y los kampa se echaron sobre mí entre aspavientos. Ya se habían convencido de que era yo y no un demonio disfrazado quien había descendido por la nieve para rescatarles. Me abrazaron y me tocaron la cara. Trataban de explicarme lo que había ocurrido. Al parecer, la primera roca bajo la que se guarecieron resultó ser lo bastante elevada como para romper el demoledor frente de nieve y evitar que los arrastrase montaña abajo. Cuando pasó el alud había desaparecido todo rastro del sendero, y pronto descubrieron que les resultaría imposible reanudar la marcha hasta que la nieve no adquiriese la suficiente firmeza. Así que utilizaron sus fusiles para abrirse camino hasta que localizaron a Gyentse más abajo, donde ahora nos encontrábamos. Gracias a que bajaron a buscarle, y golpearon su cuerpo sin cesar para darle calor, lo habían mantenido con vida.

Me agaché junto a Gyentse y le hablé al oído.

—No te mueras ahora, por favor…

Apenas podía sentir su pulso. Sus miembros estaban rígidos y su rostro mostraba claros signos de congelación. Los kampa habían tratado de prender las bolas de estiércol seco de yak que utilizaban como combustible para el fuego, pero no lo lograron. Durante el alud se les cayeron los petates y, cuando los recuperaron, el estiércol estaba tan mojado que les resultó imposible hacerlo arder con la escasa chispa de su mechero de piedra. Hubieran necesitado una fuente de encendido más potente. Cogí de nuevo la cabeza de Gyentse y noté que se estaba yendo.

—¿Qué puedo hacer? —sollocé como si esperase que él, como siempre, tuviese una respuesta.

Entonces se me ocurrió. Pedí a uno de los kampa que me acercase el mechero y saqué de mi bolsa las láminas de carboncillo de Singay.

—Aún les queda una misión que cumplir —declaré.

Una sola chispa prendió la primera de las láminas y con el resto logré una llama suficiente para que ardiesen las bolas de excremento prensado.

Poco a poco las llamas fueron devorando los carboncillos. Sus cenizas ascendían llevadas por el viento. Sentí que se establecía una nueva conexión entre el fuego, el agua de la nieve, la tierra de la meseta y el soplido gélido del Himalaya. Aquella danza armónica fue arrancando a mi amigo de la hipotermia, permitiéndole separar los labios, luego parpadear, girar el cuello. Le abracé mientras el último átomo de los dibujos se elevaba como una luciérnaga y volvía a la montaña de la que un día los arrancó Singay.

Cuando Gyentse recuperó la conciencia me dijo:

—No necesito explicarte lo que siento…

Sonrió y volvió a cerrar los ojos.

El rescate fue aún más costoso de lo que imaginaba. Los kampa tenían las piernas anquilosadas por el frío y tuve que subirlos de uno en uno. Encontraba fuerzas en los rincones más profundos de mi ser. Pensaba en todo lo que había hecho por mí aquel lama que ahora se encogía como un cachorro herido y tiraba de él aferrado a mi espalda como si los dos fuésemos la misma persona. Los tibetanos aseguraban la cuerda con firmeza para que no se soltase, pero no mencionaron la posibilidad de sustituirme en alguna de las bajadas. Sin embargo, cuando unas horas después regresamos al pueblo se comportaron como verdaderos anfitriones. Nos abrieron su casa y prepararon comida abundante mientras sus mujeres calentaban barreños para bañar al lama. Debían sumergir sus miembros congelados en agua tibia y colocarle paños en las partes dañadas antes de cubrirlo con pieles.

Cuando terminaron el tratamiento, lo recostaron en un camastro; Gyentse se quedó dormido. Pensé que había llegado el momento de dejarle descansar mientras nosotros preparábamos todo lo necesario para continuar lo poco que nos quedaba de viaje. Sin embargo, lejos de salir de la habitación, los kampa, los tibetanos y sus mujeres comenzaron a discutir en medio de la estancia, señalando sin cesar a mi amigo lama. Algo no marchaba bien. Me acerqué a ellos y les pedí que tratasen de explicármelo. La mujer que se había encargado de bañarle apartó las mantas y retiró los paños que le cubrían la mano izquierda. La necrosis de los dedos congelados había avanzado de forma despiadada. El riego no se había restablecido y la infección terminaría devorándole el brazo y, después, el resto del cuerpo.

Uno de los tibetanos se dirigió a mí con una serie de frases rápidas que no comprendí en absoluto.

El otro intervino de repente.

—Gangrena —creí entenderle.

Todos callaron de súbito.

—Gangrena —repitió.

Miré a Gyentse, que seguía recostado con los ojos cerrados, y tuve que sentarme en una esquina del camastro. Cuando el tibetano hizo un gesto imitando el acto de cortar con un cuchillo sentí que me deshacía por dentro.

Desplegué las mantas y le quité los paños de la otra mano y de los pies. Estaban igualmente ennegrecidos, pero era cierto que tenían otro aspecto menos terminal. Volví a taparle. Todos me miraban como si esperasen que fuese yo quien tomara alguna decisión. ¿Cómo podía saber si era necesario amputarle los dedos, si es que era aquello lo que estaban intentando decirme?

A partir de ese momento todos permanecieron de pie sin añadir nada, por lo que no me quedó otra opción que despertar a Gyetnse. Tenía que contarle lo que pasaba. Cuando abrió los ojos parecía no saber dónde se encontraba.

—Hola, Jacobo —dijo por fin.

—¿Cómo estás?

—Mucho mejor. Caliente. —Se apretó bajo las mantas—. ¿Y el *terma*?

—Aquí está —dije, girándome para que pudiera verlo colgado a mi espalda—. No me he separado de él ni un segundo.

—Me duelen los dedos —se quejó. Debió de notar cómo me estremecí—. ¿Qué ocurre?

—Es por eso por lo que te he despertado.

—Ya —dijo, y sacó la mano izquierda. Le retiré de nuevo los paños que la cubrían—. Vaya… —se lamentó—. No tiene muy buen aspecto…

—Gyentse…

No era capaz de decírselo.

—Ya lo sé.

—Ellos piensan que está gangrenada —conseguí articular de un tirón.

Sacó la otra mano y examinó como pudo la punta negra de los dedos.

—Ahora entiendo el dolor que sentía, incluso en sueños.

—No sé qué hacer. Ellos…

—Quieren cortar —supuso.

Asentí.

—Los tejidos que ya han muerto están liberando sustancias que podrían llegar a infectar la sangre. Si eso ocurriera todo habría terminado —afirmó.

—¡Estoy seguro de que podemos llegar a un centro médico indio en el que valoren el alcance de la infección con el rigor necesario! ¡Aún estamos a tiempo de salvar algún…!

—Déjalo.

—¡Pero he oído que puede transcurrir un tiempo antes de que sea necesario amputar…!

—Han de hacerlo ahora —sentenció.

—Insisto en que, estando tan cerca de casa, deberíamos continuar…

—Jacobo, por favor, no lo hagas aún más difícil. No olvides que estás hablando con un médico —afirmó sin mucha convicción.

—Nadie debe diagnosticarse a sí mismo —declaré como último recurso.

No me contestó. Se volvió hacia los tibetanos y les pidió que preparasen el instrumental.

A partir de entonces todo transcurrió muy deprisa. Quemaron una daga, la rociaron con una suerte de desinfectante, limpiaron la mano izquierda de Gyentse y él mismo les indicó el punto exacto por el cual debían amputarse los cuatro dedos, todos salvo el pulgar, por encima de la segunda falange. Las mujeres prepararon un parco material de sutura y acercaron un candil.

Cuando llegó el momento, el que tenía la daga se volvió hacia mí.

—¿Qué ocurre? —pregunté.

Alargó el brazo y me ofreció el cuchillo.

—No, no, no... —Todos comenzaron a hablar al mismo tiempo—. ¿Qué dicen? —le pregunté a Gyentse.

—Dicen que no se atreven a amputar...

—¡Ni yo tampoco, válgame Dios!

—Tienen miedo a que me desangre si lo hacen mal.

—¡Gyentse, por favor! ¿Por qué me dices eso?

—Es la verdad. Lo injusto sería obligarte a hacerlo sin prevenirte de lo que puede pasar. Quiero que sepas de antemano que soy consciente de que quizá haya complicaciones, y que aun así te pido que me ayudes.

—No puedo... —me estremecí.

—No tienes por qué tener miedo. No podemos temer nuestro destino.

—¿Por qué nos pasa esto? ¿Por qué debes sufrir?

—Los dos somos uno, ¿recuerdas? Todos somos uno. El bien del resto es mi bien.

Los demás se limitaban a callar y a observarnos. Al poco, el tibetano estiró de nuevo el brazo para ofrecerme la daga. La cogí despacio.

Aún estaba caliente.

Cerré los ojos. Intenté meditar como Gyentse me había enseñado, ver las cosas desde un plano superior, despojarme por fin de todo lo que acarreaba conmigo desde hacía tanto tiempo. Necesitaba que mi mente se convirtiese en un mar en calma para poder mirar a través de sus aguas. Respiré hondo.

Sentí el aire entrando y saliendo, el espíritu de mi amigo inundándome. De repente fue como si el mundo se detuviera. Sé que se detuvo, y que reinició la marcha cuando abrí los ojos.

—Apriétame la otra mano, por favor —me pidió Gyentse justo antes de que el filo hiciese chasquear el primer hueso.

39

Gyentse yacía inconsciente en el camastro. Una de las mujeres se afanaba en preparar un vendaje mientras la otra limpiaba los restos de la operación.

Parado en mitad de la habitación, me toqué la frente de forma instintiva. De repente me di cuenta de que por fin había desaparecido el maldito dolor que me martilleaba las sienes desde que sufrí el ataque de fiebre en el campamento nómada.

—*Tukjeche* —le susurré a mi amigo en su lengua natal.

Acompañé a los kampa y a uno de los tibetanos hasta un almacén situado en el otro extremo del pueblo. Allí guardaban provisiones suficientes para que sus familias sobreviviesen dos inviernos, así que nos permitieron llenar las bolsas con todo lo que consideramos necesario. Lo hice mecánicamente; luego me quedé un rato sentado junto a la puerta. Aún no había superado la impresión que me había producido la amputación. Al regresar a la casa encontré a Gyentse incorporado en el camastro. Él mismo había concertado con uno de los tibetanos un nuevo precio para que nos guiase a través de la única cumbre que nos separaba de suelo indio.

—¿Cómo te encuentras? —le pregunté.

—No me duele. Debe de ser este ungüento mágico —dijo

risueño, señalando un cuenco lleno de una extraña pasta que habían dejado junto a su cama.

Recordé el engrudo que me hacía ingerir la mujer nómada en el campamento de la carretera de Lhasa.

—Parece mentira —le dije—. Hace poco más de una hora daba la sensación de que…

Gyentse bajó la vista hacia su mano vendada.

—Ya sabes que vamos construyéndonos con nuestros actos, y con los de aquellos que nos rodean. Nuestro cuerpo cambia a cada instante, y puede mutar en un segundo tanto como puede hacerlo nuestra conciencia. Todo lo que has hecho por mí me ilumina y me da fuerzas.

—¿Qué puedo haber hecho yo?

—No nos diste por muertos y arriesgaste tu vida para buscarnos. Y después tuviste la fortaleza para…

Miró su mano vendada.

—Sólo trataba de devolverte una mínima parte de lo que tú me has dado.

Bajó la cabeza con timidez.

—¿Y los kampa? —preguntó.

—Están fuera. Ya hemos llenado las bolsas de provisiones. Pensaba acompañarles al establo para comprar unos caballos. Quiero que se dirijan lo antes posible hacia el lugar donde acordaron encontrarse con el jefe Solung.

Gyentse no dijo nada. Yo ni siquiera quería plantearme la posibilidad de que cuando llegasen allí no apareciese nadie.

—Voy a por los caballos —dispuse, tratando de sacarle de aquellas cavilaciones—. ¿Me esperas aquí?

Asintió.

Una hora después, tras mantener con los tibetanos la negociación más dura de mi vida, dejé a los kampa en el establo y regresé en su busca. Mientras me alejaba escuchaba a mi espalda el baile ansioso de los cascos y el ruido de los arreos tensándose cuando los animales movían sus cabezas arriba y abajo. Me emocionaba la idea de estar tan cerca de casa. Resultaba extraño denominar la zona en disputa de Cachemira como mi casa, pero así es como lo sentía. Volví la vista hacia la cumbre. Quizá fuese la última vez que pisaba aquella tierra, el techo del mundo, la meseta de los mil lagos. El resto de las casas del pueblo parecían diminutas resguardadas en las inmensas faldas de la montaña. Todo lo humano resultaba minúsculo visto desde la perspectiva de la cordillera. Y sin embargo habíamos sido capaces de atravesarla. Me llevé la mano al pecho para sentir la cinta de la que colgaba el cartucho del *terma*.

Al asomarme a la casa de los tibetanos, me extrañó que Gyentse no estuviese allí. Fui a buscarle. El velo transparente que anunciaba la noche lo había teñido todo de gris, pero el paisaje absorbía la luz como si fuese a desaparecer con ella. La luna y las estrellas ya habían entrado en escena, vertiendo tintes añil sobre los valles nevados.

Al poco lo encontré recogido detrás de un murete hecho de ladrillos tibetanos fabricados con el mismo excremento de yak que las bolas para el fuego. Había salido a meditar, a pesar de su estado y del viento congelado que comenzaba a soplar de nuevo. Me acerqué con sigilo tratando de no sobresaltarle. Mantenía la postura del Buda Bairokana que trató de enseñarme la noche que llegamos al monasterio del oráculo.

Al oír que me acercaba giró el cuello. Me mostró sus grandes pupilas con un peculiar arqueo de sus cejas.

—Las estrellas parecen más cercanas vistas desde la meseta —dijo.

—Todo parece distinto visto desde aquí.

Me contempló durante unos segundos, limitándose a sonreír. Yo sabía que guardaba algo para sí.

—Siento interrumpir tu meditación —dije—, pero tenemos que irnos ya.

Entonces me lo comunicó, sin más preámbulos.

—Me quedo, Jacobo.

—¿Cómo?

—Me quedo con los kampa. De momento iré con ellos hasta la región del Jam. Luego ya decidiré hacia qué monasterio dirigirme.

—Pero Gyentse —miré hacia la montaña que me separaba de la India—, ya estamos en casa…

—Quizá llegue un día en el que deba regresar, pero en este momento sé que aquí puedo hacer… que mi casa…

Se detuvo. Ahora la emoción le impedía hablar.

—Es tu pieza del puzle —dije, recordando nuestras primeras conversaciones en Dharamsala.

—Así es. Mi pieza —repuso, secándose los ojos con el dorso de la mano sana—. Recuerda lo que te dije en el monasterio del oráculo acerca de la falta de maestros en el Tíbet. Casi todos se han visto obligados a huir al exilio y la cadena de enseñanza que ha mantenido con vida nuestra tradición está a punto de romperse. Aquel día me dijiste que, entre todos, conseguiríamos que eso no ocurriera. Y sé que ahora tengo en mis manos la oportunidad de poner mi grano de esperanza en ese saco casi vacío.

—Pero no puedes dejarme solo… ¿Qué voy a hacer sin ti? —le confesé—. Ya oíste al pintor de mandalas, siempre serás mi maestro…

—Quizá todos los años que he vivido en Dharamsala tenían como único fin encontrarte, pero ahora ya no me necesitas. Te he enseñado todo lo que necesitabas aprender. Y te aseguro que durante el tiempo que hemos pasado juntos tú también me has enseñado a mí muchas más cosas de las que imaginas. Además…

—Además...

—¿Sabes por qué el maestro ciego te dijo que eras el nuevo guardián de la flor de loto?

Me quedé inmóvil.

—No.

—La flor de loto es para nosotros el símbolo máximo de la pureza y la santidad, ya que florece en todo su esplendor hasta en las aguas más corrompidas sin perder un ápice de su belleza. Has de saber que el propio maestro Padmasambhava nació de una flor de loto que creció en el río Indo. Y no es una casualidad que nuestro Dalai Lama, y todos los que le precedieron, pertenezcan a la familia búdica llamada el Clan del Loto. Por todo ello, esa flor de sublime belleza es el ser vivo que mejor puede representar el legado inmortal del pueblo tibetano.

—Pero yo no soy nadie...

—Yo creo que sí. Algo tan delicado necesitaba un guardián que estuviera a su altura. Y tú has demostrado con creces que podías hacerte cargo de tan importante empresa.

—Te estoy tan agradecido... No puedes imaginarlo.

—Con sólo percibir tu gratitud sincera ya me has compensado mil veces.

—No sé si es suficiente.

—Para mí sí que lo es. No te ofendas, pero creo que en vuestra sociedad no sentís la gratitud del mismo modo que se siente en Oriente. —El rostro del jefe Solung emergió de la oscuridad y se desvaneció al instante—. Por eso, con saber que has aprendido ésta y alguna otra de las cosas que he tratado de enseñarte me siento más que satisfecho.

—¿No tienes miedo? —le pregunté, viendo que llegaba el momento de separarnos para siempre.

Gyentse me cogió la mano por última vez y la apretó con fuerza.

—Cuando era niño hice un viaje iniciático a la montaña con

mi tutor en busca de hierbas curativas —comenzó a contarme con voz pausada—. Por la noche, ya en el interior de la tienda, nunca trataba de dormir hasta que el fuego se hubiese consumido por completo. Si cerraba los ojos mientras aún había llamas, las sombras que proyectaban en la tela se convertían en demonios. Un día se lo confesé a mi tutor y me dijo que no tenía nada que temer. Sólo debía convencerme de que aquellos demonios estaban en mi mente, por lo que no podían hacerme daño. Así son las cosas. ¿Por qué hemos de tener miedo a nada? Si prescindes de la influencia de los espíritus malévolos y disfrutas con la presencia de tus propias divinidades, soñarás cada noche con un mundo lleno de posibilidades.

—Trataré de recordarlo, como todo lo demás —sonreí.

—No te hace falta. Son cosas que ya forman parte de ti.

—Mi amigo...

—Te aseguro que, desde aquel día, espero con emoción ese momento antes de conciliar el sueño. Aprovecho para madurar mis preocupaciones y, justo antes de caer rendido, dejo que se desvanezcan con los demonios del fuego. A partir de hoy, cada noche te tendré en mis pensamientos. *Tukjeche*.

—Gracias a ti también.

No pude decir nada más. Le dediqué una mirada de despedida que llevaba impresa todo lo que yo era y me llevé a cambio una imagen de sus ojos achinados y de su cráneo rasurado, de su sonrisa inalterable y del aura que había aprendido a percibir y que no dejaría de alumbrarme allí donde fuese.

Me di la vuelta con el cartucho de cuero a la espalda y fui en busca del guía, confiando en poder atravesar el último paso de montaña antes de que el frío polar de la noche tibetana me paralizase las piernas.

40

Habían pasado dos días desde que me separé de Gyentse en la aldea de la montaña y me encontraba a punto de aterrizar en Delhi a bordo de un avión militar.

Aquel último tramo del viaje, que yo había creído un mero trámite después de haber logrado escapar del ejército chino y de superar los envites más duros de la cordillera, se convirtió en otra prueba inesperada que de nuevo me llevó al límite de mi resistencia. Primero tuve que cruzar la última cumbre que me separaba de tierra india. Tenía los pies en carne viva y aquel pico parecía estirarse hacia el cielo a medida que me acercaba al final. Después me vi obligado a caminar por la grava de una carretera desierta hasta el cuartel más próximo, sin que durante el trayecto se cruzase en mi camino ni un maldito vehículo al cual pedirle que me llevase algunos kilómetros. No imaginaba que la región se hallara tan militarizada y, por lo tanto, tan poco transitada. Según me dijeron, no era que se hubieran recrudecido los enfrentamientos con las fuerzas paquistaníes, sino que había crecido el temor a las acciones terroristas de los grupos independentistas, bien indios o bien paquistaníes, que pugnaban por hacerse un hueco en las primeras páginas de los periódicos del país. Lo peor fue que, una vez conseguí llegar hasta el cuartel, me sometieron a sucesivos interrogatorios hasta que se convencieron de que mis papeles estaban en regla.

No quería contarles toda la verdad acerca de las causas que me habían hecho salir de China a través de la cordillera. Bastaba con que se convencieran de la autenticidad de mi pasaporte y de los visados que, antes de partir, me entregó Luc Renoir, el delegado de la Unión Europea amigo de Malcolm. Así que cuando comprobaron que los sellos no estaban falsificados y no tenían nada que temer me dejaron seguir adelante. «No podemos arriesgarnos, tal como están las cosas por aquí. Ayer mismo cayeron tres de nuestros soldados al inmolarse un hombre que se les acercó para venderles queso de cabra», se había excusado el oficial del destacamento tras haberme tenido varias horas encerrado en una sala sin ventanas en la que sólo había dos sillas, una para mí y otra para el soldado que me hacía una y otra vez las mismas preguntas.

Conseguí que no me quitasen el cartucho del *terma*. Eso era lo único que me importaba, y me abrazaba a él como si fuera parte de mí.

Todo comenzó a ir mejor cuando terminaron los interrogatorios y me dejaron telefonear. En primer lugar llamé al Kashag. No pudieron pasarme con el Kalon Tripa, pero uno de los lamas de confianza que estaba al tanto de todo me aseguró que de inmediato enviaría a dos de sus compañeros a Delhi para esperar a que yo llegase y hacerse cargo del *terma*. Era preciso vernos en la capital, ya que no había conexión posible por avión con Dharamsala ni posibilidad de encontrar otra forma rápida de viajar hasta allí. Después traté por todos los medios de hablar con Martha, pero me fue imposible. Tampoco pude contactar con Malcolm. Le dejé algunos recados y llamé a su amigo Luc Renoir para que acelerase mi regreso.

En poco más de una hora, el delegado movió tantos hilos como fue necesario para que de inmediato me llevasen en un camión hasta Srinagar, la capital de la Cachemira india, y una vez allí me hiciesen un hueco en el avión de transporte de tropas que ahora descendía entre la lluvia llevándome a mí y a otros veinte reclutas en el interior de la cola.

Apenas había amanecido y el monzón descargaba de forma torrencial sobre la ciudad. Delhi, de nuevo la Delhi polvorienta a la que por fin regresaba con el cartucho del *terma* sagrado, se lavaba la cara para recibirme.

Al pisar el suelo me hice a un lado, esperando que bajase el oficial y me indicase hacia dónde debía dirigirme. Un soldado con el que había intercambiado un par de frases durante el vuelo me saludó levantando levemente el casco antes de abrochar la hebilla y cubrirse con un impermeable militar. Caminé a través del manto de agua siguiendo un trazado apenas reconocible de líneas amarillas.

El propio Luc Renoir acudió en persona a la base militar de Delhi para recogerme. Me esperaba leyendo un ejemplar atrasado del *Time* en una oficina situada a pie de pista. Se asomó a la ventana, casi opaca por la grasa del combustible mal quemado y la película terrosa que la lluvia depositaba en todos los cristales de Delhi. Cuando entramos le dio las gracias al oficial por haberme traído. Al momento nos dejaron solos. Escuché el golpeteo de las gotas sobre el tejado, el chorro de la canaleta de desagüe cayendo sobre a la pista. Allí dentro hacía un calor asfixiante. Luc se aflojó la corbata ahuecando el cuello de la camisa y me contempló unos segundos antes de hablar.

—No puedo creer lo que me contaste por teléfono —dijo sin intentar evitar una sonrisa ladeada—. ¿De verdad has cruzado la cordillera a pie?

Me sequé la cara con la manga.

—Te aseguro que me he quedado corto.

Sin duda mi rostro dejaba entrever todo el padecimiento acumulado.

—¿Estás bien? —preguntó, preocupado.

—No es nada. Es sólo que... —Le miré a los ojos y se lo solté sin tapujos—. No puedo más, Luc.

—Anda, ven aquí y dame un abrazo.

Casi me desplomé sobre él. No quería decirle que tenía las botas llenas de sangre seca y que apenas había dormido en varios días. Ambos callamos durante unos segundos. No parecía la misma persona que conocí unas semanas atrás. Entonces lo hubiera tildado de prepotente y un tanto arisco. Sin embargo, aquella mañana se mostraba mucho más afectuoso. Y además se había desvivido por ayudarme.

Volví a pasarme la manga por la cara, no tanto para secarme la lluvia como para arrastrar alguna lágrima de agotamiento.

—¿Y Malcolm? —pregunté.

—No he podido localizarle.

—Yo tampoco he conseguido hablar con él.

—No te preocupes, ahora te llevaré a su casa.

Se volvió para salir de la sala.

—¡Espera! —exclamé.

—¿Necesitas algo? —dijo, volviéndose.

—¿Ha habido más muertes? —le pregunté.

Necesitaba saberlo. Luc pareció sorprenderse.

—¿Cómo?

—Entre los lamas, en Dharamsala.

Tomó aire.

—No.

—Menos mal...

—Es normal que te acuerdes de...

Asha.

—No puedo olvidarla. Pero entonces, ¿no...?

Luc negó con la cabeza y desvió la mirada de nuevo hacia la puerta. Es posible que quisiera abrirla y aliviar de una vez la extraña tensión que de repente se respiraba en el interior de la sala.

—¿Nos vamos?

—Que ahora todo esté tranquilo en Dharamsala me confirma que quien asesinó a Singay y a los otros lamas solo quería...

Luc se fijó en el cartucho de cuero policromado que llevaba amarrado a la espalda. Me lo desenfundé y se lo mostré sin poder evitar un cierto brote de orgullo.

—No será...

—Sí. Es el *Tratado de la Magia del Antiguo Tíbet.*

—¡No puedo creer que al final te hicieras con él! —exclamó mientras se le iluminaba la cara. No esperaba esa reacción—. Me informé bien acerca de ese tesoro después de tu partida. ¡Uno de los *terma* enterrados por el maestro Padmasambhava...! ¡Nunca llegué a pensar que fueses capaz de encontrarlo! ¡Hubiese jurado que no era más que una leyenda!

Se acercó para tocarlo.

—Debo ir a toda prisa al barrio tibetano para reunirme con los dos lamas que el gobierno exiliado ha enviado para recogerlo. He de entregárselo cuanto antes.

—Entiendo que estés nervioso llevando esto encima. ¿Sabes si esos lamas han llegado ya a Delhi?

—Hablé con el secretario del Kalon Tripa desde Cachemira, justo antes de contactar contigo, y me aseguró que salían de inmediato de Dharamsala. Espero que hayan tenido tiempo suficiente.

—¡Es fantástico! —exclamó, emocionándose de nuevo—. ¡Un *terma* del antiguo Tíbet aquí, al alcance de mi mano! He de confesarte que cuando partiste en su busca pensé que todos os habíais vuelto locos. Pero habían ocurrido tantas cosas que no sabía cómo negarte mi apoyo.

—No era el único que lo buscaba, al parecer.

—¿A qué te refieres? ¿Qué ha pasado? —exclamó.

—Nos han seguido por toda la meseta, Luc, de este a oeste del Tíbet.

Me agarró de los brazos con gesto de asombro.

—¿Cómo que os han seguido? ¿Quién?

—No sé de quién partirían las órdenes, pero se servían del propio ejército chino.

—El ejército... ¿Estás seguro?

—Sé que iban detrás de nosotros.

—Dios mío...

—Estoy convencido de que es esto lo que buscan —dije, agarrando el *terma* con fuerza—, y creo ver sombras que me acechan en cada rincón —le confesé, señalando a un lado y a otro un tanto paranoico.

—Ya me lo contarás todo con detalle. Al parecer tienes que contarme mucho más de lo que esperaba. ¿Puedes decirme qué hay en el interior del cartucho?

—Está sellado. Y el pintor de mandalas me pidió que no lo abriese hasta que no llegase el momento.

—¿Quién dices que te lo pidió?

—Es una larga historia. Lo importante es que muy pronto el Dalai Lama podrá examinarlo.

—No te lo preguntaba por mera curiosidad —se excusó—. Esto es un aeropuerto militar y...

—Vayámonos cuanto antes, te lo ruego —le supliqué.

Antes de salir se dirigió de nuevo a mí en voz baja.

—Dámelo.

—¿Cómo?

—El *terma*. No quiero que pases el control con él.

Dudé unos segundos.

—Pero...

—Jacobo, por Dios... Tendría gracia que después de haber llegado hasta aquí te retuvieran ese tesoro unos soldaditos de Delhi. Cualquier cosa que procede de las bases militares de Cachemira y se sale de lo normal, incluidos los objetos artísticos o religiosos, se queda en depósito hasta que lo inspecciona el oficial de turno. Y lo más probable es que esté desayunando un *dalathi* en la cantina y que no aparezca en toda la mañana. A mí no me registrarán.

Accedí a entregárselo. Era la primera vez que no estaba en contacto físico con el *terma* desde que lo recogí en la gruta del pintor de mandalas. Pero lo cierto fue que cruzamos los controles sin detenernos hasta llegar al coche. Un chófer nos esperaba al otro lado de la valla. Entonces le rogué que me lo devolviese.

—Has pasado mucho para conseguirlo, ¿verdad? —se limitó a decir antes de entregármelo y cerrar la puerta con un golpe seco.

Me relajé al ver que el conductor aceleraba por fin rumbo al centro y nos alejábamos del ángulo de tiro de la última garita. Después de todo lo ocurrido, la sola presencia de un fusil, aunque fuese del ejército indio, me provocaba una insoportable tensión.

—Está claro que tu viaje al Tíbet merecía la pena —declaró una vez dentro.

—Hay cosas que se vuelven importantes desde el momento en que vamos tras ellas.

—A mí me costó mucho tiempo darme cuenta de eso —suspiró—. ¿Cuándo vuelves a Perú?

—En cuanto pueda. Ahora sólo me preocupa entregar el *Tratado* a los lamas sano y salvo. —Miré el reloj—. Seguro que ya están en el barrio tibetano. Tengo que darme prisa.

—Te dejaré en casa de Malcolm. Luego sigues tú desde allí.

—De acuerdo. Aprovecharé para cambiarme de ropa y saldré inmediatamente.

Me recosté sobre el asiento y volví la vista hacia la ventana. Los ciclotaxis estaban cubiertos con plásticos bajo los árboles de la avenida. Una niña se acercó al coche en el primer semáforo para venderme un collar de flores de jazmín sin importarle la lluvia. Estaba calada por completo, con el pelo pegado a la frente, aún más negro, como sus ojos, saliéndosele de la cara de pura intensidad. Las conocidas texturas de Delhi me arropaban de nuevo, y el monzón era parte de la ciudad en esa temporada. Sentí un instante de sosiego bajo la tormenta, pero al momento volvió la angustia y me aferré al cartucho del *terma* como si alguna fuerza invisible me lo fuese a quitar; mantenía los ojos abiertos a duras penas, inyectados de sangre. Recordé los de mi caballo tibetano, incandescentes. Y me acordé del jefe Solung. La lluvia que empapaba el cristal dejó de parecerme placentera y se tornó triste, lo cual me hizo estremecer.

Luc me miró pero no dijo nada. Se inclinó hacia delante para hablar con el conductor y le dio unas instrucciones en lengua hindi.

41

El coche se detuvo frente a la casa de Malcolm. Salí sin perder un instante y crucé la acera a grandes zancadas hasta la entrada. El agua bajaba a ríos. Pulsé la clave en el video-portero y atravesé el jardín. Me extrañó que Malcolm no saliese enseguida, que ni siquiera contestase desde alguna habitación. Fui directo a la biblioteca y después a su despacho. Estaban vacíos, las luces apagadas y las cortinas corridas. Olía a cerrado. El ambiente estaba impregnado de aquel producto que Malcolm utilizaba para tratar la madera.

Lo primero que hice fue lanzarme hacia el teléfono inalámbrico y marcar el número de casa. Había intentado hablar con Martha desde el cuartel de Cachemira pero en aquel momento me fue imposible conseguir línea. No era extraño. Algunos días era difícil conectar con las ciudades de la selva. Me puse aún más nervioso cuando comprobé que esta vez había tenido suerte. Escuché la señal de llamada, pero al momento saltó la de línea ocupada. Volví a marcar cinco o seis veces de forma compulsiva, pero en todas obtuve el mismo resultado. Traté de llamar a Malcolm, pero su móvil no tenía cobertura, al igual que ocurrió cuando le llamé desde la frontera. A él, al menos, había podido dejarle mensajes diciéndole que todo iba bien. Confiaba en que los hubiera escuchado.

Me tumbé en el sofá del salón. «Sólo un minuto para tranquilizarme y vuelvo a marcar», me dije. Recorrí con la vista las cuatro esquinas de la habitación. De nuevo estaba entre las historias del Taj Mahal y los paisajes del Rajastán, entre las fotografías de Martha que cubrían las paredes. Me encontraba entre sus recuerdos, de cada momento de su vida pasada, la que le convirtió en mi fantasía realizada. Allí se concentraban todas las imágenes que había ido a buscar a Delhi tratando de ordenar mi mente confusa, antes de saber que sería la inspiración de Singay la que, llevándome hasta Gyentse en Dharamsala y, con él, a la meseta tibetana, me hiciese ver el mundo que me rodeaba como realmente era. Sentía una enorme satisfacción por haber sido capaz de superar aquella prueba, siempre gracias a mi amigo lama, a quien habría de considerar mi maestro hasta el fin de mis días. Me pregunté qué sería de él y le agradecí una vez más, ahora desde la distancia, lo que había hecho por mí y por mi familia.

De repente escuché un ruido. Alguien estaba abriendo la puerta. El corazón comenzó a golpearme el pecho. Me incorporé y, de forma instintiva, me colgué el *terma* a la espalda tal como lo había transportado a través de la cordillera.

Me planté en medio de la habitación y grité el nombre de Malcolm. Percibí un cierto halo de desesperación en mi voz, como si presagiara lo que venía después. Era la mujer del sari. Cuando se asomó al salón cerré los ojos y respiré hondo. Ella no pudo ocultar una expresión de sobresalto. Se llevó las manos a la cara, tapando el adorno de plata que le colgaba de la nariz taladrada. Permaneció así unos segundos. Las mangas del vestido se deslizaron hacia los codos dejando ver los tatuajes arrugados que le rodeaban ambas muñecas.

—Señor Jacobo, me ha asustado. No esperaba encontrarle aquí. Sólo he venido para apagar el sistema de riego. No deja de llover...

—No se preocupe, nadie sabe que he venido. ¿Dónde está el señor Farewell?

—Hace unos días que partió hacia Sudamérica.

Aquellas palabras me aturdieron, como si hubiese recibido un golpe en la cara.

—¿Puede decirme por qué? —conseguí articular.

—¿No lo sabe usted?

—No.

—Su nieta… vaya, la pequeña Louise.

—¿Qué ha pasado? —pregunté, conteniendo la respiración.

—No lo sé con detalle. Lo siento —se excusó entristecida.

Agarré con violencia el auricular y pulsé la memoria para que se marcase una vez más el número de Puerto Maldonado.

—Yo me voy ya —dijo la mujer con prudencia—. Mi marido está esperando fuera, en el coche.

Le hice un gesto rápido de asentimiento.

Esta vez sí que conseguí línea, al primer intento. Mi corazón se aceleró aún más. Fui hacia el despacho de Malcolm y me senté en el sillón de su mesa. Fue él mismo quien descolgó al otro lado.

—Malcolm…

—¡Jacobo! ¿Eres tú? —exclamó.

—Acabo de llegar a Delhi. ¿Cómo está Louise? Dímelo —le supliqué.

—Bien, bien, no te preocupes.

—¡Gracias a Dios…!

—Pero ¿tú? ¿De verdad estás bien? No hemos sabido nada de ti hasta que escuchamos los mensajes. Ha sido angustioso. Todo este..

—Sí, de verdad estoy bien. Traté de llamar cuando llegué a Cachemira, pero no había manera…

—Cachemira…

—Ya os contaré.

—Estábamos tan preocupados... Llegamos a creer que...

—¿Por qué me han dicho que Louise estaba enferma? —le corté.

—¿Quién te ha dicho eso?

—La mujer que trabaja en tu casa, no recuerdo su nombre.

—Es cierto que la niña ha pasado unos días terribles. Una nueva crisis, un brote incontrolado de fiebre, no sé...

—Pero ahora está mejor, ¿no? Dices que está mejor...

—Te doy mi palabra de que es así.

Se me saltaban las lágrimas. Quería estar allí para abrazarla, pero ni siquiera era capaz de pedirle a Malcolm que la pusiese al teléfono. Golpeé la mesa para tratar de descargar mi frustración.

—¿Cómo pudiste marcharte al Tíbet? —me preguntó Malcolm de repente.

En aquel momento no podía articular una respuesta.

—Sólo te pido que confíes en mí, al menos hasta que volvamos a vernos y os lo cuente todo.

—¿Cómo? ¡No te oigo bien!

La línea comenzó a poblarse de interferencias.

—¡Tengo el *terma* que desenterró Lobsang Singay! ¡Malcolm! ¿Estás ahí?

—¿Qué tienes?

—¡Lo que fui a buscar! ¡Tengo el *Tratado de la Magia del Antiguo Tíbet*!

—¿Lo has conseguido? —exclamó entre el ruido.

—Sí, lo tengo —le repetí, dándome un respiro—. Ahora mismo salgo hacia el barrio tibetano para entregárselo a los lamas que han venido de Dharamsala para hacerse cargo de él. Malcolm, ¿está...?

Me extrañaba que no me hubiese pasado con Martha.

—¿Está Martha contigo? ¿Está oyéndonos?

—No.

Calló durante unos segundos.

—Tengo tantas ganas de hablar con ella... ¿Qué tal ha pasado lo de la niña?

—En realidad sí está —confesó.

—¿Qué estás diciendo? ¡Pásale el teléfono, por favor!

—No puedo, lo siento.

—¿Por qué?

—Me lo ha pedido ella.

—¡Dios! ¿Qué es esto?

—¿Estás aún ahí? —preguntó—. Se vuelve a oír mal.

—Malcolm, ¿estás ahí? ¡Malcolm!

—¡Sí...!

—Entiendo que no quiera ponerse, no te preocupes —dije, serenándome—. No puedo reprochárselo. Ya hablaré con ella cuando llegue a Perú.

—¿Cuándo vuelves?

—En cuanto pueda. Hoy mismo, si todo va según lo...

—¡Jacobo, apenas te oigo! ¡Hay un retardo en la escucha! ¡Jacobo! ¡Voy a colgar! ¡Ya hablaremos...!

—¡Espera! ¡Espera! —exclamé.

No decía nada. Yo apenas podía sostener el auricular pegado a la cara después de tantas emociones simultáneas.

—Dile a Martha que la quiero —le pedí finalmente—. Por favor, dile que ahora mismo salgo para allá.

—¿Jacobo? ¡No te oigo...!

—Malcolm, díselo, por favor...

Para entonces ya se había cortado.

Me recliné sobre el sillón.

Pulsé el botón rojo del teléfono. Tras el clic todo quedó de nuevo en silencio. Tanto que parecía haberse hecho el vacío en la habitación. Permanecí unos segundos con los ojos cerrados sin pensar en nada, sólo dejando pasar el tiempo.

«He de levantarme de este sillón y salir hacia el barrio tibetano», me obligué a mí mismo.

En ese momento escuché un ruido que provenía del porche. Y al momento otro, como si alguien estuviera caminando por él. Creía haber entendido que la mujer del sari se iba. Traté de no moverme en absoluto. Lo escuché de nuevo, y también otro ruido más lejano, como si alguien tratase de abrir la puerta de entrada a la casa sin la llave. Descorrí ligeramente la cortina y me asomé con sigilo. El despacho estaba a oscuras y podía ver el jardín a pesar del aguacero. Estiré el cuello hasta que divisé el exterior de la puerta. Había alguien agazapado, hurgando en la cerradura. Y no era la mujer del sari.

«¡Están ahí! —pensé, tratando de no ser presa del pánico—. ¡De nuevo me han encontrado!»

Me aseguré de que seguía llevando el *terma* a la espalda al tiempo que me inclinaba para tener más ángulo de visión, pegando la cara al cristal. En ese momento, una mano gigante atravesó el ventanal golpeándolo con el mango de un machete y haciéndolo estallar en mil pedazos. Salté hacia atrás. El agresor se desplomó en mitad de la lluvia de cristales, tapándose los ojos con el otro brazo para protegerse. Aproveché ese instante para darle una patada en la cara y salí disparado hacia el salón. Salté por encima del sillón y corrí por el pasillo hasta el lavadero. Entré casi derribando la puerta, la cerré tras de mí y comencé a destrabar el cerrojo de la ventana abatible que daba al patio trasero de la casa. El agresor ya estaba allí, pero antes de que abriese del todo la puerta le aticé a ésta una patada tan fuerte como pude y le aprisioné en medio. Era un gigante, pero durante un segundo se encogió por el dolor en las costillas y bajó la cabeza dando un paso hacia atrás. Entonces solté una nueva patada, aún más fuerte, y la puerta le aplastó la sien contra el marco. Gritó como si le hubiera matado. Por fin conseguí abrir el cerrojo. Abrí la ventana y me arrojé hacia fuera.

Atravesé el patio a toda velocidad y, aprovechando la inercia de la carrera, apoyé un pie sobre unos sacos de abono apilados y me encaramé a lo alto del muro que separaba el patio de la calle. Corrí por el callejón trasero que daba servicio a todas las grandes propiedades que se alineaban en aquella manzana. La ciudad se estaba anegando, y aquel estrecho callejón se había convertido en una piscina. Resbalé varias veces sin llegar a caerme. Cuando llegué al final me vi obligado a torcer hacia la calle principal. Retiré con el brazo la lluvia de la cara y me volví. Me extrañó que no me siguieran, pero corrí cuanto pude hasta llegar a la calzada. Vi un motocarro pintado de naranja parado junto al bordillo del otro carril y fui directo hacia él.

—¡Arranca! ¡Arranca! —le grité varias veces al conductor desaforadamente mientras cruzaba a toda prisa.

El conductor del motocarro no pareció sorprenderse. No tendría más de dieciocho años. Aceleró al tiempo que yo me encaramaba al asiento sujetándome a la endeble barra de hierro que soportaba el toldo.

—¡Conduce hacia abajo tan rápido como puedas! ¡Corre! —le supliqué, agitando la mano hacia delante.

Me volví y comprobé que los dos agresores habían saltado la valla de la propiedad de Malcolm hacia la calle y subían a una motocicleta que habían dejado en mitad de la acera. El que conducía la arrancó con un golpe de pedal y aceleró a la vez que giraba con pericia sobre la rueda delantera, saliendo disparado hacia la carretera detrás de nosotros.

—¡Que no nos alcancen! ¡Te pagaré lo que me pidas, pero que no nos alcancen!

La lluvia se precipitaba contra el cristal. Desplazábamos una cortina de agua hacia los lados. La moto tampoco lo tenía fácil para avanzar, pero cada vez estaba más cerca. Con una mano me sujetaba a la barra y con la otra me aferraba al cartucho del *terma*. Comprobé con horror que nos aproximábamos a un semáforo en rojo. Estaban cruzando multitud de vehículos y no podíamos saltárnoslo. Mi conductor introdujo el motocarro por el hueco que dejaban un autobús y un camión y lo subió a la acera. Unas mujeres con el sari calado nos increparon desde un portal mientras volvíamos a saltar a la calzada más allá del cruce. Al poco pasamos junto a la vía del ferrocarril. Nos dirigíamos hacia la vieja Delhi. Pensé que si conseguíamos llegar al bazar de Chandhi Chowk sin ser alcanzados podría introducirme por cualquier espacio libre entre los puestos y fundirme con la marabunta apiñada bajo los plásticos y las bombillas, o también podríamos avanzar un poco más y perdernos por el laberinto de callejuelas que nacía en las traseras de la mezquita extendiéndose hasta el infinito. Mi conductor se encorvaba sin parar de girar la muñeca hacia atrás, espoleando hasta el último caballo de su motocarro. Nos acercábamos al final de la avenida. El bazar estaba allí mismo. Pero justo entonces, cuando habíamos logrado tomar cierta ventaja a la moto, tuvimos que frenar repentinamente. El motocarro derrapó varios metros frente a la Puerta de Lahore formando una gran ola. Un coche de policía estaba cruzado en medio de la plaza. Los dos agentes dirigían el tráfico para que los vehículos, con poca visibilidad debido a la lluvia, no impactasen contra una vaca que se había echado en mitad de la calle.

Me di cuenta de que no podíamos pasar. Comprobé con terror que de nuevo habíamos perdido la ventaja. El que iba de copiloto nos apuntaba con una pistola.

—¡Los tenemos encima! ¡Corre hacia donde puedas!

Nos desviamos hacia la estación de la ciudad vieja. Tras rodear el parque de Mahatma Gandhi, el conductor aceleró en dirección a una calle flanqueada por dos templos hinduistas. Del más grande salió un numeroso grupo de personas que intentaban cruzar la calzada tapándose con unos cartones. Conseguimos pasar en el último momento, pero el motorista, que ya nos estaba pisando los talones, tuvo que frenar de súbito para no atropellarles, derrapó y, perdiendo definitivamente el control, se precipitó contra el bordillo. El que iba de copiloto se deslizó sobre el agua y terminó golpeándose con alguno de los hindúes del templo.

—¡Sí! —exclamé.

El conductor del motocarro se volvió un instante. Le pedí que siguiese adelante sin detenerse. Nos dirigíamos hacia la entrada del Fuerte Rojo. A esa hora ya no quedaría nadie allí. Entonces se me ocurrió. Tenía que aprovechar esa momentánea ventaja para esconderme. De otro modo, tarde o temprano nos darían alcance.

Le pedí al conductor que se detuviera. Él, sin dudar, empleó a fondo los frenos y el motocarro se elevó un instante sobre su rueda delantera. Saqué unos billetes y se los entregué de forma apresurada.

—Aquí tienes de sobra. Sigue conduciendo calle abajo durante un rato a la misma velocidad.

Ya estarían a punto de llegar. En pocos segundos girarían en dirección a la calle en la que nos encontrábamos y sería demasiado tarde.

Corrí por la vasta explanada de hierba que se abría tras la muralla del fuerte. Era difícil distinguir nada, tal era la cantidad de agua que descargaba sobre la ciudad. No había nadie, por ningún lado. Seguí corriendo hacia uno de los edificios más próximos. Sólo quería esconderme un rato para después salir y dirigirme en dirección contraria hacia el barrio tibetano. Me aseguré de que el cartucho del *terma* no se había abierto durante la huida. Me encontraba frente al muro del antiguo salón de audiencias cuando, entre la lluvia, reparé en el haz de luz que escapaba por el hueco que dejaba la puerta entreabierta de una torreta. Me recordó al torreón ruinoso de la antigua lamasería de Singay en el que habíamos encontrado las pertenencias del pintor de mandalas. Quizá por ello fui hacia ella. Bajé una escalera que conducía a un sótano en el que sólo se escuchaba el repiqueteo cavernoso de las goteras. Avancé unos metros con cautela hasta que me di de bruces con unos barrotes negros e infranqueables. Agité levemente el candado. El cerrojo estaba sellado por la herrumbre. Al otro lado se abrían, en una siniestra hilera presa del moho, las celdas del fuerte. Me dejé caer al suelo apoyando la espalda calada contra los barrotes, arrancándoles un brillo repentino.

Cuando creí que ya había pasado el tiempo suficiente me levanté y me dirigí de nuevo hacia la escalera, dando la espalda al eco lúgubre de los calabozos y a los tétricos chillidos de las ratas. Me asomé antes de salir al exterior y caminé bajo la lluvia hasta una calle adyacente en la que me subí a un taxi. Estaba empapado. El conductor me dio una manta para que cubriese el asiento.

42

—¡Espéreme aquí! —le pedí al taxista mientras me bajaba en la misma puerta de entrada al barrio tibetano.

Necesitaba encontrar a los lamas y entregarles el cartucho del *terma* para que pudieran llevárselo de inmediato al Dalai Lama. En cuanto lo hiciese saldría directo hacia el aeropuerto para subir al primer avión.

El manto de agua se desplazaba de un lado a otro a capricho del viento. La entrada al barrio tibetano se había convertido en un lodazal. Inundado, el lugar parecía más mísero, las casas más precarias, los hierros de las verjas más oxidados. Algunos sacos de basura se habían abierto y su contenido se había esparcido siguiendo el curso del agua acumulada que buscaba una salida entre el firme desigual de cemento. Supuse que el maestro Zui-Phung, por la hora que era, se encontraría en su consulta de la clínica. No me costó dar con él. Un enfermero me guió hasta una sala de paredes blancas y baldosas cuadradas que desprendían un ligero tufo a lejía.

El maestro Zui-Phung estaba sentado en un taburete giratorio haciendo anotaciones en un cuaderno. No se dio cuenta de que habíamos entrado. Revisaba absorto una estantería en la que se apiñaban los botes llenos de las raíces, hojas, semillas y minerales que utilizaba para la preparación de los remedios. El enfermero se ausentó tras recoger unas cuantas píldoras que se habían salido de un paquete. Zui-Phung se percató entonces de que alguien había entrado.

—Puedes sentarte en la camilla —dijo sin volverse, señalando al centro de la sala antes de rascarse la cabeza—. Estoy devanándome los sesos para sustituir la turquesa en esta receta. Aquí no tenemos turquesa...

—Maestro... —dije todavía jadeante—. Soy Jacobo.

Entonces me miró. Sus ojos de anciano desprendieron una luz inusitada al comprobar que era yo y no un paciente quien permanecía de pie en mitad de su consulta, y aún se iluminaron más cuando vio que traía el cartucho anudado a la espalda.

—Es...

—El *Tratado de la Magia del Antiguo Tíbet*.

—Entonces es verdad lo que me han contado...

Se acercó lentamente y cogió mis manos entre las suyas. Me quité la cinta para que pudiera verlo mejor y se lo acerqué. Lo acarició con dulzura.

—¿Lo has abierto?

—El pintor de mandalas me pidió que no lo hiciera.

—¿Quién?

—El antiguo maestro de Lobsang Singay.

—¡No es posible que aún siga allí!

—Dijo que ya conoceríamos su contenido en el momento preciso.

El maestro Zui-Phung me contempló durante unos segundos.

—He de darte las gracias por todo lo que has hecho —dijo por fin—. En estos tiempos de desaliento, la importancia de haber desenterrado un tesoro del antiguo Tíbet va mucho más allá de la repercusión que su contenido pueda tener sobre nuestra doctrina. Para mí significa que nuestro pueblo aún está vivo.

Pasó de nuevo la mano sobre el cuero.

—No podemos perder tiempo —le apremié—. ¿Han venido los lamas de Dharamsala? Les pedí que contactasen con usted.

—¿Por qué tanta prisa?

—Alguien quiere quitármelo. Han intentado matarme.

—¿Matarte? ¿Quién? —exclamó abriendo los ojos de par en par.

—Los mismos que asesinaron a Singay. No han dejado de intentarlo desde que encontré el *terma*.

—El *terma*, así que era eso lo que querían…

—He logrado despistarles antes de venir aquí, pero prefiero terminar con esto cuanto antes. Siento no dejarle tiempo para disfrutar de este momento…

Lanzó una última mirada al cartucho.

—¡No tienes que disculparte! ¡Haberlo contemplado con mis propios ojos durante unos segundos es más de lo que merezco! Los lamas llegaron hace un rato y te esperan en el templo. ¡Vamos para allá!

Salió de la consulta tirando de mi brazo.

Caminamos a lo largo de un estrecho callejón por el que circulaba el aire viciado proveniente del riachuelo que hacía de límite natural al barrio. Al momento comencé a sentir el olor a cera. Lo que el maestro llamaba templo no era sino una sala de cemento pulido sumida en la penumbra, rodeada de columnas y con un altar budista al fondo, delante de una gran escultura de un buda dorado rodeado de tapices y de pañuelos tibetanos. En el lado opuesto, los dos lamas que habían llegado de Dharamsala esperaban sentados en unas banquetas tapizadas de terciopelo raído. Zui-Phung cerró la puerta haciendo retumbar las paredes, aislando la sala de los ruidos de la calle.

—Aquí le tenéis —declaró ilusionado.

Sus rostros exhibieron la misma emoción desatada que antes había reflejado el del maestro.

—Otra vez se juntan nuestros caminos —dijo uno de ellos mientras se levantaba de la banqueta.

—Confiaba que fueras tú quien viniera.

Me lancé hacia él para darle un abrazo. Había coincidido dos veces con aquel lama. La primera en el aeropuerto de Delhi, cuando acudió en compañía de Gyentse y del Kalon Tripa para recoger el cuerpo de Singay, y la otra en Dharamsala, el día que practicaron la autopsia. Según me dijo entonces, había sido un gran amigo de Singay además de su incansable colaborador. Estudiaron juntos la carrera de medicina tibetana y durante años le ayudó en lo que pudo en sus estudios. No era extraño que el gobierno exiliado le hubiese enviado a hacerse cargo del *terma* sagrado.

En ese momento creí sentir una presencia detrás de mí.

—¿Ha venido alguien más? —le pregunté a la vez que miraba a ambos lados.

—No. Se está haciendo todo con la máxima discreción. Su Santidad el Dalai Lama se ocupará de darle al acontecimiento la publicidad que crea conveniente.

Me presentó al lama que le acompañaba. Era otro médico que en lugar de ejercer se dedicaba, como mi amigo Gyentse, a labores políticas en el ejecutivo del Kashag.

—El Kalon Tripa te expresa su agradecimiento por todo lo que has hecho —declaró solemne.

—Decidle que ha sido un honor para mí.

—¿Qué sabes de Gyentse? —preguntó con expresión cautelosa—. El secretario del Kalon Tripa nos contó lo que le dijiste por teléfono.

—Aún no sé nada —respondí. Los gestos de ambos lamas se tornaron más serios—. No os preocupéis. Veréis como todo irá bien y pronto tendremos noticias suyas.

—Tú ya traes buenas noticias —dijo sin despegar los ojos del extremo del cartucho que sobresalía por encima de mis hombros.

—Desde luego que sí.

Apoyé el *terma* en una de las banquetas, depositándolo como si se tratase de una ofrenda más de las que los fieles dejaban por cualquier esquina del templete.

—Aquí tenéis, esto os pertenece.

El lama lo tomó entre sus manos y lo recorrió con la mirada sin apenas moverlo, manteniéndolo suspendido a cierta distancia.

—Uno de los *terma* del maestro Padmasambhava... Nunca pensé que mis manos...

—Por fin está en nuestro poder —dijo el otro—. Una de las fuentes de nuestra doctrina...

Zui-Phung también estiraba el cuello para contemplarlo sin acercarse demasiado. Poco a poco fueron atravesando la pantalla invisible que parecía rodear al cartucho. Posaron sus yemas en el cuero y recorrieron con los dedos el contorno de los demonios protectores vueltos a pintar por el maestro ciego.

—Es como si ya lo hubiera visto antes. ¿Lo has abierto? —preguntó, como todos hasta entonces.

—El pintor de mandalas me pidió que no lo hiciera. Le prometí que me limitaría a entregárselo a quien pudiera comprender plenamente su contenido.

—Pobre Singay. Debería ser él quien estuviera aqui para destapar la voz de Padmasambhava —dijo el otro.

—¿Y Malcolm? —intervino Zui-Phung—. Cuando has aparecido en mi consulta me has dejado tan impresionado que ni siquiera te he preguntado por él. Esperaba que viniese contigo.

—Está en Perú, con Martha.

A buen seguro que mi escueta respuesta le dijo algo más.

No dejaba de mirar de soslayo a un lado y a otro.

—¿Qué ocurre? —preguntó el lama.

—Tenéis que iros ya.

—Has llegado hasta aquí. No tienes nada que temer.

—Todos nosotros tenemos mucho que temer…

—Quienquiera que intentó arrebatárnoslo ya no lo tendrá nunca —declaró el lama.

—Unos sicarios que me estaban esperando en casa de Malcolm han intentado acabar conmigo.

—¿Cómo?

—Ni este cartucho ni vosotros estaréis a salvo hasta que lleguéis a Dharamsala. Y una vez allí no dejéis de estar alerta.

—Está bien, está bien —dijo con un repentino nerviosismo—. Pero tú nos acompañas, ¿no?

—¿Adónde? —me sorprendí.

—A Dharamsala, desde luego.

—No pensaba hacerlo…

—Sólo tú mereces el honor de entregarle el *terma* a Su Santidad el Dalai Lama —me interrumpió—. Está esperando para darte su bendición. Lobsang Singay te escogió para que terminases su labor y debes actuar como él habría hecho.

«El nuevo guardián de la flor de loto», pensé, recordando las palabras del pintor de mandalas.

Permanecí unos segundos sin decir nada. Después les hablé con cariño.

—No puedo ir con vosotros.

—¿Cómo? —se extrañaron.

—Ya no me necesitáis. Y al otro lado del mundo sí que hay alguien que me necesita y me espera, desde hace demasiado tiempo.

—¿Estás seguro de lo que dices?

—Más seguro que nunca.

Los tres sonrieron.

—Si ha de ser así… —concedió el lama.

—Ya casi estás allá —dijo el maestro Zui-Phung.

—¡Ah! —exclamé—. ¡Olvidaba algo!

Saqué del bolsillo la lámina que contenía el mensaje escrito por el pintor de mandalas con la piedra de la gruta. El lama la desdobló y repasó con suma atención los caracteres tibetanos. Después se la mostró a Zui-Phung. Ambos permanecieron sin hablar durante al menos un minuto, pensando en lo que estaban leyendo.

—Considéralo una receta para el alma —dijo el lama de repente, introduciendo sus palabras entre el denso silencio que se había instalado a nuestro alrededor.

Me volví hacia él.

—¿Una receta para mi alma?

—Más bien para la de tu hija.

Instantáneamente los ojos se me llenaron de lágrimas.

—¿Cómo podía saber el pintor de mandalas que mi hija...?

Los dos lamas cruzaron una mirada de complicidad.

—Debes tener fe en una fuente de sabiduría que lleva manando desde el principio de cualquier principio. Ya sabes que Lobsang Singay, al igual que los miembros de su lamasería destruida y también aquellos que después tuvimos la suerte de trabajar con él, no se limitaba a curar a sus pacientes. Trataba de comprender la naturaleza de la vida y el alcance de la muerte, que no es sino un nuevo comienzo en el ciclo vital del universo. Intentaba descubrir las interrelaciones que se dan entre los seres y los elementos, y en muchas ocasiones encontraba conexiones inimaginables.

—Pero ¿qué podéis hacer por mi hija? —dije, a la par que me secaba los ojos con el dorso de la mano.

—Según dice el pintor de mandalas en su nota, ya has hecho lo más importante.

—Yo...

—Ahora sólo nos queda aprovechar este momento de tu vida, en el cual te muestras tan abierto y predispuesto, para colmarte con toda la energía que puedas albergar. Eso repercutirá en el futuro tanto en ti como en los tuyos.

—¿Estáis diciendo que yo mismo estoy favoreciendo la curación de Louise?

Me costaba pronunciar cada palabra. La quería tanto que temía no demostrarlo lo suficiente.

—Como te hemos dicho, el pintor de mandalas considera que ya lo has hecho.

—¿Puedes traducirme la nota? —susurré.

—Claro que sí. Dice: «Cuando estas palabras se pronuncien, los oídos de quien las escuche ya estarán preparados, al igual que cuando se abra el *terma* desenterrado ya estará preparado el mundo para comprender su alcance. Quien las escuche habrá armonizado su ser y estará en disposición de transmitir esa armonía. Pero no olvidéis que ningún hombre sobre la Tierra sabe nada a ciencia cierta. No sabemos desde dónde llegará la curación o la felicidad, ya que todo fluye y en cualquier momento las cosas pueden ser o no ser. Se trata de tender hacia ese estado óptimo universal, siempre dirigirse hacia él, paso a paso, paso a paso, y el mismo caminar es tan satisfactorio...».

—¿Qué más dice? —dije casi sollozando.

—Eso es todo.

El mismo caminar, paso a paso. Tantos pasos habíamos dado que no los podía imaginar al mismo tiempo. Katmandú hace años, la gran estupa de Bodhnath, con Martha apoyada sobre la piedra encalada, su visita a mi lecho en Dharamsala, en cuerpo o alma, qué importaba, la gruta del pintor de mandalas, la ventisca en el barranco deshaciendo el sendero estrecho, los colores de Delhi, Puerto Maldonado, Louise encaramada al tronco del árbol que tenemos junto al porche.

De repente mi rostro se tornó serio. El lama se percató de ello.

—¿Qué te ocurre?

—Lamento haber desperdiciado muchos de mis pasos sin haber hecho más por Martha y por Louise. Pero lo que me aterra es pensar que quizá, durante todo ese tiempo, haya estado utilizando la enfermedad de mi hija como una excusa para disfrazar mis propias carencias —confesé.

—Ésas eran las que verdaderamente te torturaban —dijo el lama.

—Sin duda era muy fácil echarle la culpa a ella.

El lama caviló unos segundos antes de seguir hablando.

—En Occidente carecéis de pilares que puedan sustentar verdaderas relaciones de compromiso. Os educan en la realización desde la individualidad, potenciando la competitividad y el éxito como único medio para alcanzar la felicidad. Siempre necesitáis más, pero al mismo tiempo permanecéis vacíos por dentro. Por eso cuando algo se tuerce, como en este caso por la enfermedad de un ser querido, todo lo que ilusoriamente habéis conseguido a través de vuestra búsqueda egoísta se derrumba.

—Exactamente así son las cosas —dije abatido, recordando las enseñanzas recibidas de Gyentse.

—Y lo peor llega cuando os dais cuenta de que, además, esa ilusión finalizará al mismo tiempo que vuestra propia vida —prosiguió—. No habrá tenido ninguna repercusión en nada ni en nadie —concluyó sin ambages.

—Espero estar a tiempo de remediarlo, al menos en mi caso.

—Así debe ser. Y no te martirices por lo hecho en el pasado —me tranquilizó—. Los espíritus que acumulan pasado no avanzan, ya que están siempre en pena. Lo que te ha ocurrido proviene de la ausencia de espiritualidad que sufre vuestra sociedad, pero tú has sido capaz de superarlo. La salvación del mundo comienza por uno mismo.

—Y por eso es tan importante que vuestra doctrina siga viva. Es el último pulmón… —dije, repitiendo las palabras del Dalai Lama escuchadas en boca de Malcolm.

—No sólo nuestra doctrina, también cualquier otra que haya comprendido que el pilar fundamental de una existencia plena es tratar de alcanzar la felicidad haciendo felices a los demás. El amor y la entrega a los que nos rodean nos hace libres, nos permite prescindir de nuestras ataduras personales y también superar nuestras limitaciones. Nuestra existencia deja de ser finita, ya que pervive en las personas a las que amamos.

—Si muriendo por Louise pudiera ayudarla…

—Seguro que no será necesario. Pero que seas consciente de que tu espíritu se ha revestido de esa ilimitada generosidad es la culminación de las enseñanzas que tan oportunamente has recibido de Gyentse.

Apreté los labios y tragué el nudo que se había formado en mi garganta.

—Tenéis que iros. Por favor, hacedme caso —insistí.

—Y tú puedes regresar a casa —dijo el lama.

—Me voy con vuestra energía en el corazón.

—Llevas contigo el último abrazo de Singay. Aún recuerdo sus palabras: el último abrazo, como el tibio primer abrazo de la vida, tierno y arropador de la madre, el que todo hombre desea recibir en la muerte para volver a renacer. Ten siempre presente que morimos y nacemos con cada acción. Abraza a los tuyos a cada instante.

—Nunca os olvidaré.

—Ni nosotros a ti.

Caminé despacio hacia la puerta del templo. Tiré de la aldaba, de la que colgaba un viejo pañuelo rojo anudado dos veces. La madera cobró vida y chirrió de forma espeluznante al abrirse. Entonces escuché un chasquido que provenía del altar. Me volví y quedé prendido a la mirada risueña del buda dorado. Los lamas permanecían inmóviles, al igual que la estatua, cuya faz reflejaba los destellos de las mechas que ardían en la manteca.

—¿Hay otra puerta trasera? —le pregunté a Zui-Phung.

—Una pequeña que da al río —confirmó—, pero nunca se abre. Ve tranquilo.

No lo pensé más. Salí del templo y me dirigí a la entrada del barrio. Me detuve bajo el dintel y respiré hondo. Seguía lloviendo sin parar. Allí estaba de nuevo, frente al bullicio de Delhi, al extraño vapor que se mantiene a media altura los días de tormenta, esa neblina que atraviesan los cláxones y se enreda en los radios de las bicicletas. Me sentía liberado al no portar el *terma* a la espalda. De nuevo podía confundirme con la gente, como uno más.

Cuando apenas había levantado el brazo para llamar la atención de un taxi oí un grito aterrador que provenía del templo.

43

Corrí apartando de mis ojos el agua de lluvia, apoyándome en la pared al girar hacia el callejón, sintiendo que el corazón se me aceleraba al regresar a la pesadilla. Salté los escalones de entrada al templo a la par que gritaba para que se apartasen algunas personas que se habían asomado.

El lama del Kashag estaba arrodillado junto al cuerpo del compañero de Singay.

—Está muerto… —dijo al verme, colocando su mano bajo la nuca ensangrentada.

Tenía un corte limpio que le cruzaba la garganta de lado a lado.

Giré el cuello violentamente buscando al maestro Zui-Phung. También yacía en el suelo, cerca del altar. Parecía haber desaparecido bajo la túnica caída.

Me lancé hacia él. Tenía una herida en la frente de la que aún manaba sangre. Pegué la oreja a su pecho. Allí estaban los latidos y la respiración entrecortada.

—¿Qué ha pasado? —dije, volviéndome hacia el lama.

—¡Ni siquiera trató de esquivarle! —gimoteó, mirando con cariño el rostro sin expresión de su compañero—. Tan sólo permaneció inmóvil, abrazando el cartucho mientras el gigante desenfundaba el machete y trazaba una curva en el aire.

El lama, con los ojos perdidos en el fondo oscuro del templo, me relató mecánicamente cómo el silbido de la hoja afilada pareció solapar cualquier otro sonido, cómo un chorro de sangre manó de la garganta de su compañero, y cómo aguantó unos segundos de pie, comenzaron a temblarle las piernas y se desplomó no sin que antes el gigante le arrancase el *terma* de las manos.

Entonces rompió a llorar como si ya nada pudiera consolarle.

A nuestro alrededor habían acudido varios monjes, algunos hombres del barrio y niños de todas las edades. Al poco llegaron dos policías cubiertos con un impermeable. Habían metido el coche patrulla hasta la puerta y su luz verde giratoria, mezclada con la lluvia, poblaba el callejón de pequeños estallidos. Los curiosos se apartaron para dejarles pasar.

—¿Está vivo? —le preguntó uno de ellos al lama, refiriéndose a su compañero.

Negó con la cabeza. Era incapaz de hablar.

—¿Y ése? —me preguntó el otro policía.

—¡Desde luego que lo está! —contesté liberando mi rabia.

En ese momento Zui-Phung se despertó y trató de incorporarse.

—No te muevas... —le pedí.

—¿Qué ocurre? Me golpearon en la frente con el mango de un machete...

—Es una herida superficial, pero he mandado a un enfermero a por todo lo necesario para curarte.

—¿Por qué me he desmayado entonces? —se lamentó, arrastrando cierta culpa.

—No te tortures, te lo ruego. Quizá desmayarte te haya salvado de algo peor.

—Pero el compañero de Singay...

—Él no ha tenido tanta suerte.

—No puede ser... —se lamentó cerrando los ojos—. ¿Y el otro enviado de Dharamsala? —preguntó, estirándose para mirar.

—Está bien.

—¿Y el *terma*? —Negué levemente—. ¿Se lo han llevado?

—Sí.

Cada vez había más gente alrededor. El enfermero emergió de entre el grupo, se arrodilló a mi lado y abrió las hebillas de un maletín de cuero desgastado. El maestro Zui-Phung le dejó hacer su trabajo, pero poco a poco comenzó a sollozar como un niño. Apenas podía entender lo que decía. Lentamente se fue serenando y me habló mientras negaba una y otra vez con la cabeza.

—El *terma* de Padmasambhava... Tu hallazgo...

—No era mío.

Dejó caer la cabeza a un lado al tiempo que algunos monjes se retiraban dejando a la vista el cuerpo del compañero de Singay, inerte junto al pequeño altar de madera roja, como la túnica, como el charco de sangre. Los policías pidieron a su compañero que se apartase y se agacharon para darle la vuelta. Uno de ellos le levantó la cabeza y se abrió el corte del cuello. El policía se echó hacia atrás con un gesto de repulsa y dejó caer la cabeza de nuevo contra la losa, salpicando sus botas de motas purpúreas. Se limpió con la túnica del lama mientras maldecía mirando al buda dorado.

—Termina, por favor, y vayámonos de aquí —le suplicó Zui-Phung al enfermero.

—Ya casi está —dijo él.

—En realidad, ¿qué más da? —se lamentó Zui-Phung—. No queda nada por hacer. Ya tienen lo que querían.

Me miró a los ojos con expresión de derrota.

Cogí su mano y la apreté con cariño.

—Sin sus dueños, el *Tratado de la Magia* no es nada. Seguro que sólo verán pergamino y tinta —declaré.

Me dedicó un gesto de extrañeza que se enredó con su desconsuelo.

—Jacobo…

—No sé por qué he dicho eso —me excusé.

—No, no. Está bien. —Noté que de repente sus ojos transmitían algo parecido a la admiración—. Sólo es pergamino y tinta —repuso Zui-Phung.

Los dos policías intentaban entenderse con alguno de los curiosos junto a la puerta. Todos hablaban de forma desordenada y el jaleo era cada vez mayor. El enfermero dispuso que Zui-Phung ya podía levantarse. Le acompañé a la clínica. La tormenta estaba amainando, pero no dejaba de llover. Zui-Phung no se cubría la cabeza con su túnica como hacían otros monjes que se cruzaban con nosotros. Caminaba arrastrando la mirada por el suelo, confundiendo sus propias lágrimas con el llanto del monzón.

Nos introdujimos en su habitación, situada en la segunda planta de la clínica. Me senté en la cama y ladeé discretamente la esfera del reloj tratando que Zui-Phung no se percatase. Como había dicho el maestro poco antes, no teníamos muchas opciones. Y si quería conseguir un vuelo a tiempo para esa noche debía salir hacia el aeropuerto cuanto antes.

Zui-Phung, ajeno a aquellos pensamientos, extendió sobre la mesa un periódico y apoyó una tetera. Sirvió dos tazas y se sentó junto a mí. Pasó un dedo por el borde de la taza y dejó que el vapor del agua empañase la cadena desconchada de su pequeño reloj digital.

Yo volví a mirar el mío, ahora sin ningún disimulo.

—Zui-Phung, he de irme.

Noté el retumbar de mis palabras en la estancia blanca, y después el silencio previo a su voz pausada. En ese pequeño intervalo sentí que había algo que se me escapaba. Quería pensar, pero después de todo lo ocurrido me resultaba extremadamente difícil.

—Ahora mismo daré parte a Dharamsala de todo —dijo Zui-Phung—. Tú vuelve con tu familia y no te preocupes.

—Sí... —dije, un tanto absorto en mis pensamientos.

—¿Qué te ocurre? —intuyó.

—Siento que falta algo.

—Yo me ocuparé de todo. Tú limítate a alejarte cuanto antes de aquí y a dejar que pase este miércoles aciago.

—¿Hoy es miércoles?

—¿Por qué te sorprende?

—El oráculo que consultamos en el Tíbet nos auspició que el miércoles sería el día propicio para nuestra misión. No creo que esto sea lo que los oráculos entienden por un día propicio...

Se detuvo a pensar.

—Puede que debamos mirar más allá —declaró Zui-Phung.

—¿Cómo?

—No podemos tratar de comprender las verdades últimas a partir de las realidades terrenales, ya sean tristes o jubilosas. Siempre hay algo más, algo oculto, detrás de lo que vemos en primer término.

—¿Qué puede haber detrás de esto? Aquí sólo se ve sangre, y más sangre.

—Es como los mandalas de arena —siguió diciendo Zui-Phung, refiriéndose a las ruedas de la vida que los monjes confeccionaban en los monasterios con ocasión de las festividades, para luego dejar que el viento las deshiciera cuando estaban terminadas—. Parecen representar un puñado de cosas terrenales, como el propio monasterio en el que se elaboran. Pero si se mira más allá se ve todo el Tíbet, y el resto del mundo, y el nacimiento y la muerte. Los mandalas no son representaciones de la verdad, sino el mero vehículo para que, con su contemplación y a través de la meditación, lleguemos a ella.

Todavía no había terminado la frase cuando me di cuenta.

—¿Estás bien? —preguntó al verme abstraído.

Todo encajaba. No podía ser de otro modo.

—Tengo que ir a ver a Luc Renoir antes de coger el avión.

—¿A quién?

—Al delegado de la Unión Europea. He de hablar con él. Gracias por todo, maestro.

—Pero…

—Le prometo que todo se arreglará.

Antes de cerrar la puerta vi que mi taza de té sin empezar todavía humeaba. El maestro Zui-Phung agarró la suya con las dos manos para calentarse y se echó en la cama de lado, como un recién nacido.

44

Me dirigí a toda prisa hacia la delegación. Tenía que hablar con Luc. A cada momento todo adquiría más y más sentido. Cuando el taxi me dejó en la puerta ya había anochecido.

—Ha tenido suerte —me informó el vigilante—. Me iba ya, pero el señor Renoir está arriba. Como casi todos los días, él es la única persona que a esta hora aún sigue en el edificio.

—Puede decirle que…

—Me acuerdo de usted —dijo orgulloso—, de cuando vino hace algunas semanas. Es usted familia del señor Farewell, ¿verdad?

Me pidió el pasaporte y se lo dejé para que transcribiese los datos. Después, mientras él apagaba las luces de la garita para marcharse, subí los escalones de tres en tres hasta la primera planta. El pasillo estaba oscuro, salvo una tenue luz que se filtraba a través de la puerta entreabierta del despacho de Luc. La empujé sin llamar.

Luc levantó la vista de lo que estaba haciendo desde el otro lado de su mesa. No pareció sorprenderse al verme.

—Hola, Luc.

No contestó.

Me acerqué un poco más. La luz del flexo, la única que iluminaba el despacho, era suficiente para verlo todo con claridad.

Allí estaba el *terma* sagrado. Luc tenía frente a él, sobre la mesa, el cartucho del *Tratado de la Magia del Antiguo Tíbet*.

—Hasta hace un segundo me resistía a pensar que fuera cierto —dije.

Luc se quitó las gafas y las metió en la funda tubular de aluminio.

—¿Cómo lo has sabido?

—Era cuestión de tiempo.

—Esos malditos sicarios deberían haber terminado contigo en casa de Malcolm. Nos habríamos ahorrado la muerte del lama en el templo.

Sacó una pistola automática del cajón y la dejó sobre la mesa. Traté de no parecer asustado y esperar el momento preciso para hacer algo.

—Fue uno de esos dos sicarios quien desencadenó mis deducciones —le expliqué.

—¿A qué te refieres?

—Al principio no me di cuenta, pero hace un rato lo he visto con claridad. Era la misma persona que nos entregó el paquete bomba en la gasolinera de Dharamsala.

—Exacto —confesó.

—Tú eras la única conexión entre esos dos momentos. Sabías que pasaría por casa de Malcolm y, en su día, también supiste que me disponía a ir a Dharamsala para asistir a la autopsia de Singay. Recuerdo cuando te lo conté en el hotel Imperial, la noche de la presentación de la nueva fábrica. ¡Qué ingenuo fui! Me estaba entrometiendo en tus planes y no dudaste en acabar conmigo, aunque desgraciadamente te salió mal, muy mal. Después, cuando te llamé para pedirte los visados, te enteraste de que partía hacia el Tíbet porque había descubierto la existencia del *terma* y me dejaste seguir adelante. Fue una maniobra inteligente. Habías perdido el rastro del *Tratado* y pensaste que la mejor forma de conseguirlo era que yo lo buscase por ti.

Luc aplaudió sin ganas.

—Brillante exposición.

—En realidad tú has sido el único que conocía mis movimientos desde el primer día —dije para terminar—, pero te sabías bien escondido tras el profundo cariño que Malcolm y Martha sienten por ti.

—Es mutuo, aunque no lo creas —añadió con aire cansino.

—No lo creo.

El ruido de la lluvia en el exterior y la sensación de vacío que se respiraba en el edificio hacía que mis palabras sonasen revestidas de cierto eco. No podía apartar la vista de la pistola, y a la vez me sorprendía estar tan tranquilo. Era como si considerase que de algún modo Luc pagaría por sus crímenes, y que lo que ocurriese conmigo no importaba.

—Te preguntarás por qué lo he hecho —dijo.

—Confío en que tú también te tortures con esa misma pregunta.

—Las cosas no son blancas o negras. Llevo toda la vida trabajando para el pueblo tibetano, y te aseguro que mi único objetivo ha sido preservar su legado inmortal.

—¿Cómo tienes la desvergüenza de decir eso?

—Hay quien piensa que si el Dalai Lama no da pronto su brazo a torcer, la situación política se enquistará de tal modo que ya nada tendrá remedio. Yo sólo trato de buscar una solución para evitar que eso ocurra.

—¿Quieres decir que, según tú, debería abandonar la lucha por la libertad de su pueblo?

—El Dalai Lama ha personalizado tanto esa lucha que el gobierno chino no dudará en terminar con todo rastro de su budismo tántrico si con ello destruye las aspiraciones independentistas que se fomentan desde el exilio. Es lo mismo que intentó hace cuarenta años con la Revolución Cultural. Pekín quiere terminar de una vez por todas con este problema, y si no logra de inmediato un acuerdo amistoso no dudará en aniquilar todo signo de identidad tibetana; la poca que sobrevivió al barrido de Mao Zedong. ¡Y parece ser que el Dalai Lama no se da cuenta de ello, ya que no hay forma de convencerle para que regrese al Tíbet de una maldita vez!

—A China, querrás decir.

—Da igual que en el mapa político de las escuelas ponga China o Tíbet. Lo importante es que, si hoy regresase a su querida meseta, podría volver a cultivar en paz su doctrina y su tradición no se perdería en el olvido.

—No puedes obligar a nadie a someterse.

—Por eso, como te he dicho, hemos tratado de buscar una solución alternativa.

—¿Quién más está metido en esto?

—¡Quién más...! —rió—. ¡Quién más! Tanta gente como algunos responsables del gobierno chino y, por otros intereses, un grupo de influencia de la propia región autónoma del Tíbet.

—Un *lobby*...

—Así es. Un *lobby* formado por personas que están hartas de tanta lucha absurda por la independencia y que buscan dotar de estabilidad a la meseta. La meseta es muy grande para desperdiciarla como mercado. Yo les habría ayudado por mis convicciones, pero también es cierto que éstas se vieron reforzadas cuando me dijeron lo que estaban dispuestos a pagarme —dijo con sarcasmo.

—¿Y cuál era ese fantástico plan para obligar al Dalai a que regresase al Tíbet?

Se incorporó ligeramente sobre su sillón.

—¿Qué sabes del Panchen Lama? —dijo, contestando con otra pregunta.

—Que es la segunda figura espiritual del budismo tibetano. Y que vive cerca de Lhasa, en suelo ocupado.

—También sabrás que desde hace siglos ha existido una

pugna abierta sobre la posición que debían ocupar respectivamente el Dalai Lama y el Panchen Lama en el escalafón religioso.

Recordé las conversaciones que en su día mantuve con Gyentse en Dharamsala.

—Lo sé —me limité a contestar dejando que continuase.

—Hay quien piensa que, por motivos teológicos, la figura preponderante del budismo tibetano debería ser el Panchen Lama. Pues bien, la gente que contactó conmigo decidió aprovechar esta circunstancia.

—Explícate —dije, viendo que se detenía.

Sonó como una orden.

—Tienes arrojo —dijo mientras jugueteaba con el arma, dándole vueltas sobre sí misma encima de la mesa con el dedo metido en el gatillo—. China —siguió diciendo—, que sabe que no puede hacer desaparecer a los millones de budistas que tiene en la región autónoma del Tíbet, hace tiempo que decidió tratar de controlarlos manejando a su líder espiritual. Y como no ha conseguido someter al Dalai Lama, decidió actuar sobre la figura del Panchen Lama.

—El gobierno de China se ha propuesto convertirlo en su aliado...

—Y apoyarle hasta que su figura termine eclipsando al molesto e incombustible Dalai.

—Pero eso ya lo ha intentado antes con los anteriores sin ningún éxito.

—Es cierto, pero con su actual reencarnación sí que lo está logrando. Mira hacia atrás en la historia reciente y lo verás claro. El décimo Panchen Lama falleció de un ataque al corazón, o eso se dijo, justo diez días después de haber afirmado que la invasión china había sido ilegítima. ¡Qué casualidad! —exclamó con sorna—. Ése no les servía y se lo quitaron de en medio. A aquél le sustituyó un niño de seis años. Parecía perfecto, ya que era un crío y fácilmente se le podía educar siguiendo los dictados de Pekín. Pero el gobierno chino descubrió que, en el pasado, su familia se había declarado afín al gobierno exiliado y, temeroso de que estuviera infectado por ideas independentistas, decidió hacerlo desaparecer. Lo secuestraron en 1995 junto con todos y cada uno de sus familiares directos sin que nadie, hasta esta fecha, sepa aún nada de ellos. Fue entonces cuando el propio gobierno chino, al quedar de nuevo esa vacante y antes de que el Dalai Lama designase desde el exilio un nuevo sucesor, se apresuró a nombrar como supuesta reencarnación del Panchen Lama a un hijo de un miembro del partido comunista local. ¡Qué nueva coincidencia!

—Y a éste sí que lo están controlando.

—Desde luego que sí. Y lo están haciendo, como te he dicho, brindándole todo el apoyo de las instituciones chinas. Los fieles del budismo tántrico están necesitados de un guía a quien adorar sin temor a ser encarcelados. Ya sabes que el Dalai es considerado el enemigo público número uno del régimen, y que en el Tíbet está prohibido hasta pronunciar su nombre. Por eso Pekín, amparándose en una falsa imagen de tolerancia, se dedica a retransmitir por televisión todas las ceremonias budistas que el joven Panchen Lama preside, presentándolo como el nuevo líder del budismo tibetano. Nunca antes un líder budista había aparecido en la televisión china. De este modo los fieles empiezan a olvidar que su nombramiento fue ilegítimo; ya nadie se acuerda que fue forzado de manera interesada por el gobierno. ¡Por fin tienen un líder espiritual que puede ejercer de tal! ¡Eso es lo único que ven!

—Y si las cosas siguen así, cuando el Dalai Lama muera el Panchen Lama ya habrá obtenido la suficiente importancia para que nadie se preocupe de lo que diga o haga el gobierno exiliado en Dharamsala.

—Ésa es la cuestión. El autoproclamado gobierno exiliado

se nutre sólo del Dalai Lama. Es él, y sólo él, quien personifica la esperanza de la nación tibetana. Por eso cuando muera, y con el Panchen Lama como nuevo líder espiritual dentro de las fronteras chinas, se habrá terminado el problema del independentismo tibetano.

—Y el asesinato de Lobsang Singay, ¿dónde encaja en esa trama? —le pregunté, volviendo al principio.

—Encaja a la perfección. —Luc sonrió, levantó el arma y me señaló con ella. Estaba aparentemente tranquilo, pero sus ojos dejaban traslucir cierto estado de enajenación creciente que no me pasó desapercibido. Miré discretamente hacia ambos lados por si de repente tenía que arrojarme al suelo para evitar que me alcanzase en el caso de que llegase a disparar—. Ya sabes la importancia que tiene la figura del maestro en la tradición tibetana —declaró.

—Lo sé bien.

—Entonces imagina la importancia que puede tener disponer del mejor maestro para el Panchen Lama, que aspira a ser el futuro líder del pueblo tibetano.

—Queríais que Lobsang Singay se convirtiese en el maestro del Panchen Lama...

—Ése era el plan inicial. Piensa que, según está concebido el sistema de enseñanza y propagación de la tradición tibetana, cualquier novicio de cualquier monasterio precisa de un maestro que se dedique a él en cuerpo y alma. Siendo así teníamos que encontrar el mejor maestro para el Panchen Lama, que ha cumplido dieciocho años y está iniciando sus estudios superiores. Para convertirlo en la primera figura del budismo debe publicitarse correctamente la formación que vaya recibiendo. ¡Y quién mejor para enseñarle que Lobsang Singay, el gran médico tibetano que estaba en posesión del *terma* sagrado y, en consecuencia, de todos los secretos mágicos del antiguo Tíbet!

Contempló el cartucho con expresión de codicia.

—Escogiste a Singay por el cartucho...

—Naturalmente. Si Lobsang Singay le hubiera transmitido al joven Panchen Lama los revolucionarios conocimientos médicos que extrajo del *terma*, habría aumentado tan rápidamente la popularidad de éste que el Dalai Lama habría tenido que replantearse con urgencia la vuelta al Tíbet. Se habría visto obligado a hacerlo con el rabo entre las piernas, sabiendo que, en otro caso, su autoridad como líder espiritual y político caería a la misma velocidad que subiría la fama de su competidor. No habría hecho falta ni esperar a su muerte para solucionar el problema.

—Y cuando te enteraste de que Singay había decidido salir de su laboratorio para transmitir al mundo sus secretos en las conferencias de Boston, viste la oportunidad ideal...

—¡Era perfecto! —estalló, dando un golpe en la mesa—. Llamé a mis contactos y les dije: «¡Ahí tenéis a vuestro preceptor!». Así que enviamos a un lama afín a nuestras ideas para que hablase con él y le convenciera de que lo mejor era que abandonase el exilio y se desplazase al Tíbet para convertirse en el maestro oficial del Panchen Lama. Le ofrecieron todo lo imaginable: modernos laboratorios con el material más sofisticado, inmunidad total para él y para cuantos le acompañasen formando parte de su equipo...

—Pero no surtió efecto...

Luc hizo un gesto como si fuera a escupir.

—Mantuvo dos reuniones con él, pero ese lama arrogante no dio su brazo a torcer y se marchó a Boston.

—Y entonces decidisteis acabar con él.

—Era una pérdida irreparable, pero ya no había vuelta atrás. No podíamos permitir que desvelase a los cuatro vientos unos secretos que iban a reforzar la autoridad del Dalai Lama, así que nos ocupamos de que alguien lo resolviera con rapidez. Cuando se levantó a la mañana siguiente ya estaba todo sentenciado. Pidió su té y... El resto ya lo sabes. —Volvió a mirar endiosado hacia el cartucho—. Una vez que habíamos perdido al maestro, sólo nos quedaba tratar de hacernos con la fuente de su sabiduría. Y aquí está, por fin, en mis manos. Tenemos médicos de sobra para poner en práctica sus descubrimientos y asombrar al mundo. ¡Podemos lograr cuanto nos propongamos! ¡El Panchen Lama será el nuevo rostro de la magia médica de Lobsang Singay!

—No entiendo cómo has podido hacer algo así...

—Jacobo, por favor, no te pongas dramático ahora. Supongo que te habrás dado cuenta de que lo importante aquí no es el asesinato de una persona concreta.

—De más de una —salté.

—Estamos hablando del futuro de todo un pueblo.

—Hay una cosa que no entiendo —le corté, tratando de no dejarme llevar por la ira para pensar con lucidez—. ¿Qué tenía que ver la Fe Roja en todo esto? La tela ritual que encontré en Boston, y luego las otras junto a los cadáveres en Dharamsala...

Luc rió de forma aparatosa. De nuevo parecía estar perdiendo el juicio, si bien continuaba hablando desaforadamente como si desease confesarse conmigo antes de caer en la locura definitiva. Yo permanecía inmóvil, tratando de no mirar la pistola que él agitaba ahora sin ningún cuidado.

—Eso fue cosa mía —dijo con cierto orgullo—. Aun cuando ansiaba que todo saliese según habíamos previsto, en mi fuero interno sabía que era probable que Lobsang Singay no aceptase nuestra propuesta. Así que tracé un plan B.

—Querías sembrar el desconcierto.

—Ya veo que no hace falta explicarte nada. Es una pena que tengas que morir. —Detuvo la pistola en el aire. Miré de nuevo a mi alrededor y tensé las piernas, pero una vez más continuó hablando en lugar de apretar el gatillo—. Les ordené que dejasen la tela con el mandala negro de la Fe Roja junto al cuerpo de Singay y que luego repitieran el mismo patrón. Una crisis interna de tal calibre en el gobierno exiliado habría impulsado definitivamente la vuelta del Dalai Lama al Tíbet.

—Y, aunque por otra vía, también lograbas tu objetivo.

—Cualquier vía era buena, si con ello conseguíamos el fin buscado.

—¿Quieres hacerme creer que durante todo el tiempo no ansiabas otra cosa? —insistí.

—Ya te he dicho que todo lo hago por el Tíbet.

—Me das asco.

—No estás en disposición de hablarme así —dijo con un tono mucho más serio, apuntándome con el arma.

—Ya lo creo que sí. Mírate. Estoy seguro de que lo único que querías desde un principio era este cartucho.

—Antes de matarte dejaré que veas lo que hay dentro.

Luc cogió un abrecartas y comenzó a forzar la tapa, haciendo incisiones y rasgando el cuero. Por fin consiguió arrancarla. Entonces, controlando su avidez, vació despacio el contenido del cartucho sobre el cristal de la mesa. Poco a poco su rostro se fue trasmutando. Los ojos se le desencajaron y comenzaron a temblarle las manos.

—¿Qué es esto? —exclamó.

De su interior no salió ningún pergamino. Aquel cartucho de cuero endurecido había albergado durante siglos tan sólo un montón de arena que ahora se esparcía ante nosotros formando un montículo sobre la mesa.

—¿Qué es esto? —gritó de nuevo, ahora mirándome—. ¿Qué has hecho con el *Tratado*?

—No tengo nada que ver.

—¡Claro que tienes que ver! ¿Quién si no? ¡Aquí sólo hay arena!

—Yo no lo he abierto. Así es como me lo entregaron.

—¡Dime ahora mismo dónde está el *Tratado de la Magia* de Singay! —ordenó.

Me apuntó con el arma, ahora estirando el brazo. Su mano seguía temblando. Sus ojos desprendían odio.

Me extrañó no sorprenderme en absoluto. De inmediato retumbó en mi cabeza la voz de Singay, y también la del propio Padmasambhava. Era como si ambos quisieran explicarme el sentido de aquel nuevo jeroglífico desenterrado después de catorce siglos. Pero yo ya conocía la respuesta. Pensé en los mandalas de arena, recordando la conversación que acababa de mantener con el maestro Zui-Phung. Ellos también se deshacen con el viento. Ni el Tíbet, ni el mundo, ni el universo de los budas se puede representar en un mandala circular, me había dicho. El mandala es sólo el vehículo para comprender esos conceptos superiores. La grandeza del Tíbet no se puede escribir; sus secretos no se pueden escribir. Ni ahora ni nunca. Cada tantra es un jeroglífico, cada lama ofrece una interpretación. Diez mil tantras secretos, por diez mil grandes lamas, por diez mil preguntas que formula cada lama con relación a cada jeroglífico. Demasiadas palabras para un pedazo de pergamino. No se puede escribir el amor, ni la muerte, ni los secretos de la vida, ni siquiera a través de la poesía. Hay que construirlos a cada momento, con cada pequeña acción, aprovechando la libertad que nos ofrece nuestra condición humana.

Luc bajó la vista hacia el montón de arena.

—Este maldito grial tibetano, la magia de los chamanes, el control de los demonios, de las fuerzas de la naturaleza... ¡Todo era una farsa! —gritó, arrastrando un montón con el brazo y arrojándola al suelo. Tras unos segundos, sin dejar de apretar los dientes, levantó otro puñado y fue dejándolo caer lentamente—. Arena... Tan sólo arena. —Clavó de nuevo sobre mí sus ojos inyectados—. ¿Por qué me miras así? —gritó.

—Me parece mentira que no lo comprendas. ¿Tan ciego estás?

—¿Qué?

—¡Tú mismo concebiste el plan para fortalecer la figura del Panchen Lama! ¡Te basaste en la importancia que, para la tradición tibetana, tiene la relación que se forja entre el maestro y el pupilo! ¿Cómo olvidaste que ese aprendizaje interminable es la única forma de transmitir las enseñanzas? ¿Cómo pudiste olvidar que la verdadera esencia del budismo tibetano no se basa en la magia, sino en las inmensas posibilidades del ser humano para aprender? ¿Cómo pudiste olvidar que ése es el verdadero poder de la flor de loto? ¡Te cegaste como un niño ante el ilusorio poder del *Tratado*!

—¡Calla!

—Sobre tu mesa tienes el verdadero poder del Tíbet —seguí diciendo, como si me impulsase una fuerza superior—. En la simplicidad de ese montón de arena está su grandeza. Lo mismo pasa en la meseta. En la soledad de las montañas los tibetanos no disponen de otra cosa salvo de su propia voluntad, pero saben que con ella les basta para alcanzar la verdad. Todo lo demás desaparece con el tiempo, como la arena de los mandalas, o la que durante siglos ha permanecido en el interior de ese cartucho esperando el momento propicio para ser esparcida al viento. Eso es lo que quiso transmitir el maestro Padmasambhava cuando enterró el *terma*. Los antiguos chamanes y los primeros lamas sabían que, para llegar a la verdad de las cosas, sólo disponemos de nuestro potencial como personas, de la libertad inherente a la condición humana. Y que hemos de hacer uso de ese potencial para crecer y aprender, aplicándolo día tras día en cada uno de nuestros actos. Sabían que todo lo importante está dentro de nosotros mismos, y que todo lo que viene de fuera no tiene ninguna validez. Algún día te contaré el cuento del lápiz de sándalo —concluí, comprendiendo entonces por qué me lo había contado a mí el pintor de mandalas como último regalo antes de que abandonase la gruta.

—Ya hablas como un monje.

—Quizá sea Singay desde el cuarto cielo el que habla por mí.

—Tú también saliste en busca del tratado de los chamanes —se defendió, cada vez más cabizbajo.

—Yo iba tras la solución a la trama diabólica que habías pergeñado. Y la he encontrado. Para mí es más que suficiente.

—¿De verdad te compensa tanto esfuerzo?

—Todo el esfuerzo es poco comparado con la satisfacción que me produce haber desbaratado tu plan. Entrégate a la policía.

—No es mi estilo.

Luc levantó el arma y se introdujo el cañón en la boca.

—¡Luc! ¡No!

Me lancé hacia él pero me fue imposible detenerle.

Tras permanecer unos segundos erguido cayó desplomado contra la mesa, de bruces sobre la arena del cartucho que a su vez se derramó por el suelo.

Diez mil tantras secretos, diez mil grandes lamas y, en la mente de cada uno de ellos, diez mil interpretaciones para el jeroglífico que esconde cada tantra, forjando su tradición única.

—Sin duda es demasiado para que sea posible escribirlo en un pergamino —dije, como si Luc todavía pudiera oírme.

45

Me quedé dormido nada más subir al avión. Desde entonces, y hasta que desperté tras tomar tierra, soñé con Singay. Sólo podía ser un sueño, evocador de algún recuerdo perdido. O tal vez era su voz la que me hablaba, como en otras ocasiones creía haberla oído. La que me aconsejaba, o me llevaba por callejones oscuros. Singay ya no era él. Se había convertido en algo diferente. Pero escuché su voz, clara y potente, desde el fondo de los sueños.

En la meseta, con su viento de la mañana, cuando él era un niño. Cada mañana, unos minutos antes de que comenzase la sesión de mantras que precedía al desayuno, Singay se lavaba en el caño que emergía del suelo. Los cánticos duraban dos horas. Parecía que el momento de sentarse a desayunar no iba a llegar nunca. El rugido de su estómago se fundía con el final de las oraciones, de las frases repetidas y de la música que las acompañaba. El tiempo pasaba más rápido en la sala de oración desde que le habían asignado un instrumento. Todos los niños de la lamasería querían tocar uno: las trompetas tibetanas, los platillos. Los pequeños lamas que tocaban las trompetas pensaban que habían sido escogidos para ello por ser los más aguerridos; soplaban continuamente aquel tubo de madera y latón, convirtiendo el aire de sus pulmones en una sólida balsa para la meditación. No sabían que el instrumento más duro era la caracola. Había que tener una pericia especial para arrancarle algún sonido. Singay la soplaba, y durante tres meses le sangraron los oídos. Al poco tiempo le enseñaron a cantar armónicos para sanar con la voz.

En la meseta, con su viento de la mañana, cuando en la lamasería se sentía como el niño que era. Todos los novicios se sentían así. Siempre había algo más aparte de las clases y la meditación. Había varias horas para divertirse en las que cualquier cosa se convertía en un juego; incluso la llegada de un camión cargado de maderos para reparar el tejado. Pero lo que más les gustaba era correr hasta el estanque y buscar unas extrañas mariposas que se cobijaban en las flores de loto.

—La última vez que recordé el viento de la meseta —me dijo Singay antes de despertar—, estaba paseando por los jardines de Harvard.

[illegible]

[illegible]

[illegible]

Si algo que había [illegible]. [illegible] yo [illegible]

[illegible] de la escuela [illegible]. Las [illegible]

[illegible] y las aulas [illegible]. Los niños del [illegible]

[illegible] a través de las

[illegible] la escuela [illegible]

[illegible]

Perú, al día siguiente

Louise. Martha. Perú. Louise y Martha en casa, y yo aterrizando en Lima, tan cerca. Unas horas después subo al avión de Cuzco, y desde allí sigo en avioneta hasta Puerto Maldonado. Tan cerca están que cuando tomo tierra me quema su presencia, aunque no estén allí para recibirme. Un taxista que espera a pie de pista arroja el pitillo al suelo y se acerca para llevarme hasta su coche. Le pido que me deje en la escuela.

En Puerto Maldonado hay barro naranja. Todo lo demás es verde, sobre todo la selva inmensa, verde hasta la saciedad. Me parece distinta. Por primera vez comprendo que, en ella, cada cosa armoniza con el resto: la lluvia libera el aroma de la madera; el sol lanza el sudor de la tierra a las copas de los árboles y la atronadora melodía de las aves hace crepitar las hojas para que goteen rocío en las mañanas más cálidas; el río se lleva corriente abajo las ramas que mueren por la noche, dejando limpia la superficie para que el alba pinte de amarillo las piedras pulidas del fondo.

Siento que hay algo más, algo nuevo. Quizá soy yo mismo.

La puerta de la escuela tiene el candado sin echar. Las clases han terminado y las aulas están cerradas. Unos niños del pueblo juegan a baloncesto en el patio. Voy al jardín a través de las cocinas que separan la escuela de nuestra casa.

Piso mi hierba. En algunas zonas está cubierta de ramas caídas de los árboles. En el jardín te sientes protegido bajo un gran paraguas de mil varillas.

Martha está recostada en una hamaca de cuerda. Levanta los ojos y, al verme, suelta el libro que está leyendo. No se mueve. Malcolm está junto a ella, sentado en una silla. También está leyendo. Mira a su hija, deja el libro en el suelo y se levanta para darme un abrazo.

—¿Has tenido buen viaje?

—Sí.

Sonríe mientras me aprieta los hombros.

—Os dejo.

Malcolm abandona el jardín. Se mete en la caseta de los invitados y la puerta de bambú se cierra tras él.

No nos movemos. Es como si estuviésemos congelados. Martha deja caer una lágrima.

—Me había prometido a mí misma que jamás volvería a hablarte —dice.

—No podría reprochártelo.

Nuestros ojos están encadenados. Temo que si los cierro nunca me vuelva a mirar así.

—Estás más rubio —dice por fin.

—Es el sol de allí.

Me palpa la nariz y los pómulos todavía quemados por la nieve. Ella está preciosa. Reconozco a la misma persona que descubrí en el barrio tibetano de Katmandú. Pero es como si ahora llevase grabada otra marca además de su belleza. Está diferente, como la selva. Acerco la mano y le acaricio la cara. Su piel ha recuperado la luz de aquel primer día, y la suavidad del algodón, como la de Louise.

—No es sólo que estés más rubio —sigue diciendo.

—Por fin estoy aquí.

—Te hubiera acompañado a todas partes, pero no dejabas que te alcanzase —dice.

—Ni siquiera sabía qué buscaba.

—Las emociones no vienen de fuera —resuelve al momento.

El viento mueve las copas de los árboles haciendo que las hojas se desprendan como si fuesen confeti.

—Dime qué puedo hacer por ti —le pregunto.

—Necesito que me quieras.

Un remolino invade el jardín y agita la hierba.

—¿Y la niña?

—Está dentro. Está bien.

Martha se levanta por fin y viene hacia mí. Nos abrazamos y permanecemos así varios minutos, hasta que me duelen los brazos de tanto apretarla contra mi pecho. Luego nos besamos. Primero de forma apasionada, luego suavemente, casi sin llegar a rozar los labios. Al fondo, la hamaca vacía se balancea con los cordajes enrollados.

Cojo a Martha de la mano y vamos hacia la habitación de Louise. Martha me dice que ha mejorado mucho. Hace dos días que dejó de tener fiebre. Me asomo en silencio. Se ha quedado dormida junto a su oso de peluche. Abre los ojos y me dedica su sonrisa más pura. Quiero lanzarme hacia ella pero me acerco despacio, como si no la mereciera. Ella parece darse cuenta de que no está soñando y se pone de pie sobre la cama. Salta sobre mí y la abrazo con fuerza. Le beso la cara, los ojos, la frente.

Me emociona pensar que su mejoría tiene que ver con Lobsang Singay y con el pintor de mandalas. Quiero creer que así ha sido, y desearlo es suficiente para creerlo, aun cuando se trate de un acto de fe que les brindo mirando al cielo.

Permanezco con la niña en brazos mientras Martha me atraviesa con la mirada y a la vez me acaricia con ella.

—Acabo de ver la noticia en la CNN —dice.

—¿Luc?

Asiente.

—Ya se ha destapado todo. Estaban retransmitiendo un comunicado del portavoz del gobierno chino. Hay un revuelo enorme.

—Me creía obligado a hacer algo así —digo.

—Has hecho cosas tan grandes como ésa sin salir de esta casa.

Sé que no es tanto cruzar el Tíbet, o el Himalaya a pie, como enamorarme de Martha cada noche, convencer a Louise de que nunca se romperá el hilo intangible que une la palma de su mano a la mía.

—Ahora sé que teniéndote a ti sólo se trata de dar un paso, y después otro —digo, evocando las palabras del lama—, como cuando avanzaba por la senda del barranco hacia la cueva donde vivía el pintor de mandalas.

—¿Quién es ese pintor?

—Ya te lo contaré mañana despacio en la avioneta.

—¿Adónde vamos?

—Tengo que llevaros a las dos a un lugar secreto.

Al día siguiente el piloto nos recoge en la pista pequeña. Nos despedimos de Malcolm. Cuando regresemos él ya habrá salido hacia Delhi. La niña le dice adiós a través de la ventanilla circular mientras cogemos velocidad, y sigue haciéndolo desde el aire.

Sobrevolamos la selva en dirección al departamento norteño de Piura. Aterrizamos en una explanada en mitad de la cordillera de los Andes. Vamos en autobús hasta Huancabamba, y de allí sobre unas yeguas, montaña arriba, hasta el nacimiento de un río. El olor a hierba impregna la inmensidad que tenemos al frente, el valle de laderas cubiertas por tupidos ponchos de trigo y el barranco abierto, sin caminos a la vista, como si hubiésemos subido por ningún sitio. También huele al sol suave que se asoma entre las nubes prendiéndoles los bordes.

Entonces tocamos el cielo.

Saco unas banderolas tibetanas de oración que traigo escondidas en la mochila.

—¿De dónde las has sacado? —se sorprende Martha—. ¡No sabía que las tenías!

—Era parte del secreto. La tarde que abandoné Delhi, el lama de Dharamsala me pidió un último favor. Me rogó que lo hiciera en memoria de su compañero muerto, y también de Lobsang Singay y de todos los demás lamas que han pasado a contemplar el mundo desde ese lugar en el que puedes mecerte en el ojo de un huracán o dormir sobre la estela de un cometa, como él dijo. Le prometí que compraría estas banderolas en el aeropuerto y que os traería aquí a las dos.

—¿Dónde estamos?

—Lo llaman las Huaringas.

—Es precioso. ¡Dime ya por qué estamos aquí! ¡No puedo más!

—En estas montañas respiras el Tíbet.

—¿Cómo?

—Cuando el Tíbet fue invadido, gran parte de la energía que logró escapar del fuego se refugió aquí, justamente aquí.

Martha me mira con los ojos abiertos como platos.

—¡No puede ser! —se queja—. ¡No es posible que no conozca esa historia!

—Según me dijo el lama, cuenta la leyenda que la energía del Tíbet vagó por toda la tierra buscando el rincón idóneo para resguardarse hasta que pudiera regresar en paz a la meseta. Y de entre todos escogió este lugar mágico.

—Tan cerca de nuestra casa...

Sujeto con fuerza la cuerda y despliego las banderolas de oración.

—Aquí puede sacudirlas el mismo viento.

Las levanto con las dos manos y busco con la vista un lugar para atarlas mientras se agitan violentamente.

—¡Al otro lado del mundo, con el mismo viento! —exclama Martha.

La miro a los ojos.

—¿Por qué me miras así?

—Te he encontrado.

—¿Dónde estaba? —sonríe.

—Tú también estás en todos los cielos, como el viento.

Martha me pide la cuerda. La sujeta por ambos extremos y deja que las banderolas aleteen de nuevo con vigor.

—¡Como el viento!

Me estiro para agarrar por la cintura a la niña, que corretea y da pequeños saltos a nuestro alrededor. Me reclino hasta hundirme con ella en la hierba.

—Cuéntame algo —le pido a mi hija.

—¡Suelta! —ríe.

Se desembaraza de mí y sale corriendo ladera abajo.

Martha concentra toda su dulzura en su mirada azul.

—¿Qué sientes?

—He aprendido que hay cosas que pueden ser comprendidas pero que nunca podrán ser explicadas con palabras sin desvirtuar su grandeza.

Un nuevo golpe de viento casi le arranca las banderolas de las manos. Se sienta a mi lado.

—Lobsang Singay decía que todos deberíamos recibir un abrazo que nos aleje de la soledad, al menos un último abrazo, en ese instante en el que nos precipitamos al vacío. —La miro a los ojos—. Cuando llegue el momento quiero sentir tu abrazo, y ningún otro.

—La muerte contigo sería el triunfo de la vida, pero aún nos queda mucho por hacer.

—¿Dónde vamos a terminar?

—¿Qué más da?

—Eso es. ¿Qué más da? —grito, y abrazo a Louise, que ha vuelto para sentarse a nuestro lado—. ¡Hazlo ahora! —le pido a Martha.

Suelta la cuerda y las banderolas se elevan serpenteando hacia el cielo, pintando con los colores del Tíbet la energía allí resguardada.

—Viviremos los tres para siempre.

—Para siempre —susurra Martha cerrando los ojos, sintiendo cómo le acaricia el viento llegado de algún paraíso lejano.

[illegible]

A José Manuel, por hacerme también [illegible] el día a día en el despacho, hasta el punto de que me quedan ganas de [illegible] una aventura como esta.

A [illegible], poeta y profesor, por [illegible]

A [illegible], por [illegible]

Agradecimientos

A Cristina, mi mujer, la novela es tan tuya como mía.

A Montse Yáñez, mi agente, aún no sé cómo te engañé para que invirtieras tanto esfuerzo y cariño en que este sueño saliese adelante.

A Raquel Gisbert, mi editora, por todo lo que me has enseñado, por tus consejos y sugerencias, por tu profesionalidad, tu sinceridad y el respeto que me mostraste desde el primer día.

A Alberto Marcos, por las últimas vueltas de tuerca de tu edición exprés.

A mis padres, por vuestro apoyo desproporcionado, vuestras oportunas dosis de prudencia y vuestras repetidas lecturas y correcciones, una detrás de otra, de todos los borradores.

A mi hermano Miguel y a Esther, porque os quiero.

A Ecequiel, por haber cruzado juntos todas las puertas de la creatividad que hemos descubierto desde aquel 14 de septiembre.

A José Manuel, por hacerme tan llevadero el día a día en el despacho, hasta el punto de que me quedaran ganas de iniciar una aventura como ésta.

A Pepe Ramo, poeta y profesor, por demostrarme cuánto se puede amar la literatura.

A Javier Casis, escritor, por tu apoyo en aquellos comienzos y por la, sin duda, excesiva confianza que mostrabas en mi obra.

A Elsa Alfonso, traductora y correctora, por hacerme aquel febrero de 2004 una crítica tan descarnada del primer manuscrito que imprimí en papel.

A Maria Luisa y a Belvis, por vuestras envidiadas historias en primera persona sobre el mundo de los cooperantes.

Al doctor Sewan Dadul, médico tibetano, allá donde estés, por tus explicaciones acerca de la Facultad de Medicina de Dharamsala, narradas en tu consulta pocos días antes de que abandonases este mundo.

A Dudu, por tus docentes explicaciones sobre cualquier circunstancia policial que te consulto.

A David y a Fabián por vuestro asesoramiento en cuestiones militares, y más aún por haber viajado juntos a los escenarios tibetanos, indios y peruanos en los que se desarrolla la novela.

A Jorge González, por afanarse en que la autopsia del lama se ajustase a la práctica forense más delicada.

A Fidel Cabredo, y a Pablo por presentármelo, por la leyenda de las Huaringas.

Y siempre, no hay palabras, al resto de mi familia y a mis amigos no nombrados aquí, todos ellos esenciales en mi vida y en esta obra, muchos de los cuales han leído borradores en un momento u otro y han emitido impresiones —siempre sinceras, ésa es mi suerte— que bien saben que yo tenía en cuenta. Gracias a todos por haber aguantado durante todos estos años mis sueños y mis proyectos sin desplomaros de aburrimiento.

Para terminar, a todo el chill-out del universo, a Dido, a Tracy Chapman, a la B.S.O. de *Gladiator*, a Wim Mertens, a Keith Jarrett, a Metallica y a Linkin Park (con estos dos ambientaba las escenas de acción) y a los otros cien CD que me han ayudado a escribir, con el tono que precisaba cada párrafo, una novela que lleva dentro toda la música que he escuchado en mi vida.

Jueves, 26 de abril de 2007

Impreso en Litografía Rosés, S.A.
Energía, 11-27 (Polígono La Post)
08850 Gavà (Barcelona)